JN288610

サイゴンの火焔樹

もうひとつのベトナム戦争

牧久
Maki Hisashi

ウェッジ

“ボートピープルの画家”チャン・バン・トアン氏の絵画「MR MAKI 1975.4.30」（p11参照）

2005年5月、茅ヶ崎市開高健記念館主催で開催されたトアン氏の個展のポスター。（p374参照）

個展開催を感謝して、トアン氏から送られてきたグリーティング・カード。トアン氏の絵画のカラー写真が貼られている。

サイゴンの火焰樹

もうひとつのベトナム戦争

ベトナム地図
＊旧南北ベトナムの軍事境界線は北緯17度線に沿って東西に走り、その周囲に南北２キロずつの非武装中立地帯が設定されていた。ベンハイ川がほぼその境界に相当する。
中国
ラオカイ
モンカイ
紅河
ディエンビエンフー
ハイフォン
ハノイ
ナムディン
トンキン湾
タインホア
海南島
ラオス
ビン
ドンロク
ビエンチャン
ノンカイ
ドンホイ
クアンチ
ビンリン
〔北緯17度線〕
ベンハイ川
サバナケット
フエ（ユエ）
ダナン
ホイアン
タイ
パクセ
クアンガイ
ベトナム
コンツム
タイソン
バンコク
プレーク
クイニョン
カンボジア
バンメトート
トンレサップ湖
クラティエ
メコン川
ニャチャン
ダラト
プノンペン
タイニン
ファンラン
シャム湾
クチ
ホーチミン（サイゴン）
ファンティエット
ミト
ブンタウ
ラチシャー
カント
ベンチェー

サイゴンの火焔樹　もうひとつのベトナム戦争　目次

〈火焔樹〉原産地はオーストラリア。熱帯地方に広く植栽される。成長は早く高さ十〜三十メートルになり、街路樹として多く使われる。ベトナムでは五月から七月にかけ真っ赤な花を咲かせ、樹木全体が火が灯ったように赤く染まる。英語名は「FLAME TREE」、ベトナム語では「ホア・フォン」。

（凡例）

・「日本経済新聞」掲載記事の引用は、発信地を記載したもの以外はすべて「サイゴン発牧特派員電」。

・掲載記事は、ローマ字によるテレックス送信が中心であり、また検閲を受けるための英文送稿や、緊急に執筆されたものもあるといった当時の事情に鑑み、明らかな誤りを正し、文意を明確にするために、著者が加筆をした個所がある。また、短い雑報の一部を同日付けの記事と合体させたり、重複を避け、一部削った部分もある。

・日付けは、掲載月日を原則としたが、発信日と掲載日が異なる場合がある。また朝刊と夕刊の区別はしていない。

・人物の肩書き及び地名は原則的に一九七五年当時のもの、但し（）内に注記を加えた個所もある。省名・省都名など、行政区の変動により現在とは異なる場合がある。

・「ベトコン（越共）」は、米軍や南ベトナム政府が、北ベトナムや南ベトナム解放民族戦線の兵士の蔑称として使った。このため会話の中などやむを得ない場合に限り使用した。「ベトミン」はホー・チ・ミンが組織した「ベトナム独立同盟」をその略称として自ら使用した表現である。

プロローグ

三十年ぶりの再訪・再会

▼タイムスリップ

二〇〇五年四月三十日。雨季入りを前にしたホーチミン市(旧サイゴン)の空には、南国特有の抜けるようなブルーが広がっていた。前夜のスコールに洗われ、道端の火焔樹の燃えるような花の色が目にしみた。大通りには約五十メートルおきに、ベトナム社会主義共和国の国旗「金星紅旗」がそよ風に揺れ、あちこちの横断幕には、「自由と独立ほど尊いものはない」というホー・チ・ミン語録の言葉とバク・ホー(ホーおじさん)の肖像画が微笑む。

道路という道路が、バイクと自転車で埋め尽くされ、街中が着飾った家族連れであふれていた。若者たちの表情は明るく、かつての悲惨な戦争の傷跡はどこにも感じられない。

「戦勝三十周年」の記念式典が開かれた市内中心部の旧大統領官邸（現統一会堂）の前庭は、この朝の式典に参加したのだろう、いくつもの勲章をぶら下げた正装の老軍人たちが、おたがいに記念写真を撮りあっていた。ロシアや中国、キューバなど外国からの招待者も目立つ。地方からやってきたと思われるアオザイ姿の女性や、老夫婦たち……お祝いムードがあふれていた。日が落ちると、サイゴン川に仕掛けられた花火が次々と打ち上げられ、街のすみずみまで、明々と照らし出す。大通りを埋め尽くした市民たちのどよめきが、夜空にこだました。道路わきに停めたバイクには家族全員だろうか、四人も五人も乗ったまま、花火を見上げている。街の喧騒は深夜まで絶えなかった。

三十年前、一九七五年のこの日朝、北ベトナム軍のソ連製戦車が、厳重に閉じられた正門を押し倒し、大統領官邸に突入した。ベランダで白旗が大きく振られ、屋上に赤、青の二色の地の真ん中に金星の入った南ベトナム解放民族戦線旗が高々と掲げられた。その瞬間、「ベトナム共和国」は消滅し、長かったベトナム戦争は終わった。あの夜、サイゴンの街はどの家もシャッターを固く下ろし、人通りは絶え、不気味に静まり返っていた。崩壊した南ベトナム政府軍の反撃を警戒して、一晩中、照明弾が打ち上げられ、街は昼間のように明るかった。時折、パチパチパチと機銃掃射の音が、深夜の街にこだました――。

戦勝三十年を祝う花火の音と光に反応するように、私の記憶はゆっくりと、あの日々にタイムスリップしていった。日本経済新聞社の役員を退任したばかりの私にとって、この旅は、妻も同行したセンチメンタル・ジャーニー。気軽な気持ちで成田空港を飛び立った。ドイモイ（刷新）政策による市場経済の進展で、国外からの企業進出が進むベトナム。多くの観光客がメコン川のクルージングを楽しみ、ベトナム料理を堪能する。〝ベトコン〟が掘り進めた地下トンネルまで観光資源として、世界の若者たちに売り込まれている。ホーチミン市での宿泊は、サイゴン河畔のマジェスティック・ホテル。『ベトナム戦記』で有名な故開高健氏の常宿（一階一〇三号室）でもあり、最上階のカフェテリアは、当時、世界各国から殺到した報道関係者のたまり場でもあった。陥落直前の四月二十七日未明、このホテルの最上階に対岸からロケット弾数発が打ち込まれ、カフェテリアはメチャメチャに破壊される。あの日々の混乱を、昨日のことのように想い出した。

このホテルで私は、旧知の人物二人と再会した。一人は日本経済新聞社サイゴン支局の助手兼通訳として、一心同体となって取材を手伝ってくれたベトナム人ジャーナリスト。もう一人は私の情報源でもあり、取材対象でもあった元日本兵の老人。なつかしさで肩をたたき合い、盃を交わすうちに、三十年の時空を飛び越えて、忘れかけていたあの年の八ヵ月間が、私の肩に重くのしかかってきた。

▼「スパイ容疑?」——支局助手

チャン・バン・トアン氏。一九四〇年生まれ。日経サイゴン支局の助手兼通訳として、私の滞在中、朝から晩まで、毎日、いっしょに動き回った。ベトナム語のできない私にとって、彼は耳であり、口でもあった。私のサイゴン退去後、新政権の下であらゆる辛酸をなめつくし、陥落後八年たった一九八三年、妻、長男と別れ、娘一人を連れて、ボートピープルとなって命からがら国外に脱出する。マレーシア、オーストラリアの難民キャンプを転々とし、今はブリスベーンに定住。画家となる。小舟で逃げた悲惨な状況をキャンバスに描き続け、「ボートピープルの画家」として評価されていた。私たちの訪越を知り、それに合わせてサイゴンに里帰りした。彼にとっては一九九五年以来、二度目の帰国だという。

久々の再会にトアン氏も興奮気味。国外脱出の際、サイゴンに残した長男ともまた会えた。三十五歳になった長男は、結婚し、孫も生まれ、父親の心境も少しは理解してくれるようになっていた、と嬉しそう。トアン氏と想い出話をするうちに、彼の国外脱出の理由について話が及んだ。すると彼は、私が予想もしていなかった事実を話し始めたのである。

「あの年の六、七月、南ベトナム解放戦線と臨時革命政府の主だったメンバーたちを直接、取材したことがありましたね。あの時、彼らの発言をメモにして渡しましたが、記事にしましたか」。

民族の和解をめざして、米国やグエン・バン・チュー政権と多くの犠牲者を出しながら戦ってきた解放民族戦線と臨時革命政府。勝利を収めたというのに一向に表に出てこない。「臨時革命政府はどこに行ってしまったのか」。私にとってもサイゴン市民にとっても最大の〝ナゾ〟だった。南北ベトナムの統一をめぐって、ハノイの労働党（のち共産党）中央と、南の解放戦線系の指導者の間で、意見の食い違いがあることはうすうす感じてはいたが、それが内部抗争に発展していたことまで確認はとれなかった。「南北統一は時間をかけて行うべきで、急ぐと失敗する」。解放戦線系の幹部たちは、口をそろえた。私はそうした声を何本か記事にし、送稿した。

30年ぶりの再会。トアン氏（左）と著者。

「あなたが国外退去命令を受けたのはそれら一連の原稿ですよ。ハノイは激昂している、といわれました」。取材に同行し通訳したトアン氏は、私の国外退去後、公安当局から厳しい取り調べを受ける。「反革命的な外国人記者に協力したスパイ容疑」だったという。その後、彼は長期間、公安当局の監視下におかれる。「思想再教育」という名の一年間の自宅軟禁に続いて、ジャングルの荒れ地を開墾して農作業に従事する「新経済区」送り。家財道具を売り払っても、食料にこと欠く苛酷な状態に追い込まれた。

「懸命に耐えました。しかし、すべての自由が奪われ、夢も希望も持てない生活の連続。生まれ育った国を捨てるしか、生きる方法はなかったのです」。

あの年の九月末、私は臨時革命政府の外務省に呼び出され、「国外退去」を命じられた。理由は「あなたは反革命的である。これはハノイ中央の強い指示によるものだ」という。それ以上の詳しい説明はなかった。

サイゴン陥落後、私は新政権の出したプレスコードを無視して、「検閲」を受けない原稿を送り続けた。自己規制して、「検閲済み」の記事しか送れないのなら、新聞記者としてサイゴンに残った意味はない。「非合法手段」をとるしかなかった。サイゴンを離れる人を探し、その人が持ち出す書類の中に、原稿をまぎれ込ませ、バンコク支局などに届けてもらう、というのがその方法だった。発見されれば没収間違いなし。封筒を使わず、書類の中などにとじ込む方法が成功し、時間的に遅れたものもあったが、全部の原稿が本社に届いた。

プレスコード違反が退去命令の理由ならやむを得ない、とその時は思った。しかし、掲載紙がハノイでチェックされ、記事の内容が問われていたことを、トアン氏の話で初めて知ったのである。ベトナムの南北統一が実現するのは翌年の一九七六年七月。ベトナムの戦後史を読むと、ベトナム労働党（当時）政治局員たちが密かに南ベトナムのダラトに集合し、早期の南北統一を決定したのは七五年七月だという。南の解放戦線系の幹部たちが、「南北統一は時間をかけて」と私たちに主張していたその頃、ハノイの党中央は「一年後の南北統一」を決定していたことになる。民族解放の戦いに参加した南の人々は、〝最後の抵抗〟を続けていたわけで、私の書いた「南北統一時期尚早論」は、それに同調する記事として、ハノイ中央を刺激したことは間違いない。

「退去命令」を受けた時、私は正直に言って、ホッとした気持ちになったことは否定できない。自由で、豊かな日本に帰ることができるのだ。だが、あの頃、私のそばを片時も離れず、通訳をしてくれたベトナム人、トアン氏の身の上に何が起きるか、想像しただろうか。トアン氏一家にとっては、長い苦難の人生の始まりだったのである。新聞記者として少しの感性があれば、トアン氏一家が歩く厳しい道程を容易に想像できたはずである。私の仕事が、ベトナム人一家の人生を崩壊させてしまったと気付いても、もう遅い。

帰国後、彼から一枚の絵が送られてきた。「MR・MAKI　1975・4・30」と題して（**口絵参照**）。サイゴン川に停泊する大型船に、国外脱出を図ろうと殺到する市民の群。南ベトナムの国旗は引きちぎられ、血の涙を流すアオザイ姿の女性。東京の日経本社をバックに、市民の阿鼻叫喚を見下ろす男。それがあの日のMAKIだった、と彼は言いたかったに違いない。

▼「妻は革命戦士だった」——元日本兵

落合茂さん。一九二〇年生まれ。背筋をピンと伸ばし、八十四歳という年齢を感じさせない肌のツヤ。この夜も、三十年前と同じようによく飲み、よくしゃべった。帰宅後、足をすべらせ、二週間も起き上がれなかった、と後で聞いた。

落合さんは旧日本軍の一兵卒として、一九四三年、ハノイに進駐する。敗戦後も現地に留まり、中国・雲南軍（第一方面軍）からホー・チ・ミンのベトミン（ベトナム独立同盟）軍、フランス植民地政府と渡り歩く。ベトミンがディエンビエンフーで仏軍に勝利した一九五四年、ベトナム人女性と結婚、サイゴン（現ホーチミン市）に移住する。日本の戦後賠償によるダム建設でベトナムに進出した日本工営の通訳などを経て、一九六一年、東京銀行（当時）サイゴン支店に就職する。陥落を目前に、日本人行員が総引き揚げをする中、一人で支店を守り続けた。

向こう側（解放戦線側）の情報に強い、ということで、私の取材対象の一人だった。「私はどんな状況になろうと、サイゴンにとどまりますよ。日本に帰るところはない、と長い間、思ってきましたからねえ」。その頃、「女房は新興宗教に凝って、家に帰ってこない日が多い。困ったもんです」と嘆いていた落合さん。夫人は、サイゴン陥落と同時に、解放戦線の女性幹部として表舞台にさっそうと登場、女性団体や地域の責任者として活動を始める。一九六八年頃ベトナム労働党に入党していたことも明らかになる。

「奥さんが解放戦線の〝戦士〟であることを知っていたんでしょう?」。私は何度か水を向けた。「いやあ、そんなことはありません。もし知っていたら、日本工営や東京銀行の給料を解放戦争にカンパしていたことになるからねえ」。彼はいつも表情をくずしながら、こう語った。私の新聞記者の〝カン〟からいえば、知っていたこと間違いなし。そう書くのに十分な反応だった。

南北が一気に統一された一九七六年中頃から、落合さん夫妻にも風当たりが強くなる。幅広い民族和解をめざしていたはずのベトナム労働党は、「ベトナム共産党」と改称し、ハノイの党中央による南ベトナム支配が一段と強まる。華僑をはじめとした在留外国人の排斥運動も始まった。南の生産物を次々と北に運ぶというやり方で、南北の〝平準化〟が進む。「外国人は出ていけ」と自宅の窓ガラスに石を投げつけられたことも。落合さんは息子たちを連れて日本に帰る決意をする。日本軍兵士として日本を出てから三十数年が過ぎていた。「豊かで平和な時代がやってくる」と解放に希望を託してきた夫人も、その一年後、すべてを整理して日本にやってきた。「新しい国は、私たちが願い、そのために戦った国ではなかった。ハノイの共産党がすべてだった。ベトナムという国に、もう夢はない」。夫人は一九九三年神戸で死去するまで、祖国に帰りたい、と一度も口にしなかった。

落合さんは夫人の遺骨を抱いて、ドイモイ(刷新)政策が軌道に乗り始めたサイゴンに戻る。遺骨は郊外の墓地に埋葬した。「妻は本心ではベトナムに帰りたかったんだと思います。

日本にやってきて十五年にもなるのに、日本国籍をとることを最期まで拒み続けましたから……」。夫人はベトナム人として死んだ。落合さんもこれを機に再びサイゴンでの生活を始めた。「私もベトナムが好きだったんです」。

再会から三年後の二〇〇八年一月、落合さんはサイゴンの自宅で静かに息を引きとり、夫人の眠る墓に埋葬された。葬儀を終えて日本に戻った長男から電話で連絡があったのは同月末。「父は遺品のアルバムに、あなたの名刺を大事そうにはさんでいました」という。すぐに名古屋に住む息子さんを訪ねた。きちんと整理されたアルバムには、軍服姿の若き日の落合さんと、精悍で引き締まった若き夫人の顔写真が並べられ、落合さん自筆の古い履歴書もはさんであった。

私の目を引きつけたのは、解放戦線の支配地である「解放区」と思われるジャングルの荒地で撮ったゲリラ兵たちの写真である。四枚あった。決して上手な写真ではない。素人写真と一見してわかる。古くなったものを、死の直前、わざわざ複写して引き伸ばしたものと思われる。夫人の姿は見当たらないが、兵士たちとの記念写真風の一枚に、カメラで半分顔を隠した日本人らしい男が写っている。この男は落合さんではないのか。あの時代、万一の危険に備えて、この種の写真では身元のわかるものは破棄していたはずである。この写真も所持していることが政府軍当局に見つかれば、逮捕ぐらいではすまなかった。

落合さんは自分の過去を、あまり語りたがらなかった。「ずうっと逃げ回っていたんです」と語ったことがある。遺された履歴書をみても、その人生の半分はナゾに包まれている。

彼の遺品は、少なくとも私の問いかけに答えてくれたものだ、と確信した。

▼目撃した「ベトナム革命」

私が特派員としてサイゴンに滞在したのは、一九七五年三月から十月までの八ヵ月にすぎない。ベトナムの歴史からみれば、この期間はわずか数行にも価しない歴史の〝泡沫〟だろう。日本経済新聞社に入社して四十五年。その半分は社会部記者として多くの現場を取材した。先輩記者たちに、ことあるごとに「新聞記者は歴史の証言者たれ」と教えられた。そうありたい、といつも願ってきた。同時にそのことがいかに難しいか、も実感し続けてきた。

陥落後のサイゴンは、外の世界の情報から完全に隔絶された。日本はもちろん、世界からも新聞、雑誌は届かない。とぎれとぎれの短波放送が唯一の頼り。ハノイの動きはもちろんのこと、ベトナムの状況に対する世界の反応も伝わってこない。いま風に言えば、北朝鮮の地方に住む国民のようなものだ。大状況の構図が見えない中での取材は、自分の足で歩き、自分の目と耳で確かめ、一つ一つの事実を積み上げて、自分なりの想像力を働かせるしか、事実に近づく方法はなかった。

三十余年を経て、あの当時の原稿やメモを読み返してみると、毎日、目の前で生起する現象と現象の狭間で、右往左往している一記者の姿が浮かび上がってくる。ベトナム戦争とは、何だったのか。ベトナムの〝解放〟とは何なのだ、これが革命なのか——頭の中で描いていた構図との落差にとまどい、歯ぎしりしながら、混沌とするサイゴンの街をかけずり回っていた。

判断ミスもあった。その最大のものは「ベトナム戦争の本質」に対する先入観、思い込みだった、といえるだろう。米国がベトナムに本格的に介入し始めた一九六四年以降、ベトナム戦争は二つの見方に分かれていた。一つが国際共産主義勢力に後押しされたハノイ共産政権の侵略戦争であり、ここで食い止めなければ、東南アジアは次々と共産勢力の手に陥る、という米国政府のドミノ理論。もう一つが、サイゴンの米傀儡《かいらい》政権の圧制と腐敗に抗して立ち上がった南ベトナムの民衆の民族解放の戦い、という〝正義の戦争〟論だった。

ドミノ理論に立つアメリカは、ピーク時五十万人を超す米軍を投入、B52による爆撃を繰り返し、ナパーム弾でジャングルを焼き払い、枯葉剤を撒き散らした。世界中で「反戦平和」の世論が沸騰、米国への非難が高まる。一九七三年のパリ和平協定によって、米軍は少数の軍事顧問団を残してベトナムから撤退する。米国が負けたというより、ドロ沼化した戦争にイヤ気がさして、ベトナムを放り出した、というほうが正確かもしれない。この時代、私たちは国際世論も含めて、この戦争は「ベトナム人民の民族解放の戦いである」という見方が主流であり、米軍の撤退によって、事実上ベトナム戦争は終った、と受けとめた。

米軍が撤退したパリ和平協定後のベトナムには、①ハノイのベトナム労働党（当時）が支配するベトナム民主共和国（北ベトナム）、②チュー大統領のベトナム共和国（南ベトナム）、の二国に加えて、③南ベトナム解放民族戦線が中心となった南ベトナム臨時革命政府、が共存することが国際的にも認知された。その後の戦争は、北ベトナムと南の臨時革命政府が一体となって、チュー大統領の南ベトナムと戦う〝内戦〟の構図となった。戦争のベトナム化が進み、ベトナム人同士の殺し合いになったのである。私のサイゴン赴任直後に始まった北ベトナムの「ホーチミン作戦」は、それまでのベトナム戦争とは全く質の違った「革命のための戦争」だったといえるだろう。

米軍の引き揚げ後、南ベトナム政府軍には、国を守るという意志も気概も全く見られず、「ベトナム共和国」はハノイの党中央が想定もしていなかったわずか五十日間で、アッという間に崩壊した。そしてすぐさま、解放側内部での権力闘争が始まる。圧倒的な軍事力を背景にハノイの党中央が、南の解放戦線を排除するのにそう時間はかからなかった。

サイゴンを軍事制圧すると、時をおかず「社会主義革命」が進み始める。富裕層や中産階級の多くが、米国に媚を売った「買弁資本家」というレッテルをはられ、資産を没収され、逮捕される。企業の多くは接収され、国有化された。「再教育」という名の思想改造教育は、チュー政権と戦ってきた知識人や文化人たちも逃れることはできなかった。「再教育キャンプ」は強制収容所の別名でもあったのだ。検閲を受けない図書や新聞の発行は禁じられ、言論の自由は奪われる。「新経済区建設」という名目での都市住民の農村への〝強制移住〟。解放戦線や臨時革命政府の要人は、次第に主要なポストからはずされ、いつの間にか消えていった。そして一年後の一九七六年七月、幅広い統一戦線をめざしてホー・チ・ミンが命名した「ベトナム労働党」は「ベトナム共産党」に、「ベトナム民主共和国」は「ベトナム社会主義共和国」となる。南部ベトナムで急ピッチの社会主義化が進んだ。

不完全であったとはいえ、米国に支えられたチュー政権下で「自由と民主主義」を味わった市民の失望は大きかった。百五十万人以上もの市民が〝ボートピープル〟となって祖国を捨て、小舟で南シナ海の荒波を漂い、二十万人以上が海の藻屑となった。ボートピープルの流出は、サイゴン陥落後、二十年近くにわたって続く。ハノイ政権は、それを止めようともせず、冷ややかに見続けた。中国系住民にはベトナム国籍の取得を強要、反発する華僑も大量に国外に脱出する。それだけではない。新しい国は一九七八年、かつては〝同志〟であったクメール・ルージュのカンボジアに「ポル・ポト勢力の排除」を名目に軍隊を送り込み、十年にわたって駐留を続け、国際社会からの孤立を深めていった。

南ベトナムの現実を無視した社会主義政策の失敗で、極端な経済危機に陥り、アジアの最貧国となったベトナムの共産党政権が、政策を大転換し、ドイモイ（刷新）政策による市場経済導入に踏み切ったのが一九八六年。当初は遅々として改革は進まず、市場経済が加速するのは米国と国交を回復する九〇年代半ばまで待たなければならなかった。今では米、韓、豪、仏など、かつての敵国の資本が堰を切ったように流れ込む。日本企業の進出も目覚ましい。安価で豊富な労働力、がその魅力といわれるが、すでに一部では中国と同じように人件費の高騰も始まり、市民の経済格差は広がる一方である。

私は国外退去になった後、平和なシンガポールで一年余を過ごして帰国、古巣の社会部に復帰した。ボートピープルの話題が時折、紙面を飾ることはあったが、ベトナムに関する記事は年々扱いも小さくなり、そのうち紙面からも消えた。忙しい日常業務に追われ、サイゴンの記憶も年ごとに薄れた。私にとっての「ベトナム戦争」は、サイゴン退去の時点で終っていた、といっても過言ではない。毎年二〇％以上の勢いで増え続ける観光客の多くも、ベトナムの若者たちも、あの戦争と革命の時代を知らない。

▼「裏切られた革命」

再会したトアン氏や落合さんは、私に何を言いたかったのだろう。今から思えば、私がサイゴンに滞在した八ヵ月間は、長く悲惨な米国との戦争は終わり、その後のベトナムの歴史が凝縮された「ホーチミン革命」の真っ只中にあった。バク・ホー（ホーおじさん）は陥落前のサイゴンでも人気は高かった。チュー大統領やベトコンは嫌いでも、民族民主革命の〝ホー思想〟に期待を寄せる文化人、宗教人、言論人や一般市民は多かった。そんな人たちにとって、目の前で強権的に推し進められる社会主義革命は「裏切られた革命」そのものだった。三十年余が経った今、ベトナムの歴史は、革命の勝者である共産党政権がその歴史を綴り、敗者の姿は舞台上には現れない。私の体験は、時間とともに消え去る泡のようなものかもしれない。

しかし、歴史的事実の中には、ある時間を経て初めて見えてくるものもある。私はトアン氏や落合さんに代って、あの苛酷な日々を、私の体験を通して書き残そうと思った。幸い、進行する革命の渦中から、書き送った原稿は、日経の縮刷版に残っている。捨てずに取ってあったメモ帳や取材ノートもある。再訪の旅を終え、タンソンニャット空港に向かう小型バスは、三十年前、退去命令を受けたあの時と同じ道を、バイクの群を縫うように走った。沿道の火焔樹の並木には、燃えるような真っ赤な花が咲き乱れ、その一つ一つがベトナム戦争で犠牲になった三百万人にも及ぶ市民や兵士たち、南シナ海を漂流し続けた百五十万人ものベトナム人の魂のようにみえた。以下は「サイゴンの革命の記憶」を辿る私の旅である。

第一部

目撃したサイゴンの革命

第一章　ホーチミン作戦

▼「サイゴン特派員」内示

「サイゴン特派員」の内示を受けたのは、日経入社十年目の一九七四年十月末のこと。社会部で警視庁キャップを終え、遊軍長を務めていた。遊軍というのは社会部のなんでも屋。ふだんは社に詰め、事件や事故が発生すれば、真っ先に現場に飛び出す。キャンペーン企画や連載もの、日々の紙面作りを考えるのも遊軍の仕事だ。入社以来、社会部一筋の私は、修羅場の取材には慣れていた。当時、頻発していたベトナム反戦闘争の現場取材などを通じて、ベトナム戦争に関心はあったが、自分が直接、その取材に当たることになるとは、考えてもみなかった。「来年三月一日付けで赴任してもらうが、社会部も人手不足。外報部（当時）で勉強を始めるのは新年からにしてほしい」というのが会社の指示だった。準備期間は二ヵ月しかない。ぶっつけ本番にも等しい。国際記者の経験は皆無。語学にも自信があろうはずはない。年が明けると外報部に移り、泥縄式にテレックスの打ち方などの勉強を始めた。

「パリ和平協定で米軍は撤退し、ベトナムも落ち着いており、戦況も当分膠着状態が続くだろう。落ち着いたら家族も呼んで、ベトナムの生活を堪能してくるんだな」。外報部の先輩たちは、こう言って激励してくれた。「戦時下のベトナム取材といっても、社会部の現場取材のようなものだろう」と私も楽観的だった。過激派のデモ取材はいつものことだし、成田空港反対闘争の取材では反対派の火炎ビンの中を飛び回り、投石を避けきれず、顔面にケガをしたこともある。元日本軍の小野田寛郎少尉を捜してフィリピン・ルバング島のジャングルを野宿しながらさ迷ったこともあった。足で取材することには自信があった。「現場に行けば見えてくるものがある。それがジャーナリズムだ」と先輩記者に教えられながらの十年間。〝平和ボケ〟というのだろうか、戦場の恐さを知らない戦後世代の一人だった。

▼フォクビン陥落、秘密作戦

外報部に移った一九七五年の新年早々、サイゴンの北約百二十キロにあるフォクロン省の省都フォクビンに対して、解放勢力が突然、攻撃を始める。南ベトナム政府軍の抵抗はほとんどなく、アッという間に省都は陥落、解放勢力の支配下に入った。省都の明け渡しは一九七三年春のパリ和平協定以来、初めてのこと。米国はフィリピン・スピック湾に停泊中だった原子力空母、エンタープライズなど十一隻の機動艦隊をベトナム沖に急派する構えをとり、スピック湾を一旦は出るが、南ベトナム海域には向かわない。「停戦協定違反だ」と北ベトナムを非難する声明を出しただけで、これを無視した。

前任者の菅野徹特派員（のち日経PR社長）は「省都の陥落で、省全域が解放側の手に落ち、サイゴン北方わずか百数十キロに強大な解放側の勢力圏が出現したことになるだけに南ベトナム政府の憂色は隠せない」（同年1月8日付）と打電してきた。「解放勢力の歓迎花火だよ」と先輩たちは私を冷やかした。入社以来、事件にはついている。ベトナム情勢が動き出したのかもしれない、と思ったが、解放側の動きはこの後、パタリと止まった。「北ベトナムや解放戦線もパリ和平協定を正面切って無視できないだろう。一過性の協定破りである」。各紙の見方も、この辺で落ち着いていた。あの時、このフォクビン陥落が、南ベトナム崩壊の先ぶれであることを予想した者がいただろうか。

歴史というものは、後になって「そういうことだったのか」と、背後に隠された意図に気付かされることがある。フォクビン陥落は、南ベトナム崩壊の始まりであり、北ベトナムにとっては、その後の戦略・戦術を決めるきわめて重要な意味を持っていた。この事実を、私たちが知るのは、サイゴンが陥落し南北ベトナムが統一される一九七六年以降まで待たねばならなかった。

パリ和平協定が発効した一九七三年一月二十八日、南北ベトナム内のすべての軍隊は、一切の軍事行動を停止する。これによって米国は、なんとか面目を保ったままベトナムから撤退することが可能になった。この協定で、南ベトナム解放戦線を主体とする臨時革命政府の存在が国際的にも初めて〝認知〟される。南部ベトナムにグエン・バン・チュー政権と、一定の支配地域を持つ臨時革命政府が並立することになったのである。臨時革命政府は、北ベトナムの支援を得てチュー政権を倒し、その後は、南部ベトナムに民族和解政権を樹立することを考えていた。

しかし、北ベトナムを支配するベトナム労働党政治局の戦略はそうではなかった。南ベトナム政府を倒した後は、一気に南北統一をなしとげ、ベトナム全土を社会主義化することを狙っていた。米軍の総引き揚げによって、そのチャンスがやっとめぐってきたわけである。

南北統一後公表された資料によると、私がサイゴン赴任の準備を始めた一九七四年十二月末から、ハノイではベトナム労働党の政治局会議が開かれていた。この会議は翌七五年一月中旬まで三週間に及び、南ベトナムの軍事制圧に向けての綿密な計画が練られた。チュー政権の内部事情からその戦力分析まで、細かに報告されたという。議論が分かれたのは、米国が再びベトナムに戦力を投入するかどうかだった。南ベトナム政府軍を追いつめても、米軍が再登場すれば決定的な勝利はつかめない。当然のことながら、米軍の軍事力をハノイは怖

ボー・グエン・ザップ（JPS＝共同）

れていたのである。

政治局会議の最中の、フォクビン攻撃である。米国の出方やチュー政権の戦力・戦意の正確な把握にそのねらいがあった、とみるのが妥当だろう。結果的にみれば、南ベトナム政府軍はアッという間に敗走する。チュー政権にとってみれば、省都の陥落で北の協定違反を世界に訴え、米国の支援を再び引き出すための計画的な敗走だった、との見方もなくはない。ウォーターゲート事件の後始末に追われていた米国政府は、ベトナムにかかわっておれない事情もあった。チュー政権救援どころではなかったのだ。米議会も南ベトナムへの軍事援助を、前年度の三分の一に削ってしまう。

北ベトナム軍の総司令官、ボー・グエン・ザップ将軍は、この頃、まだ南部への総攻撃をためらっていたという。北が攻勢に出れば、米軍が北爆を再開するという情報が、米国側から流されていたからだ。フォクビン制圧のニュースは開催中の党政治局会議に決定的な影響を与えた。「米国の反撃なし」と読んだザップ将軍は、南部の制圧に北の持つ軍事力を総投入する決断をする。

「一九七五年～七六年の二年計画で、南ベトナム全土を一気に武力解放する」――同政治局会議が、その後のベトナムの運命を決める最終決定をしたのは七五年一月八日のことである。この決定は「ホーチミン作戦」と名付けられた。もちろんこのことは、サイゴンが陥落し、南北統一が成る七六年春まで完全に外部に秘密にされた。ザップ将軍は北ベトナム人民軍の持つ歩兵十九師団のうち、一個師団をハノイ防衛に残し、持てる軍事力のすべてを南部に投入することを決め、密かに準備を命じた。「迅速に、ひたすら迅速に、大胆に、ひたすら大胆に、一刻一秒を争え、時は力だ」。ハノイの司令本部でザップ将軍は命令を下し続けた、と労働党機関紙「ニャンザン」の元副編集長タイン・ティン氏は書いている（『ベトナム戦争の内幕』）。二年がかりと想定した作戦は、ゴーサインが出てからわずか五十日で完了、サイゴンは陥落するのである。

▼赴任直後、チュー大統領会見

フォクビン陥落の背後に、こうした重大な戦略決定があったことなど知る由もない私は、七五年三月一日、羽田空港を飛び立ち、マニラ経由でサイゴン・タンソンニャット空港に到着する。乾季特有の熱風とニョクマムの匂いが充満するサイゴンの街。郊外の静かな田園風景は、私の故郷・九州の田舎の風景に似て、違和感は全くない。食べ物に集まるハエを、手で追い払いながらの食事も、幼いころの生活を想い出し、なつかしい。前任者の細かな引き継ぎを受け、翌日からあいさつ回りや各種の手続きに走り回った。

二年余の任期を終えての帰国を前に、菅野氏は、グエン・バン・チュー大統領に単独会見を申し入れていた。官邸側の回答は「三月五日、日本の常駐特派員全員との記者会見を開く」というものだった。日経の単独会見とはならなかったが、お蔭で私は、着任五日目にして日本人記者団の一人としてチュー大統領に会う、という幸運に恵まれたのである。場所はサイゴン中心部に広大な敷地を持つ大統領官邸(独立宮殿)三階の接見室。私たちは正門を通って、正面車寄せに車で乗りつけた。接見室は官邸前庭に

グエン・バン・チュー(UPI・サン=共同)

面して、窓が開け放たれ、天井に取り付けられた大きな扇風機がゆったりと微風を送っていた。正門のはるか向こうにトンニャット通りが見渡せる。部屋の隅には大きな豹のはく製が牙を剥いていた。この日から五十五日後の四月三十日、この部屋の外のベランダで、白旗が打ち振られ、室内では後任のズオン・バン・ミン大統領が、北ベトナム・解放戦線に降伏の文書を手渡すことになろうなど、この日の会見に出席しただれが想像しただろうか。

午前十時、半分は白くなった髪をきちんとなでつけたチュー大統領が姿を現した。一人一人の紹介に対して、笑顔を絶やさずうなずく大統領。当時、「汚職まみれで世界で最も人気のない国家元首」と言われていた人物の素顔にしては、意外と穏やかだ。

一九二三年、中部海岸ファンラン生まれの当時五十二歳。若くしてフランス軍で職業軍人の訓練を受け、一九六三年のゴ・ジン・ジエム政権打倒のクーデターでは、サイゴン北方の第五師団長を務める大佐だった。その後のベトナム激動期の政変をくぐり抜け、一九六七年、米国の後押しで大統領に就任する。「天性の粘りと的確な政治判断」で、南ベトナムの複雑な政局をまとめ、八年間にわたって政権の座についていた。会見は約二時間、記者団の質問に、時には手を振り、顔を紅潮させながら答えた。

〔3月5日〕ベトナムのグエン・バン・チュー大統領は五日午前、大統領官邸で約二時間にわたって日本人記者団と会見した。同大統領は質問に答え①三億ドルの米軍事追加援助は、最低限の弾薬とガソリンを買うものであり、三年間十分な援助があれば、その後米国にあまり頼らずやっていける、②カンボジアが陥落すれば、東南アジア諸国への影響は大きい、③クメール・ルージュ（赤色クメール）はロン・ノル政権と連立政権を作る用意があるのに、北ベトナムがこれに反対している④十月の大統領選挙への出馬はまだ決めていないが、決意すればこれを妨げる要因はなにもない、などの点を明らかにした。

同大統領が日本人記者団に会ったのは七三年一月のパリ停戦協定以来初めて。米議会特別調査団の帰国直後のこの時期に会見に応じたのは、三億ドルの米追加援助獲得のため宣伝活動を始めたものとみられる。

会見は米国の追加援助をはじめとする軍事、経済援助の要請が中心だが、チュー大統領は「米国は中国、ソ連を動かしてベトナムに真の平和をもたらす材料を持っていながら、行動をしようとしない」と米国への不満をもらすとともに、「日本がICCS（国際監視管理委員会）のメンバーになるよう提案し、米国とも相談したが、共産側が拒否した」とも述べた。

大統領選への立候補についても、「私は選挙準備をする必要は一切なく、立候補の決意さえすればよい」と十月の大統領選への出馬を示唆。反汚職運動団体などが指摘するチュー大統領自身の汚職については「時期がくれば、自分の資産を公開してもよい。私が汚職をしていれば、すでに大統領を辞めている」などと述べた。

具体的な内容の乏しい会見だった。各紙の扱いもせいぜい二段扱い。チュー大統領が訴えたかったのは、米国の軍事援助の急速な削減に対するうらみ、つらみだった。「ニクソン大統領やキッシンジャー博士も、南ベトナムへの軍事援助の継続を我々に約束していた。それを今は、三億ドルの追加援助でも多すぎるという。援助にはベトナム共和国の存亡がかかっている」——約束無視の米国に対する非難を始めると、手を振り回し、声も一段と大きくなった。十月の大統領選に三選出馬を示唆するなど、この会見後二ヵ月足らずで、屈辱的な国外脱出をすることになるなど、みじんも感じさせなかった。「共産側は大攻勢の準備に忙しい」とは語ったが、どこまでの情報があっての発言だったのか。これとて記者団にとっては「米国の援助ほしさの、いつもの〝オオカミ少年〟的発言」としかとられなかったのである。

▼日経サイゴン支局

当時、日経のサイゴン支局は、タンソンニャット空港と市中心部のほぼ中間、車で市中央部まで約十五分の郊外にあった。停戦後の一定の安定期間、前任者が家族を呼び寄せたため家族用住宅も兼ねた庭付き一戸建てで、一階を支局オフィスにしていた。私は建物ぐるみ備品や取材要員もそのまま引き継いだ。取材スタッフはキャップ格が、三十年後に再会することになる**チャン・バン・トアン氏**。当時三十五歳。トアン氏については第二部第一章で詳述する。公式発表にほとんど頼れないサイゴンでは、助手たちの人脈と、彼らがもたらす情報の「質」が大きな頼りだった。

グエン・チ・ズー氏　一九三八年、ハノイ生まれの最年長で独身。父はフランス植民地時代の役人で、兄はフランス留学帰りの医者。一九五四年のジュネーブ協定によってベトナムが南北に分断された際、一家をあげてサイゴンに逃れてきた裕福なインテリ一家。初代支局長の一木豊氏（のちテレビ東京社長・故人）時代に雇用したベテランの助手。広い情報網を持っていた。極端なフランス語なまりの英語を話す。タイプライターで打った英文で、私はやっと理解できた。ズー氏は、四月中旬、突如、姿を消す。心配して自宅を訪ねると、家はもぬけの殻。近所の人に聞くと、数日前、家族全員、親戚のいるフィリピンに脱出したのだという。ズー氏は支局のだれにもそれを話さなかった。

ホアン・チ・ズン氏　一九四五年サイゴン生まれ。いかにも叩き上げの苦労人、といった感じで、妻、子供二人のほか妻の母親も同居し、養っていた。地元紙「ドクラップ」の元記者とかで、大統領官邸に情報網を持っていた。夜は自称〝ナイトクラブの用心棒〟。アルバイトで生活費の足しにしていたのだろう。支局の車の運転手も兼ねていた。英語には弱く、取材結果をトアン氏に報告、トアン氏が通訳することになっていた。

サイゴン陥落後一ヵ月が過ぎた六月初め、ズン氏は「再教育キャンプ」に呼び出される。一週間の予定だという。彼は出発前日、私の外出中に支局にやってきて、急いでいたのか私のノートに走り書きのメモを残して立ち去った。メモの日付けは一九七五年六月十七日。ベトナム語で次のように書かれている。

「あす、再教育キャンプに出発します。帰ってこれるかどうかわかりません。お世話になりました。妻や子供たちにまで過分なお金と品物を頂き、いつご恩返しできるかわかりません。私の家族を訪ねてくることはしないでください。時間の無駄になります。ズン」

一週間どころか、私が国外退去を命じられた十月になっても、彼は再教育キャンプから戻ってこなかった。外国人や外国資本に協力した人たちへの追及は、陥落後、日を追って厳しくなっていた。「私の家族を訪ねないでください」というズン氏の最後のメモは、外国企業勤務が家族糾弾の材料になっていたことを物語っている。「彼の前歴はチュー政権下の秘密警察官であり、前歴が問われて処刑された」という情報もあったが、事実かどうかわからない。

統合参謀本部O大尉　四月に入って新たな情報提供者として契約したのが、政府軍統合参謀本部のO大尉。解放勢力の攻勢が強まり、政府軍が苦境に立つと、情報省は報道管制を強め、公式発表は戦時中の日本のような、〝大本営発表〟が多くなる。しかし、世界各国から集まった報道陣はあの手この手を使って事実確認を行い、公式発表のウソを見破った。O大尉は士官学校出身の若きエリート士官。勤務を終えて帰宅途中、支局に立ち寄り、その日の戦況をメモするほか、数多くのうわさ情報の確認をしてもらうことにした。

参謀本部詰めの将校が、外国メディアに情報を流し、その見返りにお金をもらう。普通の国ならもちろん犯罪に当たる〝機密漏洩〟だが、当時の南ベトナムでは、それが堂々とまかり通っていた。日本のある新聞社の情報提供者は情報省の広報担当の大佐。一方で〝大本営発表〟をしながら、発表を終えたあと支局を訪れ、別の情報を提供していた。チュー政権は一部の高官だけでなく、あらゆるレベルまで汚職体質が浸透していた。事実に少しでも近づこうとすれば、きれい事だけではすまない。助手たちの助言に従って、私もこの〝汚職体質〟に加担せざるを得なかった。

Ｏ大尉によるとチュー大統領が辞任する四月二十一日前後、統合参謀本部詰めの高級将校は、位の高い方から一人抜け、二人抜け、次々と国外へ脱出する。同二十五日の時点では残った職員のうち最高位はＯ大尉自身だった、という。最終段階では統合参謀本部が機能していなかったのである。彼もその数日後には姿を消す。国外脱出を図ったが失敗、再教育キャンプ送りになった、と後で聞いた。

このほかミッション系の高校を卒業したばかりのハー嬢。電話番のほか支局の庶務担当。さらに私の食事や洗濯、支局の掃除をしてくれるお手伝いさんとして中国系ベトナム人の麗英さん（当時四十六歳）がいた。麗英さんは四人の子持ち。日本人駐在員の家庭のお手伝いを長年してきたこともあって、片言の日本語もできる。私はオバさんと呼んだ。私がベトナムを去る日まで、親身になって世話をしてくれた。

▼支局、都心部へ緊急引越し

当時の海外支局にとって最大の難問は、原稿の送信方法。現在のように、パソコンや携帯電話で瞬時にして世界中に送稿する、というわけにはいかない。日経の支局でも米欧の大支局には、テレックスやファックスなどの設備があったが、サイゴン支局には自前のテレックスもない。原稿はタイプライターでローマ字化し、中央郵便局のテレックスセンターに持ち込み、当直のオペレーターに送信してもらうしかなかった。経費節減のため、海外からの電話送稿もよほどの緊急事態しか認められなかった。

戦況悪化とともに、サイゴン市内の外出禁止時間は赴任時の午前零時から午後十時、九時、八時と日を追うごとに早まった。郊外の支局から中心部のテレックスセンターまでは時間がかかりすぎる。運転手兼務のズン氏の帰宅後、私一人でも歩いてテレックスセンターに行ける場所に支局を移すしかない。急遽、支局探しを開始し、三月二十四日、グエンフエ通りに面したグエンフエ・ビル五階に引っ越した。このビルには共同通信、産経新聞も支局を置いており、テレックスセンターまでは歩いて五分の距離である。

仕事の合い間をみながら支局員全員で大急ぎで荷造りをし、引っ越し作戦を敢行した。なんとか支局らしい体裁が整ってホッとした夕刻、六十歳くらいの人のよさそうなおじさんが「ニッケイですか」と怖ず怖ずと訪ねてきた。ビルの守衛さんだという。「ニッケイならサカイさんを知ってますか」。知っているどころか尊敬する大先輩だ、と答えると、彼は悲しそうに目を伏せた。「サカイさんがロケット弾で死んだのはこのビルのあの部屋だったんです」と、中庭をはさんで真向かいにある五階の部屋を指差した。

彼によると日経の二代目サイゴン支局長、酒井辰夫氏が死んだのは、引っ越して来た翌朝だった。「サカイさんは私たちのところまで挨拶に来て、おみやげまでくれたんです」。彼はそう言いながら酒井氏が死んだ部屋のカギをとり出し、部屋まで案内してくれた。長い間、空き部屋になっているのだという。薄暗く、カビ臭い部屋のすみに放置されたベッドに向って、手を合わせた。酒井氏が亡くなったのは「ホテルの一室」だったと記憶していた。急遽

酒井辰夫氏（右）と落合茂氏（第二部二章参照）

引っ越したグエンフエ・ビルは、数年前までは「グエンフエ・ホテル」として営業していたが、その後、貸しオフィスビルに衣替えしたのだという。あまりの偶然に驚いた。

一九六八年八月二十二日午前五時すぎ、引っ越し荷物の運搬で疲れ果てた酒井氏は、ぐっすりと眠っていた。突如、始まった解放勢力のロケット弾砲撃。その一発がビル隣りのガレージに命中し、飛び散った砲弾の小さな破片が右こめかみに飛び込む。小指の先ほどの鉄片だ。即死。三十三歳の若さだった。

酒井氏は私の郷里、大分県の津久見市出身。大学の先輩であり、東京・目黒にあった「大分県学生寮」で四年間を過ごした寮の先輩でもあった。日経入社後、社会部で警視庁詰めの事件記者など務めた後、政治部に移り、一九六七年春、サイゴン支局に赴任する。解放勢力のテト（旧正月）攻勢前後の、戦闘が最も激しかった時期である。二〇〇七年に亡くなった妻和子さんも大分県臼杵《うすき》市の出身。県立臼杵高校で酒井氏の後輩だった。

私は赴任直前の一九七五年正月、母の暮らす大分に墓参りのため帰省した。この時、酒井氏の墓にもお参りしたいと思った。突然だったが、日豊線津久見駅に降り、「酒井外科医院」を探した。酒井氏の父親は外科の開業医と聞いていたからだ。津久見第一中学校のすぐ脇に、その看板を見つけた。墓参りしたいと告げると、休診にして案内してくれるという。小高い丘の中腹にある墓地に向う途中、「私の父は生前、あの第一中学の校長をしていたことがあるんですよ」と話すとびっくりした様子。「私は一中の校医を長くやっていましてね、お父さん、よく知っていますよ」となつかしそう。「辰夫はバカな奴ですよ。日本の戦争で死ぬのなら仕方がない。よその国の戦争で死ぬことはないんです。牧さん、絶対に死なんでくださいよ」。墓前で軍医だったという父親は、ほおの涙をぬぐいながら私の肩に手を置いた。その気持ちが痛いほど伝わってきた。

▼バンメトートの攻防戦

前任の菅野氏の帰国をタンソンニャット空港で見送った三日後の三月十日、サイゴン北方二百キロ、ダクラク省の省都、バンメトートに解放勢力が戦車部隊を先頭に大攻撃をかけてきた、と情報省が発表する。激しい市街戦が続いており、省都は陥落寸前だという。その確認に走り回った。これがハノイの労働党中央が、年末から新年にかけての政治局会議で決定した「ホーチミン作戦」開始の号砲だった、と知るのは、サイゴン陥落後のことである。

［3月10日］九日夜から十日にかけて解放勢力は中部高原にあるダクラク省の省都バンメトートに集中攻撃をかけ、十日夕刻になっても激しい市街戦が続き、省都は陥落寸前に追い込まれている。南ベトナム軍事筋は陥落は時間の問題で、「第二のフォクビン」になる可能性が強いと憂慮している。

解放側のバンメトートへの攻撃は先週末からはじまり、九日夜には戦車を先頭に四方から市内に攻め込み、政府軍と市街戦を展開、市内は逃げ惑う住民で大混乱になった。市内に撃ち込まれた砲弾は一万発を超えるといわれ、第二軍管区の司令官グエン・バン・フ将軍も市内に入れず、ヘリコプターを使って上空から指揮をとっていると伝えられる。死傷者数などは不明。

バンメトートは人口十五万人で、ダクラク省の人口密集地帯。茶、ゴムなどの生産で知られる南ベトナムでも有数の農業地帯でもある。バンメトートが陥落すれば、今年一月のフォクロン省の省都フォクビンに続いて、停戦協定後二つ目の省都陥落になり、政府軍に与える影響は計り知れない。

私が送った第一報である。サイゴン市内ではバンメトート陥落のうわさが一気に広まった。しかし、政府軍当局は「陥落の危機」は認めても、数日間は「果敢な抵抗を継続中」と繰り返すばかりである。支局ではバンメトートの政府関係施設に対し、ハー嬢も動員して電話をかけまくったが、どこにもつながらない。事実上、陥落したとみるしかなかった。解放勢力側は、この頃から中部高原地方のプレーク省やコンツム省に対しても一斉に攻撃を始めた。「何かが動き始めた」と直感的に感じたが、検証する手段はない。司令部は十三日に外国人記者団を現地の戦況視察に連れていく、と発表する。私も初の戦況取材を申し込んだ。予定された十三日早朝、集合地であるツドー通り（現ドンコイ通り）のプレスセンター前に出かけた。姿を見せた広報担当将校は「旅行は中止です」。バンメトートはすでに解放勢力の支配下にあり、「視察」どころではなかったのだ。

▼難民、続々サイゴンへ

支局に座っていては状況は理解できない、と判断した私は、少しでも現場に近づこうと十二日には中部高原方向に向けて、サイゴンからカンボジア国境に通じる国道一号線を車で北上。攻防が続いているといわれるビンズオン省の郡都、チタムを目指した。運転はズン氏、トアン氏ももちろん同行した。

サイゴンからプノンペンに通じる国道一号線を車で一時間も走ると戦場だった。陥落寸前といわれるビンズオン省の郡都チタムはサイゴンの北西五十キロ。国道一号線を約三十キロ走って、右に折れる。この朝、一号線は屋根の上まで、難民を満載したバスや、家具類を山と積んだ小型トラックのラッシュ。車のない難民は黙々とサイゴンに向って歩いていた。難民の間をぬって政府軍の戦車や兵員輸送車がうなりを上げて北上する。

チタムへの分岐点、ヒュチエン村で国道一号線は通行止め。政府軍兵士ががっちりと固めていた。この村の民家のほぼ半分は、外から錠がかかっており、住民はサイゴンに避難したという。この朝、解放勢力側の砲撃を受け、住民二人が死亡、その葬式の場面に出合った。

チタムに近づくと、道路の両側のヤシの木陰には、政府軍の戦車があちこちに息をひそめ、道路上には、殺された解放勢力側の兵士の遺体が、ゴザ一枚をかけただけで投げ出されていた。時おり、激しい銃撃の音が聞こえてくる。チタムへ五キロの地点に近づくと、政府軍の兵士に止められた。これから先は極めて危険だという。私たちがチタムに近づいたのはこの日午後二時ごろ。サイゴンに戻った後の夕方の会見で「チタム陥落」の発表があった。発表によるとチタムは前日の十一日午後からロケット砲撃を受け、その後、解放勢力は戦車を先頭に攻め込んだ。十二日午後二時には政府軍陣地との交信はすべて途絶えたという。私たちがチタムに近づいたころ、最後の攻防が行われていたことになる。

赴任後、初めて戦闘地域に近づいて感じたことは、政府軍が支配しているのは幹線道路を中心として線であり、一歩幹線道路をはずれ、森林地帯や雑草地域など面は解放勢力の支配下にあるということだ。この日私は、「これが憎しみ合った同民族同士の戦争だ」ということを、まざまざと見せつけられる二つの光景に出くわす。一つは路上に並べて放置されたゲリラ三人の遺体。政府軍は射殺した解放側の兵士やゲリラの死体はそのまま路上に放置する。その死体を持ち去ろうとする者に対しては、もの陰に隠れた政府軍が容赦なく発砲する。しかし、夜の闇にまぎれて運び去られ、翌朝には遺体は消えているのだという。

チタムに近い村落では、これまた信じられない光景に出合う。ゲリラとみられる市民を捕捉した政府軍兵士たちは、後手に縛ったこの男に十メートルほどのロープをつけ、軍用車で路上を引き回していた。男は血まみれになり悲鳴をあげ続ける。西部劇映画でよくある馬で人を引き回すあの光景だ。車を運転する政府軍兵士はカウ・ボーイ気取り。「ひどい！」と飛び出そうとすると、トアン氏らに引き戻された。これに抗議したり、救出しようとする住民は、即ベトコン同調者として同じ運命をたどるのだという。しばらくすると男は息が絶えたのか、丸太のように引き回された。ベトナム人同士の憎悪と殺し合いは日常生活にまで入り込んでいた。

▼中部高原、解放側攻勢のヤマ場に

［3月14日］南ベトナム全土に及ぶ解放勢力側の猛攻は一段と激化の気配を見せている。特に中部高原の省都バンメトートの攻防戦は、両勢力とも新手の支援部隊を続々繰り込み、泥沼の戦闘になっており、今期攻勢の最大のヤマ場になってきた。バンメトートの軍事的、社会的比重は、フォクビンとは比較にならないほど大きく、南ベトナムの軍事的バランスが変化することになる。各地での政府軍の敗走に、サイゴンではチュー政権への非難が高まりつつあり、三選をねらうチュー大統領にとってバンメトートは一歩も引けぬ戦いになってきた。

バンメトート陥落のうわさに、政府軍当局は「支援部隊を繰り出し、交戦中で、見通しは次第に明るくなりつつある」と繰り返しこれを否定した。事実は、最初に猛攻を受けた九日から十日にかけ、バンメトートの市内全域は、解放勢力にいったん占拠され、ダクラク省の省長、グエン・チャン・ルア大佐は戦死、無線連絡も途絶えた、と言われる。しかし、政府軍は占拠された市の中心部に向って、激しい爆撃を行い、空港が使えないため、大量のヘリコプターで兵士を送り込み、市内の一部を奪回した。その後、両軍が対峙し市街戦が続いているが、十四日昼には解放勢力が同市東南七キロにあるフンドク飛行場と高地を制圧、完全な軍事的優位をにぎった。

一月初め、フォクビンが攻撃された際、政府軍は支援部隊を送らず、あっけなく陥落。「チュー大統領は米国からの援助を引き出すため、戦術的にフォクビンを放棄した」との見方があった。だが、今度のバンメトート攻撃に対して、チュー大統領は、あらゆる手段を講じて死守するよう命じている。第二軍管区の司令官ファム・バン・フォ将軍は、当初の負け戦の責任をとって、早くも更迭され、ルラン将軍の指揮で建て直しを行っている、との情報もある。

その理由の一つは、バンメトートが南ベトナムの軍事情勢を左右する戦略上極めて重要な位置にあることだ。ここを占拠すれば、サイゴンに通じる国道一四号線、中部高原を横断する同二一号線が交差する重要拠点を手中にし、中部高原はほぼ解放側の支配下に入る。

この結果、南ベトナムは南北に分断され、北ベトナムから中部高原を通ってカンボジア・プノンペンへの物資輸送も解放勢力側の思いのままになるわけだ。パリ停戦協定以来、両勢力のエリート部隊が対峙したまま、大規模な交戦のなかったクアンチに対して攻勢をかけ始めたのも、こう着状態の続いていた両勢力のバランスを一気に変えようとする解放勢力側の意図の現われともみられる。

もう一つの理由は、バンメトートは省の人口二十三万人のうち十五万人が集中し、有名なコーヒー・茶の生産地でもあることだ。フランス統治時代からの大農園も広がり、気温も低いこともあって避暑地としても名高い。この経済都市の陥落が、南ベトナム国民に与える心理的な影響は測り知れないものがある。

軍事筋によると、北ベトナムはこの二ヵ月間に、新たに五万人の正規軍を南下させ、二月末ごろからも一万人に近い正規軍が、ラオス国境沿いに中部高原に移動し、「総攻撃に必要な兵力はそろっている」という。これが事実だとすれば、今回の攻撃にかける解放勢力側の姿勢を読み取ることができよう。解放勢力側は①大詰めを迎えたカンボジア解放勢力のプノンペン攻撃を側面から援助する②ベトナム全域で解放勢力側の勢力拡大を計り、軍事バランスを変えることによって、チュー政権にゆさぶりをかける—などをねらっているとみてよい。

この背景には、インドシナに対する米国の軍事援助の決定が米議会でもたつき、パリ停戦協定時の情勢変更を迫るような攻勢をかけても、米軍の再介入はあり得ない、との判断が働いているといえよう。

解放勢力側の攻勢の前に政府軍は極めてもろかった。わずか一週間の間に、タンマン、ドクラク、ハドク、チェンホク、チタム、ブンホと六つもの郡都が相次いで陥落、主要道路網もずたずたに寸断されてしまった。米国の援助削減による物資不足に加えて、政府軍兵士の士気の低下はひどいようだ。チュー政権は急遽徴兵年齢を十八歳から十七歳に引き下げるとともに、徴兵免除年齢も従来の三十九歳から四十三歳に引き上げるなど、〝国民総動員〟を呼びかけている。しかし、脱走兵も相次いでいるといわれ、サイゴン市内でも脱走兵、徴兵逃れの追及が厳しさを増している。

▼AFP特派員の射殺

バンメトートは陥落したのか。重要な転換点となるだけに、サイゴン市内でも緊張感が高まる。軍当局との記者会見でも外国記者団の追及は厳しかった。こうした最中の十四日、外国記者団にとって衝撃的な事件が起きた。フランスの通信社AFPのサイゴン特派員が、南ベトナム国家警察の警官に射殺されたのだ。バンメトート攻防戦の記事をめぐってのトラブルが原因だった。南ベトナム政府内のイライラも頂点に達しようとしていた。

［3月15日］ AFPのサイゴン支局、ポール・レアンドリ記者（39）が十四日夕、南ベトナム国家警察の警官に射殺された。十五日、政府当局の発表によると、同記者の書いたバンメトートの攻防戦に関する記事について虚偽の疑いがあるため、警察に出頭を求め取り調べようとしたが、同記者が警察官の制止を振り切って逃げようとしたため、警察官が発砲、うち一発が命中し、死亡した。政府当局は「威かく射撃の際の事故である」として、詳しいコメントを避けている。チュー政権の「言論の自由への弾圧」として、国際的な反発を呼ぶことになろう。

レアンドリ記者はこの十三日、激戦が続く中部高原バンメトートから脱出してきたカトリックの牧師の話として「バンメトートの攻撃には北ベトナム軍は加わっておらず、同市への攻撃はもともと少数高地民族の反乱で、これを解放戦線が支援している」と報道した。

国家警察は、これが虚偽の報道である、として十四日昼ごろ、サイゴン市内のAFP支局に出向き、ニュースソースを聞こうとしたが、同記者はこれを拒否したため、警察側は同記者の出頭を求めた。発表によると、午後六時すぎ、レアンドリ記者は出頭したが、再び事情聴取を拒否、抗戦的な態度に出て暴れた。当局はこの後、同記者に司法部への同行を要求、午後六時半ごろ、建物の前まで同行したところ、同記者は自分の車に飛び乗って逃げ出し、守衛、警官の制止を次々と突破。警官が威かく射撃をしながら追いかけ、正門付近で射殺したという。

バンメトートの解放勢力の攻勢について、サイゴン市内では何度も陥落のニュースが流れたが、政府軍当局はその度にこれを否定。「大量の北ベトナム軍の攻撃が続いている」と繰り返し述べてきた。レアンドリ記者の報道が政府の反発を買い、「警察に殺された」との見方も広がっている。チュー政権の新聞への弾圧は厳しく、この二月には五つの新聞の閉鎖が命じられ、新聞記者十八人が逮捕される事件もあった。

事件についてサイゴン市内では、当局の発表通りに信じる者は少なく、ある大学教授は「チュー大統領は新聞記者を殺した最初の男になった。自由諸国で、こんな殺され方をした記者がいるだろうか」と語った。「バンメトートに関する事件だけでなく、一連の政府批判記事で前からねらわれていたようだ」と語る特派員仲間もいる。

▼チュー大統領、中部高原三省を放棄

レアンドリ特派員が射殺された三月十四日の時点で、バンメトートは事実上、解放勢力の

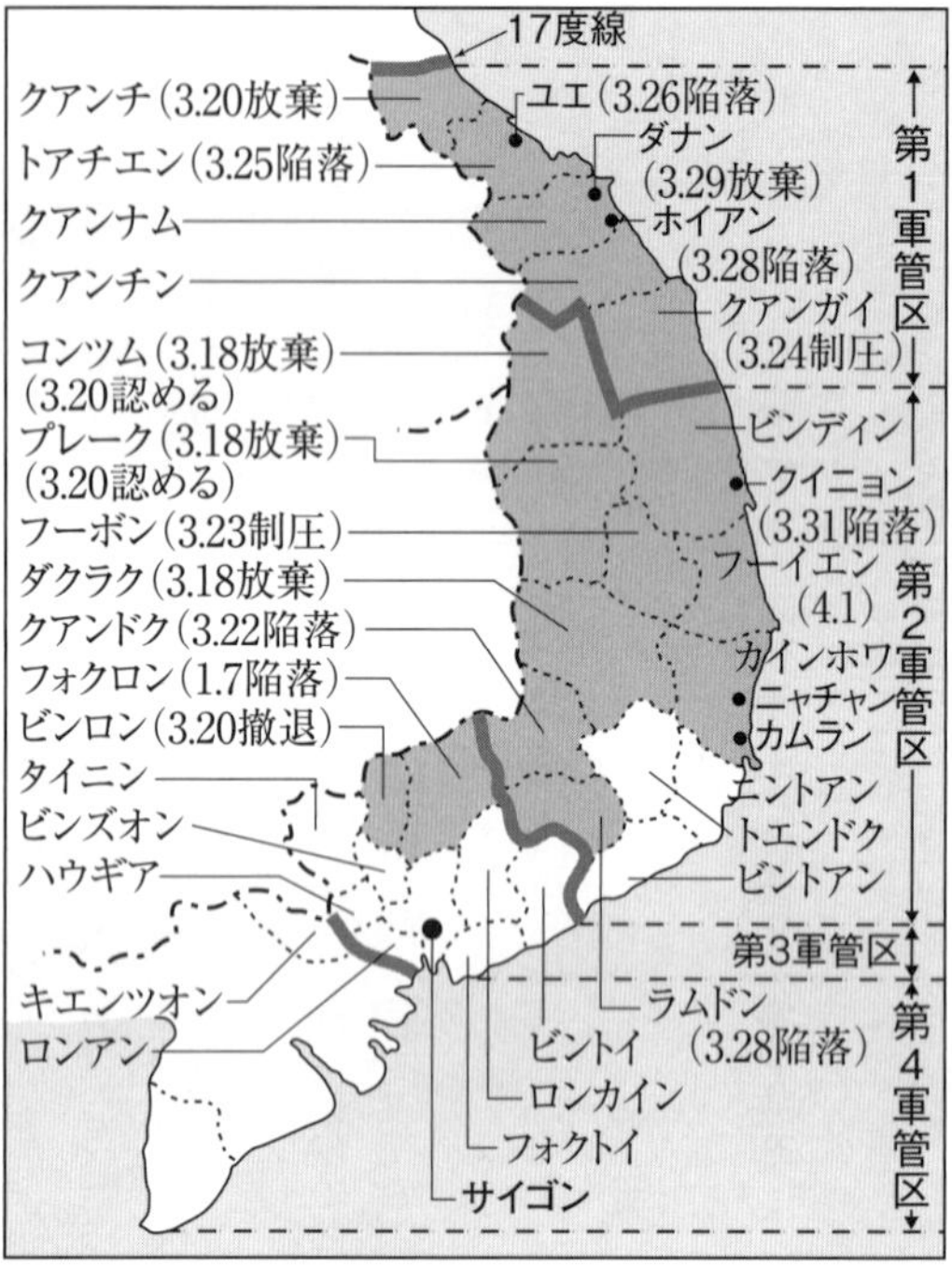

手に落ちていた。しかし、政府軍はこの事実を容易に認めなかった。支援部隊を繰り出し、何度も反撃を試みる。しかし、次々と南下する解放勢力の大軍団に、政府軍は十五〜十六日にかけてダナンなど海岸沿いの都市に向けて敗走を始める。バンメトート陥落が決定的になった直後、政府軍はダクラク省北方のプレーク、コンツム両省も放棄して、一斉に撤退を始めるという予期せぬ行動に出た。中部高原三省だけではない。山岳地帯を含め、十七度線に近い七省の政府軍の兵力は、南シナ海沿いの旧王都ユエ（現在の表記はフエ、現・トアチェン＝フエ省の省都）や、南ベトナム第二の都市であり一大軍事基地であるダナンに向けて、全面撤退を始めたのである。一発の銃弾も撃つことなく雪崩を打って敗走する政府軍。解放勢力は北部、中部全域にその支配地域を拡げた。「チュー大統領は何を考えてい

るのか」――様々な憶測を呼ぶと同時に、これらの地域から大量の難民がユエ、ダナンに向けて流れ出し、南ベトナムの北部を中心に人々はパニック状態に陥っていた。

日経支局では、南ベトナム全土の大地図を買い求め、壁にはった。陥落した省、放棄した省、と確認がとれる度に、地図上を赤いサインペンで塗りつぶしていく。赤色の地域は毎日のように広がっていった。

［3月19日］解放戦線の猛攻にさらされている南ベトナム政府軍は、この数日間にベトナム戦争史上でも異例の戦略上の転換を始めた、とみられている。中部高原のプレーク、コンツム、ダクラク三省の死守をあきらめ、サイゴンを中心にした南部に兵力を集中させ、軍事態勢をたて直す、という。しかし、この結果、解放勢力が長年ねらっていた南ベトナムの南北分断が達成されることになり、チュー大統領にとってはきわめて危険なカケとなろう。

十八日夜、サイゴンにもたらされた情報によると、プレーク、コンツムの住民は十六日の夜から難民となって続々、南下を始めており、両省都には政府軍兵士の姿はほとんどみられないという。ダクラク省の省都バンメトートはすでに解放側の支配下にある。プレーク、コンツムの突然の放棄について、政府軍当局は公式的には

「放棄したわけではなく戦略上の要請に基づくものである」と語り、さらに「この問題は国民に与える影響が大きいので報道は慎重にしてほしい」と記者団にわざわざ要請した。

これは裏返せば、事実上、プレーク、コンツムから政府軍撤退が始まっており、ダクラク省を加えた中部高原三省は解放側の手に落ちたもの、と受けとられている。中部高原に通じる道路網はことごとく寸断され、三省と周辺の空港も解放側の掌中にある。陸、空とも物資輸送はままならず、米国の援助削減による物資不足も手伝って政府軍の犠牲は日ごとに増えるばかりである。

三省の人口は、南ベトナム全人口二千万人の約六%。チュー大統領にしてみれば、人口も少なく、経済的にもさして重要でない中部高原で、犠牲者を増やすより、サイゴンを中心にした南部に兵力を集中させ、国民の反共意識を盛り上げ、防衛態勢の立て直しをねらっているといわれる。

とはいえ、これによって、ベトナムの軍事地図は大きく塗り替えられ、解放勢力の支配下にある人口は合わせて二〇%に達し、勢力圏はグンと広まる。今回の攻勢で解放側は中部高原を完全制圧しサイゴン包囲網を敷くというねらいをほぼ達成しつつある、といえるだろう。

▼ダナン、ユエも陥落

中部高原三省を政府軍が放棄すると、解放勢力は、あたかも無人の野を行くように北部全域にわたって進攻を続け、三月二十五日には旧王都ユエへの突入を開始。同二十六日未明にはダナンの空軍基地に対しても砲撃を始める。ダナンは一九六五年の米海兵隊の最初の上陸地で、チュー政権にとってきわめて重要な軍事基地。ここが陥落すれば、一九五四年のフランス軍撤退につながった「ディエンビエンフーの戦い」の二の舞になる、といわれていた。しかし、ここでも政府軍将兵の志気はあがらず、軍当局の命令を無視し、逃亡者が相次いだ。同三十日には、サイゴンのタンソンニャット基地内におかれた二者合同軍事委員会の南ベトナム臨時革命政府代表部が「ダナン占領、国土の北部四分の一を完全に手中に収めた」と発表する。同代表部によると「政府軍兵士はほとんど戦闘せず、解放勢力に降伏し、武器を手渡した。ダナン基地の航空機、戦車、銃器のほとんどを無傷のまま、解放側が接収した」。この段階で、軍事的にみれば南ベトナム政府軍の崩壊は決定的となった。「ホーチミン作戦」開始から、わずか二十日たらず、という猛スピードである。なぜ、こうも脆く、易々と政府軍は崩壊したのか。

［3月31日］ユエ、ダナンの陥落は、鉄壁を誇った政府軍基地が戦意を失った将兵の〝自壊作用〟でもろくも崩れ去ったということである。この事実は、「市民蜂起」を基本戦略にしてきた解放勢力が、軍事力で大都市にも確固とした足場を築いたことを意味する。解放勢力は陣取り合戦だけでなく、〝人取り合戦〟でも優位に立とうとしており、勢いに乗った解放勢力と、戦意を失った政府軍の力の差が歴然としてきたわけで、チュー政権はますます苦境に追い込まれた。

北部各省が次々と陥落する中で、政府軍幹部やサイゴン市民の多くは「ダナンだけは絶対に陥ちない」と確信していた。中部高原からの難民がダナンへ、ダナンへと押しかけたのも、不落の要塞としてダナンへの信頼があったからである。ダナンは人口五十万人。サイゴンに次ぐ、商、工業都市であり、貿易港、軍港として天然の良港を持ち、〝北部のサイゴン〟と呼ばれるのにふさわしかった。

ダナンの陥落は、解放勢力の猛攻に屈したというより、内部の自壊作用によるもの、といえるだろう。解放側の本格的な攻撃は二十八日から始まったが、空港や軍司令部に対する砲撃が中心。その前にダナンは各地から流れ込んだ百万人近いといわれる難民で大混乱に陥っていた。食糧も不足し、あちこちで略奪が始まり、難民の中にもぐり込んだ解放側ゲリラが暴動を指揮した。

難民の輸送も、殺到する民衆の群れで収拾のつかない状態になり、救援機に乗ろうと先を争って撃ち合い、殺し合いが始まった。離陸する救援機の車輪に何人もの人がぶら下がる光景さえみられた。

こうした状況に政府軍将兵は完全に浮き足立った。南ベトナム軍の兵士は、自分の任地に家族を引き連れて行くものがほとんど。伝えられるところによると、兵士たちは敵と戦うことよりも、家族の安全をまず考え、次々と戦線からの離脱が始まった。このため、軍の命令系統は崩れ去り、「陥落直前には兵士の九九%が命令を無視している」といわれるほど。いったん崩れ出すと崩壊は早かった。解放勢力の基本戦略は、まず都市を包囲し、市民蜂起や自壊を待つというものだが、今回はこれが見事に成功した。

臨時革命政府は二十七日には「平和と民族和平を望む全国民に呼びかける七項目の政策」を発表した。過去や現在の仕事や地位は問わず、すべての平和愛好者の生命を保証する、と呼びかけ、早くも不安におびえる都市生活者の人心掌握に乗り出している。

それにしても、政府軍の戦意のなさは信じられないくらいである。激しく両軍がぶつかったのは、バンメトートくらいで、あとはいとも簡単に陣地を放棄している。

武器、弾薬不足のなかでサイゴン防衛網を固めるというチュー大統領の戦略は、政府軍将兵の不安感を増幅し、士気の低下に拍車をかけたことは否定できない。同大統領は戦意高揚のため「反共」の官製デモを組織したり、細かな市民生活に至るまで引き締め政策を強めているが、戦争に倦んだ人々の心を引き戻すことは難しいようである。

解放勢力の今後の出方については①今後さらに軍事攻勢を続け、全土の軍事解放をめざす、②圧倒的な優位のなかで、サイゴンの政情を見守りつつ話し合いの道を探る――の二つの見方がある。話し合いに出てくるにしても、「チュー政権が打倒され、新たに民族和解政権が樹立される」ことを前提条件にしているため、解放勢力はむしろチュー政権に一段と揺さぶりをかける強硬作戦に出る、という見方が支配的である。

▼巻き起こるチュー退陣要求

わずか二十日間足らずで国土の四分の一を失うというチュー政権の軍事的敗北に、サイゴン市内では一挙に緊張が高まる。政府軍内部でも不平不満があふれ、クーデターのうわさが連日のように流れた。こうした中、南ベトナム内務省は三月二十七日、「クーデター計画を摘発、十数人を逮捕し取調べ中」と発表する。

グエン・カオ・キ元副大統領（空軍中将、一九六五年から二年間首相）が、前日の二十六日、反汚職国民戦線議長のチャン・フー・タン神父ら反政府勢力と会合を持ったことが、「政府転覆計画容疑」の大量逮捕のきっかけになったといわれる。少なくとも二十人、といわれる逮捕者の中には、キ元副大統領の側近や、反汚職国民戦線など反政府運動の有力メンバーが含まれていた。

グエン・カオ・キ（UPI＝共同）

これに対し、キ元副大統領、タン神父らは二十七日夕、サイゴン市内で記者会見。非常事態下にある南ベトナムを救うため「救国行動委員会」を結成したことを明らかにし、「北部、中部高原での敗退は能力なき指導を続けてきたチュー政権の失敗である」と公然と批判。「国を失う前に反政府勢力を結集し、国をよみがえらせる新政権を樹立しなければならない」とチュー政権打倒を国民に呼びかけた。

四月二日になると、チュー大統領の〝片腕〟として、チュー体制を支えてきたチャン・チン・キエム首相が辞表を提出、一時、内閣総辞職との情報が飛びかった。キエム首相は数時間後には辞表を取り下げたが、政権内も一枚岩でなくなったことを示していた。三日夜には現役将官九十六人で構成する軍事評議会が緊急会議を開き、チュー大統領の退陣と、国外への亡命を申し入れる。チュー大統領は政権内部からも軍中枢からも大きく揺さぶられ、孤立無援の窮地に立たされたのである。

チュー大統領の辞任を求める声は日ごとに強まり、市内ではクーデターのうわさが飛び交う。ズオン・バン・ミン将軍をはじめ、仏教徒のアン・クアン寺派、カトリック教徒も同様の動きを見せ始める。強気の姿勢を崩さない同大統領は四日午前、全国民に向けてラジオ、テレビで演説する。中部高原や北部地域での敗北について「私の命令が守られていれば、こんなことにはならなかった。ある地域では一部の部隊が一発も撃たずに敗走するという事態もあった。こんな部隊の司令官は厳しく処罰する」と弁明。市民の失望は深まった。

しかし、三月末から四月始めにかけて表面化した反チュー大統領の動きは、グエン・カオ・キ元副大統領に代表されるように、南ベトナム政界、軍部内の主導権をめぐる闘争であった。軍部を立て直し、北の共産勢力と戦う力を再構築しようというもので、民族和解によって戦争の終結をめざす、という動きはこの時点ではまだ、水面下のものだった。

▼政府軍機、大統領官邸を爆撃

反チュー政権の動きが続く四月八日、サイゴン市民の度肝を抜く〝事件〟が発生する。午前八時すぎ、私は支局の一室で朝食を終えたころ。助手陣はまだ出勤前だった。キーンというすさまじいジェット音に続いて、バーン、バーンと爆発音が二発。一斉に対空砲火の射撃音。私は支局前のグエンフエ通りに飛び出した。一キロ足らずの大統領官邸方向に黒煙が噴き上がっている。

サイゴン市内への空爆は一九六八年のテト攻勢でもなかった。目撃者はF5戦闘機三機で南ベトナム空軍のものだという。軍経験者の多いサイゴン市内では米国製機の機種に詳しい人は多い。「クーデターだ」と判断し、私も市民の群れにまじって官邸方向に走っていた。計画的なものであれば、官邸に命中した可能性は大きい。それをとにかく確認したかった。

しかし、官邸に面した道路はすぐにバリケードがはられ、立ち入り禁止。爆弾は官邸西側の庭に落ちたという。チュー大統領の生命には別状はない、と判断し、とりあえず支局に戻った。ラジオ、テレビは一斉に「二十四時間の外出禁止命令」を流し始め、外に飛び出した市民も、次第に街から姿を消す。サイゴン市内の全面外出禁止令は、テト攻勢以来。チュー大統領は午前十一時半には「私も家族も無事で、平常通り勤務している。この攻撃はクーデターではなく、少数の政治家グループと軍将校とのはねあがり行動である」とラジオを通じ、「平静を保つよう」呼びかけた。

この爆撃はいったい何だったのか。取材の結果、襲ったパイロットの一人は、ビエンホア基地所属、第三航空師団のグエン・タイ・チュン中尉で、政府軍当局は、同中尉はそのままタイに亡命した、と発表する。しかし、この事件、どう取材しても真相がみえてこなかった。少なくとも組織的なものではなさそうである。

目撃者の話では襲ったのは三機だという。しかし、政府当局によると一機だけで、パイロットの名前まで公表した。しかし所属や名前までわかっているのに、チュン中尉がどんな人物なのかについてはすべて「ノーコメント」である。タイに亡命したならば、いずれバンコク発の続報がでるだろう、と数日間、各紙を注目したが、それらしい報道はない。チュン中尉は爆撃後、どこかに消えてしまったのだ。この日、外出禁止令の中を、テレックスセンターにたどりつき、送稿した解説原稿は、「一部将校の暴走か、チュー政権自作自演も、この機に反対派弾圧も」との見出しで、次のように書いた。後述するが、事件の背景は全く違っていたことが後年、明らかになる。

［4月8日］八日朝、南ベトナム空軍機がチュー大統領官邸を爆撃、それに続いてサイゴン市内に二十四時間の外出禁止令が出された。サイゴン警察当局の発表によると、この爆撃によって三人が死亡、四人が負傷した。大統領官邸の被害状況は比

較的軽微で、チュー大統領およびその家族は無事だった。こうした形の〝内部反乱〟は六七年十月のチュー大統領就任後初めて。

現在のところ、爆撃を加えたF5戦闘爆撃機と空軍の関係、あるいは陸軍部隊と行動をともにしているかどうかは明らかでない。だが、このところ日を追って混迷の度を深めているサイゴン政権、特に空軍を中心とした軍部の反チュー姿勢強化などから、今回の爆撃が軍による反乱、あるいはクーデターの序幕とみる向きも少なくない。政府軍当局によると、爆撃した空軍機のパイロットはサイゴン北東二十四キロにあるビエンホア基地所属のグエン・タイ・チュン中尉で、爆撃後、タイに亡命した、という。

今回の爆撃事件は、組織的な背景を持った本格的なクーデター計画とみるのは早計なようだ。チュー大統領の撤退作戦に怒りを押さえ切れなかった一部将校、またはグエン・カオ・キ氏を支持する一部空軍将校のはね上がりとみた方が正確だろう。爆撃後のチュー政権の素早い反応もあり、この特攻隊的爆撃を支持して軍部が動き出す気配はない。

むしろこの爆撃によってチュー政権は強硬な立て直しの口実ができた。同政権は先月末から二度にわたってクーデター未遂容疑でグエン・カオ・キ氏の側近などを含む要人の逮捕に踏み切っている。今回の爆撃をきっかけに、軍部内の反政府勢力、反政府政治家、反チュー市民運動に決定的な打撃を与える強硬作戦にでることは間違いない。政府筋も今週中に反政府勢力三百人の逮捕に踏み切るだろうと述べている。

軍内部でも反チュー意識は爆発寸前まで高まっている、といわれるがその不満を具体化するには足並みがそろわない。クーデターを決行すれば、解放勢力につけ込まれ、南ベトナム政府そのものが崩壊する恐れがあり、軍がまとまって、チュー政権打倒に踏み切るのは困難な情勢だという。今回の爆撃はこうした状況にいらだった一部過激将校によるものとみた方がよさそうである。

▼市民生活も崩壊寸前

チュー政権が崩壊寸前となり、サイゴンを包み込むような解放勢力の大攻勢を前にしたこの時期、市民の生活はどう変わっていったのか。

［4月8日］つい一ヵ月前まではサイゴンの夜は色とりどりのネオンが輝き、ナイトクラブ、バー、喫茶店、軒をつらねる屋台などが、外出禁止時間ぎりぎりの午前零時近くまで、観光客や若者相手ににぎわっていた。解放勢力の攻撃が本格化した三月下旬、外出禁止時間を二時間早め、その後、政府軍の敗走が続くにつれ、まずナイトクラブ、バー、競馬場などの娯楽施設の閉鎖を命じた。浮かれていては戦争に勝てない、というわけである。ネオンの灯は一斉に消え、午後八時を過ぎると不気味な静寂が街をおおい、町全体が息をひそめた。夜は憲兵隊と野戦警察隊の活躍の場となった。夜の街をかっ歩した観光客も完全に姿を消した。

続いて政府は、たて続けに節約令、ぜいたく禁止令を出した。まず公務員、軍人は土曜の半ドン返上、役所の冷房はすべてストップ、金曜は全レストランが閉店、土曜は肉類の販売禁止。さらに十八歳以下の若者にオートバイに乗ることを禁止し、コメを原料にした酒の製造、販売も認めない。華美な服装は禁じられ、公務員はノーネクタイ、上着はなし。パーティーは厳禁、成人男性の海外旅行は禁止、といった具合である。これらが守られなければさらに厳しい統制に乗り出すという。

南ベトナム政府としては、食料を蓄え、エネルギーを節約し、最後の防衛体制を固めようというわけだろうが、こうしたぜいたく禁止令を市民に守らせるには強権だけでなく、戦闘精神の高揚も必要になってくる。そこでサイゴン市内のあちこちに「共産勢力を撃滅しよう」などのスローガンを書いた横断幕を張りめぐらせ、政府の広報軍が一日中、スローガンをがなり立てて走り回る。そして官製の反共デモが何度も繰り返される。ちょっとばかりおしゃれをした若者や、「ホンダ」に乗った青年などは警察に呼びとめられ、しぼられた。

市内の工場や商店も相次いで閉鎖した。いつ解放勢力の攻撃が始まるかわからず、仕事もオチオチしていられない。厳しい節約令のおかげで、サイゴン市民の購買量は一ヵ月前の半分程度に落ち込み、商売にならないのだという。このため失業者が街にあふれており、サイゴンだけで失業者数は百万人を突破したといわれる。

一方、食料品を中心に、日用品の値上がりは異常である。政府がいくら「コメの保有量は十分にある」とテレビやラジオで呼びかけても、コメを買いだめしようとする市民は後をたたず、値段は毎日百ピアストル以上上がっていった。

中部高原が解放勢力の手に落ちたため、新鮮な野菜の入荷もめっきり減って、西洋野菜など一ヵ月前の二、三倍もする。食用油などはもう入手するのも困難だ。難民の流入が増えるにつれ、食料品の値上がりはますますひどくなっている。

市内の銀行もパニック状態。銀行の前には毎日、朝から行列ができ、預金を次々と引き出す。ベトナム銀行や財務省がいくら大丈夫、と言っても、信じる者はだれもいない。取り付け騒ぎが毎日のように起こっている。米ドルとピアストル（南ベトナム通貨）のヤミ交換レートも一ヵ月前に比べて二倍近くにはね上がった。南ベトナムの経済は崩壊してしまった、ともいえそうだ。

サイゴンの庶民の足、シクロにも営業停止命令が出され、運転手は全員、住所を警察に登録するよう義務付けられた。シクロは自転車に座席をくっつけた簡易タクシーだが、営業停止の理由がおもしろい。一九六八年のテト（旧正月）攻勢の際、共産ゲリラがだれもが簡単に乗れるシクロの運転手になりすまし、シクロに爆弾を積んで、政府高官などに対するテロ行為に出たためという。仕事を奪われる運転手はいい迷惑だ。

日ごとに苦しくなる生活にあえぎつつ、サイゴン市民はなにかが起こることへの恐怖におののきながら、「いつベトコンはサイゴンにやってくるのだろう」というのが日常のあいさつになった。主婦たちはバッグに身の回りの品を詰め込み、いつでも逃げられる用意を整えている。だが、どこに逃げるのか、と聞くと黙ってうつむくだけである。南ベトナムにとってサイゴンだけが残された土地になっていた。

第二章　ベトナム共和国の弔鐘

▼サイゴン包囲網

赴任以来一ヵ月。わずかの間にサイゴンの雰囲気は一変した。乾季から雨季への季節の変り目の空のように、明るかった市民の表情にも重苦しさが漂い始めていた。緊迫の度合いが増す戦況や政治勢力の動きを追って、連日、猛暑の中を汗をふきふき駆け回った。この街の表情の変化を少しずつ読めるようになったころ、長いベトナム戦争は最終局面を迎えていた。「ベトナム戦争の終りの終り」と判断して、世界各国から報道陣が押し寄せる。日本のメディアも、ベトナム戦争の取材経験者を総動員。記者会見に集まる報道陣は総勢二百人規模を超えていた。テレックスセンターの窓口に積まれる原稿は多い日には三十センチを超える。油断をすると、夕方、同センターに持ち込んだ原稿が、送信遅れでその日組みの朝刊どころか翌日の夕刊にも間に合わない。

朝日、毎日、読売やNHK、共同などの取材陣は三月末には一社四〜六人にふくれ上がっていた。私一人がどうあがいても、一国の崩壊をフォローするには荷が重すぎる。私も本社に応援の要請をした。「酒井君に次ぐ第二の犠牲者を出すわけにはいかない。君も一刻も早くサイゴンを離れよ」。本社の反応は冷やかだった。別に驚くことではない。国内の事件や事故現場でいつも経験してきたことだ。トアン氏ら助手たちには「日経は経済新聞なのでね……」と弁明しながら、ここで取材放棄をするわけにはいかない、と改めて思った。

この頃、私は「南ベトナム政府はそう長くもたない」と判断していた。しかし、チュー大統領は軍人出身。複雑怪奇なサイゴン政界で八年も大統領職をはってきた男だ、このまま自滅を待つことはないだろう、どんな手を使って起死回生を図るのか——興味はこの点にあった。中部高原三省の放棄に始まってユエ、ダナンからの撤退。戦わずして敗走し続けることに、戦略的な意図はあるのか。「防衛態勢を再編成するための戦略的撤退」だとするならば、チュー政権は自らを守るため、どこかに最終的な防衛線を敷くはずである。

考えられる想定は、サイゴン外周五十キロ圏内での〝サイゴン共和国〟の再構築である。三百万人の市民を〝人質〟にして身構えれば、解放勢力は「人民解放」という建前から考えて、大量の犠牲者の出るサイゴン爆撃、砲撃は難しくなる。政府軍幹部の一部が「市民は団結して共産勢力と戦おう」とヒステリックにサイゴン決戦を呼びかけているのは、そんな慮りからではないのか、と私は考えていた。

支局内で助手たちとこんな話をしていると、その日の勤務を終え、支局に立ち寄っていたO大尉は「統合参謀本部にも〝サイゴン決戦〟を声高にいう将官たちはいますが、彼らに本当に戦う意志はあるんですかねえ。戦略的などというカッコいいものではなく、軍内部の自壊作用が始まっているんですよ」とクールに分析する。軍人たちは「国を守る」ことより、自分のことを優先して考えている、というのである。

▼四月中に全面解放——ハノイ党中央決定

ハノイの労働党中央はそうしたサイゴン内の雰囲気を正確に把握していた。「チュー政権のいう戦略的撤退、は単なる強がりにすぎない」。三月三十一日、労働党はハノイで再び政治局会議を開く。ボー・グエン・ザップ将軍は「抵抗戦争はゲリラ戦から正規戦に移行している」と判断、大規模な正規軍部隊によってサイゴンを包囲し、一挙に決着をつける、との腹を固めていた。同政治局会議は南の情勢を検討した結果、全面解放のスケジュールを大幅に短縮、「四月いっぱいをメドに最終決戦となるサイゴン総攻撃をかけ、南を全面解放する」と決定する。この事実は、サイゴン陥落後、ベトナム人民軍参謀総長、バン・チェン・

ズン大将が労働党機関紙「ニャンザン」に回顧録を掲載し、明らかにしている。

ズン大将は、この決定に基づいて南下し、四月三日にはビンロン省ロクニン近くにあった解放区の秘密司令部に密かに到着する。続いてレ・ドク・ト政治局員、ファン・フン政治局員ら党中枢や、南部での総司令官、チャン・バン・チャ将軍を始めとする軍幹部が相次いで集結した。そして同八日、党・軍一体の会議を開き、レ・ドク・ト政治局員が、三月三十一日の政治局会議で決定した「四月中のサイゴン解放」を参加者に正式に伝え、直ちにズン将軍を最高司令官とする「サイゴン解放作戦司令部」を設置する。

南ベトナム各地に侵攻していた北ベトナム正規軍は、サイゴンに向けて一斉に動き出した。北ベトナム内に残っていた正規軍も相次いでベンハイ川を越え、総攻撃の準備が進んだ。ズン将軍は後に、南ベトナム軍の中部高原三省の放棄を「敵が犯した戦略上の最大の誤り」と指摘している。チュー大統領の当初の意図はどうあれ、結果的には雪崩のような大敗走を招くことになった。こうした北の動きを、南ベトナム政府も軍も、もちろん私たち報道陣も全く知らない。翌日の四月九日朝、スアンロクなどサイゴン周辺の都市で、解放勢力の激しい攻撃が始まった。

余談だが、これから十日ほどしたチュー大統領辞任前後のことだったと思う。トアン氏が「五月一日のメーデーにサイゴンで盛大な祝賀会が開かれる」といううわさがささやかれている、と心配そうに言う。事実なら大変な情報だ。うわさの出所を追え、と取材にかかった。もちろん、確認などとれるわけはない。共産ゲリラの謀略情報だろうということになったのだが、後から考えてみると、ハノイの政治局の決定は、「四月中のサイゴン解放」。五月一日のサイゴンの盛大なメーデー、といううわさと符合していた。事態はその通りに展開したのである。

▼天王山・スアンロクの戦い

［4月9日］解放勢力は九日早朝からロンカン省都のスアンロク、ロンアン省都タンアンや首都防衛の拠点ビエンホアなど、サイゴン周辺三十キロ—六十キロの外部防衛線に激しい砲撃をあびせた。政府軍もこれに応戦、多くの被害が出ているといわれるが、詳細は発表されていない。攻撃された省都はサイゴン防衛の重要前線基地であると同時に、輸送動脈となっている国道線上の拠点でもあり、解放勢力のねらいは政治的に追い込まれたチュー大統領を孤立化させるための〝糧道分断〟作戦とみられる。

政府軍当局によると、解放勢力側は九日午前六時すぎ、スアンロクに二千発の砲撃を行い、そのあと戦車を先頭に地上軍が攻め込み、市街戦となった。正午すぎにはいったん退いたが、その後も数波にわたり攻撃を繰り返した。解放側はスアンロク周辺の郡都に対しても一斉攻撃を加えている。政府軍は応戦しているが押され気味だという。

スアンロクは一週間前にも解放勢力の攻撃を受けたが、政府軍はこれを食い止め、小康状態にあった。九日の攻撃は同市にある政府軍十八歩兵師団司令部に対し大砲、迫撃砲、ロケット弾を一斉に浴びせる猛攻で、五千人以上の兵力で同市に突入したという。

一方、サイゴン南西約四十キロのタンアンの攻撃も九月朝から開始された。また、同市の中心部には及んでいないものの、周辺地域は激しい砲撃を受けており、同市には朝から全面外出禁止令が出された。タンアンは南部メコンデルタの第二の都市ミトとサイゴンを結ぶ国道四号線上の重要都市で、ここを失えばサイゴンへの食糧補給は重大な危機に立たされる。

ビエンホアへの攻撃は、解放勢力砲兵隊による航空基地破壊をねらったものとされており、かなりの被害が出ている模様。このほかビントアン省都ファンチェト周辺でも、解放勢力は激しい攻撃を開始している。

［同10日］スアンロクに対し、解放勢力は十日も激しい攻撃を繰り返し、サイゴンの防衛線として死守態勢を固める政府軍と一進一退の攻防戦が続いている。この戦

闘はサイゴン周辺の省都に対して解放勢力が始めた本格的な攻撃であり、この一ヵ月間、「戦わずして敗走」を続けた政府軍も必死の防戦につとめている。戦闘の行方は、今後の軍事情勢をうらなう重要なカギを握るとみられる。

政府軍当局によると、解放勢力は前日に続き十日早朝からスアンロクへの攻撃を再開、約千発のロケット弾を撃ち込んだあと、戦車を先頭に歩兵部隊が市内に攻め込み市街戦となった。同市に司令部を置く歩兵十八師団が応戦、血みどろの戦闘が続き、解放勢力側の死者だけで三百人を超えたという。解放側が同市に撃ち込んだ砲弾は九日から十日にかけ四千発を超えた。同市の人口十一万人のうち七五％が難民となって同市を脱出、サイゴン北東二十キロの軍事基地ビエンホアなどへ続々と避難を始めた。

三月初めからの解放勢力の攻勢で、本格的な戦闘があったのは、バンメトート（ダクラク省）だけであり、その敗戦がその後の政府軍の総崩れを招いた。スアンロクを死守できるかどうかは、ガタガタになった政府軍の士気に決定的な影響を与えるとみられ、政府軍にとって一歩も引けぬ戦いとなった。解放勢力側にとっても、スアンロクを陥せば、東方からのサイゴン攻撃の足場を固めることになり、軍事、政治的に決定的な有利な情勢を築くことができる。

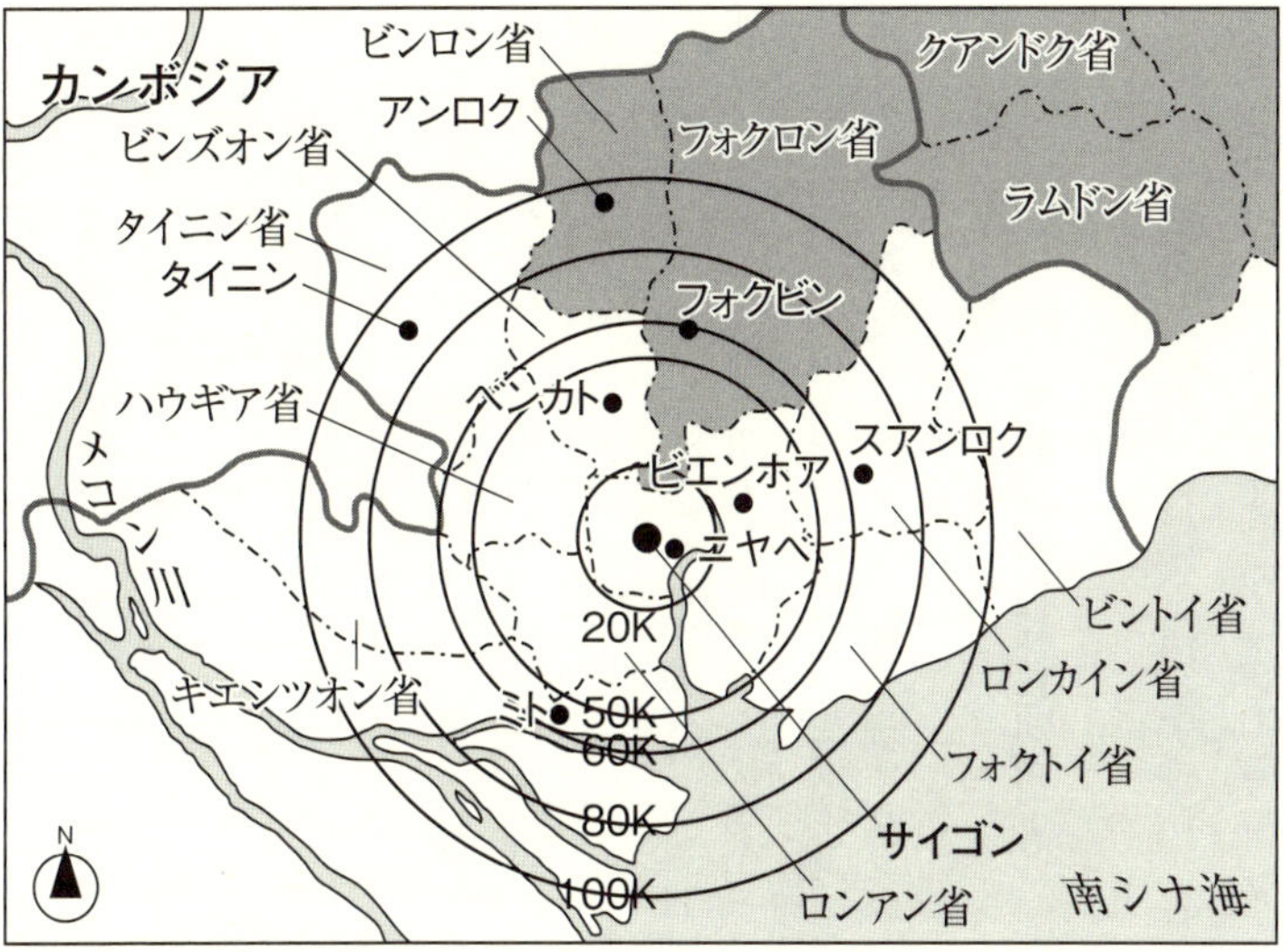

スアンロクの攻防は一週間にわたって続いた。ようやく大勢が決まるのは四月十六日午後。この日、千発を超すロケット砲撃の後、歩兵部隊がなだれ込み、市の北半分が解放勢力の支配下に入った。同市への物資輸送路である国道一号線は切断され、政府軍の物資輸送は空路だけとなり、陥落は時間の問題となる。スアンロクの攻防は南ベトナムという国の存亡をかけた最後の戦いだった、といえるだろう。

　四月十三日のことだったと思う。政府軍当局は「政府軍の戦いぶりを報道してもらうため」希望する記者をヘリで激戦の続くスアンロクに案内するという。私は迷った。赴任以来一ヵ月、戦況取材は戦闘現場から遠く離れたサイゴンでの取材に頼ってきた。情報提供者として雇った〇大尉のきわめて冷静な報告によって、大筋そう間違ってはいない。しかし、一度は現場を見ておきたい。いずれサイゴンが戦場になるのは目に見えている。屍累々を見たいとは思わないが、戦況発表では、戦死者や負傷者数が発表されたことはない。死者数を質問しても「わからない」。他社の先輩記者に「日本での事故、事件と間違えないでよ。戦場では死者数を数えている余裕はないよ。あえていえば、たくさん、たくさんだね」と冷やかされた。

スアンロク取材には同行したいが、政府軍ヘリでスアンロク入りした後、その日のうちにサイゴンに戻れる保証はない。スアンロクから東京への送信手段はない。私がサイゴンを空ければ、その日の動きが東京に伝わらないことになる。応援の記者が一人でもいれば、私は迷わずスアンロクに出かけただろう。

戦闘の真っ只中にヘリで降りなくても、確実に戦場に近づき、かつ、いつでも引き返せるのは、国道一号線を車でスアンロクに向かって、走ることだ。サイゴン郊外わずか一時間半のところで、何が起きているのか。先に進めなくなるところまで、とにかく行こう。十六日朝、ズン氏運転、トアン氏通訳というういつもの体制でサイゴンを出発した。

▼解放側首都包囲完了

サイゴンから国道一号線を約三十キロ、ビエンホアに近づくにつれ、サイゴンに向かう難民の集団にさえぎられて、ノロノロ運転となる。家財道具を屋根まで山積みにした車。数人の家族がぶら下がっている。大きなバッグをいくつも積み上げた自転車を押す夫婦。フライパンやナベまでも背中に背負ってトボトボ歩く老人たち。難民たちは口々に「砲弾が雨のように降ってきた」「たくさんの人が死んだ」などと声をふるわせる。国道一号線は、解放勢力の直進をくい止めるためか、一キロおきぐらいにドラム缶や土嚢によるバリケードが築かれ、厳しい検問体制が敷かれている。国道は難民で埋めつくされ、ビエンホア市内には近づくこともできなかった。

この日、サイゴン市内には難民の立ち入りが禁止された。難民にまじってゲリラ部隊がサイゴン突入を企てる恐れがあるからだという。サイゴンに着く直前で、足止めをくった難民は口々に検問の兵士にくってかかるが、銃を突きつけられて追い返される。あきらめた難民の多くはブンタウ方向に向かって歩き始める。ブンタウで難民キャンプを設けているのでそこに行け、というのが政府軍の説明だった。

翌十七日、私たちは今度は国道四号線をメコンデルタのミト方向に向かった。サイゴンの西方から南方向の状況も見ておきたかった。国道四号線沿いも、前日の国道一号線沿いと状況は全く同じだ。サイゴン市内を出て三十キロ進むのがやっと。途中の検問にさえぎられ、引き返さざるを得なかった。解放勢力のサイゴン包囲網は事実上、できあがっており、チュー政権はサイゴンとその周辺数十キロ圏内、それも首都を一歩離れると、〝点と線〟を支配するだけの政権になっていた。この現地取材を通して私は、この時点での戦況を、次のように判断していた。

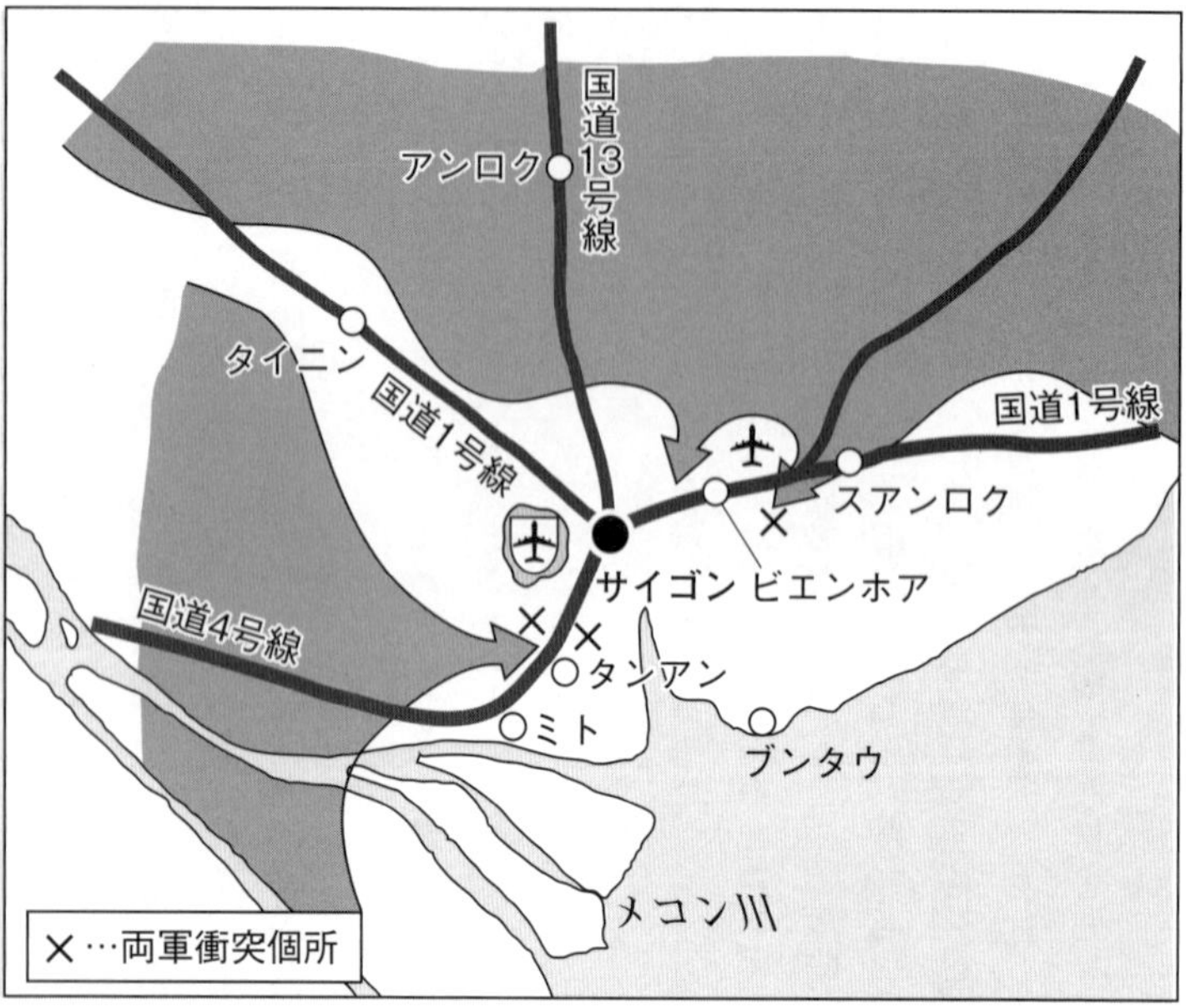

サイゴン東方六十キロのスアンロクでは、政府軍は、解放勢力に完全に包囲され、国道一号線のスアンロク―ビエンホア間にあるダウディア、チャポン両村は解放側の支配下に入った。解放勢力はサイゴン東方三十キロのビエンホア基地の東約十キロまで接近しているわけだ。ビエンホア基地も激しい砲撃で、ジェット戦闘機の離着陸はすでに不可能になっている。

サイゴン北方では、国道十三号線沿いの郡都チョンタン（サイゴンから五十キロ）、さらに国道十四号線沿いのチタム（同）がすでに陥落、西方ではタイニンとサイゴンのほぼ中間にあるフーチェン（同六十キロ）が解放勢力の支配下に入っている。一方、南のメコンデルタでは国道四号線をはさんでサイゴンから約三十キロの郡都ツーツア、タンチェで激戦が続き、タンチェは解放側に制圧された。

サイゴンはすでにその周囲三十キロから六十キロのラインで完全に包囲されているわけである。それも例えば、国道四号線沿いでみると、政府が支配するのは国道をはさんでわずか一キロ前後。四号線を車で走ると、政府軍の戦車や大砲は国道から外側に向けて並べられており、政府軍は事実上、国道の確保だけに努めているようなものだ。

政府軍の物資不足もあちこちで目立っている。国道四号線沿いのビンズオン省の省都ベンチャンで、政府軍機二機が解放側の陣地を攻撃するのを見たが、解放側から猛烈な対空砲火をあびせられ、政府軍機は一発ずつ爆弾を落とすと「仕事は終りだ」というかのように引き揚げてしまった。

国道沿線には数キロおきにバリケードが作られているが、いずれもドラム缶や砂袋、竹槍などを利用したちゃちなもので、押し寄せる解放側の機動力の前にはひとたまりもない、といった感じがする。

▼プノンペン陥落の衝撃

サイゴン包囲網が縮まる中、サイゴン政権と市民にとって十七日、抜きさしならないショックが襲う。隣国カンボジアの首都プノンペンをポル・ポトの指揮するクメール・ルージュが完全に制圧、政府軍は全面降伏したというニュースが流れた。一九七〇年、ロン・ノル将軍のシアヌーク殿下追放に始まったカンボジアの内戦は終った。「米国はカンボジアを見捨てた。次はサイゴンだ」という悲愴な声がアッという間にサイゴン市内に広まった。

［4月17日］プノンペンの陥落は、サイゴンに大きな衝撃を与えている。米国の援助に支えられて戦ってきたロン・ノル政権の末路は、多くの〝共通点〟を持つチュー政権にとって他人ごとではなく、「米国は最後にはインドシナの同盟国を見捨てる」という冷酷な現実を認識させられている。サイゴン市民にとって隣国カンボジア国民の苦しみは、そう遠くない将来の自分たちの姿に見えてくる。「米国には頼れないのだ」という認識とともに、プノンペンのような最悪事態に陥る前に、何らかの方向転換を見い出したい、という焦りが一段と強まっている。

フォード大統領の議会に対するベトナムへの軍事・経済援助の呼びかけに、ひと筋の望みをかけていた南ベトナム政府は十二日、プノンペンの米大使館が閉鎖され、全米国人の引き揚げが始まった時、痛烈な打撃を受けた。政府高官は「米国は完全に同盟国を見放した。南ベトナムに対する援助も、結局は議会が認めず、米国人の避難のための援助だけが認められるに違いない。米国はインドシナを次々と裏切っている」と興奮して語っていた。また別の高官は「今さら米国の約束違反を怒ってみてももう手遅れ。チュー大統領はその信念に従って最後まで戦うだろう」と述べていた。チュー大統領周辺は「徹底抗戦」の声を高めながら、心理的な動揺は隠し切れないようである。

南ベトナムに近いカンボジア領は、これまでも解放勢力の補給基地として自由に使われており、プノンペンの陥落によって、国境沿いからのサイゴンへの圧迫が、急に強まるとは考えられない、と政府軍当局は軍事的な影響は否定している。だが、連携を強めているカンボジア、ベトナム両解放勢力は、勢いに乗って、サイゴン及びメコンデルタへの攻撃を一気に強める可能性が強い、という軍事専門家もいる。「いよいよ南ベトナムの運命を決する日が近づいた」と悲愴感を漂わせる軍幹部は少なくない。

プノンペンと同じような状況が再現されると、人口三百万人を超えるサイゴン市民の犠牲ははかり知れない。その前になんとか手を打たねば、というのが盛り上がる反チュー勢力の祈りにも似た願いだ。「米軍の軍事援助ではサイゴンは救えない。南ベトナムの政治の流れを変え、解放勢力との話し合い解決の糸口を作ることに、米国は協力してほしい」と反政府勢力は口をそろえる。解放勢力はこれまで再三にわたって、チュー大統領が退陣し、新しい政権ができれば話し合いに応じる、と言明してきている。

▼チュー大統領辞任

プノンペンの二の舞を避け、サイゴンを守るには、チュー大統領が辞任し、北・解放勢力と話し合える民族和解政権の樹立しかない——サイゴンの政局はめまぐるしく動き、第三勢力といわれる反チュー陣営の「チュー辞任要求」が相次ぎ、二十日から二十一日朝にかけ、「チュー辞任を決意」という情報がかけめぐった。二十一日朝、トアン、ズン両氏から、夕方、チュー大統領がテレビ演説をするという情報が入った。「辞任に間違いない」と二人とも確信を持って言う。演説の時間は午後七時すぎ、との確認がとれたのが昼すぎ。私はすぐに予定稿作りにかかった。

問題は送稿方法である。「辞任」の確認がとれてからテレックスセンターに原稿を持ち込んだのでは、世界中から集まった報道陣の原稿が殺到し、いつ東京本社に届くか予測がつかない。チュー辞任はベトナムの今後を決める決定的なニュースだ。電話送稿しかない。私は、庶務担当のハー嬢に、東京本社に電話をつなぐよう指示した。ハー嬢は中央電話局に何度も何度も申し入れをするが、東京への回線はすべてふさがっている、との返事ばかり。「あきらめないで、何度でも……」との激励に応えて、ハー嬢は電話をにぎりしめたままだ。午後五時すぎ「つながった」と彼女の大声。心配そうにハー嬢を取り巻き、のぞき込んでいた助手たちから拍手が起きた。

外報部につながった電話で、私は挨拶もそこそこに「チュー辞任予定稿」を読み上げ始めた。送稿を終えても、チュー演説まで二時間近くもある。いったん切れば、次につながるのは絶望的。演説が始まるまで、電話をつなぎっ放しにするしかない。話が途切れると、電話局は回線を切るだろう。交代で話し続けた。支局内では真ん中にテレビを置き、タイプライターを前にしたトアン氏がその前に座り、大統領演説を英文で逐語訳をしていく体制を整える。私は立ったまま彼が打ち出す英文を目で追う。わからない単語にそなえて辞書片手にである。ズン氏らにはチュー大統領が「辞任」という言葉を口にした瞬間に、声をあげてくれ、と頼んだ。

チュー大統領の演説が始まったのは予定より遅れた午後七時四十分。大統領官邸内からのテレビ、ラジオの実況中継である。三月五日の記者会見で聞き覚えのあるややしわがれた声。早口で原稿はない。

「私は今から皆さんに直接声明を発表したい」と話し始めたが、話は大統領に就任した八年前にさかのぼり、共産勢力との戦い、米国の介入、援助、再選のいきさつなど八年間の回顧が続く。「共産側の戦略は一九七二年まではきわめて巧妙で、我々を話し合いの場に引き出そうとした。彼らは政治的勝利が得られないとみると、軍事的勝利を得ようとあらゆる手をつかう。彼らはいざとなれば手段を選ばない。ウソも平気でつく」。トアン氏のタイプライターで翻訳され、たたき出される英文は、長々と北の労働党批判が続いた。

「七二年末、米国は私に和平協定に調印するように、と言ってきた。調印しなければ援助を打ち切るとも脅してきた。私は言った。米国は南ベトナムを共産主義者に売る気なのか、と」。強い米国非難に移る。一時間たっても「辞任」との一言はでてこない。私は電話を耳に当てたまま、イライラしていた。これでは朝刊早版に予定稿は入らない。そんな時だった。「ウォー」という喚声。固唾を呑んでテレビを見つめていた助手たちの間にホッとした空気が広がる。彼らも、ハー嬢も、そしてオバさんも、平和を待ちこがれていた。「チュー辞任で、サイゴン攻撃は避けられる」。私は電話に向って「予定稿ゴー」と叫んでいた。電話は四時間近くにわたたってつなぎっ放しだった。

「私の辞任でベトナムの新しい道を開く可能性が少しでもあるなら辞任する。私がいるから援助を打ち切れ、と考えている米国の議員がいるなら考え直してほしい」。チュー大統領はこう結んだ。チュー辞任によって和平交渉の道が開かれ、民族和解へ前進するだろう。良識あるサイゴン市民の多くがそう期待していた。しかし、単純にそう行くかどうか、不安もあった。

▼政治解決への期待

［4月21日］南ベトナムのグエン・バン・チュー大統領は二十一日夜、ついに辞任した。米国の強力な支援の下に八年間続いたチュー政権も、日ましに首都包囲網を縮める解放勢力と、軍部を中心とした国内の反政府活動の高まり、さらに米政府の軍事援助が絶望的になったという切迫した情勢の中で、生き延びる道をすべて閉ざされた。チュー政権の崩壊は、ベトナム戦争にとって最大の転機となるもので、第一次インドシナ戦争以来、三十年もの長きにわたったベトナム戦争は、いよいよ〝終章〟の始まりを迎えた。

チュー大統領の退陣に伴い、南ベトナム憲法の規定により、新大統領はチャン・バン・フォン副大統領が昇格、就任した。同氏は高齢であることや政治的手腕に乏しいことから、実質的な権限が誰の手に握られるのかは、今のところ明らかでない。今後、注目されるのは、チュー辞任に対する解放側の反応。解放側は、チュー大統領が辞任すれば、和平交渉を再開してもよい、との意向を表明していたが、フォン氏を「和平大統領」と認めるかどうかは不明。ベトナムの戦火が消えるかどうか、なお予断を許さぬものがある。

チュー大統領は辞任発表に先立ち、大統領官邸にフォン副大統領以下全閣僚、軍首脳、議会指導者を集め、辞任の意向を伝えた。席上、同大統領は、辞任の背景に米国の強い圧力があったことをほのめかしたといわれ、テレビ演説では、辞任によって解放勢力側のサイゴン制圧を防ぎ、解放勢力との政治的解決への道が開かれるよう期待する、と述べた。

辞任発表と同時に、南ベトナム政府は二十二日午前六時までとしていた外出禁止令を二時間延長する、と発表。さらにサイゴン周辺のすべての軍隊に対し、厳戒体制に入るよう命令した。辞任発表直後のサイゴン市内の様子は、いたって静かである。

大きかった米国の圧力

〔同21日〕八年間続いたチュー体制が終った。南ベトナムはいま、長かった戦争の時代から平和に向って大きく転換しようとしている。解放勢力の猛攻の前に、国土の四分の三を失いながら、国内からわき上がる辞任要求を強硬に抑え込んできたチュー大統領が、辞任に踏み切らざるを得なかったのはなぜか。一言で言えば、米国の援助の下で戦ってきたチュー体制が、結局は米国の援助なしでは生きながらえなかった、ということだろう。

フォード米大統領の南ベトナム軍事援助要請に対する米国議会の動きは、チュー大統領にとって「米国は南ベトナムを見捨てた」と強く感じさせるものであり、辞任の背後には米国の強い圧力があったことは否定できない。解放勢力のサイゴン包囲網が完成した現在、第二のプノンペン化を避けるには、チュー大統領の辞任しかなかったわけである。

七三年のパリ和平協定以降、米国の南ベトナムに対する軍事援助が大幅に減り、南ベトナムの戦況は一変した。ソ連、中国からの豊富な軍事援助に支えられ、近代兵器を装備して南下する解放勢力に対し、武器、弾薬不足に悩む政府軍は後退の一途をたどった。この三月中旬以来、中部高原からの撤退を命じたのも、物資不足の中で戦線を縮小、サイゴン周辺の防衛に集中せざるを得なかった。しかし、この戦略転換は完全に裏目に出た。士気を阻喪した政府軍は、浮足立ち戦わずして敗走した。これにつけ込むように解放勢力は一挙にサイゴン包囲体制を整えた。この状態が続けばサイゴン三百万市民は激しい砲火にさらされ、数多い犠牲者を出すことは必至だった。

徹底抗戦を呼びかけてきたチュー大統領は、これまで五万人以上もの若者の血を流した米国が、そう簡単に南ベトナムから手を引くとは考えていなかった。土壇場になれば、米国が助けてくれるという甘えがあった。それは長いベトナム戦争の過程で、米国の外交政策から得た確信に近いものであり、「米国の五代の大統領が約束し続けたことは、そう簡単に反故にできるわけがない」と繰り返してきた。

このチュー大統領の〝確信〟も米国のプノンペン見放しが決定的になった今月十七日以降、徐々に変わってきた、といわれる。フォード大統領は七億二千万ドルの軍事援助を議会に要請したが、南ベトナムのある高官は「米国のジェスチャーにすぎない。米大統領と議会は投げやりだ。フォード大統領は、議会が拒否するのを知っていながら、米国のメンツだけのために援助要請をしている」と怒っていたが、その後の議会の動きは、この高官の発言通りとなった。米国人の引き揚げに対する人道援助は認めたが、南ベトナムへの軍事援助は認めず、結局、南ベトナムを見放した、といえるだろう。

▼幻想だった和平への道

「和平への道、開かれる」と三段見出しとなったこの解説記事、多くのサイゴン市民の期待ではあったが、結果的にはきわめて〝甘い〟誤報だった。それまで北ベトナムも解放戦線も「話し合いの最大の障害はチュー大統領」と言い続けてきた。チュー大統領が辞めれば、サイゴン攻撃は避けられ、話し合いの道が開かれる、というのはこうした解放勢力側の「公式発言」に基づくものである。しかしそれは幻想にすぎなかった。

前述したようにハノイの労働党政治局は「四月中のサイゴン武力解放」を決め、全軍に戦闘命令を下していた。この事実を知っていれば「話し合いの道」はあり得ない。解放勢力はその後、話し合いを求めるサイゴン側の動きに、〝難クセ〟をつけるように要求を次々とつり上げ、一方で軍事的な包囲網を日一日と狭めていく。

チュー辞任によって、憲法の規定でフォン副大統領が昇格、大統領に就任する。解放勢力は当然のごとく、無視した。タンソンニャット基地内の二者合同軍事委員会の臨時革命政府代表団は「チュー大統領辞任は米国の援助をかち取り、反共政策を続けるために権力を譲ったにすぎない」と激しく非難する。ハノイ放送も「平和達成にはチュー辞任では不十分である。チューとその一派が追放され米国の介入が完全に停止されなければならない」と、「チュー辞任が話し合いの条件」はどこかに吹き飛び、さらに条件をつり上げる。そしてサイゴン北東のビエンホア基地や、南西約二十キロの郡都ベンラクに大規模な砲撃を開始した。

あわてたフォン大統領は、「即時停戦と無条件の交渉再開」を提案するが、解放勢力は「パリ和平協定に基づく平和、民族和解の政権をサイゴンに設立する方が先決である」と、これも突っぱねた。サイゴン側はやむを得ず、最後の切り札として「解放勢力との話し合い可能な人物」とみられていたズオン・バン・ミン将軍の擁立に動いた。ミン将軍は一九六三年、独裁者ゴ・ジン・ジエム大統領を倒したクーデターの立役者であり、〝ビッグ・ミン〟というニックネームで、国民的人気も高かった。四月二十四日から二十五日にかけて、サイゴンの政局はめまぐるしく動いた。

フォン大統領は二十四日、ミン将軍と会い組閣を要請するが、同将軍はこれを拒否する。逆にミン将軍はフォン大統領の辞任を要請、全権を同将軍に委譲するように要求する。解放勢力から「チューの後継者」と非難されているフォン大統領を残したままでは、話し合いは不可能と判断したわけである。フォン大統領はこれを受け入れ、ミン将軍に全権を委譲する決意をする。フォン大統領は文字通りの三日天下だった。

▼ミン政権で和解交渉へ

［4月26日］南ベトナムの上下両院は二十六日午後八時すぎ、フォン大統領から要請のあった「同大統領に後継大統領の指名権を委任する件」について表決の結果、事実上全会一致でこれを認めることを決定した。この決定でフォン大統領による次期大統領指名は合法化された。同大統領はズオン・バン・ミン将軍を後継者に選ぶことは確実で、民族和解を目指すミン政権が早ければ二十七日にも発足することになろう。

南ベトナム憲法によると、副大統領から昇格した大統領が任期途中で辞任する際は、上院議長を後任に指名しなければならない。フォン大統領は憲法上、ミン将軍を指名できないため、同朝「次期大統領を指名する権利を私に与えて欲しい」と両院に要請していた。

これを受けて上下両院合同会議で検討した結果、フォン大統領の意向を受け入れ、同大統領が国会の承認のもとに、新大統領を指名することを認めた。この日の演説で同大統領は、解放側と交渉のできる人物としてミン将軍に政権を委譲したい、と語っている。

ミン将軍の大統領指名は、南ベトナム憲法の規定を超えたいわば〝超法規的〟に行われるものだ。ミン氏自身は、民族和解を主張する第三勢力の象徴的存在であることから、チュー大統領に象徴されたサイゴンの反共政権は事実上〝消滅〟したことになる。ミン新体制のもとで、どのような内閣ができるのか、まだ明らかではないが、同氏の出身母体である第三勢力を中心とした組閣になることは間違いない。

ミン将軍はこれまで和平交渉への前提条件として、即時停戦、パリ和平協定に基づく民族和解一致全国評議会の設置、はもちろんだが、政府軍の武器放棄、武装解除という思い切った内容も示唆していた。

▼解放側、サイゴン砲撃

〝ビッグ・ミン〟という愛称を持ち、サイゴン市民の人気も高かったズオン・バン・ミン将軍の就任式のスケジュールも決まった二十七日未明、午前四時過ぎだったと思う。ドカーン、ドカーンという轟音で目が覚めた。音の大きさからすると至近距離だ。支局の窓からのぞくと、南東側ショロン方向の空が真っ赤に染まっている。「解放側のサイゴン攻撃だ」と直感

ズオン・バン・ミン（UPI＝共同）

した。夜が明けるのを待って、現場取材に飛び出した。至近距離だ、と思ったのは支局から約五百メートル、サイゴン川沿いのマジェスティック・ホテルだった。川沿いの大通りには市民が集まってホテルを見上げている。中に入れてもらうと階段をかけ上がった。ロケット弾は最上階を突き破り、八階の会議室はメチャメチャ、被害は七階にまで達している。

　もう一つの現場は支局から約一キロ、コンクイン通りに面した人家の密集地。ここから国警本部は目と鼻の先だ。現場はさながら大火の焼け跡。石造りの建物は破壊し尽くされ、くすぶり続けていた。消防車も救急車も見当たらない。被災した市民たちは茫然と立ちつくしていた。

〔同27日〕南ベトナムの解放勢力は二十七日未明、サイゴンの中心部に向け五発の百二十二ミリソ連製ロケット弾を撃ち込み、うち一発は目抜き通りにある一流ホテルのマジェスティック・ホテルに命中、二発は人口の密集したコンクイン通りの労働者街のど真ん中で爆発、数百軒が焼失する大火となり、多数の死傷者が出た。政府軍当局は死者六人、負傷者二十二人と発表しているが、現場を取材したところでは、これをはるかに上回っている。解放勢力のサイゴン砲撃は七三年のパリ和平協定調印以来初めてのことである。これが首都攻撃の始まりか、サイゴンの政治状況に対する揺さぶりかはまだ明らかでない。

二十七日午前四時、サイゴン中心部を襲った五発のロケット砲弾のうち四発が大音響とともに爆発した。眠りを破られたサイゴン市民の多くは「首都攻撃の開始か」と震えあがった。砲弾のうち一発は外国人客の多いマジェスティック・ホテル、他の一発は国家警察本部のすぐわきに落ちるなど、極めて正確なねらい撃ちとみられている。

マジェスティック・ホテルはフランスの植民地時代からの由緒あるホテルで、六八年のテト（旧正月）攻勢では難をまぬがれていた。ロケット弾は同ホテルの屋根を突き破り、八階の会議室を中心にメチャメチャに破壊した。この会議室は、チュー大統領もたびたび公式の会議に使っていたもので、六階以上の窓ガラスはほとんど吹き飛んだ。外国人の国外脱出が続いているため、宿泊客は少なく、死者は警備員一人だけだった。

一方、サイゴン中心部から中国人街のショロン寄りにあるコンクイン街に落下した三発のロケット砲弾によって付近一帯が炎上、その炎は未明のサイゴン上空を赤々と照らし、約三時間にわたって燃え続けた。コンクイン街は小さな労働者住宅がびっしりと軒を連ねているところ。中部高原などからの難民の流入で、人口はふだんの倍近くにふくれ上がっていたという。砲撃とその後の火災で、直径二百メートルに及ぶ地域が完全に廃墟となり、住民の話では五百軒以上が破壊されたという。

寝静まった未明の砲撃とあって、住民は「この家は家族五人が全員死んだ」「ここは十一人家族だったが、だれもいない」「ガレキの下に埋まっている人もいる」などと口々に訴えていた。難民が集中しているだけに、正確な被害者数はつかめないが、死者は少なくみても四、五十人に達するとみられる。

ここ数年、全く経験しなかった解放勢力側の砲撃に、サイゴンは極度の緊張状態に陥っている。砲撃のねらいについて、「民族和解政権」に向って動きながら、なお〝タカ派〟などの抵抗が残るサイゴン政権への威かく砲撃との見方が支配的だ。

▼サイゴン　パニック状態

四月二十七日未明の砲撃は市内中心部を直接ねらったものだが、その数日前からサイゴン郊外への砲撃音が、市中心部でも聞こえるようになっていた。ロケット弾の「聴きわけ方」を軍関係者に教えてもらったのもこの頃だ。彼らはロケット弾の音を「アウト・ゴーイング」と「イン・カミング」と表現した。政府軍が郊外の解放勢力に向けて撃つロケット砲の音は「最初は大きくて驚くが、次第に小さくなっていく」。「イン・カミング」はシュル、シュルという飛行音が次第に大きくなってくる。この場合は要注意だ、などというものだった。日を追って、〝イン・カミング〟が多くなり、軍関係者の中には二十七日未明の砲撃を「サイゴン攻撃の第一波」と見る者も多く、それが市民の恐怖感に火をつけた。

当時の取材ノートをめくっていたら、この時期に書いたと思われる未送稿の原稿をはさんであった。「ミン政権」への動きが激しく、そちらの送稿を優先したのだろうか。以下はその未送稿の原稿である。

サイゴン市内では今、多くの市民が解放勢力の砲撃と、〝ベトコン〟の幻影に脅え、精神的なパニック状態に陥っている。米国大使館には、連日、国外脱出を求めるベトナム人数千人が押しかけ、徹夜で大使館を取り囲む。夜明けとともに正門に殺到、ケガ人多数が出る騒ぎが繰り返されている。タンソンニャット空港の周辺には、乗れるかどうかもわからない脱出機を待って、荷物をまとめた人々がたむろする。人々は〝米国へのコネ〟を求めて必死に走りまわり、職場から、家庭から人が消えていく。サイゴンはちょっとしたきっかけで、暴動さえ発生しかねない状態にある。長い戦乱によって南ベトナムの人々は骨のズイまで「共産主義の脅怖」をたたき込まれていただけでなく、この期に及んで、すでにベトナムを見捨てた米国への〝依存症〟から逃れられないでいる。

米国がベトナム戦争に介入して十余年。一時は五十万人を超す米兵が、南ベトナムに乗り込んだ。しかし今、米軍関係者はもとより民間の米国人まで、ベトナムからの総撤収が急ピッチで進む。米国大使館の屋上からは、ブンタウ沖の空母に向けて、米国人を乗せたヘリがひっきりなしに飛び立つ。市内では米国人の姿はめっきり減り、米大使館閉鎖も近いとささやかれている。

米国の長期間の介入は、軍隊はもとより多くの企業で「米国と関係の深いベトナム人」を生んだ。十三万〜十五万人といわれるこれらのベトナム人を、米国は大艦隊を使って救出する、という。それがベトナム人の精神的動揺に拍車をかけた。なんとか米国や米国人との関係を作り出そうとかけずり回る。書類上だけで「米国人と結婚している」という状況を作り出したり、「英語学校に通っていた」というものまで、〝証拠書類〟を片手に米国大使館に押しかける。

米国大使館の周囲には、外出禁止時間が解ける午前七時すぎには一キロ以上にわたって行列が出来、厳しい暑さの中でじっと待つ。大使館は百人ずつくらい正門内に入れ、書類審査で〝救出者〟の決定をしている。行列のまわりには、屋台の食堂まで店開きし、パンや水売りが大声で歩きまわる。騒ぎは日に日にエスカレート、二十四日ごろからは外出禁止時間を無視して徹夜の行列も出来始めた。警官隊は市民の行列を制止することも出来ず、見守るだけだ。

二十五日夜、妻子を脱出させようと、徹夜の行列に加わったTさん（36）は次のように語った。

「大使館のまわりに集まった市民は午前四時ごろには約二千人、夜明けには五千人にふくれ上がった。大使館が開門する午前八時が近づくと、行列はくずれ、われ先に正門に殺到した。警官が制止しようとしたが、若い女性や老人が次々と倒れた。一時間後に騒ぎは収まったが、その後、大使館の扱いは全くの〝荷物並み〟。銃を突きつけられ追い返された。もうすべてをあきらめました」。

Tさんは昼すぎ、行列を離れ、妻子を連れて自宅に戻った。

三十歳すぎの子連れの女性が大使館の鉄サクをゆすぶりながら「この子を助けて下さい」と泣きわめいている。解放勢力の砲撃が続くビエンホアから逃れてきたばかりだという。米国大使館にも、米国にも知人はいない。記者が日本人だと知ると、「なんとかこの子を日本に連れていって下さい」とすがるように訴えた。

タンソンニャット空港周辺にはトランクをかかえた家族づれがゴロゴロしている。その多くが手続きは出来なかったが、混乱に乗じて救出機に乗るチャンスがあるかもしれない、とねらっている人々。一日中、空港を遠くからながめながら立ちつくしており、警官も追い返すのに一苦労している。

昨日まで、みんなといっしょに働いていた人が、急に姿を消すケースも相次いでいる。だれにも知らせず、こっそりと。こんな人たちは〝脱出成功者〟だが、民間企業や役所だけではなく、軍内部でもかなりの数に達している、といわれる。統合参謀本部でも将官、佐官クラスなど高位高官の方から、いつの間にかいなくなったという。

家族ごと消えるのはまだしも、共かせぎ夫婦で、家に帰ってみたら「夫や子供が消えていた」という悲劇さえある。夫人は日ごろから「ベトコンは貧しい私たちまで殺すことはない。ベトナムに残るべきだ」と主張、夫と意見が食い違っていた。夫は、妻を残し無断で子供を連れて国外脱出を決行したという。

おかげでヤミドルは恐ろしい勢いで高騰している。南ベトナムの通貨ピアストルの公定レートは一ドル＝七百二十五ピアストルだが、二十三日のヤミ交換レートは三倍の二千五百ピアストルになり、日々暴騰を続け、二十六日には「百ドル紙幣」との交換なら一ドル＝一万ピアストルを突破した。海外脱出を求めるベトナム人急増が原因。サイゴンの金持ちたちは先を争って海外脱出を企てているため、市内の銀行のドル手持ちは底をついてきたという。

これを読んで思い出した。妻子を脱出させようと徹夜で行列に加わったTさんとは、支局助手のトアン氏のことであり、職場から突如消えた人の中には、助手のズン氏も含まれる。統合参謀本部のO大尉も二十八日には姿を見せなくなる。あまりに身の回りとその周辺の話に偏りすぎ〝私憤〟原稿だ、と思って送稿を見合わせたのだろう。だが、考えてみると、外国からやってきたばかりの私の周辺にまで、国外脱出組やその希望者がゴロゴロいたわけである。政府軍が事実上、崩壊状態にあっただけでなく、サイゴンの市民社会そのものがすでに自壊していたのだ。

なぜ、祖国を捨て海外に脱出しようとするのか、戦っている相手は、ものの考え方が違うといっても同じベトナム人同士ではないか——トアン氏とは仕事を終えたあと、ベトナム産のビール「33」を飲みながら繰り返し議論した。知識階級であるトアン氏の口からも、「ベトコンが来る」ということが、かつて日本人が経験した「鬼畜米英」以上の重さで語られる。南ベトナム解放民族戦線は〝鬼畜〟なのか。長い民族同士の憎しみ合いの結果は、日本の戦後の平和教育の下で育った私の理解の範囲を超えていた。

▼在留日本人引き揚げ問題

この頃、サイゴンに残っていた日本人は約百五十人。大使館関係者約三十人のほか報道関係者が新聞、テレビ、フリーのライターなど合わせて約四十人。このほかに一般企業関係者やベトナム人と結婚した元日本兵などが八十人近く留まっていた。企業関係者の多くは四月に入ると次々帰国しており、残る百五十人の引き揚げ問題も最終段階を迎えていた。

サイゴンに乗り入れている民間航空も四月二十一日にはキャセイ航空が支店を閉鎖、二十四日にはタイ航空、中華航空も乗り入れをストップする。各国大使館や銀行の閉鎖も相次ぎ、在留邦人への日本からの送金も断たれていた。日本大使館には、日本人の安全を確保する任務があるが、邦人引き揚げについての対応は後手後手に回っていた。米国といっしょに、チュー政権に深く肩入れしてきた日本政府にとっては、南ベトナム政府がこうも早く崩壊状態に陥るとは想像もしていなかったのだろう。日本政府が邦人引き揚げのため日航救援機を飛ばす、という情報はあったが、「いつ飛んでくるのか」なかなか決まらなかった。

同二十三日、東京でサイゴンに特派員を派遣している報道機関の外信部長会が開かれた。「日本政府は近く邦人救援のため日航機を飛ばすことになっている。サイゴンにいる日本人特派員全員がこの救援機で国外に脱出することを申し合わせた」という。これを受けて二十五日、日本大使館で駐在する報道各社の代表が集まってこの決定にどう対応するか、話し合った。この時点でサイゴンにいた日本人記者は朝日六人、読売、毎日が各五人、共同四人、産経二人、NHK四人、TBS三人など、フリーも含めると四十人近くにふくらんでいた。「大使館員はどうするのだ」という質問に大使館側は「一部がこの救援機で帰国するが、人見大使らは、米国大使らが脱出する最後のヘリに乗せてもらうことになっている」。大使館側によると、日本人特派員も、常駐記者各社一人ぐらいは最後まで残るだろう、と想定して、この最後の米軍ヘリにそのワクは確保し、米大使館もそれを了承している、という。

「全員が日航救援機に乗らなくても、常駐記者各社一人は最後まで残れる」。集まっていた各社代表はほとんどが常駐記者。すぐに意見は一致し、東京本社に報告する。その結果、東京でも「日航救援機には、常駐記者団を残して全員が乗る。各社一人の常駐記者は米国大使の乗る最後の米軍ヘリで脱出する」ことに変更された。「一刻も早く避難せよ」との東京本社の指示を〝無視〟してきた私も、これで最後までサイゴンに留まる口実ができたわけである。各社が続々と応援記者を送り込んでくる中、二ヵ月近くにわたって孤独な〝戦い〟を強いられてきた私は、「これで各社、条件は対等になる」と秘かにほくそ笑んでいた。

▼ミン大統領、雷鳴と空爆の就任

パニック状態のサイゴン市民で騒然とする市内。遠くで砲声が聞こえる中でズオン・バン・ミン将軍は大統領に就任する。就任式は四月二十八日午後五時から大統領官邸の一階大広間で行われた。チュー前大統領が日本人記者団と会見してから五十日余。その取材に、私はふたたび、大統領官邸に入った。大ホールにはチュー大統領打倒を激しく叫んでいた仏教徒を代表するブー・バン・マウ上院議員ら第三勢力の政治家たちが、大挙して集まった。が、その表情は一様に硬い。式ではチュー大統領を継いだフォン大統領が自らの辞任とミン大統領への権限委譲を発表、続いてミン将軍が演壇に立った。

「私に与えられた任務は一刻も早く停戦を実現すること。民族和解の精神に基づき、戦争をやめる交渉を開始する。われわれが心から和解を望んでいることを、向こう側の同朋たちもよく知っているはずだ」。

就任式直前から大統領官邸上空は、真っ黒な雲におおわれ、激しい雷鳴が轟き始めた。南国特有のスコールだ。過去三十年の戦争を洗い流す雨になるのか、前途の厳しさを示すのか。

大広間の照明は暗い。話し合いの進展に明るい希望を持つ人は少なかった。

この就任式の取材を終えて、支局に戻って原稿を打ち始めた直後のこと。ズズーンと空気を振るわせる大音響。一瞬、タイプライターをたたく手を止め、「爆撃だ、危ない」と机の下にもぐり込んだ。数日間、聞きなれたロケット弾の比ではない。大地が震える、とはこのことだろう。机の下から恐る恐るはい出し外を見るとタンソンニャット空港方向に黒煙が上がっている。大統領官邸上空をキーンと二機の軍用機が飛び抜けた。この二機をめがけて、一斉に機銃掃射が始まった。掃射音は支局のすぐ下からも聞こえてくる。警官や武装兵士が銃口を上に向け、ピストルや小銃を撃っている。大統領官邸方向では高射砲が火を噴いた。

支局の窓から流れ弾が飛び込み、天井にはねる。電話に飛びついて情報をとっていたトアン氏が「所属不明のA37戦闘爆撃機」であることを確認する。米国製の爆撃機である。政府軍のクーデターか、とすぐにグエン・カオ・キ氏が主謀者とのうわさのあった四月八日の市内爆撃が頭に浮かぶ。

タイプライターを床に降ろし、腹ばいながら原稿を打ち続けた。

［4月28日］解放勢力のサイゴン軍事包囲網がじりじりせばめられる中で二十八日夕、

ズオン・バン・ミン将軍が大統領に正式に就任した。ミン大統領は第三勢力のブ・バン・マウ上院議員を首相に任命、和平交渉内閣の組閣に乗り出すと同時に、臨時革命政府に即時停戦を提案するなど、解放勢力との話し合い解決への道を正式に踏み出した。一方、ミン大統領就任直後、所属不明の爆撃機がサイゴン上空に飛来、郊外のタンソンニャット空港を爆撃した。これに呼応した対空砲火などでサイゴン市内は一時大混乱に陥った。これが解放勢力による爆撃か、一部政府軍の反乱であるのかは今のところ不明。騒ぎは同日夜には静まりつつあり、ミン政権の和平への模索は続けられている。

ミン新大統領は就任演説で、南ベトナム臨時革命政府に、パリ和平協定のワク内で双方から即時停戦を実現し、民族和解を押し進めるため即時交渉を開始しようと提案した。さらに①世界人権宣言とパリ協定十一条に基づく民主的自由の実現、②政治犯の即時釈放、③新聞、出版の自由の保障――などを公約した。そしてこれを実現するための国民、兵士に対し平静を保つよう要請、特に兵士に対し「私は軍人であり、諸君の気持ちはわかる。しかし、南ベトナムの歴史は今、新しい一ページを開こうとしている」と呼びかけた。

新副大統領にはカトリックのグエン・バン・フェン元上院議長、新首相にブー・

バン・マウ上院議員を任命した。フェン副大統領はミン派の中心人物で、チュー反対運動を続けてきた人物。ブー・バン・マウ新首相は仏教急進派のアンクアン寺派と一心同体とみられる。これまで反チュー運動を続けながら地方の組織作りを行い、解放側の支配地の多くに「民族和解統一戦線」を組織してきた民族和解勢力の代表でもある。新政権はまさにこれまでの反体制勢力の大同団結したものになることは確実であり、この一週間で南ベトナムは最右翼のチュー政権から最左翼の新政権へ一足とびに移行したわけである。

しかし、フォン政権がミン氏への政権委譲でもたつき、また、同日のナゾの空襲からクーデター説が直ちに流れる例が示すように、一部タカ派の抵抗は残されているといわれる。しかも解放勢力側が、即時停戦提案にこたえる保証は全く得られていない。むしろ有利な態勢に立って、交渉条件をさらに一段ずつ〝つり上げる〟のではないかとの懸念も残されている。結局は「無条件降伏に近い線」での妥協を余儀なくされる、との見通しも捨てられないわけで、今後も様々な曲折が予想される。

［同28日］ズオン・バン・ミン将軍が大統領に就任した直後、サイゴン上空に突然、所属不明のA37戦闘爆撃機が数機飛来、これに対し、大統領官邸周辺を警備する政

府側は激しい対空砲火をあびせた。戦闘機はタンソンニャット空港には爆弾を投下したが、市内に投下したかどうかは不明。市内には対空砲火のすさまじい轟音が響きわたり、「市街戦を展開中」とのうわさが広まるなど、逃げまどう市民で大混乱に陥った。米国大使館、大統領官邸には被害はなかった模様である。

政府軍筋によると、タンソンニャット空港への爆撃投下で政府空軍のF5ジェット戦闘機六機のほか輸送機などが破壊された。同空港内には二者合同軍事委員会の臨時革命政府代表部の宿舎もあり、この宿舎も被爆したといわれるが被害の程度はわかっていない。

サイゴンではこの日午後、激しい雷雨があり、解放勢力側の軍事攻勢が日ましに強まっていることもあって、市民は極度におびえた状況にある。このため情報が錯綜、混乱に拍車をかける結果となった。A37戦闘爆撃機はこれまで政府空軍が使用してきた爆撃機であり、サイゴンでは政府空軍の一部不満分子の〝反乱〟との見方も多いが、確認されていない。

一方、この三機はダナン空軍基地などで解放側の手に渡った爆撃機で、解放側の攻撃によるものだとする見方もサイゴン市内で広がっている。

▼サイゴン空爆の真相

陥落後の五月十六日、解放政権の「サイゴン・ジャイホン（解放）」紙は、四月二十八日のタンソンニャット爆撃について「ダナンで接収したA37機をわずか一ヵ月で解放戦線兵士が乗りこなすまで猛訓練を続けた。その第一波攻撃だった」ことを明らかにし、そのルポを掲載した。

「あの日、接収した敵機の操縦を見事にこなしながらわが空軍兵士は、爆撃のためタンソンニャットの空軍基地に接近した。管制塔から無線を通じて『どこの部隊の者だ。官、姓名を名乗れ』。私たちはそれを無視して突っ込んで行く。敵だ、敵だ、とあわてふためく管制塔の敵兵士たち。次々と爆弾を投下し大きな損害を与え、敵の戦意を奪った」といった調子だった。政府空軍兵士の反乱説は全くの誤報だった。

クーデターといえば、いつも真っ先に名前の上がっていたグエン・カオ・キ氏はサイゴン爆撃のあった翌日、四月二十九日には祖国を捨て米国に逃げる。同二十一日に就任したグエン・バン・チュー大統領も五日後の二十六日の段階で台湾に脱出していたことを知るのは、陥落後のことだった。

「ジャイホン」紙に掲載されたルポの英訳を読みながら私は「ソ連製のミグ戦闘機しか操縦経験のない北の空軍が、米国の戦闘機をわずか一ヵ月で乗りこなすには、よっぽど優秀なパイロットがいるのか、米国出身の顧問団でもいるとしか考えられないね」とトアン氏に感想をもたらしたことを覚えている。数日後、市内でもこの記事が話題となり、突入した三機のうちの一機に、四月八日の大統領官邸爆撃を行った政府軍のグエン・タイ・チュン中尉が搭乗していた、という情報が流れた。「そんなバカな」と思いつつ取材はしたが、確認はとれなかった。

それが事実だった、と私が知るのは、三十年後のことである。カメラマン、石川文洋氏はホーチミン市に住むチュン元中尉に会った、と『ベトナム　戦争と平和』に書いている。石川氏によると、チュン氏はサイゴン大学の学生だった一九六八年ごろ、解放戦線の知人から誘われ、政府軍に入ってその内部から解放闘争を支援する決意をしたという。政府空軍に入ったチュン氏は空軍中尉に昇進。七五年四月八日、スアンロクに近づいた解放勢力爆撃を命じられる。三機に出撃命令が出たがチュン氏は出撃時間を遅らせ、僚機とは統一行動をとらず、僚機を離れてサイゴン中心部の大統領官邸に爆弾を投下したという。チュン氏はその後、すでに解放勢力の手に落ちていたフォクロン基地に着陸する。

政府軍当局の発表した「タイへの亡命」は全くのウソだった。チュン氏は政府軍には戻らず、その後、人民解放軍の空軍大尉として、ダナン基地などで接収した米軍機の操縦訓練を指導し、四月二十八日のタンソンニャット基地の爆撃に参加したという。サイゴン市民を二度にわたってパニック状態に陥れた米国製戦闘機による空爆は、政府空軍に送り込まれた「解放戦線同調者」の〝英雄的行動〟だったわけである。同じような地下工作者は、政府軍内部だけでなく、チュー政権内のあらゆる組織にまで入り込んでいた。こうした人たちが最後の段階で一斉に動き、チュー政権の崩壊を早めた、といえるだろう。

チュン氏は戦後はベトナム航空の国際線パイロットとして長年、働き、二〇〇八年十月、無事、定年を迎えた。ベトナム航空によると、「きわめて優秀なパイロットで、旧政府軍の空軍出身者で同航空に採用されたのは彼一人だろう」と言っている。

▼停戦提案、解放側が拒否

騒ぎが一段落した二十八日夜、臨時革命政府のスポークスマンは、ミン大統領の就任演説での即時停戦提案を直ちに拒否する声明を出した。「米国は依然として新植民地主義政策を続け、〝チューなしのチュー政権〟を維持する陰謀を続けている」とミン提案をつき放す。

さらに二十九日未明には南ベトナム解放民族戦線サイゴン・ジアディン地区委員会の名前で、同地区のすべての人民と解放軍兵士あてに次のようなアピールを出した。これはハノイ放送が同未明、サイゴン地区にも流した。

「全国民、同胞諸君、サイゴン政権とその軍隊はいまや、完全に絶望的な状態に陥った。サイゴン政権と米国の手下どもを粉砕するため、敵の本拠であり、最後の聖域であるサイゴン・ジアディン地区で攻撃と蜂起を開始しよう。(中略)グエン・バン・チューは南ベトナムの地から逃げ去らねばならなかったが、チューに代ってズオン・バン・ミン、グエン・バン・フェン、ブー・バン・マウの一味はいまだに残る支配地域を守り抜こう、などと声をからし、一方で交渉をしたい、と言を左右にしている。彼らが米国の新植民地主義をなんとか温存しようとして今なお、戦争継続にかたくなにすがりついていることは明らかである」。

一方で、臨時革命政府は停戦の条件として二つの条件を提示する。第一が米国はベトナム人民の自決権を尊重し、一切の介入を停止すること。第二がサイゴン政権、軍隊、警察をすべて解体すること。要するにベトナム国内の米国関係者はすべて国外に撤去し、南ベトナムの政府、軍、警察機構をすべて解体すれば交渉に応じる、というもので、「全面無条件降伏」の要求でもあった。パリ和平協定に盛られた「民族和解政権の樹立」は一顧だにされない。ミン新政権は完全に否定されたわけである。

ミン政権はこの二つの条件下で「ベトナム共和国」存続をかけた最後の努力を二十九日早朝から始める。第一の条件をクリアするために米国大使館、米国軍事顧問団などを始めすべての米国関係者のサイゴン撤収を急遽、要請する。米国はこれに応じたが、「サイゴン政権の解体」はミン政権としてはのむわけにはいかない。第二の条件をめぐってギリギリの交渉が始まろうとしていた。

▼ベトナム共和国最後の日

二十九日午前五時すぎ、支局のソファで仮眠していた私は、連続する砲撃音で目を覚ました。砲撃音は明け方のサイゴンの空気を振るわせる。タンソンニャット空港方向だ、咄嗟に判断した。至近弾ではない。取材の身支度をすると、支局ビル十五階部分にある屋上に駆け上った。サイゴン市内には高い建物はほとんどなく、屋上からはほぼ三六〇度の視界がある。タンソンニャット空港方向の各所で赤い炎が舞い上がっている。解放勢力は明らかにタンソンニャットの政府軍基地をねらい撃ちしていた。駐機中の政府軍戦闘機などに命中したのか、激しい爆発音とともに炎が噴き上がり、未明のサイゴンの空を赤々と焦がしていた。

政府軍当局によると、この朝、タンソンニャット基地に撃ち込まれたロケット弾は四十発以上。輸送機、戦闘機など十数機が破壊されたという。「解放勢力の総攻撃が始まった」という恐怖と不安におびえる市民の多くが、二十四時間の外出禁止令を無視して、荷物をかかえ、避難を始めている。これを阻止しようとする警官や兵士との小競り合いが、路上のあちこちに見られる。市街戦も始まったのか、時折、銃撃音も聞こえる。「ホワイト・クリスマス」の曲がラジオで流れれば、米国大使館、米国関係者の総撤収の合図だ、とサイゴン市民の間では早くからささやかれていた。「朝五時くらいから流れていた」と後でトアン氏に聞いたが、激しい砲声に耳を奪われていたのか、私は「ホワイト・クリスマス」がラジオで流れるのを聞き逃した。

午前七時すぎ、トアン氏が妻と二人の子供を連れて支局にかけ込んできた。奥さんは「ベトコンが来る！　ベトコンが来る！」と半狂乱の状態だ。小学生の娘、息子の二人も不安そうに両親を見上げている。トアン氏の説明によると、奥さんは「ベトコンが来れば、婦女子は強姦され、爪まではがされる」と信じ込んでいる、というのだ。数日前、米大使館まで行ったが、中に入れず、国外脱出をあきらめていたが、この朝、ふたたび逃げると言い出して、きかない。家族四人で米大使館に行こうとしたが、群衆で近づけない。米軍ヘリでの脱出はあきらめた。「サイゴン港に停泊している数隻の大型船が動く、といううわさがある。それにカケてみたい」というのだ。

トアン氏の妻の父親は南ベトナム政府の外務省職員。ジュネーブに駐在しているとかで、海外にでれば、妻の父親を頼る、という。トアン氏も数日前までは妻子と分かれてサイゴンに残る、と覚悟はしていたが、やはり別々になるわけにはいかない。「妻子と行動を共にする」と必死の形相である。トアン氏に行かれれば、今後の取材活動に支障が出る、と思わなかったと言えばウソになる。しかし、この段階で彼を止めることは不可能だと判断した。「残念だが、君たち家族の幸運を祈るしかない」。私は当時、支局に残っていた米ドルをすべて机の上に並べた。銀行は閉鎖され日本からの送金は絶えていたが、一週間ほど前、バンコク支局の内藤易男特派員が東京の指令で届けてくれた支局経費の残りだ。「半分を退職金として持っていってほしい。残りはどのくらいの期間になるかわからないが、私の今後のサイゴン駐在費用だ」。

トアン氏は「ありがとう、感謝します」と約一千ドルを胸のポケットにしっかりとしまった。四人家族の持っているのは小さなショルダーバッグ二つとハンドバッグだけ。わずかな身の回りのものを持っての国外脱出である。支局からサイゴン川までは約四百メートル。家族は緊張した面持ちで支局を去った。

この日は日本では天皇誕生日（当時）の祭日。夕刊はない。日本大使館から「日航機はマニラで待機しているが、サイゴンには入れないだろう。米大使館は在留の日本人の脱出に協力してくれると約束している」と何ヵ所かの待ち合わせ指定場所を示してきた。在留邦人全員に連絡しているのだろう。そこに行けば、米軍のバスが拾ってくれて、ヘリでブンタウ沖に停泊中の空母まで運んでくれる、というのだ。「朝刊の送信時間まではまだ時間がある。まず米国大使館周辺の混乱を取材し、日本大使館のいうバス待ち合わせ場所に行ってみよう」と歩いて米国大使館に向かった。

トアン氏が言うように米大統領を取り巻くベトナム市民の数は何万人にも達しており、近づくことはできない。バス待ち合わせ場所にも近づいたが、その情報が漏れていたのか、米国人、日本人というより、ベトナム人の群衆でバスが近づける状況ではない。街中が騒然としていた。

この日の動きをまとめている夕刻、トアン氏がしょんぼりと支局に戻ってきた。どうしたのだ、とびっくりして聞くと、トアン氏はこう語った。

「サイゴン川に停泊中の大型船まで行った。甲板上には人があふれ、出港を待っていた。何本かのロープが下がっており、人々はそれで甲板によじ登っていた。私の家族も、まず持っていた荷物を甲板上に放り投げ、懸命にロープをよじ登った。なんとか甲板にたどりついてみると、放り上げた荷物はどこに行ったかわからない。大声を出して捜し求めたが、見つからない。盗まれたんです。やむを得ず、甲板上で出港を待ったが、船は動かなかった。船員が一人もいない船によじ登ったんです」。

それに気付いた市民は日暮れとともに、船を降り、それぞれに散っていった。ショルダーバッグなどにいれた〝全財産〟を盗まれたうえ、国外脱出の道を断たれたトアン一家は、絶望的な気持ちで、トボトボと歩いて自宅に戻った。彼はその足で支局に報告に来た、というのである。

「今度こそ、この国に残る覚悟ができました。私たちベトナム人が国外に脱出するチャンスはもうないでしょう。米国も、米軍も再びサイゴンに戻ってくることはない、と思います」。トアン氏の涙を今でも想い出す。「明日から、またこの支局で働いてもいいですか」。私はだまって彼の手を固くにぎりしめた。

トアン氏を送り出したあと、私は、「ベトナム共和国」から送る最後になるだろう原稿を持って、中央郵便局に向かった。テレックスセンターでは女性オペレーター数人がまだ頑張っていた。原稿を受け取った顔見知りの女性は「東京にはまだつながります。しかし、これが最後。残っているのは私たちだけ、明日はどうなるかわかりません」。私はこの二ヵ月間、毎日のように彼女たちに、一分でも早く送稿を、と無理を言い続けた。欧米の記者団も多かったが、彼女たちは、秘かに私の原稿の打電の順番を繰り上げてくれていたことを知っている。そのお礼に東京から持参したハンカチなどの記念の品を贈った。

▼米国人、総撤収を開始

［4月29日］サイゴンの米国人が総撤収を開始したことで、十数年に及んだ米国のベトナム介入は完全に終止符を打った。グエン・バン・フェン南ベトナム副大統領は同日午後、臨時革命政府代表と会い、二日以内の南ベトナム政府軍解体を申し入れ、革命政府側はこれを受け入れた。しかし、臨時革命政府はあくまでもミン政権打倒を表明して、軍事攻勢を緩める気配はなく、サイゴン政権は事実上、〝無条件降伏〟のやむなきに至るものとみられる。

南ベトナムのブー・バン・マウ新首相は二十八日夜の革命政府側の要求を受け入れ、二十九日朝、二十四時間以内にサイゴン在留米人の総引き揚げを米大使館に申し入れた。米国側はこれに基づき、南ベトナム沿岸海上の第七艦隊からジェット・ヘリのピストン輸送で、米国人およびベトナム人関係者の大量撤退作戦を実施中である。

ミン大統領はこの日、マウ首相以下の新内閣閣僚名簿を発表した。新内閣は「民族和解勢力」を名乗っていたマウ氏が首相に任命されたことからもわかるように、従来、革命政府側に対し柔軟であった中立ないし、第三勢力を主体としている。これもまた、サイゴン側の戦争遂行機構の全面解体を求める革命政府側の要求を、ほぼ全面的に受け入れた、といえよう。

また、フェン副大統領は、この日、「治安維持要員を残し、サイゴン側軍隊を二日以内に解体する」と臨時革命政府代表に通告、革命政府側もこの申し入れを受け入れた。しかし、革命政府側は、政府軍の解体とミン体制維持はあくまで別個の問題、という強い姿勢を示し、サイゴン・ジアディン地区解放戦線委員会、同地区人民革命委員会の連名で、サイゴン市民に「ミン政権打倒」を呼びかけ、軍事的締めつけを強めている。ミン政権としてはもはや打つ手をほとんど封じられており、また、軍、政府機構とも崩壊寸前にあることから、早ければ三十日中にも〝プノンペン型〟の軍事占拠が避けられない見通しである。

「米国人の全員脱出」を図る米国は、午後一時すぎ、三機編隊の大型ヘリをサイゴン市内に相次いで繰り込んだが、これをめがけて市民が殺到、市内の各所に隠れた解放勢力の破壊工作員はこれらのヘリコプターに向けて銃撃を繰り返した。また、市内警備に当たる政府軍兵士の中にも、避難作戦に従事する米海軍ヘリに発砲する姿が目についた。

米国人が去った後、サイゴン郊外の米政府機関の建物には、住民がなだれ込んで略奪を始め、同方面からの難民は米軍宿舎や残された乗用車などの略奪や破壊を続けながら、サイゴン市内に向け移動している。

市内では「二十九日夜にも解放部隊が市中心部に侵入する」との見方が強く、市民は恐怖におののいている。

この日、サイゴンの日本大使館は米国人救援機を使って在留日本人の脱出を図った。在留日本人百七十人のうち七十人が引き揚げようとしたが、救援機が離陸するタンソンニャット空港に近づくことができず、ほぼ全員が大使館や大使公邸へ避難した。


送稿を終えて支局のあるグエンフエ・ビルに戻ったのは午後八時すぎ。私はエレベーターで最上階に直行、十五階部分にある屋上に出た。未明に続いてこの日二度目の屋上である。同ビルに移った三月二十四日にも屋上に出たが、あの夜、市街の街灯はまだ明るく、近くのアパートや民家にも団欒の灯がともっていた。この夜のサイゴン中心部はまっ暗。遠くで時折、砲声がするが、市中心部は不気味に、息をひそめるように静まり返っていた。

まっ暗な中心部に向かって、郊外の四方八方から光の筋がいく重にも延びている。中心部からどれくらいの距離があるのだろうか。一号線、四号線をはじめ、主要幹線のすべてからサーチライトと思われる光が中心部に向かって延びている。その後に延々と続く光の放列。サーチライトを先頭に戦車や兵員輸送車、トラックなどすべての車両がヘッドライトをつけているのだろう。光の筋はあたかも一本の線のように何キロにもわたって続いている。「サイゴンは完全に包囲した」とのサインともとれる光の放列。「蟻の這い出る隙もない」とはこんなことを言うのだろう。光の筋はストップしたままで、サイゴンに向かって動く気配はない。「サイゴン総攻撃は明日、夜明けを待ってからだ」と確信した。

五階の支局オフィスに戻ると、机の上を整理し、オバさんに縫ってもらった「解放戦線旗」をカベにはった。兵士たちが支局に乱入しても、少しは考慮するだろうことを期待して。そして万一に備えて妻あての手紙を書いた。この手紙、妻に手渡すこともなく取材ノートにはさんだまま残っていた。今、読み返すと、その〝気負い〟が恥ずかしいが、あの日の気持ちがわかるので掲載する。こうした高ぶりを今風に言えば、〝クライマーズ・ハイ〟というのだろう。

▼妻への〝遺書〟

長い間、ご無沙汰している感じがします。四月中旬から日本の新聞も、郵便物も届いていません。毎日、打電する原稿が貴女への手紙だと思い、書き続けてきました。多分、貴女のことだから、ていねいに切り抜いてくれていることでしょう。

サイゴン特派員として当地に赴任してちょうど今日で六十日目、東京を出発する時点では、想像だにしなかった事態が続いています。この間、慣れない異国で、オーバーかも知れませんが不眠不休でタイプライターを打ち続けました。手紙を書くヒマもなく、九州の母も心配していることと思いますので、よろしくお伝え下さい。

明朝四月三十日には解放勢力のサイゴン総攻撃が開始されると思います。その時、どんな事態が起きるのか。南ベトナム政府軍が組織的に抗戦すれば、激しい市街戦になるでしょう。しかし、この二ヵ月間の実態をみれば、政府軍にそれほどの根性があるとは思えません。彼等には、「国を守る」気概などひとかけらもないのです。米国に頼り、米軍に守ってもらうことに慣れた国民の最後の姿は、高位高官から国を捨てて海外へ逃げ出す、ぶざまなものでした。

怖いのは戦闘を放棄した政府軍兵士や、サイゴン市民の暴徒化だと思います。すでに市内では海外へ避難した米国人の家屋などに対して略奪が始まっています。サイゴンを〝占領〟する解放勢力がどれだけ秩序を維持できるか、これも予想がつきません。長い間、民族同士の殺し合いを続けてきたわけですからその憎しみの度合いからみても、「平穏な無血占領」とはいかないでしょう。

赴任以来、毎日の状況変化を見定めるのが精一杯で、自分の身の安全を考えるヒマもなかったことに、今、気が付きました。戦後育ちの日本人の〝平和ボケ〟とは、こうした人間を指すのでしょう。他人の事は批判できませんよね。

明日以降のことは、運を天にまかせます。銃弾や砲弾には当たらない、と信じています。問題はサイゴン陥落後、解放勢力が私たち西側報道関係者にどんな対応をするか、ということです。過去の戦争や革命などから類推すると、たとえ生命は守られても、長期間の収容所生活くらいは覚悟していた方がいい、と思います。

四月に入ると、東京の本社からは何度も「一日も早くサイゴンを離れよ」との指示がありました。小島（章伸）編集局長からも中旬、電話で「まだサイゴンに残っているのか。早く避難せよ」と直接、厳しいおしかりを受けました。六八年のテト攻勢で、先輩の酒井辰夫記者が砲弾を受けて死亡した当時の外報部長だったことを考えると、小島局長のお気持ちも十分にわかっているつもりです。

布施道夫外報部長からも「退去せよ」との電報を何度ももらいました。ただ、「退去の時期は君の判断にまかせる。社会部の現場記者出身の君のカンを信頼している」という布施部長の一言に感激し、甘えてきたのかも知れません。もし、今後、僕の身に何が起きようと、社の「業務命令」を無視して、サイゴンに残った僕の責任です。会社の責任はない、ということを、貴女にははっきりと言っておきたいと思います。

日本人の〝平和ボケ〟と自嘲的に書きましたが、本音で言うと、ベトナム戦争の最後の瞬間を、この目で確かめたい、と思い続けてきました。ベトナムの戦争に、米国が介入してから十余年。その前のディエンビエンフーの闘いで、仏軍を追い出してから二十余年。いや、その前の日本軍の進駐から数えると四十年近くにわたってベトナムに戦火の絶えることがなかったことは、ご承知の通りです。

この間、世界中のジャーナリストが平和を願いつつ、危険な取材に当たってきました。酒井先輩のように、この戦争で命を失った新聞記者やカメラマンは枚挙にいとまがありません。この戦争を取材したすべての報道関係者が、この瞬間を自分の目で確認したかったに違いありません。「ベトナム共和国」という一国が崩壊し、戦争のない、平和な新しい国が誕生しようとしているのです。その現場に、新聞記者として立ち合えるのです。これにすぎる記者冥利はありません。その「幸運」に、身がふるえる思いで、この手紙を書いています。

家族や会社の先輩、同僚の心配をよそに、カッコウのつけすぎだ、と貴女は怒るに違いありません。しかし、今、僕は恐怖心を超えて、ある種の興奮を覚えながら、明日を迎えようとしています。

貴女には、前にも書きましたが、僕の身に何が起ころうと、オタオタしたり、取り乱したりはしないように。貴女は「新聞記者の妻」なのですから。美穂子、理穂子を「人の心の痛み」のわかるよい子に育てて下さい。年老いた私の母も、よろしくお願いします。

第三章　サイゴン陥落

▼陥落前夜

サイゴン在住の日本人が期待した日航救援機はついにタンソンニャット空港には飛んでこなかった。日本政府の意思決定は遅れに遅れ、救援機が途中寄港地であるマニラまで飛んだのは二十九日未明。前述したようにその時間にはタンソンニャット基地は解放勢力の集中砲火をあびていた。サイゴンに着陸できる状態ではすでになかったのである。日航救援機はマニラから空しく引き返す。

長い間、南ベトナム政府に肩入れしてきた日本政府、在サイゴン大使館の判断ミスは、もし在留邦人に犠牲者が出ていれば、大問題になっただろう。戦争の怖さを本当に知っている各国大使館関係者や外国人特派員は「今度だけは逃げなければあぶない」と四月中旬ごろからサイゴンを離れる人が多かった。日本は「危機管理能力の欠如」を世界にさらしたわけである。

国外脱出が出来なくなった在留邦人は約百七十人。大使館は、在留邦人の安全確保のため、グエンフエ通りの日本大使館と、ファンディンフン通りにある大使公邸に避難するように呼びかけた。大使館には二十二人、大使公邸には三十四人が避難し、ソファや床にごろ寝する。日本人報道陣も米大使館と交渉し、自力で米軍ヘリにもぐり込み、ブンタウ沖に停泊する米空母にたどりつけた者はごく少数。大部分がサイゴン陥落を現地で迎えることになった。

同日午後九時すぎ、支局の片付けを終えた私は、グエンフエ通りを約四百メートル、サイゴン河畔の日本大使館まで、通りの真ん中をゆっくりと歩いた。街灯も消えた真っ暗な夜の街。遠くで時折、砲声がするが、都心は不気味に静まり返っていた。通りの隅を急ぎ足で歩くと、ゲリラと間違えられ、どこから撃たれるかわからない。いつもは銃を片手に近づいてくる政府軍の武装警官も、この夜はどこかに消えていた。

報道陣のうち私も含め産経、時事通信、フジテレビなどテレビ数社の常駐記者八人も大使館に〝避難〟しようと申し合わせていた。朝日、毎日、読売、共同通信など自前のテレックス回線の設備がある社は、回線が生きている限りは東京へ送稿できる。だが、私たちは中央郵便局のテレックスセンターが閉鎖すれば、送稿不能となる。電話回線も同日夕から国外とは繋がらなくなっていた。私たちは、避難というより、大使館の無線通信設備で送稿することをねらっていた。

今ならパソコンや携帯電話があれば即時、世界のすみずみまで通話が出来る時代だ。サイゴン陥落の模様を、衛星を使ってリアルタイムで世界中に映像を送ることも可能である。しかし当時はテレックスや電話回線が切断されれば、外界とは隔絶された〝孤島〟となる。どんな原稿を書こうと、送信できなければタダの紙切れ。入社以来、現場に出ればまず送信手段を確保せよ、とたたき込まれてきた。サイゴンが陥落すれば、しばらくは国外との通信手段は大混乱するだろう。まして革命政権発足となれば、送信手段が確保できるかどうかもわからない。サイゴン陥落という歴史的瞬間はなんとか送稿したい。それが出来なければ残留した意味はない。

自前のテレックス設備を持たない社は、同じ悩みを抱えていた。苦肉の策だが、日本大使館の無線通信が使えないか、ということになり、数日前から大使館側と交渉に入っていた。この実現には、大使館側にも、私たちの側にも問題は多かった。大使館にとっては通信室は暗号送信も含め秘中の秘。内部に報道関係者を立ち入らせることは出来ないという。ましてや「陥落」という非常事態になれば、電信官が報道関係者の原稿を打電する時間的余裕はない、というのである。

私たち報道側にとっても、外務省の通信ルートを使っての送稿は、前例がない。そうなれば、原稿は霞ヶ関の外務省を経由することになり、新聞掲載前に外務官僚に原稿をオープンにすることになる。報道関係がまとまって外務省の便宜供与を受けるのはいかがなものか、という声もあった。しかし、歴史的瞬間の報道を前にして、背に腹は代えられなかった。

人見宏駐サイゴン大使（当時）も、当初は「ムリですよ」と言い続けた。最後の交渉は三十日未明まで続いた。その結果①公用電報の空き時間を使って大使館の通信員が、報道原稿を本省に打電する、②原稿は外務省記者クラブ（霞クラブ）の該当社の常駐記者に渡す、③原稿は出来る限り短くし、日本人記者団によるプール原稿とし、個別の送稿には応じない、④新政権の出方を見定めるためこの措置は四月三十日一日限りとする――などで合意にこぎつけた。大使館に避難した各社は翌三十日、朝から手分けして市内に分散、メモを持ち寄って共同で原稿を作成。「日本人記者団」のクレジットで送稿することになったのである。

▼無条件降伏

［4月30日＝日本人記者団］南ベトナムのズオン・バン・ミン大統領は三十日午前十時（日本時間午前十一時）、国営放送を通じて声明を発表、政府軍全将兵に対して即時、一方的な停戦を命令するとともに、解放軍には抵抗せず、権力を委譲するよう

命じた。これは事実上、サイゴン政権の全面的無条件降伏を意味する。

午後零時五分（日本時間同一時五分）、赤と青地に金星を配した臨時革命政府旗をなびかせた解放勢力の先遣隊トラックが大統領官邸の門をくぐった。同十分、官邸のベトナム共和国旗が降ろされ、〝解放旗〟が掲げられた。同十五分、先遣隊の指揮官が正面玄関を上がって二階の会議室でミン大統領と会見、全権力の委譲を受けた。

同時刻ごろ、トンニャット通りから数十台のソ連製T54戦車や装甲車、軍用トラックがぞくぞく到着、戦車隊が官邸西門の鉄柵を押し破って構内に突入した。

▼解放旗揚げるサイゴン

〔同30日＝日本人記者団〕市内レロイ通り正面にある下院議事堂では午後一時すぎ、市内に潜伏していた解放軍工作員や学生のシンパら各十数人がライフルやピストルで武装し、正門を固めた。共和国国旗を引きちぎって投げ捨て、解放旗を掲げた。工作員らはいずれもシャツなどの私服姿で二十歳以下の若者ばかり。女性も数人い

官邸の鉄柵を押し破って突入する戦車。官邸内部より撮影された。

戦車で突入した四人の兵士。（写真は上下とも統一会堂所蔵）

る。はだしの若者もいた。サイゴン側の将兵や警官は姿を消していた。サイゴン中心街に姿をみせた解放軍は、あちこちの建物に正規兵をひとりずつ配置した。正規兵はライフル銃や小型ロケット砲を構えて警戒に当たったが、その動作は非常にきびきびし、秩序立っていた。

一方、政府軍兵士らは次々と武器を捨て、制服を脱ぎ捨て、自主的に武装解除を進めた。ある兵士は「戦争はもうイヤだ。田舎へ帰って農夫に戻る」とさばさばした表情。日本大使館付近で、ソ連製トラック二台に分乗して、警備にあたる解放軍兵士に「どこから来たのか」と聞くと「ダナン」と応えた。感想を求めると「何も言うことはない」。兵士たちは、上官の許可なしには多くしゃべらない。

トラックの周りには市民の輪が次第に広がり、最初はおそるおそるだった市民も、予想外にソフトムードの解放軍兵士たちと打ちとけて、方々で対話や交歓が始った。日本人記者に対しても「解放できてうれしい」とほほ笑みかけてきた。みんな日焼けした顔で、あどけなさの残る顔も多かった。発音からみて、日本大使館では北ベトナム出身者が多かったが、大統領官邸付近では南のアクセントが多かった。

この日朝九時（日本時間十時）すぎ、解放勢力は市内へロケット、迫撃砲攻撃を再開したが、前日に比べると散発的で、政府軍の抵抗は極めて弱かった。ほぼ、〝無血開城〟に近い解放軍の「サイゴン入城」だったといえそうだ。

▼ほほ笑む密林の戦士

［同30日＝日本人記者団］大統領官邸前に集まった解放軍兵士の周囲には、サイゴン市内の協力者とみられる女性や若者たちが詰めかけている。解放を祝うたれ幕を持つ若い女性にカメラを向けるとニッコリ。下院議事堂の前では解放戦線旗を掲げた後、降ろしたばかりのベトナム共和国（南ベトナム）の国旗（黄色地に三本の赤線）を引き裂く女性兵士がいる。解放戦線旗を持った白シャツ姿の若者に聞くと「私はサイゴン大学の学生で解放戦線の協力者だ」という。マフラーを巻いた解放軍の将校は「私たちは人民のためにやってきた。人民に迷惑をかけることはない」と周囲の群衆に説明する。子供たちは解放旗をたてたジープやトラックが来るたびに、その周りにむらがる。解放軍兵士はさっきまで戦闘をしていたと思われないようなやさしさで、子供たちに笑顔を投げかけていた。

ゴーゴーとキャタピラーを鳴らし、砂じんを上げて前進する戦車。小銃、擲《てき》弾筒、B40ロケット砲で完全武装した解放軍兵士の姿には、むしろ威厳が感じられる。だが、戦車と軍用車の集団が、サイゴン政権の中枢、独立宮殿（大統領官邸）周辺に向ったあたりから、全体の空気が一変した。深い木立の中のあちこちに集まっている市民たちは、独立宮殿の正門を押し分けて進む解放軍部隊に一歩、二歩と近寄り、ついには解放軍といっしょに宮殿内になだれ込んだ。

一方、市内中心部のレロイ通り正面の下院議事堂前には解放軍大尉の率いる約六十人が軍用トラックで乗りつけた。間もなく赤と白のマフラーを首に巻いた女性兵士が、正面に揚げたサイゴン政府の国旗を激しい勢いで引き裂いた。隣にいた解放軍兵士がやおらポケットから真新しい臨時革命政府旗を取り出す。サイゴン政府の消滅と新たな革命権力の誕生を、群がる市民にまざまざと見せつけた一瞬だった。

兵士たちは一様に手を振り、白い歯をみせて笑っている。これを見守る市民たちには、とまどい、おびえた表情も浮かぶが、解放軍兵士に手をあげてあいさつする者もいる。市内進駐直前、迫撃砲と機関銃で残存する政府軍陣地をたたいたばかり。沿道の市民たちに脅えが見られるのも当然だ。

▼布告第一号、治安維持へ七項目

［同30日＝日本人記者団］午前中は「解放軍突入」にパニック状態になっていた一般市民は、解放勢力の無血入城と同時に、かなり落ち着きを取り戻し、夕刻、首都の空気は比較的平静に戻っている。サイゴン制圧後の午後五時すぎ、解放勢力はラジオを通じ「ジアディン・ショロン・サイゴン解放司令部」の名前で布告第一号を発令した。同布告はサイゴン側武装勢力（警察、民兵など）の武装解除完全実施を明示、市内での発砲や略奪、その他の犯罪行為を厳しく禁止している。また、市内各所に解放戦線旗を掲げるよう指示している。

布告第一号の内容は次の通り。

一、外出禁止時間は一八時から翌六時までとする。

一、サイゴン政権すべての軍および警察の構成員は、各地区の解放軍機構に届け出て武器を提出すること。

一、すべての労働者は工場、職場を防衛し、その機能を確保すること。

一、電力、水道、ガス、交通、保健衛生等公共事業の機能を確保すること。

一、強盗や犯罪行為など公共秩序を乱し、混乱をひき起こすものは厳罰に処する。
一、発砲したり、爆発物を使用したりして人民に危害を加えてはならない。人民に危害を加えたものは厳罰に処する。
一、すべての人民は勝利を祝って解放戦線旗を揚げること。

以上が「サイゴン陥落の一日」を公電を使って日本に送った原稿のうち、日経の四月三十日夕刊、翌五月一日朝刊に掲載されたものである。

日本大使館に〝避難組〟の各社の記者は、この朝、手分けして大統領官邸、下院前、グエンフエ通りなど市内数ヵ所に散った。協力して情報を集め、記事にまとめて、大使館の通信室に持ち込む。常駐記者団は以前から「サイゴン日本人記者会」を結成、各社が二ヵ月ごとに持ち回りで幹事を務めていた。四、五月は毎日（古森義久記者）と日経が幹事社。大使館組の中で私は、幹事役を引き受けざるを得ない立場だった。各社の記者がそれぞれの持ち場で取材した記事を、時間を決めて私の手元に集める。時間との勝負でもあり、少々のダブりには目をつぶって、原稿をつなぎあわせた。東京に着けば、各社ともなんとか手を入れて、紙面化するだろう。とにかく、夕刊に出来る限り陥落の瞬間をたたき込みたかった。テレックスがないからといって、自前のテレックスを打ち続けている社に後れを取るわけにはいかない。協力して「その瞬間」を大使館の電信室に持ち込み続けた。

今から思うと、自分たちの公務の合い間をみて、送信してくれた電信官や、私たちの依頼を受けて、異例の措置をとってくれた関係者に感謝するほかない。外務省にしてみれば、当日の紙面が届く前に、現地の情報をいち早く入手できた、というメリットがあったことは事実にしても。救援機派遣時期の判断ミスへの批判を、少しでも和らげたいという思惑もあったのかもしれない。

▼その瞬間の大統領官邸

この日、サイゴンにいた西側報道陣は、市内の「その瞬間」は目撃出来たが、肝心の独立宮殿（大統領官邸）内でミン将軍らが降伏する瞬間を目撃し、報道した記者はいなかった。しかし、この瞬間に立ち合った〝ジャーナリスト〟が一人いた。ベトナム労働党機関紙「ニャンザン」の記者、タイン・ティン氏である。彼は当時、タンソンニャット基地内に置かれた二者合同軍事委員会の臨時革命政府代表の一員として勤務していた。大統領官邸に突入した戦車といっしょに大統領官邸に入り、ミン大統領の降伏文書を受理する。労働党員であり、労働党機関紙の記者をジャーナリストと呼ぶかどうかは別にして、彼はこの時の模様を『ベトナム革命の内幕』に次のように書いている（文脈にあわせ訳文を一部変更した）。

「(大統領官邸に突入した)第二軍団の第三〇四師団の防衛委員長であるグエン・バン・ハン中佐と、第二〇三戦車旅団政治委員のブイ・バン・トン中佐の要請で、居合わせた私がミン大統領の降伏を偶然に受理することになった。私はＡＫ47（中国製小銃）を構えてはりきっている二人の兵士に、その場の緊張を和らげるため、外に出るよう命じた」。

「私はすでにミン大統領がラジオで停戦を発表していることを知らなかった。そこで私は彼に、両軍がこれ以上、無駄な犠牲を出さないように即時降伏して軍を引き揚げるよう求め、こう語を継いだ。『戦争は終りました。みなさんが民族意識をお持ちなら、今日という日が自分にとっても、わが国にとっても喜ぶべき日だと思うことでしょう』」。

「私はその場にいたグエン・バン・ハオ副首相の言葉に非常な感銘を受けた。彼はこういったのである。『この数週間、毎日、米国側から私の亡命を受け入れると言って来たが、私は行くつもりはない。残っている若者にも言っているが、わが国の再建にはわれわれの力が必要だろう』と」。

ティン氏は、この部屋で「完全和解の瞬間」の原稿を書く。その日のうちに記事をハノイに送る方法があるかどうかを心配しながら。「私が記事を書くのに使った机は、独立宮殿のミン大統領のデスクそのものだった」。「ニャンザン」紙の副編集長も務めたティン氏は、労働党員でありながら「ジャーナリスト」にこだわり続ける。一九八〇年、ベトナム共産党の官僚主義的革命の手法に納得ができなくなり、フランスに亡命した。彼が感銘を受けたというハオ副首相も、「陥落後、様々な目に遭い、遂に耐え切れなくなり、この国に失望して出国した」。ハオ氏はその後、タヒチ政府で経済アドバイザーを務めたという。

▼準備されていたメーデー

ベトナム共和国政府の完全崩壊から一夜明けた五月一日のサイゴンの空は、まばゆいくらいに青かった。街には前日までの緊張感が信じられないほど、興奮と安堵感が入り交じっていた。サイゴン政府側の軍事施設や行政機関は、次々と進駐してきた解放軍に占拠され、街のあちこちに武装した解放軍兵士が立ち、治安維持に当たった。同朝、一般市民には旧サイゴン政府発行の身分証明書は当面有効、との布告が出た。外国記者団に対しても名前と報道機関名を登録するよう指示が出た。

私も早速、レロイ通りの旧プレスセンターで登録をすませると、「戻って来た」トアン氏といっしょに、街のあちこちの表情を取材して歩いた。取材制限が強まることを懸念していたが、写真撮影も自由だったし、解放軍の兵士たちも気軽に取材に応じる。しかし、国外へのテレックスも電話も、すべての通信ルートは閉ざされた。取材はご自由に、しかし、送稿はさせません、というわけである。私たち日本人記者団は「これが最後だから……」と日本大使館に頼み込み、「五月一日のサイゴン」の様子を、プール原稿として大使館の無線通信経由で日本に送稿してもらった。

［5月1日＝日本記者団］〝完全解放〟から一夜明けたサイゴンは、解放旗がいたるところにはためく中で、興奮と動揺が渦巻き、街路はどこも大勢の市民でごった返している。中心部の下院議事堂は北・革命政府軍兵士と私服のゲリラ数十人が占拠している。主力部隊は旧大統領官邸を中心に散開し、同官邸前の芝生の前にはT54、PT76などの戦車のほか各種の銃砲、ロケット砲が無数に置かれ、巨大な兵器展示会の観を呈している。

革命軍兵士は二、三人のグループで市内の通りをパトロール、市民と気軽に言葉を交わしている。なかには自由時間を与えられたかのように、一人で気ままにブラブラ歩く兵士もおり、市民からもらったサングラスをかけた若い兵士も見受けられた。革命軍は従来の軍用車のほかに、米人などが放棄した車をすでに一部徴発して高級将校用に使用、ゲリラも一般市民がこれまで使っていたような種々雑多な車に、革命政府旗をつけて走っている。

「革命政府軍は女性の派手な服装は許さないのではないか」という前評判が、市民の間に広まったため、日ごろあでやかなサイゴン女性も、この日はほとんどがきわめて地味な服装。解放前は人目をひくミニスカートで、濃いメーキャップの姿が目立ったラムソン広場周辺も、簡単な柄のアオザイやスソの狭いパンタロンといったスタイルだけが目についた。

この日、サイゴンの労働者、学生、市民は革命軍の呼びかけに応じて午前八時から市内の旧大統領官邸近くのズイタン通りでメーデーを祝った。メーデーのデモに参加する労働者らはおよそ三千人。「祖国解放の日を歓迎する」と書かれた横断幕を先頭に約三キロをデモ行進。革命軍部隊もトラックのヘッドライトの上や大砲の砲身の上に造花を飾り、メーデーを祝った。長い戦車、トラックの列。その後に徒歩の部隊が続く。女性兵もみられた。


十日ほど前、市内に流れた「五月一日にはサイゴンで盛大にメーデーの祭典が開かれる」とのウワサは、単なるウワサではなかった。メーデー参加者が持つプラカードや造花などをみると一夜の準備だったとはとても思えない。解放軍側が地下組織に流した極秘の指令が、市民の間に少しずつ広まっていった、というのが真相ではなかったか。

サイゴン陥落の四月三十日、新生ベトナム誕生の五月一日の二日間、日本大使館の無線テレックスを使って、プール原稿を送信、歴史的瞬間を読者に伝えることが出来たのは、幸運だったといえるだろう。一日には朝日、毎日、共同などの自前のテレックス回線も東京と接続できなくなる。大使館側は一日夕、「宮沢外相名で今後の新政権との関係を考慮し、報道原稿の送信をストップするよう申し入れがあった」と以後のプール原稿送信を断ってきた。東京への送稿は各社とも完全に断たれたわけである。

▼嵐のあと、ナギ状態

二日以降、サイゴンにはしばらくの間、「嵐のあとのナギ状態」に似た、不思議な〝空白〟が訪れる。街は長い戦乱を忘れたように、落ち着きを取り戻し、路上にはヤミ屋が大繁生。「革命戦士に対するバーゲンセール」があちこちで始まる。米国大使館や空家となった米人宅、富裕層の家から略奪したと思われる家具や家電製品が大安売りで人気を集める一方で、ガソリン、自転車、たばこ、カラーフィルムなどは陥落前の数倍の値段にはね上がった。サイゴン市民がチュー政権下の〝反共教育〟でたたき込まれた「革命の厳しさ」は、この時点ではまったく感じられず、市民の間にはホッとした安堵感と、ある種の虚脱感が漂っていた。

「原稿の送れる日」のために、私は毎日、通訳のトアン氏といっしょにサイゴンの街を走り回った。当初は支局の車を使っていたが三日になるとガソリンの入手が困難になる。街のあちこちで売り出されたビールビン入りガソリンを買ったのが大間違い。車はすぐにエンコする。水入りガソリンだったようだ。やむなく自転車を買い求め、暑い街中を汗びっしょりで走り回った。取材すればするほど、解放勢力のサイゴン入城の瞬間から、私の中でふくらみ始めた疑問が大きくなっていった。

その第一が、街に繰り出した解放軍の将校・兵士の肩章が北ベトナム正規軍の肩章に代り、軍用車にはためく国旗も「金星紅旗」（赤地に金星一つ、北ベトナムの国旗）が急速に増えていったことである。「ベンハイ河を越えて一ヵ月でサイゴンまで来た」「十七度線を越える時、北正規軍の階級章をはずすよう命じられた」などと語る将校兵士は多かった。

私はそれまで「解放勢力」と表記した時、それは南ベトナム解放民族戦線と、同戦線を中心にして組織した南ベトナム臨時革命政府を意味していた。ハノイの北ベトナムがそれを支援していることは当然だが、サイゴンに進攻してきた軍隊は、解放戦線の兵士というより、ハノイの正規軍そのものではないか、という思いである。

市内に突入してきたT54戦車や装甲車などに掲げられた国旗や車体のマークも当初は「赤、青二色の地に金星」の解放戦線旗であり、同時に臨時革命政府の国旗だったが、わずかの間に「金星紅旗」に変わり始めた。市内各所に駐留する戦車や装甲車の中には「赤、青二色の地色」のうち、下半分の「青色」が消えかかったり、半分ほどはがれ落ちているものを何台も発見した。兵士たちに聞くと、「十七度線を越えて南に入る時は、金星紅旗の下半分を青色にペンキでぬるよう」指示があったのだという。サイゴンに向かって走り続けているうちに、雨風で青色のペンキがはがれてきた、と悪びれずに語るのである。

陥落直後の「解放旗を掲げよ」との指示も、日がたつにつれて「金星紅旗もいっしょに掲げよ」に変わり、街には「自由と独立ほど尊いものはない」というホー・チ・ミン語録の言葉を大書した横断幕やホーチミンの肖像画が一日ごとにふえていった。

パリ和平協定で、南ベトナムには、ベトナム共和国政府と、南ベトナム臨時革命政府の二つの政府の共存が認知された。これに伴ってタンソンニャット基地内には臨時革命政府の代表部が設置され、世界中から集まった報道陣と、週一回の記者会見も続けられてきた。ベトナム共和国が消滅した時点で、南ベトナムに存在する正統な政権は、「臨時革命政府」だけとなった、というのが常識である。フィン・タン・ファト首相をトップとする臨時革命政府がいつ、どんな形で市民の前に登場するのか、だれもが注目していた。

しかし、臨時革命政府はいっこうに表に出る気配はない。発令される各種の布告も「サイゴン・ジアディン地区軍事管理委員会」名である。「解放勢力」の実体は、ハノイの労働党中央に指導された北ベトナム正規軍ではないのか。私はこの期に及んで、恥ずかしながら初めて自分の〝解放戦線幻想〟に気づき始めていたのである。この後にサイゴンで進行するすべての事態がこの事を一つ一つ証明することになる。

▼サイゴン・軍政に

新体制が記事の送稿を解禁するらしい、との情報が流れたのが七日朝。この日、旧大統領官邸構内の広場を開放し、数万人の市民を集めた大集会が開かれた。一九五四年五月七日、北ベトナムがディエンビエンフーでフランス軍を打ち破った「大勝利記念日」でもある。

「サイゴン・ジアディン地区軍事管理委員会」の発足を祝うのが集会の目的。動員された市民数万人が、未明の四時すぎから「軍事管理委員会を支持する」などと書いたプラカードや横断幕を持って集まった。

ジアディン地区はサイゴン郊外の一部地区で、サイゴンを東京二十三区にたとえるなら「都下」といった感じ。軍事管理委員会の議長にはチャン・バン・チャ上将が就任する。同将軍が、ハノイの労働党中央委員であることがわかるのは一年後のことである。サイゴン・ジアディン地区には当面、軍政を敷く、ことの表明でもあった。チャ将軍はこの日、旧大統領官邸テラスから「私たちベトナムは米国に勝った」と大演説をぶつ。そして翌八日、記者会見を開く、とわれわれ報道関係者にも知らせてきた。

こうした動きを世界に発信したい、ということだろう、同日昼すぎ、記事の送稿が許可された。といっても、電報局を通じての一般電報という扱いである。それも事前検閲を行いハノイ経由で発信するのだという。事前検閲のため記事は英語、仏語、ベトナム語のいずれかとし、同じ原稿のコピーを三部ずつ提出せよ、というものだった。私たち西側報道陣を、新体制の〝広報〟代りに使おうということだ。発表ものや公式記者会見ぐらいの送稿ならそれでもいいが、今、この国に何が起きているのかを、自由に書くことなど、到底、望めない。

「5月8日（延着）」南ベトナムのサイゴン・ジアディン地区軍事委員会議長、チャン・バン・チャ将軍は八日午前十時（日本時間十一時）から独立宮殿に二百人以上の外国人記者を集め、サイゴン解放後、初の記者会見を行った。この中で同議長は「南北ベトナムの統一は将来実現するだろう」と述べるとともに選挙によって正式な革命政府ができることを明らかにした。

会見の冒頭、チャ議長は「これは私がみなさん全員にお会いする最初の記者会見である」と前置きし、「百十七年にわたるフランス、米国に対する闘争の結果、ベトナム人民は自由と独立を勝ちとり、永遠に完全な民主主義と自由の下で生活することになろう」と述べた。

同議長はさらに「サイゴン解放の初めにあたって、臨時革命政府と解放戦線が多くの困難に直面していることを明らかにしなければならない。しかし、こうした困難は三十年間の戦闘に比べればなんでもない。サイゴン市民は明らかに、臨時革命政府と解放戦線を完全に支持している態度を示している。臨時革命政府はわずか一週間のうちに多くの諸外国から祝辞を受け、この間臨時革命政府を承認した国はすでに十一にのぼっている。非常に近い将来、多くの国がわれわれと外交関係を結ぶだろう」と語った。

チャ議長の発言要旨は次の通り。

一、軍政・軍事管理をいつまで続けるかはまだ答えられない。人口三百万人以上の大都市をこれほど短期間に解放したのは初めてのケースであり、それゆえなすべきことも多い。今回の総攻撃があまりに速やかに遂行されたので、サイゴンの治安回復と人民の安全保護に必要な任務達成のため、軍事管理委員会を組織しなければならなかった。

一、米帝国主義者が撤退する時、軍事基地など多くの資産を放棄していったが、われわれは南ベトナムのすべての米国人の資産を没収するだろう。米国以外の国の資産の処理問題はまだ検討中で、この件について臨時革命政府の指示を待っている。

一、パリ和平協定の基本条項には、ベトナム国家は一つであり、ベトナム人は一つであると規定されている。南北統一はすべての人民の切望するところだが、いつ、どのような方法で統一が決められるかは知らない。

一、臨時革命政府は確かに南ベトナムに存在しているが、どこに所在するのか、私は答える権限を持っていない。臨時革命政府は戦時に樹立されたものであり、したがって総選挙を経ずして成立したものである。しかし、臨時革命政府は戦時であろうと、平和時であろうと総選挙が実施されるまでは依然、全権を持つものである。その時がくれば、われわれは〝臨時〟という言葉を捨てるだろう。

この記事の掲載日は五月十二日朝刊。私は会見終了後、この原稿を英文で三通作成、八日夕刻には電報局に持ち込んだ。「延着」と断ってあるように、東京本社に届いたのは十一日夜だったのだろう。記事が届いたかどうか、検閲によって記事にどんな手が加えられたかどうか、などは現地では知る手だてはなかった。縮刷版でみる限り、到着にまる三日間もかかっていたことになる。それも、私の拙い英文原稿が、外報部員の手によって見事な日本語原稿に訳されている。なぜ、東京本社に届くのに三日もかかったのか。延着理由を想像してみるのも面白い。

①私の下手な英語原稿を検閲当局が〝解読〟するのに時間がかかった、②チャ議長の演説の〝真意〟を伝えようと、検閲当局が原稿手直しに手間どった、③会見出席者が多く、原稿が大量に出稿され、発信に時間がかかった——などが考えられる。だが、チャ議長の発言要旨には、細かな点で私のメモにはない表現が入っており、②の可能性が強いのではないか。

この会見で出た記者団の質問の一つが「臨時革命政府は実在するのか」。会見要旨にあるように、彼の答えは「存在はする。しかし、どこにあるのかを答える権限は私にはない」だった。また、多くの難民が出ていることへの感想を聞かれ、彼は「〝難民〟というが、彼らは実際には強制連行されたケースが多い。国に害を与えた一部の人が逃亡せざるを得なかっただけだ」と答えたのである。

▼支局ビル、治安本部に

七日の大集会、八日のチャ会見を終えると、サイゴン市内の空気は少しずつ変わり始める。市内各所で空家となった米人所有の家屋や、オーナーが国外逃亡した各種不動産、資産の接収が始まった。日経、産経、共同三社が支局を置くグエンフエ・ビルもオーナーが早々と海外へ避難したため、即時接収の対象となった。九日朝、完全武装の兵士十数人と、赤い腕章をまいた「人民革命委員会」のメンバー数人が乗り込んできた。家主の代理人と守衛全員が一ヵ所に集められ、周りを取り囲まれて、演説を聞かされたあと、空き部屋の家宅捜索が始まった。隠してあったとみられる缶詰や米などが何袋も押収され、エレベーターもすべて止められた。

午後五時すぎ、日経支局にも一行がやってきた。家宅捜索はされなかったが、「このビル全体を人民革命委員会が接収した。二日以内に退去せよ。これは命令である」との通告。産経（近藤紘一支局長）、共同通信（佐々木坦支局長）も同じ通告を受ける。「そんなバカな」と近藤、佐々木両氏といっしょに、旧外務省に置かれた軍事管理委員会の外務小委員会にかけつけた。正面玄関で二者合同軍事委員会の臨時革命政府代表部のトップだったボ・ドン・ジアン大佐にパッタリと出会う。週一回の記者会見での顔なじみである。ジアン大佐は北ベトナム軍の階級章のついた真新しい軍服姿。カメラを手に高級外車で出かけようとするところだった。語学堪能な近藤、佐々木両氏が事情を説明、なんとかしてほしいと頼み込んだ。

ところがジアン大佐、陥落前のタンソンニャット基地内にいたころとは全くの別人の感じ。「新しいビルを捜しなさい」と取り付く島もない。車に乗り込むと振り返りもせず出かけてしまった。やむを得ず翌日、私たちは再び旧外務省にグエン・フン・ナム少佐を訪ねた。ナム少佐も臨時革命政府代表部の一員としてタンソンニャット基地内に駐在、報道陣の窓口役を務めていた。メコンデルタの出身で、解放戦線の闘士といわれていたが、みるからに人のよい田舎のおじさん、というタイプ。話を聞き終るとすぐにグエンフエ・ビルまで足を運んでくれた。その結果、「最終判断が出るまで一時的に」という条件で、追い出されずにはすんだが、その日は水道やシャワー、水洗トイレまで止められた。

翌日、同ビルは「サイゴン・ジアディン地区の第一区人民革命委員会治安本部に決定した」との通告がある。追いたてられるのか、と思ったら三社の支局はそのままでよい、とのお達しである。周りの空き部屋には完全武装の兵士たちが続々と入居してきた。中には女性兵士たちもおり、各室に三〜五人が生活を始めた。私たちは革命委員会治安本部の中で、つい数日前まではジャングルにいた〝ベトコン〟の兵隊さんたちと「同居」することになったわけである。お陰で水道やトイレは元に戻ったが、一階入り口には小銃を手にした完全武装の兵士が、二十四時間体制で警備に当たることになる。これにすぎる安全、はないが、守衛の兵隊さん、長い闘いから解放されて気がゆるんだのか、引き金に手をかけたまま、時折居眠りをし、天井に向けて発砲する。もの珍しいのか支局見物に訪れる隣人たちも増え、オバさんはお茶の接待に追われることになる。困ったのは衛生観念が薄く、バナナの皮などは窓から放り投げ、日ごとに蚊やハエが増えたことだ。

市内では生活必需品の価格が日ごとに急騰、停電も相次ぐようになる。日によってはガスもストップする。街には炭屋が店を出し、オバさんはそれでなくても暑いのに部屋の中で炭火で食事の支度を始めるようになった。街中の街路樹を切り倒して、薪にする光景も。生活に困窮する人たちの略奪や強盗が各所で相次ぎ、みせしめのためにひったくりなどの現行犯が公開銃殺され、街中に罪状のプレートをつけたままの死体がさらされる光景を目のあたりにした。

▼身元調査の面接

市内各地には、住民を掌握するため、各種レベルで人民革命委員会が組織された。サイゴンには十一の地区委員会が、その下に細分化された区委員会、小区委員会が、さらに末端では十世帯ごとに「トー」と呼ばれる隣組組織が作られ、それぞれに責任者が置かれた。各戸はそれぞれのブロック長に家族構成を届け出るとともに、毎日開かれる会合に出席することが義務付けられた。国外逃亡などで空き家となった家屋、土地はすぐに接収される。

旧政権の国会議員や政府職員、将校、兵士たちは、それぞれの地区の人民革命委員会に出頭、登録するよう布告が出る。サイゴンに残った政治家や旧政権の高官、将軍たちも私服姿で登録の行列に加わった。私たち外国人も全員が登録せよ、との命令である。私も五月十一日、旧外務省の軍事管理委員会外務小委員会へ出頭を命じられた。私より早い時間帯に日経支局からはトアン氏とオバさんも呼び出された。受付で渡された用紙に、必要事項を記入すると、簡単な〝面接〟をするという。小さな部屋に通されると、机の向こうに三人。真ん中に若い軍服姿の将校がすわっている。三十歳前後だろうか。北から来た若手党員の一人だろう。両脇に中年すぎの日焼けした開襟シャツの男が二人。一人は白髪だ。一見して南の〝解放軍戦士〟とわかる。記入した用紙をみながら若い将校の「サイゴンに来てまだ二ヵ月ですか」から、その面接は始まった。

「日本軍がベトナムに進駐してきた時、あなたは何をしていましたか」

「日本軍がベトナムに進駐したのは一九四〇年。私はまだ生まれていません。一九四五年の日本敗戦時もまだ四歳。日本も食糧不足だったし、腹をすかして毎日、泣いていたと思いますよ」。

彼が何を聞こうとしているのかピンときた。一九七三年ごろから始まった日本とベトナム民主共和国（北）との戦後補償をめぐる外交交渉のことである。この交渉で、北ベトナム側は、一九四四～四五年にベトナム北部で起きた旱害による大飢饉で、二百万人が餓死した、その責任は日本軍にある、と主張していた。「大飢饉を日本軍のせいにするのはおかしい」。

赴任前のにわか勉強でそう確信していた。生まれたばかりの私に対する質問としては失敗だと思ったのか、彼はすぐに話を変えた。

「両親の職業は？」。彼らが、資産階級の出身か労働者階級の出身かといった出自にこだわっており、同じ労働者階級といってもその中で区分けをする、ということは当時の日本の学生運動家たちの発想からみても、当然、予想できた。「父は生前、日本の田舎の中学校の教師だった。兄弟は四人。父の安月給では食べていけず、母は懸命に農業をして、私たち兄弟を食べさせてくれた」。

「あなたは母親の農業を手伝ったか？」。当然である。小・中学生のころ、私の田舎では田植え休み、稲刈り休み、麦植え休みからいも植え休みまであった。「田植えや稲刈りは小さいころから得意だった」と答えると、「その証拠はあるか？」。一瞬ひるんだ。その証拠といわれれば、難しい。やむなくイスから立ち上がり、腰をまげ稲刈りのパントマイム。サイゴン郊外でもよく見る田園の風景だ。そして左手の小指の先を若いエリート官僚の前に突き出した。稲刈りの手伝いで、誤って鎌で左小指の先を切り落としそうになった。傷は治ったが、今でも左指第一関節から先はまっすぐにならない。

若い将校はニヤリと笑うと「ＯＫ」。サイゴン・ジアディン地区の取材許可証を発行してくれた。この取材許可証、今でも大事にとってあるが、この右上には「独立、民主、平和、中立」の「南部ベトナム共和国」と印刷されている。この時点で臨時革命政府のスローガンは「独立、民主、平和、中立の南ベトナム」だったのだ。

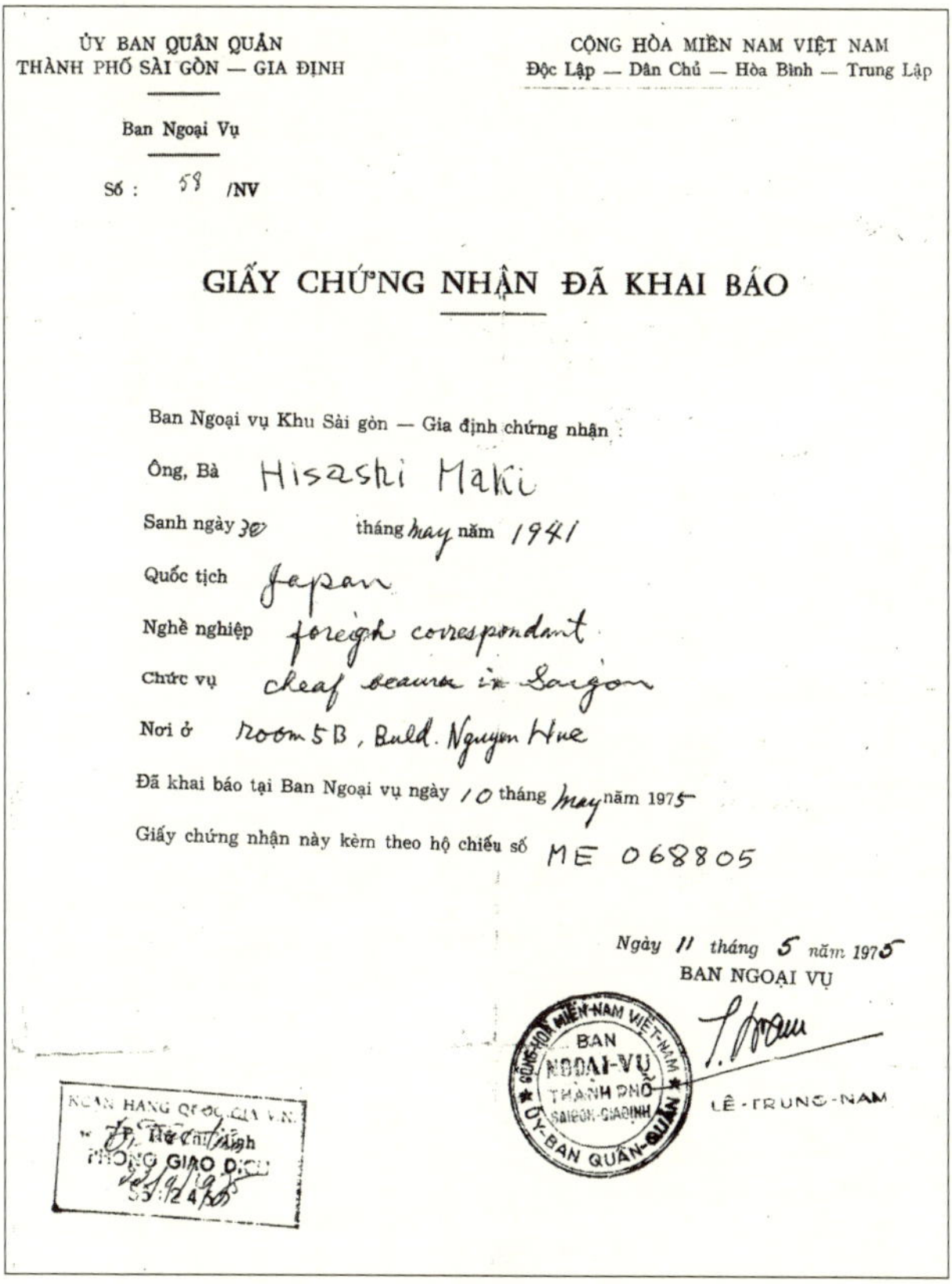

ỦY BAN QUÂN QUẢN
THÀNH PHỐ SÀI GÒN — GIA ĐỊNH

Ban Ngoại Vụ

Số : 58 /NV

CỘNG HÒA MIỀN NAM VIỆT NAM
Độc Lập — Dân Chủ — Hòa Bình — Trung Lập

GIẤY CHỨNG NHẬN ĐÃ KHAI BÁO

Ban Ngoại vụ Khu Sài gòn — Gia định chứng nhận :

Ông, Bà Hisashi Maki

Sanh ngày 30 tháng may năm 1941

Quốc tịch Japan

Nghề nghiệp foreign correspondant

Chức vụ cheaf beaura in Saigon

Nơi ở room 5B, Buld. Nguyen Hue

Đã khai báo tại Ban Ngoại vụ ngày 10 tháng may năm 1975

Giấy chứng nhận này kèm theo hộ chiếu số ME 068805

Ngày 11 tháng 5 năm 1975
BAN NGOẠI VỤ

LÊ-TRUNG-NAM

PHÒNG GIAO DỊCH

取材許可証

トアン氏は「マキ支局長と親しかった旧政権の要人」などについて質問を受けたという。サイゴン新参者の私には、チュー政権の要人に深いかかわりを持つ時間はなかった。オバさんは「わたし、マキさん、いい人、いい人と言った」と興奮気味。私のプライベートな生活を聞かれたのだろう。赴任後、タイプライターを抱えて眠る毎日だった私には、残念ながら、問われるべき私生活もなかった。

他社の常駐記者に聞くと、面接を受けたのは私だけ。他社にはすんなりと取材許可証が出たという。「なぜ日経だけが」と不審に思って調べてみると、他社の常駐記者は全員が二、三年の滞在者。毎週土曜日に行われたタンソンニャット基地内での臨時革命政府代表部の記者会見の出席歴は長い。その間、詳細な調査は終っており、日本人記者の中では、赴任したばかりの私についてのデータを全く持っていなかったということらしい。赴任直後に始まったホーチミン作戦で、調査する時間的余裕もなかったということだ。

▼ナンバー1、ファン・フン氏の登場

五月十五日、独立宮殿（旧大統領官邸）前で勝利の祝賀式典が行われた。あらゆる組織に動員をかけ、公式発表は「百万人集会」。同宮殿前はもちろん、そこに通じるすべての道路は、金星紅旗（北ベトナム国旗）と赤、青二色の地に金星の解放戦線旗を手にした市民で埋めつくされた。正門前に設えたカラフルな観閲台の後ろには、高さ二十メートル、幅十メートル

ルもあるホー・チ・ミン主席の大肖像画が集まった市民をにこやかに見下ろしていた。観閲台には長い戦争をくぐり抜けてきた北ベトナム、南の解放戦線の首脳陣がずらりと並ぶ。サイゴン市民の前には初めて登場する人たちだ。

北ベトナムからは八十七歳（当時）というトン・ドク・タン大統領、レ・ドク・ト労働党政治局員、レ・タン・ギ副首相、バン・チェン・ズン人民軍総参謀長。南からは解放戦線議長のグエン・フー・ト氏、臨時革命政府のフィン・タン・ファト首相、外相のグエン・チ・ビン女史……私もこのあたりまでは赴任前の資料収集で見覚えのある顔だった。北、南の解放勢力が連帯して戦った勝利であり、双方のメンバーが勢ぞろいするのに不思議はない。式典はサイゴン・ジアディン地区軍事管理委員会議長、チャン・バン・チャ将軍の開会宣言で始った。最初の挨拶はトン・ドク・タン大統領。「ホー・チ・ミン主席の霊にこの勝利を奉げる。ベトナム人民はひとつになり、新しい時代の、新たな幸福をかみしめていこう」。続いて、解放戦線のグエン・フー・ト議長。三番目に「ベトナム労働党を代表して」と紹介されて、挨拶をしたのが「ファン・フン」という名の開襟シャツ姿の老人だった。「敗者はアメリカであり、すべてのベトナム人民が勝者である」と述べると、集まった市民に、にこやかに手を振った。「ファン・フンって何者だ?」。周りの外国人記者たちのヒソヒソ声。サイゴン市民も聞いたことのない人物に顔を見合わせている。

続いてパレードに移る。「独立と自由ほど尊いものはない」「ホー主席の霊よ、永遠に」「マルクス・レーニン主義に栄えあれ」などと書かれたプラカードや、金星紅旗、解放戦線旗を手にした市民の列。青年、学生、仏教徒、カトリック教徒……各階層の大衆団体の行進が続く。続いて軍事パレードに移った。真新しい軍服に身を包んだ部隊の行進。北ベトナム人民軍の階級章をつけた正規軍のパレードだ。ソ連製戦車、対空火器、野砲、兵員輸送車、さらにソ連製ミサイルが轟音をたてて進む。解放戦線の部隊は一番最後に申し訳程度に行進したが、彼等が振っている旗は解放戦線旗ではなく「金星紅旗」だった。

支局に戻る途中、助手のトアン氏やズン氏に「ファン・フンってどんな人だ」と聞いても、知らないという。翌日、「サイゴン・ジャイホン」紙に掲載された写真と肩書きで、彼が「南のナンバーワン」であることを知る。「ベトナム労働党政治局員、南部委員会書記」と紹介されていた。ファン・フン氏に次ぐナンバー2が労働党中央委員のグエン・バン・リン副書記。これまで南の最高責任者とされていた解放戦線議長のグエン・フー・ト氏は三番目。ファト首相はその下の4番目だった。

あわてて「ファン・フン」について資料を繰って調べたところ、米国の情報機関が出した古い資料の中に、その名前を見つけた。「ベトナム労働党政治局員で北ベトナムの副首相を務めた。ハノイ指導部では、ナンバー4にランクされていた。一九六七年、突如、副首相のリストから名前が消えた。失脚説もあるが、地下にもぐって南の闘争を指導しているとみられる。インドシナ共産党時代からのはえ抜きの闘士である」。

失脚したようにみせかけて、南に入り、一九六八年のテト攻勢など一連の戦闘の指揮をとっていたことが、初めて明らかになったわけで、米国の情報は正しかったことになる。

この日夕、独立宮殿一階の大広間で祝賀の大レセプションが開かれた。サイゴン在留の外国人記者の一部も招かれる。私もその中に入っていた。大広間を埋めた出席者のほとんどが白の開襟シャツにホーチミン・サンダル。ビールで乾杯、立食での懇談が始まった。北からの要人も、南の解放戦線の幹部たちも一つになって記者団の質問にもニコニコと答える。どこにでもみられるお祝いのパーティの光景だ。臨時革命政府顧問評議会副議長のチン・ジン・タオ氏はスーツ姿で奥さんも同伴し、ご機嫌。氏はサイゴンでも有名な弁護士でもある。北側主導の昼の集会に、多少、違和感のあった私は、パーティの雰囲気から「民政移行すれば臨時革命政府が正面に出てくるのだろう」と思った。

▼強まる引き締めムード

祝賀式が行われた五月十五日から三日間は「勝利を祝うお祭り期間である」という布告も出て役所も民間企業も、学校もすべてお休み。歌と踊りの集いがあちこちで開かれ、夜は連日、花火が打ち上げられる。お祭りムードいっぱいだった。こうした雰囲気が一気にこわばって引き締めムードになるのは十九日朝から。「外国の報道関係者に対する扱いも厳しくする」と軍事管理委員会の担当官に言われた、とトアン氏が心配そうな顔付きで、支局に顔を出した。

数時間もたたない昼前、グエンフエ通りの支局前で男三人、女一人が革命軍兵士に捕まった。窃盗の現行犯だという。路上で見せしめ射殺、とのうわさがパッと広まったが、しばらく引き回されたうえ連行された。昼すぎにはサイゴン河畔で取材していた日本のテレビカメラマンが、警備中の兵士に捕まり、手錠のまま引き回される。日本大使館員がかけつけて交渉の末、釈放された。午後三時すぎには旧外務省前で取材中の日本の通信社の記者が兵士にフィルムを抜きとられた。日本人記者だけでなく、欧米の記者たちも市内のあちこちで同じような〝被害〟を受けるケースが相次いだ。

それでなくても、原稿や写真、フィルムなどが自由に送れなくてイライラしていた欧米の記者たちの不満に火がついた。十九日夕、レロイ通りのコンチネンタル・パレスホテルのロビーで在留外国人記者の〝総会〟が開かれる。組織があったわけではないが、口コミで〝召集〟され、米、仏、英、日など五十人近くの報道陣が集まった。「原稿の送信はまがりなりにも出来るようになったが、写真や映像フィルムの送信手段はない。原稿も検閲結果が示されるわけでもなく、原稿が本社に着いたかどうかさえ確認できない」「報道の自由を全く無視している」「原稿が本社に届いていない。検閲の基準を示せ」「このままでは写真撮影した意味がない。すぐ出国させよ」——などの意見が相次ぎ「これらの要求が受け入れられないなら外務省にデモをかけよう」などという強硬意見も出た。

当時、サイゴンには日本人を含め百二十人を超す外国人記者が残っていた。常駐記者の応援組のほか、陥落寸前に駆けつけた〝一発屋〟といわれるフリーの記者、カメラマンも多かった。サイゴン陥落後、革命政権当局はそこまで手が回らなかったのか、取材規制はほとんどなく、市内を自由に取材できた。送稿段階の検閲でチェックするという考え方だったのかもしれない。それが三週間すぎたころから「取材を直接制限する」ようになり、カメラマンに手錠をかけたり、フィルムを抜き取るといった荒っぽい手段もとるようになった。

サイゴン市内では旧政権時代から発行されている新聞はすべて発行停止。出版印刷工場もすべて接収された。新政権は新たに「サイゴン・ジャイホン」紙、華字紙の「解放日報」を発行、その紙面で軍事管理委員会の各種の布告などを掲載するほか、十九日にはベトナム労働党の機関紙「ニャンザン」が市内で売り出される。二十一日には旧政権下で発行されたすべての出版物の発売が禁止され、市内の書店から雑誌、書籍が一斉に消える。徐々に「革命」の姿が見え始めたのである。

▼報道陣約百人が出国

こうした雰囲気の中で五月二十四日、革命政権下のサイゴンから、初めて国外へ一番機が飛ぶことになった。一番機はイリューシン18型機（ソ連製）でラオス・ビエンチャンまで飛ぶという。一日おいて二十六日には二番機が飛ぶと公表された。この一、二番機には希望する報道関係者は最優先で搭乗を認めるという。一番機の乗客八十二人のほとんどが報道関係者、二番機八十三人のうち約二十人もそうだった。サイゴンに残っていた報道関係者のうち、陥落前からの常駐記者で、その後も取材を続けたいという記者を除いて、ほとんどがこの一、二番機でビエンチャンに向け出国した。「革命政府は各国のジャーナリストを追い出したわけではない。彼らは自ら希望して出国したのだ」という形が見事に整えられていた。急に厳しくなった取材制限や、報道関係者に対する強行姿勢は「自ら望んで出国する」ための状況作りだった、といえなくもない。カンボジアのポル・ポト政権がとった強圧路線とは違ったベトナム型の革命路線が百人近い報道関係者が去ったサイゴンで徐々に進行しはじめる。

「じっくりと革命の進行を見届けその実相を報道し続けたい」。サイゴン残留を決めた私は、一番機で国外に出る乗客に陥落以降のまとめ原稿を託すことにした。慣れない英文で、それも「検閲済み」の原稿を送っていたのでは残った意味はない。一番機が飛ぶ、と聞いてからすぐに「新生の苦闘　サイゴンからの報告」の四回分の執筆にかかった。書き終えた原稿は空港で没収される危険に備え、事務連絡用の書類風に一束にとじた。一番機で出国する他社の記者にそれを預け、バンコクに着いたら日経バンコク支局に連絡するよう依頼した。

一、二番機に続いてその後、月に数便、バンコクやビエンチャンに飛ぶようになる。乗客名簿は予定の一週間ほど前に、旧外務省前の掲示板に張り出すという。当初は出国希望者のうち当局の審査をパスした人たちが中心だったが、次第に当局の「退去要請組」が目立つようになる。私は毎便、リストアップされた乗客名簿の中から信頼できそうな人を探し出し、同じ方法で原稿を送ることにした。これなら、空港で没収されない限り、時間はかかるにしても原稿を送ることが出来る。検閲を免れて送稿するには、これしか方法はなかった。革命政府当局がこれを「違法行為」というなら仕方がない。その時の覚悟は決めた。新聞記者にとって、「報道の自由」「言論の自由」は、一国の、それも革命政権下のプレスコードに優先するのは当然である。帰国後、チェックしてみると、この方法で送った原稿はすべて本社に届き、掲載されていた。バンコク支局の内藤特派員は、「原稿をあずかっている」と電話があると、空港やホテルに駆けつけ、すぐさま東京本社に打電してくれた。

第四章　新生への苦闘

第一便で送った原稿は五月二十七日朝刊から四日間、「新生への苦闘――サイゴンからの報告」と題して連載された。本社はこの原稿に「牧特派員は現在、数少ない日本人常駐特派員の一人としてサイゴンにとどまっている。この原稿は南ベトナム解放後、初めて出国を許された報道陣の手に託され、ビエンチャン経由で本社バンコク支局が入手。二十六日テレックスで送られてきたものである」という断り書きをつけている。

1　複雑な出会い——仮面かぶった市民

怒とうのような進撃を続け、旧政府軍の抵抗もほとんどなくサイゴンを解放した南ベトナムの解放勢力。三十年間も絶えることのなかった砲声も消えた。だが、やってきた解放軍の大部分は北ベトナムの正規軍だった。サイゴン市内は解放戦線旗とともに、ベトナム民主共和国（北ベトナム）の国旗があふれ、南ベトナム臨時革命政府はいまだに公式に名乗りを上げず、サイゴンの首都宣言もしていない。市内は軍事管理委員会の支配下に置かれたままであり、このまま南北統一に向けた動きが、急ピッチで進むのではないか、との見方さえある。

陥落後のサイゴンは、武装解除された旧政府軍兵士など失業者にあふれ、物資不足と物価の高騰は激しく、市民の多くは戦火にかわって生活の不安におびえている。市内にあふれる解放軍兵士に対して、市民は表面的には平静だが、長い間たたき込まれた共産主義への不信感はぬぐいきれず、解放軍への媚《こび》をみせつつ、冷ややかに新政権の出方を見守っているようだ。

米国の経済援助で高い消費水準を維持してきた経済を、今後自力でどう再建するのか、長い戦争ですさみ切った人心をどうやって取り戻そうとするのか——新政権の前途は難問が山積みしている。以下は解放後一ヵ月のサイゴンの報告である。

拍手・歓声聞かれず

三十年にわたって「共産主義」の恐怖をどっぷりとたたき込まれてきたサイゴン市民と、いわゆる〝ベトコン〟と称された解放勢力との出合いは複雑だった。四月三十日午前十時すぎ、サイゴン港に停泊した二隻の輸送船の周りは、海外へ逃げ出そうとする数千人の市民で大混乱に陥っていた。必死に船によじ登ろうとする者、その足を引っ張る者、他人を蹴落とそうとする者。老人も女性の区別もない。「強い者だけが生き残る」という感じの地獄絵図だった。

そこへ解放旗をひるがえした一台のジープが乗りつけた。赤い腕章を巻いた私服の青年が銃を片手に演説を始めた。おそらく秘密工作員だろう。恐る恐るそれを取り巻く群衆。「生命は保障する」という内容にほっとした空気が流れ、市民は次第に船から散り始めた。

これに続いて解放軍兵士を満載したトラック、戦車が続々と市中心部のグエンフエ通りにやってきた。市内に潜伏していたゲリラ部隊が先導する。迎える市民の表情は複雑で、拍手や歓声はどこにもなかった。不安のまなざしで彼らの言動をじっと注意深く見守る、というのが大部分の市民の表情だった。そして、市民はおっかなびっくりで兵士たちに問いかけた。自信にあふれた解放軍の兵士は規律正しく、にこやかに応対した。選りすぐった兵士たちを第一陣として送り込んだのだろう。市民の不安感は次第に薄らいだが、いずれは粛清が始まるだろう、とだれもが声をひそめた。

強烈な反共意識

一九五四年、ディエンビエンフーが陥落、ベトナムが十七度線をはさんで南北に分裂した際、共産政権を嫌う約八十万人が難民となって南に流れた。その後、ゴ・ジン・ジエム、グエン・バン・チュー政権の下での反共教育と、憎しみ合いの戦争が、南ベトナムの一般市民の共産主義に対する恐怖を増幅させた。チュー政権が倒れた原因の一つに、強すぎた反共意識を指摘する人もある。国を守るべき軍隊さえ、最後は「コンサン（共産主義者）が来る」の一声で、制服を脱ぎ捨て、武器を捨てて逃亡した。政府の役人も、企業家も〝コンサン〟の手から外国に逃げるための懸命の努力を続けた。

サイゴン陥落前一週間、米国大使館前で連日のように繰り返された光景を忘れることはできない。脱出の手づるを求めて一万人を超す人々が、外出禁止時間を無視して押しかけた。役所や企業から相次いで人が消え、行政機能は完全にストップしてしまった。一週間足らずで約十三万人がわれ先に海外に脱出したのである。そのおびえ方は、私たちの理解をはるかに超えていた。「なぜ、そんなに共産主義がこわいのか」と聞いて回ったが、「あなたは三十年間の戦争の実態をしらないからだ」と多くの人が答えた。共産主義への恐怖心が国を滅ぼした、とさえ言えそうである。

陥落の翌日、市民のほとんどが門前に解放旗を揚げた。日に日に街は解放旗で埋まり、十日すぎには北ベトナムの国旗と亡きホー・チ・ミン主席の肖像画がこれに加わった。そして勝利の祝賀会にも多くの市民が参加した。表面的にみると、サイゴン全体が解放軍の〝入城〟を心から歓迎しているようにみえる。しかし、市民にその〝本心〟を聞くと、ほとんどの人が「武器を持った占領軍の命令だから」と答え、「これで生命が保障されるなら安いもの」と自嘲気味に笑うのである。

一方で解放軍に媚びつつも、サイゴン市民はしたたかだった。市内を完全に制圧、数日後、治安が平静に戻ると兵士たちはどっと街に繰り出した。大半は丸腰でサイゴンの休日を楽しみながらの市内見物。ジャングルの英雄たちも、ベトナム最大の都市サイゴンでは〝お上りさん〟だった。その「人のよさ」に市民は安心した。彼らは時計とラジオをなによりも欲しがった。そしてポラロイド・カメラを使った記念写真に群がった。市民の反応はすばやく、華僑系の電気店はすぐに「革命戦士歓迎大バーゲン」を始め、毎日、兵士で大にぎわい。市内のヤミ市場や露店では古いラジオや時計を持ち出して、兵士に売りつける。

北ベトナム紙幣を惜し気もなく出して買い求めていた兵士たちも、数日後にはその多くがインチキ製品であることに気がついた。「時計を買うな。外側は外国製でも中身はショロン（サイゴンに隣接する中国人街）製である」と軍事管理委員会の広報車が呼びかけて回る騒ぎにもなった。「商売上の戦いでは負けないよ」とサイゴンの商人たちはちらりと舌を出す。タクシーやシクロ（リンタク）の運転手たちにとっても、「なにも知らない」兵士たちはいいカモで、普段の何倍もの料金を吹っかけた。

「こんなに早く、それも無抵抗でサイゴンが陥ちるとは思わなかった」と解放軍幹部は口をそろえた。解放軍は米国が建設したハイウェーをあたかもドライブするようにやってきた。陥落後、国道一号、四号線などを車で走ったが、大戦闘の跡はみられず、旧政府軍の抵抗はほんの申し訳程度。早すぎたサイゴン陥落に、革命政府側にもとまどいがみられ、新しい具体的な政策は、まだほとんど打ち出されていない。このため市民の間に、革命政府に対するある種の甘さが生まれつつあるのも事実のようだ。

北軍の武力制圧

サイゴンは「解放」されたが、それはあくまでも北ベトナムの正規軍を中心とする武力制圧だった。ついに最終段階までサイゴン市民が自主的にほう起する姿はどこにも見られなかった。むしろ市民の多くは、解放軍から必死に逃れようとした。こうした事実は今後のサイゴン革命に大きな影響を与えずにはおかないだろう。

軍事管理委員会はいま、旧政府軍兵士、警官、役人などの登録を呼びかけているが、「いずれ処罰の対象にされるのだろう」と登録をしない者が圧倒的だという。軍事管理委員会は最近、「不登録者は反革命分子として処罰する」と強硬姿勢に転じつつある。

今後、どんな新政策が打ち出されていくのか。解放軍の幹部クラスに聞いても「まあゆっくり待ちなさい」と答えるだけ。三十年の戦いのあとの「勝利」だから、今後もじっくり息長く「ベトナム革命」を完成させよう、ということのようである。

2 消えた乗用車——底つくガソリン

サイゴン市内を走っていた車は陥落後、日一日と姿を消し、いまでは車といえば解放軍兵士を満載したトラックやジープぐらいしか見られない。名物の〝ホンダ〟もめっきり少なくなり、町の大通りは、自転車の列が占拠した。街のあちこちには台所用の木炭を売る店が続々と誕生している。

目抜き通りの歩道いっぱいに広がる露店は解放前に比べて一段と数を増し、ヤミ市で名高いハムギ通りの露店などは、車道の真ん中まではみ出し、いったん中に巻き込まれると、脱出するのが難しい混雑ぶり。増えた露店の大部分は米国人が逃げ出した家からの略奪品とおぼしき物や、隠匿していた密輸品を売る店である。

こうした光景はいまの南ベトナム経済の象徴でもある。長い間、米国の経済援助におぶさってきた国が崩壊し、新しい国造りを始めようとする時、最初に起きた混乱はガソリンの絶対量の不足であり、激しい値段の高騰だった。陥落前は一リットル二百ピアストルだったガソリンが五月三日には八百ピアストルに、四日には千ピアストルを超え、五日になるともういくら捜してもガソリンを買うことはできなかった。

今、サイゴンでガソリンを買おうと思えば、街のあちこちの道路上に立つヤミ商人からビールビン、ウィスキーの空きビンに詰められたものを、ばか高い値段で買い集めて歩くしかない。ヤミ商人といっても子供たちから主婦までさまざまで、ガソリンのほとんどは脱出した米国人が乗り捨てた乗用車などから抜き取ったものである。なかには水で薄めた悪質なものも多い。乗用車や〝ホンダ〟を持っていても、ガソリンなしで走れない。

市民は陥落後、先を争って自転車を買い求めた。このため自転車の値段もみるみる高騰、陥落前は一台二万五千ピアストルから四万五千ピアストルで買えたのに、五日には安い物でも十万ピアストルを突破、今では十五万ピアストルもする。自転車は新たに買おうとしても庶民には手の届かないぜいたく品になってしまった。街からはタクシーやモーターシクロ（モーター付きのリンタク）もほとんど消え、たまにタクシーを見つけても、陥落前五百ピアストルで行けたところも五千ピアストル要求される。台所用のプロパンガスや灯油も底をついており、炭火を使う家庭が目立ってきた。

肥沃なメコンデルタをかかえ、食糧だけはまだ豊富で、野菜類は値上がりしていないが、解放軍兵士や武装解除された旧政府軍兵士がどっと市内に流れ込んだため、米はじりじりと値上がりし、今では陥落前の五割アップ。外国製品に頼っていた調味料、タバコ、酒、電気製品、フィルムなどは天井知らずの高騰ぶり。この際、手持ちの品を全部放出して現金化しようと、一般の主婦まで不要な家財道具を持ち出して路上に露店を開く始末。収入の道を閉ざされ、切り売り生活をしなければ食べていけない、という人も多い。これに輪をかけたのが密輸品などの隠匿物資や、ぜいたく品はいずれ接収されるとのうわさ。ヤミ市の店主たちはそれまでに売り切ろう、と躍起になっているわけだ。

物価の高騰に加えてサイゴンは膨大な失業者をかかえた。武装を解除され、サイゴンに戻ってきた旧政府軍兵士をはじめ、外国企業で働く労働者も大部分が職を失った。公共機関も今後どう再編されるか見当もつかない。タクシー、シクロの運転手も今は失業同然である。従来からのサイゴン市民三百万人、これに流れ込んだ難民、戻ってきた旧政府軍兵士などを含めると五百万人を超えるとみられる住民のうち、七、八割が失業状態にあるという。

増える失業者

インフレが高進する中での無数の失業者群。日経の支局にも、英語が少々できるので雇ってもらえないか、と言ってくる人があとをたたない。「解放前の蓄えが残っている間はまだよい。それがなくなった時にどうなるのか」。解放軍の武力の前に、表面は平静を保っている住民の胸には、将来の不安が重くのしかかっている。すでに米を買えない家庭が続出しており、軍事管理委員会はこうした家庭に対し「一人につき十日間に五キログラム」の米の無料配給を始めた。各地区の米の配給所（隣組組織の責任者宅）の前には長い列ができている。

米国の経済援助のもとで、〝虚構の繁栄〟をおう歌してきたサイゴン。米国が去ってみれば、生産手段は皆無に近い大消費都市である。人口数百万人の大消費都市の〝解放〟は世界の革命史上でも異例である。それも長年、ジャングルの中で米とニョクマムだけで戦ってきた解放軍の目からみれば、とほうもなくぜいたくな、米国式消費生活に慣れてきたサイゴン市民である。まず、この生活態度をどうやって変えていくのか。破産した経済の再建は、革命政府にとって最大かつ最も難しい課題である。

これまでのところ、革命政府は経済の現状に全く手をつけておらず、むしろ放りっぱなしの感じさえある。北ベトナムの通貨ドンと南ベトナムのピアストルの交換レートも決まらず、銀行も閉鎖したまま。街では兵士たちと市民がヤミ・レートでどんどん交換しているが、当初一ドン＝千ピアストルだったのが、日によって一ドンが六百ピアストルになったり、四百ピアストルになったり変動は激しい。革命兵士たちが、悪どいサイゴン商人に手玉にとられている光景があちこちにみられる。

「いずれ大がかりな帰農運動でも始めるしかないのではないか」と経済専門家たちはみる。しかし、帰農運動を始めるにしても、いまの消費生活を断ち切るには相当の強権発動が必要になるとの見方が支配的だ。南ベトナムが外国の影響を脱し、経済的自立をはかるには、大手術は避けられないだろう。

3 「町も心も大掃除」――革命精神説く

「ホー・チ・ミンの町をきれいに掃除しよう」「二週間以内に旧体制のスローガンを一掃し、首都圏を解放旗と革命のスローガンで塗りつぶそう」「腐敗したアメリカ文化を一掃しよう」――五月三日、軍事管理委員会が発表した布告の内容である。サイゴン革命はまず〝大掃除〟から始った。

解放軍が「無血入城」したサイゴンはごみの山だった。旧政府軍の戦況が悪化した四月下旬から市内の清掃業務はストップしていたうえ、陥落直前の混乱で米国関連施設や住宅の大部分が破壊、略奪され、市内のあちこちは見るも無残なありさま。この布告で学生や住民は路上などの大掃除にかり出され、腐臭の漂っていたサイゴンは日一日と清潔さを取り戻した。

チュー政権時代の「反共スローガン」は引きずり落され、塗りつぶされ、新たに「自由と独立ほど尊いものはない」という故ホー・チ・ミン主席の言葉と、解放旗が取ってかわった。市の中央、下院議事堂前にあった巨大な軍人像も、首に太いロープが巻かれ、約五十人の革命委員会のメンバーがかけ声とともに引き倒した。この軍人像は二人の兵士が下院議事堂に向けて、銃を突きつけた格好になっており、軍に支配された旧体制のシンボルといわれていた。これを皮切りに、市内の旧体制の記念碑は次々と壊され、街にはんらんしていたどぎつい広告類も取りはずされたり、塗りつぶされた。

長髪もアメリカ腐敗文化の一つ、というわけで、若者たちは床屋の前に行列をつくった。若い女性はミニスカートやパンタロンなど派手な色彩の服装を目立たない地味なものに着替え、マニキュアをした女性はほとんど見かけなくなった。といっても、これは解放軍命令ではなく、若者たちの自主規制。「長髪や派手な服装は共産主義体制下では強制労働に」といううわさがどこからともなく流れたからだという。サイゴンのファッションはよれよれの緑の軍服と、ホー・チ・ミンサンダルが一気に主流となった。

一方、街のあちこちで本の投げ売りが続いた。街頭に真新しい出版物が山のように投げ出され、「二冊で五十ピアストル均一」などというたたき売り。ジャズの楽譜やレコード、カセットテープなどもタダ同然に歩道に積み上げられ、若者たちに引っぱりだこ。新しい出版物の発行は禁止されたため、旧体制時代の書籍もいずれ売れなくなるとみて、この投げ売りになったわけだ。

案の定、二十二日午前八時以降、「アメリカ文化に毒された」本や、レコードの販売は厳しく罰する、との通告が出て、歩道をにぎわした本屋もアッという間に消えてしまった。また、風俗営業は全面的に禁止され、売春宿などの接収も急ピッチ。かつて、〝ナイトライフ〟を売り物に、観光客を集めた夜の女たちの逮捕と、更生施設送りが連日、「解放日報」（新政権下で発行されている華字紙）などをにぎわしている。

テレビも映画もハノイ一色

娯楽施設の少ないサイゴンでは、映画は市民の最大の楽しみの一つ。サイゴン・ショロン地区にある五十二の映画館は、十日すぎから相次いでオープンしたが、出し物はどこも、かつてフランス軍を破った時の勇ましい記録映画「ディエンビエンフーの戦い」と子供向けのアニメ映画一本。アニメといっても、村の平和を乱す他村から侵入したヘビの大群を、ひよこや子ねこが団結して追い払うという〝教育映画〟である。十九日の故ホー・チ・ミン主席生誕八十五周年以降は、いくつかの映画館でこれに「ホーおじさんの生涯」が加わり三本立てとなった。久しぶりの上映に館内はどこも結構にぎわっていたが、「仕事もないのでヒマつぶしに入ったけれど、宣伝映画で面白くもなんともない」という感想が圧倒的。

無邪気な子供たちの間では、テレビ、ラジオが毎日流す六歳の少女の歌う童謡風の歌がはやってきた。「アメリカはB52やファントムでいばっていたが、ハノイでは空気銃で撃ち落したよ、B52もファントムもベトナムから逃げ出した。もう永遠に帰ってこれない」というのが歌の文句。テレビでは、ハノイの繁栄や解放戦士の戦いぶりを示す記録物を流し続けている。

一方、住民を直接組織した革命教育も徐々に始った。これは十世帯を一ブロックとした戦前の日本の隣組に似た組織で、責任者が選出される。この組織は行政の末端機構に組み入れられつつあるようで、各戸の家族構成をブロックの長に届け、各種の布告の伝達もこの組織を使っている。同時に、世帯主は毎日開かれるブロックの会合に出席せねばならず、この会合には地区革命委員会から人が出向いて「革命の精神」を説いている。このブロック組織は現時点では全市に広がっているとはいえないが、着実に増えているようだ。

革命政府はいま、できるだけ柔軟な姿勢でサイゴン市民の「共産主義」への恐怖を取り除こうと努力しているようで、「過去は一切問わない。今後の革命政府への協力がすべてを決定する。全市民は革命事業へ積極的に参加せよ」と繰り返し呼びかけている。海外脱出者は十三万人に達しているが、そのほとんどが革命政府の報復を恐れた社会の中堅以上の人たち。このため行政機構をはじめ、南ベトナムのあらゆる機能はマヒ状態にある。「過去」を追及していれば混乱はいつまでも続く。膨大な市民を強権だけで動かすことはできず、時間をかけて思想的改造を行いながら、革命という事業を進めようとしているようである。とはいえ「革命を挫折させようという動きは断固打ちくだき、厳罰に処する」とクギをさすことは忘れていない。

4 姿なき臨時革命政府——不可思議な沈黙

南ベトナム全土が〝解放〟されて一ヵ月近くになるが、臨時革命政府のフィン・タン・ファト首相や解放戦線のグエン・フー・ト議長など、革命政府の要人がサイゴン市民の前に姿を現したのは(五月)十五日の戦勝祝賀会だけであり、勝利した革命政府とは思えない沈黙を守っている。サイゴンの首都宣言も依然行われず、同市はチャン・バン・チャ将軍を議長とする軍事管理委員会の支配にゆだねられたまま。

市民は故ホー・チ・ミン主席の肖像画と、北ベトナム、臨時革命政府双方の国旗を門前に掲げることを命じられている。

こうした事実は①南ベトナム全土を手中にしたいま、一挙に南北統一に持ち込む準備が進められている、②新政府のあり方について、ハノイと臨時革命政府の間に意見の食い違いが生じている——かのどちらかだとする見方が強い。軍管委は公式的には「サイゴンの治安がまだ十分でないため」と説明しているが、新政府の具体的な政策はまだなんら打ち出されてはおらず、〝姿なき臨時革命政府〟はさまざまな憶測を呼んでいる。

十五日に行われた戦勝祝賀会は、延々二時間にわたって解放軍兵士のパレードが続き、百三十ミリ対空機関砲からのSAMミサイル、各種のソ連製戦車が披露され、さらに解放戦線にはないはずの海軍やミグ戦闘機の編隊飛行まで登場した。パレードを見ていた旧政府軍の情報将校（大佐）が「われわれが予想した以上の北ベトナム正規軍の装備であり、パレードに参加した九割が北正規軍だ」と驚きの声をあげたほどだった。

「ホー・チ・ミン」の洪水

三十年にわたるベトナム戦争でさまざまな経緯があったとはいえ、最終段階で南ベトナムを「解放」したのは、北ベトナムの圧倒的な武力であったことは間違いない。常識的に考えれば、サイゴンを陥落させ、南ベトナムの解放を成し遂げたいま、「南ベトナム人民を真に代表する合法政府」という長年の主張に従って、直ちに臨時革命政府が活動を始めるところである。

だが、フィン・タン・ファト首相やグエン・チ・ビン外相、グエン・フー・ト解放戦線議長らがサイゴン市民の前に姿をみせたのは祝賀会のあった五月十五日だけ。軍管委のチャン・バン・チャ議長も記者団に「臨時革命政府はどこにあるのか」と聞かれて、「南ベトナムに確かに存在するが、今どこにあるのか、私に答える権限はない」とかわし、ビン外相も「私が臨時革命政府の外相であり、外交問題も軍管委の外交官の手でちゃんと取り扱っているのだから問題はないでしょう」と語っている。

だが、臨時革命政府のトップたちは戦勝祝賀会を除いて、サイゴンで発行されている「サイゴン・ジャイホン」「解放日報」両紙にも全く登場しないばかりか、テレビにもラジオにも姿を現していない。新聞やラジオに出てくるのはすべて「ホー・

チ・ミン」の写真であり、ホーチミン思想である。

そのうえ、軍管委は全市民に「臨時革命政府とベトナム民主共和国（北ベトナム）の二本の国旗を組み合わせて掲げるよう」布告している。さらにハノイからやってきた文化使節団がいま、あちこちの劇場や映画館で「北の踊りと歌」をサイゴン市民に披露して回っている。

「南ベトナム人民の真の代表である合法政府」としての臨時革命政府はいま、その実態さえはっきりしない。サイゴン、ジアディン、ショロン地区を総称して「ホーチミンの町」と、「サイゴン・ジャイホン」紙などは呼んでいるが、新政府の首都になるのかどうかも現段階では定かでない。「実際に運用されていれば、形式的な宣言など必要ない、というのがベトナム方式だ」という見方もあるが、こうした実情がさまざまな推測を呼んでいることも事実である。

その一つがハノイと臨時革命政府の対立説。ハノイはこの際、一気に南北の再統一を図りたい意向。しかし臨時革命政府はこれまでの歴史的経緯からして、いったん「独立・民主・平和・中立」の連合政府をつくり、一定の期間を置いて選挙で北ベトナムとの再統一を図る、と考えている。七三年のパリ和平協定の精神から言えば、チュー政権を倒したあと、いったん民族和解政権を作り、その後、統一を目指す、というのが筋だろう。ところがチュー政権は自滅し、その時点では予想もしていなかった南ベトナム全土の解放が一挙に実現したため、今後の政治日程についてまだ調整がついていない、という見方である。

もう一つは、別に対立があるわけではなく、ハノイも臨時革命政府も、このチャンスに再統一をしようと真剣に準備を進めており、遠からず南北統一が発表されるのではないか、という見方。いきなり再統一を実現する場合のサイゴン市民のショックを和らげるために、現在、文化、精神面からの統一ムードを盛り上げているというのである。いずれにしても永年の悲願であった「ベトナムは一つ」という方向に着実に進んでいることは事実のようだ。

第五章　革命始動、「再教育キャンプ」

▼相次ぐ出国要請

国外へ第一、二便が飛ぶと、サイゴン駐在の西側報道関係者は、常駐記者を中心に約二十人に減った。その頃から「これが革命だ」という政策が、はっきりと目に見えるようになってくる。私は、腰を据えて「革命の実相」を見守ろうと思い定めた。目前で生起する事実をありのままに、検閲をうけることなく、定期的に息長く送稿すること。それがサイゴンに残ったジャーナリストの役割だ。「革命」の進行を、同時に、それも内部から報道できるチャンスなど、歴史上そう多くあるものではない。

　そんな矢先の六月四日、軍事管理委員会は八人の外国人報道関係者に対し、翌五日の特別機でビエンチャンに出国するよう要請する。AP、UPI記者を含む米国人三人、西ドイツ人一人、日本人四人。日本人は共同通信、NHK各一人とフリーのカメラマン二人である。第一、二便での出国は「出国希望者」が中心だったが、今度は正式な「退去要請」である。米共同、NHKの二人は応援のため入国していた記者で、常駐特派員は残留が認められた。米国人記者は残留していた最後の三人。「退去要請には応じられない」と抵抗した一人は、支局に車で乗りつけた武装兵士数人に両脇をかかえられタンソンニャット空港に連行された。退去要請は「強制執行」を伴っていたわけである。軍事管理委員会は退去要請の理由について「サイゴンにいる外国人報道陣を減らす方針であり、順次出てもらう」としか説明しなかった。

　これに続いて十三日には、時事通信の支局が武装兵士に家宅捜索を受け、二日後の十五日、川俣昭記者が退去要請を受ける。二十七日夜には毎日新聞の古森義久記者の自宅も武装した兵士の一団に踏み込まれ、捜索を受けた。そればかりではない。日本大使館の人見宏駐サイゴン大使も九日、軍事管理委員会に呼び出され「チュー元大統領に信任状を提出した外交代表は容認しない」と出国を要請される。同日、日本大使館には武装兵士三人を含む五人が訪れ、通信室の無線設備をチェックし、午後六時以降の無線機の使用が全面的に禁止された。「治安に問題があり、正常な国交のない国に無線機を使った交信を認めるわけにはいかない」というのがその理由。人見大使は二十七日の便でビエンチャンに向かう。こうした一連の動きは、その後の「サイゴン革命」の準備作業の一環だったといえるだろう。

▼臨時革命政府の成立六周年パーティ

一九六九年に成立した南ベトナム臨時革命政府は、六月六日、設立六周年を迎えていた。この日、同政府は解放後、初の閣議を開く。この閣議にはアルジェリアを訪問中のグエン・チ・ビン外相と、七一年四月に死去したカオ・バン・ハン蔵相を除いた全閣僚が出席した。六年前と同じ顔ぶれだという。夕方からは独立宮殿の大広間で閣僚全員も出席して記念祝賀会が開かれた。私は、このパーティに残り少ない外国報道陣の一人として招待される。招待状には、主催者は「南ベトナム臨時革命政府」とあった。「臨時革命政府がいよいよ正式に名乗りをあげるのではないか。これで南北の関係もはっきりするだろう」と私は期待した。

不思議に思ったのは五月十五日の戦勝祝賀会のパーティに顔を見せた北ベトナムの要人が皆無だったことである。臨時革命政府のフィン・タン・ファト首相やグエン・フー・ト解放戦線議長の公式挨拶もない。勝利の後、初めて開かれる「臨時革命政府成立六周年記念祝賀会」にしては、私が予想した雰囲気とは違っていた。数人ずつグループになってヒソヒソ声で話している集団もある。祝賀会にしては晴れやかさはなくどこか重苦しい空気が漂っていた。私は通訳として同行したトアン氏に目で合図すると、部屋の隅に呼び、書きとめておいた質問メモを手渡し、こう頼んだ。「臨時革命政府のトップたちに直接、質問したい。まず私を『日本経済新聞特派員のマキ』と紹介したあと、このメモにある二項目をベトナム語で聞いてくれないか」。彼はすぐに私の意図を理解した。質問は①サイゴンの軍事管理委員会の役割、任務はいつ終るのか、②南北ベトナムの統一についてどう考えているのか——の二点である。複数のトップに同じ質問をぶつけることによって、臨時革命政府の置かれている状況がある程度わかるのではないか、と考えていたからである。

パーティの席で「不粋」かもしれないが、ファト首相ら最高首脳に直接、話を聞けるチャンスなどそうざらにあるものではない。このチャンスを逃さないため〝ゲリラ取材〟もやむを得ない。出席者の人波をぬって三人の最高幹部との接触に成功した。三人とも笑顔で「よく聞いてくれた」と言わんばかりに、周囲の参加者にも聞こえるように、ベトナム語で答えてくれたのである。支局に戻ってテープを起こし、英訳してもらうと、三人ともそれぞれ微妙な言い回しながら、真摯に答えてくれていた。このインタビュー記事が検閲で待ったをかけられることはないだろう。そう判断すると英文原稿三通を電報局に持ち込んだ。帰国後、縮刷版を繰ってみると、延着もなく翌七日朝刊の外電面トップ記事となっていた。

しかし、この時の、私とトアン氏の行動は目立ちすぎたのだろうか。この取材や、解放戦線、臨時革命政府関係者の取材と、それに基づく記事を、ハノイの労働党中央がにがにがしく思っていたことを知るのは、三十年後のことである。ことに私がトアン氏に手渡した質問メモが誤解され、後にトアン氏が〝スパイ容疑〟で追及される原因の一つになったのではないか、と思われるフシがある。

▼三首脳へゲリラインタビュー

［6月7日］南北ベトナム統一の日程が注目される中で六日、南ベトナム臨時革命政府成立六周年記念祝賀会が開かれた。記者は同祝賀会に出席したフィン・タン・ファト首相、グエン・フー・ト解放民族戦線議長、チャン・バン・チャ軍事管理委員会議長の三首脳に①軍事管理委員会の役割およびその任務はいつ終るのか、②南北ベトナムの統一のスケジュール——の二点について質した。これに対する三首脳の見解は「サイゴンにはまだ多数の反革命勢力が存在している。軍管委の任務はこれらの分子を一掃し、治安を確立するまで続くが、それも間もなく達成されよう。しかし再統一を実現するためにはまだ多くの条件をクリアすることが必要である。この仕事は段階的に慎重に行わねばならず、まだかなりの時間が必要だ」というものであった。三首脳の発言要旨は次の通り。

▽グエン・フー・ト議長

一、軍管委はサイゴン・ジアディン地区に完全な治安を回復する歴史的任務を持っているが、ここには依然として米国によって間接的に指導される反革命勢力が存在する。彼らは革命を挫折させようとしており、それ故に軍管委の役割は大きい。

一、すべての公共資産を傀儡《かいらい》政権の手から取りあげ、革命政府に戻し、管理しなければならない。この歴史的にもまれな状況の下で、非常に複雑で困難な問題に取り組まねばならない。完全に治安を回復するまでその任務は続く。

一、南北の再統一は、臨時革命政府と解放戦線の最初の、そして最終の目標である。目標の達成は単に時間の問題にすぎないが、多くの条件が満たされなければならないことも事実だ。再統一の時期はこれらの条件いかんにかかっている。南北は事実上、再統一されているが、現実にはどのようにして再統一されるか、その方法が大きな問題である。従って再統一は南北両ベトナム国民がともに統一を受け入れる態勢が整ってから、段階的に徐々に行われるだろう。

▽フィン・タン・ファト首相

一、軍管委は歴史的仕事をやりとげなければならない。なぜなら我々はあまりに早く、そして短期間のうちに敵を破ってしまったからだ。だから敵はまだ武器を持ってあちこちに残っているし、軍管委の手を脱れて逃亡する兵士もいる。彼らは反革命分子であり、軍管委に対して反乱を起こそうとしている。米国は今なお、彼らと手を組んでサイゴンの治安をかく乱させようと企んでいる。しかし、最後に彼らは革命的な市民の手で敗退するだろう。その時、軍管委はその任務を終える。

一、ベトナムの再統一は永久的なものだ。四千年前にベトナムは統一された。しかし、帝国主義者がベトナムを分割し、統一を妨げてきた。今やベトナムは一つである。ベトナム人はできるだけ早く再統一されることを望んでいる。革命政府、解放戦線は米国の悪弊に毒された南ベトナムを完全に解放しなければならない。再統一はその後にやってくる。

▽チャン・バン・チャ議長

一、私は軍管委がなるべく早くその任務を終えるよう望んでいる。健康状態の悪い私には、この職務は重い。サイゴンはもうすぐ平和な生活に戻り、困難な問題も解決できるだろう。国内経済が苦境に陥ることは避けられないことも承知している。しかし、歴史の過渡期において、我々はこうしたことを甘んじて受け入れなければならない、と考えている。もちろん、ヤミ市を禁止する前に、人々に新しい仕事を与えねばならない。

一、軍事管理委員会がサイゴンの治安を完全に確保した後に、私は権限を文民政権に委譲する。同時に文民政府は再統一の準備に取り組むことになろう。再統一こそすべてのベトナム人の最終の念願だからである。だが、再統一の条件については慎重に考えねばならないだろう。

三首脳の発言は「ベトナム共和国（南）は消滅し、南北は今、共通の基盤の上に立った。しかし、南北統一は（混乱を最小限にするために）現存する二つのベトナムの国民が、ともに統一を受け入れる態勢が整うまで、時間をかけるべきだ」という点に要約される。一挙に南北統一を進めようとするハノイの労働党中央と、臨時革命政府首脳との間の考え方に微妙な食い違いがあり、この日のパーティの雰囲気からみると、すでに対立状態にあるのではないか。確証はなかったが、私は直感的にそう感じ始めていた。

三人の経歴からみても、北の労働党中央との考え方の違いが容易に想像できる。

グエン・フー・ト氏は一九六一年の南ベトナム解放民族戦線結成時からの指導者であり、民族解放闘争のシンボル的存在だった。一九一〇年、サイゴン・ショロン地区に生まれたト氏は、青年時代、フランスの植民地政府に抵抗して、二年間投獄される。その後、サイゴンで弁護士として活躍するが、五五年には当時のゴ・ジン・ジエム政権から反政府的とにらまれ、軟禁状態におかれる。逃走して解放戦線が結成されると、その最高指導者として登場した。

フィン・タン・ファト氏は一九一三年、メコンデルタのミト生まれ。ハノイ大学で建築学を学び、卒業後はサイゴン市内で建築設計業を営んでいた。サイゴンの旧日本大使館は彼が設計したといわれる。設計技師をしながら民族独立闘争に参加し、地下に潜行。一九六九年、「南ベトナム臨時革命政府」が樹立されるとその首相に就任する。古くからベトナム労働党の秘密党員だったことが南北統一後に明らかになるが、「民族独立闘争路線」にこだわり続け、南では幅広い支持を受けていた。

グエン・フー・ト（UPI・サン＝共同）

チャン・バン・チャ氏は一九一八年、中部高原のクアンガイ省出身。四六年、ベトミン軍に入った軍人で、一九六〇年には北ベトナム人民軍副参謀長に就任。解放戦線結成時から南の解放闘争の指揮をとってきた。南北統一後、ベトナム共産党政治局員に昇進するが、解放直後から「南の独自性」を強調していた。その後も南部ベトナムの取り扱いをめぐって、ハノイ中央の指導を批判し続け、一九八二年に失脚する。

三人とも南部ベトナムの出身であり、解放戦線結成時からの闘士。南の実情を熟知していた指導者である。「北ベトナムが独立を宣言した一九五〇年代と経済発展の状況も、市民の意識も違う。南北統一は時間をかけるべきだ」と考えていた。解放戦線に結集した人々の「解放」に対する戦略はあくまで、民族解放のための広範な統一戦線にあった。

▼幅広い層を集めた「解放民族戦線」

南ベトナム解放民族戦線は一九六〇年一二月二十日に結成される。ジュネーブ協定以降、南を支配するゴ・ジン・ジエム政権は反対勢力の弾圧に乗り出し、これを支援する米国が軍事介入を強めていった。これに抵抗して南部の民族解放を進めるために結成されたのが解放戦線であり、その中枢となったのは医師、弁護士、教員、技術者、企業、農場の経営者たちだった。これに抗仏戦争に参加した旧軍人も加わる。その綱領には、南ベトナムのあらゆる階層の国民の社会的地位、政治的・宗教的見解にかかわらず①国民としての一体感を味わう、②南ベトナムの自決権、③民主主義的自由と私有財産権の尊重、④自由経済体制の確立、といった項目が盛り込まれていた。設立の主旨から言えば、ハノイの労働党中央の階級闘争史観による「革命」とは違い、単一のイデオロギーに支配されない「中立」の自由な国家の樹立をめざしていた、といえるだろう。解放戦線のメンバーの大部分は、労働党員や共産主義者ではなかったが、民族主義者としてのホー・チ・ミンを指導者として認めていた。

解放戦線は、農村地帯で政府軍とのゲリラ戦を繰り広げると同時に、独自の行政機構を設置して「解放区」とし、その勢力を広げていく。サイゴン市内では「民族自決運動」を組織、一九六四年にはその内部に「平和を守る委員会」を作る。その中心となったのも弁護士や学者、教員、ジャーナリスト、工場経営者など社会的地位の高い人たちだった。

都市部では世論を動員してサイゴン政府に対話を求める圧力を作り出し、やがては民衆の総蜂起によってサイゴン政府を倒す、というのがその戦略。一九六四年の米国の直接軍事介入以降、労働者や高校・大学生、カトリック教徒や仏教徒などにも組織を広げていった。政治的には南部の多様な政治勢力の存在を認め、まず「独立、民主、中立」の独自の政権を樹立し、その後、南北統一に進むことを目標にしていた。しかし、米国の軍事介入が進む中、これに対抗する軍事援助を通じて北ベトナムの南への影響力は年々強まった。南ベトナムの自立性を取り戻すため、あらゆる民族主義者を含む広範な組織が必要と判断した解放戦線は、一九六八年四月、「南ベトナム民族民主平和勢力連合」を発足させる。この組織を基盤として、翌年六月六日、北ベトナムと対等な立場に立つ「南ベトナム臨時革命政府」が発足した。

共産主義でも親米的でもない臨時革命政府は、国民の一定の支持を得、外相のグエン・チ・ビン女史らの努力もあって世界の八十ヵ国以上と外交関係を結ぶ。非同盟運動のメンバーとして、ビン女史は各種の国際会議に出席。自らの立場をアピールしていった。パリ和平協定では南の政権として、チュー大統領のベトナム共和国と対等の立場が認められていたのである。

地理的に国土が南北二千キロにも及ぶベトナムでは、北部、中部、南部は、政治的、経済的にも、また文化的にもその差は大きい。言語もその発音は北と南では、津軽弁と薩摩弁ほどの差があるといわれる。「各地域の特質を尊重することを基盤として、南北いずれも強制力を行使することなく、終局的に連合政府を樹立する。たとえテンポが遅くとも地域の差異を尊重しながら注意深く統一を実現していく」という考えが臨時革命政府の基本にあった。

▼ハノイの階級闘争至上主義

しかし、ハノイの労働党中央の考えは違っていた。サイゴンを軍事制圧すると、その勢いで一気に臨時革命政府を吸収、消滅させ、労働党主導の下に早期の南北統一を進めようとする。その背景には当時、激化していた中ソ対立があり、ハノイはソ連流の国際共産主義運動の影響を受け、「階級闘争至上主義」的な革命を考えていたのである。最終段階の「サイゴン解放」が、ソ連の軍事援助による北の軍事制圧という形であったことも、ハノイの発言力を強め、臨時革命政府はその力に押し切られる結果となった。当時、臨時革命政府の法務大臣を務めていたチュオン・ニュー・タン氏（後にボートピープルとなって国外へ脱出、フランスへ亡命）はその著『ベトコン・メモワール』で次のように証言している。

「南部の人民にとって、唯一、正統な代表だったはずの臨時革命政府は、労働党中央の全く従属的な役割を果たしているだけだった。すべての決定は北が決め、北の関係省庁の承認を得て、臨時革命政府は実施していた。解放直後は騒がしく、無秩序な日が続き、それにだれ一人疑問を持たなかった……。いずれ正常化されるだろうと思っていた」。

「しかし、それから何週間かが経過し、北の党幹部はまるで自分たちが征服者で、われわれが敗者だといった態度をとり、彼らの態度にしだいに見えてくる傲慢さと蔑視に対して、もはや目をつむっていることができなくなった」。

彼が大臣を務めていた法務省でも日に日にそうした傾向が強まる。「私の配下の行政官がわが省の上司の命令でなく、北ベトナム政府の上司が出した訓令を実施させられる、とこぼすようになってきた」というのである。六月六日の六周年パーティのなんとなく重苦しい雰囲気の理由がよめてくる。臨時革命政府の閣僚たち自身が「臨時革命政府の存在意義」に疑問を持ち始めていたのである。しかし、そうした内部事情は当時、公式には一切表に出てこない。関係者が漏らす発言のはしばしから十分に推測ができたが、直接話法で書けば、それこそ発言者の身に危険が及ぶ。タン氏がいうように、この時点では私も含めて、「八十ヵ国以上もの国が承認した臨時革命政府をそう短期間に消滅させることはできないだろう。いずれ正常化される」と考えていたのである。

六月に入るとチュー政権を支えてきた政治家や軍人、官僚はもとより一兵卒、末端の役人に至るまで厳しい「再教育キャンプ」と呼ばれる「思想改造教育」が始まった。「反革命分子の摘発」も日ごとに厳しさを増していく。サイゴン市内には〝革命の嵐〟が本格的に吹き荒れようとしていた。同時にサイゴンの経済は完全に崩壊状態に陥った。市民の多くは家財道具を路上でたたき売って食いつなぎ資金に充てる一方、サイゴンを捨て地方に帰郷する者も目立ち始めた。

▼経済の混乱ピークに

市民の八割に達するといわれる失業者群は、職を得るメドもなく、あちこちで窃盗や強盗事件が頻発する。軍事管理委員会は、市民への見せしめのため、泥棒などへの公開銃殺を各所で行い、新聞にもその写真を掲載、取り締まりを強化した。長年の米国援助の下で、ぜいたくに浸ってきた市民の間には、不満の空気は隠せず、反革命の動きもうわさされ出した。一大消費地サイゴンの経済再建は、新政権にとって最大の難問となっており、この解決なくして軍政から民政への移行も進みそうにない。

繁栄を誇ったサイゴンも外国援助が断ち切られてみると、それがいかに虚構の繁栄であったかを、市民は実感として受け止めざるを得なかった。生産手段はほとんどなく、三百万人もの消費人口がひしめき合い、そのうえ百万人を超すといわれる旧政府軍兵士の群れ。軍管委は「各企業とも平常活動に戻れ」と再三、布告を出すが、外国系企業が圧倒的に多かったうえ、中堅以上の社員に海外脱出組が多く、活動再開は遅々として進まず、仕事に出かける市民は驚きと羨望の目でみられていた。

解放後四十日近く、市民の多くはこれまでの蓄えで食いつないできたものの、その蓄えも底をついてきた。銀行も閉鎖されたままで、市民は預金をおろすこともできない。最も恵まれている官庁の職員には五月分の給料が支給されたが、局長クラスで二万二千ピアストル（一万円前後）と、米の現物支給。軍管委は「飢餓からの解放運動」を進め、米の買えない家庭に、無料配給を行ったが、テレビや冷蔵庫などはぜいたく品とみなされ、こうしたぜいたく品を持っている限り、米の買えない家庭とは判断されない。

このため市民は米代を得るために、家財道具の切り売りを始め、街の路上のいたるところで露店が出現した。住宅街に近いチュンミンジャン（現グエンバンチョイ）通りは、六月に入って連日、延々二キロにわたって露天市場が店開きした。洋服だんすから台所用品、衣類、靴まであらゆる品がそろっており、大部分が使い古しの中古品。家族総出で売っている。現金を手に入れようと売り急ぐため、値段は日に日に下がり、物によってはタダ同然。しかし、買い手はほとんどつかない。

解放前は日曜日の繁華街は買い物客でごった返していたが、この頃になると人影もまばらで、大半は店を閉じ、レストランなどは客が入っているほうがめずらしい。サイゴンでの生活に見切りをつけて故郷に帰る人も多く、あちこちに〝売り家〟のはり紙が目立ち始める。臨時革命政府は「各地方組織は帰郷する人たちに土地を分割するなど救援の手をさしのべよ」との命令を出し、大規模な帰郷運動を始めようとしており、不在地主の土地の無料分割も各地で始まった。

とはいえ、サイゴン陥落後、帰郷したサイゴン市民はこの時点ではせいぜい三～五万人といわれ、全人口からみればほんの一部。生活がとことん行き詰まれば、市民は生きるために帰郷せざるを得ないだろう、軍管委が経済改革になんら手をつけないのも、こうした自発的帰郷を待っているためだ、との見方さえ出始めていた。

生活の苦しさに耐えかねて窃盗も多くなり、白昼強盗事件も各所で発生する。市内の警備に当たる解放軍兵士は泥棒を発見すると、その場で発砲、射殺。夜中になるとあちこちで銃声が聞こえる。捕まった泥棒は市内を引き回されたうえ、公開銃殺され、「たばこ一箱で銃殺」のケースさえあった。市内のタンディン市場で逮捕された泥棒は二時間以上もさらしものにされたうえ、イスにすわらされ、至近距離から銃殺された。こうした処刑現場の一つが「サイゴン・ジャイホン」紙に写真入りで掲載され、市民にショックを与えた。

こうした〝ショック療法〟は市民の一部に、いずれチュー体制支持者に対する血の粛清が始まる、との恐怖を与えており、メコン・デルタで旧政府軍兵士が反乱を起こしたとか、旧政府軍のグループがどこかのジャングルにこもって抵抗を始めた、といったうわさが毎日のように流れる。またサイゴン市内でも解放軍兵士が襲われる事件も頻発。市内の警戒体制は日に日に強まり、六月にはいってから北ベトナム正規軍の階級章をつけた兵士がどっと繰り出し、町の隅々で厳重な警戒に当たっていた。

新政府にとって「アメリカ腐敗文化に骨の髄までつかったサイゴン市民」(チャン・バン・チャ軍管委議長)を、ぜいたくな生活から〝解放〟するのは容易なことではない。市民の間にもこれを見越して「サイゴンは自由港にするしか経済再建の道はない」といった声が強く、希望的観測も相まって「新政権はサイゴンを自由港にすることに決めた」とのうわささえ飛びかっていた。

▼パリ協定は死んだ

[7月2日] サイゴン解放以来二ヵ月。ベトナムは今、ハノイの強力な主導権のもとに、南北統一に向って歩を進めている。正式統一は二年後、五年後などという憶測が乱れ飛んでいるが、サイゴンで進む事態をみている限り、いつ統一するかはもはや意味を持たない。生活の場で、職場で、軍隊で、学校で、すでに南北統一は現実のものとなりつつあり、サイゴン市民はハノイのもとに統一が実現されるのは時間の問題と感じている。「独立、民主、平和、中立」の臨時革命政府も、民族和解政権の一翼を担うはずだった第三勢力も、実質的な力を持ち得ないことは確実である。「南北統一」の大目標の前には、パリ和平協定にうたわれた「民族和解政権」も幻想

にすぎなかったようである。

南ベトナムの全面解放とは「北ベトナムの軍事制圧」であったことを、サイゴン市民の多くはひしひしと感じている。「サイゴンはどこもかしこも北ベトナムに〝占領〟されてしまった」――日に日に趣を変えるサイゴンに、あるベトナム人のインテリは残念そうに語る。陥落後、日がたつにつれてサイゴン市内は北正規軍の階級章をつけた兵士が増え、今ではサイゴンの治安は完全に北正規軍によって守られている。兵士ばかりではない。各省、各委員会の幹部はもちろん、窓口の役人、各地域に結成される人民革命委員会、職場の労働組合にも北ベトナムからやってきた人々が続々と入り込んでいる。

接収したビルや住宅にはその家族が相次いで入居する。船で、飛行機で、車で、いまベトナムでは北から南へ民族大移動が始っている感じすらする。街で演じられる演劇、舞踊、音楽もすべてハノイから来た文化代表団。一部で再会された学校の教科書もすべてハノイから運ばれたもの。ホー・チ・ミンをたたえる歌が流れ、金星紅旗（北ベトナム国旗）と〝ホーおじさん〟の肖像画が街中にあふれる。新聞も「ニャンザン」（ベトナム労働党機関紙）、「クアンドイ・ニャンザン」（北ベトナム人民軍機関紙）の二紙が空輸され、サイゴンで発行されているのはローカル紙「サイゴン・ジャイホン」とその華字版「解放日報」。テレビ、ラジオで流れることばも北のアクセントばかりだという。

信頼すべき筋によると、軍隊とベトナム労働党はすでに南北の区別はなく、完全な統一人民軍、統一労働党として一本化されたという。各組織、各機関の主だったメンバーはベトナム労働党員で占められており、実質的な統一はほぼ達成しつつあるという。サイゴン・ジアディン地区軍事管理委員会のチャン・バン・チャ議長は「私たちはベトナムの統一、一つのベトナムのために長い間、戦ってきた。今ベトナムは一つだ。形式的な統一はたいした問題ではない」と語っている。

確かに「民族の統一」は長いベトナム戦争を通じての悲願であった。その悲願がいま、達成されつつあることは事実である。だが進展する事態に割り切れぬものを感じるベトナム人は多い。ことにチュー政権との戦いを進めてきた第三勢力といわれる人々や、カトリック、仏教徒などを中心とした知識階級には「パリ協定によるベトナムの和平構造とは一体なんだったのか」「独立、民主、平和、中立を目指した臨時革命政府はどこに行ったのか」という深刻な疑問が生まれている。パリ協定によると、チュー政権の後に民族和解政権をつくり、市民の自由を守りつつ、統一の話し合いを進める歴史的過程が描かれていた。また臨時革命政府の暫定憲法は「南の唯一の合法政権」、と規定し、「独立、民主、平和、中立の南ベトナム」をつくり、その後一歩一歩、統一のための話し合いを進めることになっていた。

だが、北ベトナム正規軍による武力解放は、想定された歴史過程をすべて吹っ飛ばした。民族和解政権を目指し、南ベトナム最後の大統領となったズオン・バン・ミン将軍も、いまサイゴンで進行中の「思想改造再教育」の中で、〝ミン傀儡政権〟と厳しく指弾されている。チュー政権と戦ったサイゴンのあらゆる組織は解散させられ、その中心メンバーのほとんどがチュー政権の憲兵や兵士に混じって思想改造教育を受けている。

チュー批判を繰り返し発行停止を命じられた反政府系紙の再発行も認められないばかりか、あらゆる出版物の発行も禁止された。

フランス、米国の影響下で、サイゴンにはある種の〝文化的腐敗〟が生まれていたことは否定できないにしても、北京やハノイにはみられない自由や民主的な意識を持った中間層が生まれていた。それらの層が反チュー勢力の核にもなっていたわけだが、その多くが、解放軍を〝占領軍〟だった、と次第に感じはじめているようである。

▼「思想改造教育」

［7月3日］革命下の南ベトナムで、大がかりな思想改造教育と「反革命分子摘発運動」が始った。チュー政権下の政治家、高級官僚、将官クラスはもとより、一兵卒、末端の役人に至るまで、さらに職場や地域で、ほとんどの市民が「再教育キャンプ」に呼び出され、ホーチミン思想の洗礼を受けている。将校クラス以上の旧政府軍幹部は一ヵ月間の予定で指定の場所に集められ、外部との接触も一切断たれる。収容所同様の厳しいもので、一回でこの思想改造に適応しない者は、繰り返し参加を求められる〝洗脳教育〟である。

反革命分子摘発運動は、旧体制下で人民を弾圧した者や、未登録の旧政府軍兵士を地域や職場で摘発し、自己反省を迫るとともに、各地の革命委員会に通告せよ、というものだ。〝つるし上げ〟と〝密告〟の制度化であり、ベトナム版の「文化大革命」でもある。

新政権は解放以来、チュー政権に協力してきた政治家や軍人、官僚などに対し、登録を求めただけで、報復措置らしいものは何らとってこなかった。チュー元大統領をはじめ、その側近の大物が、大部分、海外に逃亡していることもあろうが、一部の高級軍人が逮捕されたくらいで、チャン・バン・フォン元大統領がツドー通りを散歩する姿さえ、時折みられた。

しかし、解放後二ヵ月目を迎え、旧政権協力者に対する新政権の態度は次第にはっきりしてきた。「旧政権協力者でもその罪を悔い、心を入れかえて革命に協力するなら受け入れよう」というのが思想改造教育であり、思想改造から逃げ、革命に抵抗する者は容赦しない、という厳しい姿勢である。

「旧政権協力者に対する虐殺があるのでは……」という世界のまなざしに対し、これまで新政権は極めて柔軟。「サイゴン市民に不安感を抱かせるようなことは一切やらない」という姿勢が、当初、解放軍の一兵卒に至るまで貫かれていた。これはある意味で成功し、共産主義への恐怖におののき、〝ベトコン〟を鬼のように思っていたサイゴン市民に安堵感を与えた。これがしたたかなサイゴン市民に「革命の安易さ」や「旧政権時代とたいして違わないのでは……」といった感じを一時的に与えたことも事実である。

六月中旬ごろから本格化した思想改造、反革命分子摘発は、サイゴン市民の甘い幻想を打ち砕いた。旧体制協力者はもちろん、一般市民も含め、チュー政権への協力度、地位、職業などに応じて組み分けされ、それぞれの指定場所で思想改造を受ける。

例えば軍隊なら退役組も含め士官以上はみっちり一ヵ月、兵士クラスは最低三日間と、ランクによって「教育期間」も違ってくる。旧体制の閣僚、政治家、将軍も例外なく全員がその期間に必要な食料、衣料持参で指定場所に集合する。

旧政権時代の上下両院議員たちは、夏休み中の市内ジアロン高校。年老いた「元政治家」たちが、米と衣類を背中にかつぎ、受付の解放軍兵士の銃剣にこずかれながら、校内にとぼとぼと消える。予定した人がすべて中に入ると校門は閉められ、一ヵ月間外部との接触もできない。

旧政府軍の将官クラスはショロン地区に近いチュン・バン・アン高校の寄宿舎が集合場所。同寄宿舎前の大通りは約一キロにわたって交通は遮断され、厳重な警戒の中を二十人余りの元将軍たちが、リュックを背負い門内に消えた。思想改造教育が終るまで同寄宿舎周辺は厳戒体制がとられるという。一般兵士もあちこちに分散して思想改造教育を受けるが、どこも銃剣を備えた解放軍兵士に取り囲まれた形で行われており、いかにも勝者と〝捕虜〟という感じがする。

これまで思想改造教育を受けた人たちの話を総合すると――。まず、チュー政権下における「犯罪行為」の告白が要求され、それを文書にまとめさせられる。その後、

「ホー・チ・ミンの生涯」「ホー・チ・ミンの思想」などが徹底的に繰り返される。もちろん、ホー・チ・ミンおじさんは、民族主義者としてではなく、マルクス・レーニン主義に基づく「正統な共産主義者」としてである。さらに「米帝国主義の犯罪性」「解放軍はなぜ強いのか」といった講義が相次いで行われる。

サイゴン・ショロン地区にはすでに五百近い革命委員会が組織され、家庭の主婦たちも、近所の思想改造教育の場に狩り出されている。こうした教育の最後には、必ず「あなたの知人、友人で最も反革命的なのはだれか」とレポートを書かせる。思想改造教育はそのまま反革命分子の摘発に連なっていくわけで、妻や子供が、その夫や親を反革命分子と名指しし、逮捕されるという悲劇さえ起きている。「サイゴン・ジャイホン」「解放日報」の両紙には、連日のように「どこの地区では何人の反革命分子を摘発した」といった〝戦果〟が発表されている。

軍管委のコミュニケは①人民は反革命分子の発見に努めなければならない、②反革命分子は厳罰に処する——ことを強調しており、あちこちで旧政権下の「反人民的行為」があばかれ、つるしあげられたり、市民の手で摘発された未登録の旧政府軍兵士の逮捕が続いている。サイゴンではいま、本格的に革命が進行しはじめたといえるだろう。

内部蜂起もなく、北ベトナムの正規軍の武力で解放されたサイゴンでは、人民の盛り上がりを待っていれば、革命そのものが崩壊する恐れさえある。まして、新政権に対する不満や反革命の動きさえ顕在化しつつある現代では、新政権の姿勢は日に日に厳しさを増していくしかないのだろう。市民は解放後二ヵ月にして「革命」を突きつけられている。

▼「事実上の刑務所」再教育キャンプ

六月の段階では思想改造のための「再教育キャンプ」は始まったばかり。サイゴン市民にもその実態はわからなかったが、日がたつにつれて、教育とは名ばかりであることが伝わってくる。一週間の予定で呼び出された人が、二ヵ月たっても三ヵ月たっても帰ってこない、といったケースも相次ぎ、市民の不安は高まっていった。先にも書いたが、日経支局の助手、ズン氏も六月中旬、一週間の予定で呼び出される。しかし私がサイゴンを退去する十月末まで、行方もわからず、自宅に戻ってこなかった。

この再教育キャンプはサイゴン市民たちの強い反発を買い、その後の反革命運動や、ボートピープルとなって国外脱出を企てる市民が続出する大きな理由の一つになる。直接、再教育の現場取材をしたかったたが、何度申し込んでもその許可はおりなかった。体験者の取材を続けたが、周囲を気にして「革命政権の寛大さ」をたたえる人がいる一方で、「カンボジア国境のジャングルで強制労働をさせられた。耐えかねて逃亡を企てるものは容赦なく射殺された」と語る人もいた。元「ニャンザン」副編集長のタイン・ティン氏が『ベトナム革命の内幕』に書いている内容が、実態に近いのではないか。

ティン氏は「ニャンザン」紙の記者として、一九七五年以降、再教育に行くサイゴン政権の将官四十人以上と面会し、百人近い上級公務員を取材、各地の再教育キャンプを訪ねたという。そして「なぜ、何十万もの人々がこれほど惨めな囚人の憂き目を見なければならないのか。私にはわからなかった」と前置きし、次のように書いている。

「トゥー・ドックのキャンプでは、女性の元士官たちはコンクリートの上に薄い羽毛を敷いた上に寝ていて、蓆《むしろ》も蚊帳も与えられていなかった。トゥエン・クアンでは、六八歳や七〇歳、七八歳という高齢の収容者がたくさんいて、食物も十分ではなく、ビタミン不足のため目をやられ、衰弱していた」。

「私はサイゴン政権の将官向けのテキストと、若い教官の授業ノートを見た。そして、教える方も学ぶ方も嫌々ながら形式的にやっているだけで、望むような結果は得られないだろうとはっきり感じた」。

「再教育キャンプと言いながら、その実態は刑務所で、収容人数があまりにも多いため、各キャンプは劣悪な状態に置かれていた。キャンプの管理は非常にずさんで、腐敗しているといってもよいぐらいだった。いつも人と人とが監視し合うようになっており、近代的な刑務所の再教育にはほど遠かった」。

当時、臨時革命政府の法務大臣だったチュオン・ニュー・タン氏の兄クイ氏は、陥落前、サイゴン病院の院長、弟ビチ氏は国立銀行外国為替部長だった。二人とも三十日間の再教育を命じられ、食料と衣服を持って出頭するが、二ヵ月すぎても帰ってこない。多くの市民に同じ不安をきかされたタン氏は、ファト首相を訪ね、再教育の実態を問い質した、という。

タン氏はその著『ベトコン・メモワール』の中で、そのやりとりを次のように書いている。

「今、なにが起きているのか、多分ご説明いただけると思うんですが、再教育期間は一ヵ月、とわれわれは公約したはずなんです。この期間が過ぎてかなりになる。いったいどうなっているんですか？」。

「いいかね、期間が一ヵ月なんてわれわれが言ったことは、一度もないんだよ。われわれが言ったのは、一ヵ月間に必要な食料と衣服を携行して出頭せよ、ただ、それだけだったんだよ」。

これを聞いて激高するタン氏に対し、ファト氏はさらにこう言ったというのである。

「われわれは寛大な処置を多くの人にとっている。兵隊、公務員、下級将校の大部分はすでに仕事に復帰している。君は犯罪者と下っ端の兵隊の区別をしなくちゃだめだ。決定に加わったものにはさらに多くの期間が必要なんだよ。すべての人を同列に扱えと言ってもそれは無理だよ」。

タン氏はこれを聞いて激しい絶望感に襲われる。彼の母親は「おまえが関係している政府、信頼できるといったのは確かにおまえだったね。おまえはだまされたんだよ。南のすべての人がだまされてしまったんだ」と嘆いた。この母親の嘆きは、当時の多くのサイゴン市民の嘆きだったといえるだろう。

タン氏は一九二三年、サイゴンの医者の家に生まれ、薬学を志してハノイ大学を経てパリに留学する。そこで出会ったホー・チ・ミンに魅了され政治学に転向、一九五一年、パリ大学で法学博士となる。帰国後は、国営砂糖公社総裁などの要職にありながら、解放民族戦線設立発起人として地下活動に入る。一九六七年まで二度、逮捕、投獄、拷問されたのち、ジャングルに移り、解放民族戦線の中央委員。臨時革命政府の法務大臣を務めていた。多くの解放戦線の指導者がそうであったように「ホー・チ・ミンの人柄に魅了されて」解放運動に入った一人であった。

タン氏によると、サイゴン解放後の一年間に、旧政府関係者約三十万人が「再教育キャンプ」に入れられる。この数は三十日間の「再教育」に呼び出された旧軍将校、国家公務員、そして政党指導者の実数に基づいたものだという。「こうした人たちで一ヵ月後、あるいは一年後に帰宅を許されたものは一人もいない」。この数の中には、買弁資本家追放運動などによって「一網打尽に逮捕されたもの」は一切含まれていないという。彼は「このような事態が発生したのはなんと私が法務大臣として在任中のことであった」と悔やんでいる。タン氏は一九七八年、南の特殊性を無視した北の政策に幻滅し、ボートピープルとなって国外に脱出、フランスに亡命した。

第六章　サイゴン市民の抵抗

　七月から八月にかけて、サイゴン市民の多くは容易に革命政権になじめず、過渡期特有の混乱が深まっていった。旧政府軍兵士を中心にした反革命の動きが絶えず、〝反政府デモ〟さえ現れた。街にあふれる失業者は家財道具の投げ売りで食いつなぎ、至るところにヤミ市が広がり、サイゴン市民〝総ヤミ屋〟の観さえ呈していた。終戦直後の「ニッポン」がそうだったように、一時、影をひそめた売春婦も堂々と街頭に群がり、やってきたロシア人や北の兵士たちにまとわりつく。市民の間には捨てばちな雰囲気が充満、革命政権も有効な政策を打ち出すことのできない〝空白状態〟に陥っていた。

▼復活したネオン街

[8月1日] 7月初旬の日曜日の夜サイゴン中心部のレロイ通りに面したナイトクラブから激しいリズムに乗って若者たちの嬌声が付近一帯に響いた。開き放しの窓から耳をつん裂くバンドの音、三百人近い男女が踊り狂う。約三十分後、トラック三台に分乗した解放軍兵士がかけつけ解散を命じた。だが、兵士たちを挑発するようにバンドの音は一段と高まる。押しかけたヤジ馬の手前もあって、兵士たちは実力行使を手控え、テレビ用のカメラで若者たちの顔写真を撮りまくった。この〝作戦〟に若者たちは五人、十人と散り、騒ぎは午後十過ぎ、ようやく収まった。

解放後、革命政権はナイトクラブなどの遊興施設の閉鎖を命じ、サイゴンの夜は午後八時を過ぎると完全に途絶えていた。ところが七月に入って、重苦しい雰囲気に抵抗するように、突如、「一日営業」を行うナイトクラブが相次いだだけでなく、怪しげなマッサージ・ショップがネオンを赤々とともして営業を再開、グエンフエ通り、ツドー通り、レロイ通りといったサイゴンの目抜き通りには、堂々と夜の女が立ち、客のそでを引く。グエンフエ通りにずらりと並ぶキオスクは、夜になるとこうした女性たちのたまり場になり、外出禁止時間の午後十一時すぎまで嬌声が絶えない。

解放直後の厳しい布告で、一時は完全に姿を消していた旧体制下の出版物がまた大量に売られ始めた。レロイ通りの道路は約三百メートルにわたってこうした露店に占拠され、車道にまではみ出す始末。ヒトラーやムッソリーニの伝記までこれ見よがしに最前列に積み上げられている。警備の兵士たちがハンドマイクを使って販売禁止を呼びかけてもみんなは知らん顔。売られている本は大部分が自宅や書店の倉庫などから持ち出されたとみられる古本で、「五十ピアストル均一」といったたたき売りだ。

ナイトクラブ、マッサージ・ショップ、売春、書籍の販売——いずれも軍事管理委員会の布告で禁止されているわけだが、「営業せねばその日の米も買えない。いずれ田舎に送られ、農業に従事させられることになるのだから」と完全に居直った感じである。本の露天商などは「このうちのどれが反革命で、アメリカ腐敗文化なのだ。基準を示してくれ」と解放軍兵士に食ってかかる。「軍管委の布告を守っていては飢え死にだ」といずれも逮捕覚悟の営業である。

革命政権はこうした布告違反に対して、一応警告はするが、今のところ強制的な取締りに乗り出そうとしていない。実力行使は経済的に追いつめられたサイゴン市民の感情を逆なですることを、良く知っているからだ。これまで国家経済のほぼ半分を外国援助に頼り、生産手段はほとんどなく、サービス業が圧倒的な比率を占めていたサイゴン経済は「解放」とともに崩壊、労働人口の八割近くが失業または潜在的失業状態にある。このような経済を短期間に自立させることは、革命政権にとって至難の業である。

こうした中で、サイゴン市民はいま、〝タコ〟のような切り売り生活に追いやられている。街のいたるところにヤミ市ができ、露店は大通りさえ埋めつくし、一キロも二キロも続く。ほとんどが家財道具を二束三文でたたき売る。解放直後はテレビやステレオなどの高級品や米人宿舎などからの略奪品が多かったが、今は茶だんす、洋服だんす、さらにスプーン、食器などの生活用品、古着やはき古しの革ぐつまでが売りに出されている。

消費都市サイゴンでは現金がなければその日の食べ物にもこと欠く。とにかく日銭をかせがねば、とヤミ市と並んで、いたる所に出現したのがミニ・カフェと呼ばれる路上喫茶。小さなテントやパラシュートの布を歩道に張り、小さなテーブルといくつかの木製の小いすを並べて、コーヒーや手製のソバ、ケーキなどを売る。パスツール通り、ツドー通りはじめ、並木のある通りはどこに行ってもこのミニ・カフェがずらりと並ぶ。反チュー勢力の活動家として有名だったグエン・フォク・ダイ女史（弁護士）、人気歌手だったタイ・タン・サン氏、有名作家のクン・チ・ビン、フェン・チェン・チュー氏なども、いまは収入の道がなく、路上喫茶の店主の仲間入りである。

革命政権は市民の飢餓救済のため、米の配給を続けているが、解放直後は汚職体質のぬぐい切れない〝サイゴン人〟に手玉にとられ、本当に困っている市民に米が渡らず、金持ちの台所にしまい込まれるケースも多かった。最近は困窮度の査定は厳しく、金目の家財道具などが残っていると、なかなか配給してもらえない。

サイゴンは経済的には今、「無政府状態」の感があり、ことに華僑の街・ショロンなどは完全に陥落前の状態に舞い戻り、連夜、革命どこ吹く風、と着飾った人々で大にぎわい。物資の絶対量が少なくなってきているうえ、経済力を持つ華僑のヤミ物資の買い占めで、砂糖、ミルク、タバコ、調味料などの値段はこの一ヵ月に三—五倍という高騰ぶりである。「通貨切り替え」のうわさもあり、華僑はヤミドルを買いあさっており、公定で一ドル＝七百五十五ピアストルというのに、実勢は一ドル＝二千ピアストルを大きく超え、解放直後に似た混乱を呈している。

こうした生活不安は、革命政権に対する不満を次第にかもし出しており、それが反革命の動きに対する〝秘かな期待〟にも通じる。解放直後のように生活の苦しさを「米帝国主義が残した遺物」というだけでは、もはやサイゴン市民を説得できない。サイゴン経済自立のため思い切った大手術を行い、地方への強制移住、帰農運動の実施が必要とみられるが、革命政権はいまなお具体的な手を打たない。むしろ、なんの対策も実施せず、サイゴン市民が「食べる」ため自発的に帰農することを、じっと待っている感さえする。

▼後たたぬ反革命の動き

思想改造教育に呼び出されたが、予定の期間を過ぎても帰ってこない人が続出しはじめた七月中旬すぎのある日、トアン氏が「今夜いっしょに面白いラジオを聞こう」と言う。すでに放送時間も終った午前一時すぎ、突如、ラジオはベトナムの有名な作曲家、ファム・ズイの音楽を流し始めた。彼の曲は、軍事管理委員会が「米国の腐敗文化」として禁止したものだ。音楽に続いて男の声で呼びかけた。「こちら国民政府の声。ベトナム共和国政府軍兵士は、国民政府を信じ、十年でも二十年でも共産主義者への抵抗を続けよう。ルンサトとビンジアにある抵抗地域に入るよう全力をあげて試みよ」。電波はそう強くなく、深夜、早朝と一日四回、同じ内容を繰り返したが、七月下旬になると、妨害電波が出されているのか、雑音で聞きとれなくなった。サイゴンでは反政府デモまで登場したのである。

▼市民の反感を温床に

［8月2日］七月十八日朝、市の中心部にある独立宮殿（旧大統領官邸）周辺の交通は完全に遮断され、完全武装の解放軍兵士が厳戒体制についた。なかにはB‐40対戦車砲を抱えた兵士も多数見られ、そのものものしい雰囲気はチュー政権末期を思わせた。カトリック教徒の反政府デモが軍事管理委員会に押しかけるという情報が流れたためで、警戒に当たる兵士たちには「デモを組織する者があれば発砲しても構わない」との命令も出されたという。

この前日の十七日夜、反共色の強いカトリック教徒五百人が、チュンミンジャン通りにあるタンサチュウ教会近くで約一時間にわたってデモ行進した。目撃者の話では、デモ隊は「市民に仕事を与えよ」「われわれは飢える」などと叫びながら行進、駆けつけた解放軍兵士と小競り合いの末、解散させられた。このデモ隊が、革命政権の〝心臓部〟である独立宮殿に近づくことを恐れ、十八日朝の厳戒体制になったわけである。

独立宮殿には七日朝にも、一千人を超える女性ばかりのデモ隊が押しかけた。「夫を返せ」「息子をどこに連れていったのか」などと、狂ったように泣きわめき、宮殿前は異様な雰囲気に包まれた。すぐさま、武装兵士が数百メートル離れた教会前まで押し戻したが、夫人たちに小銃を突きつけ、なかには腰のピストルを抜いて空にかざし、大声で解散を命じる兵士もいて、数人が逮捕された。この日を皮切りに婦人たちは、連日のようにサイゴン教会、旧下院前などに集まり、デモのチャンスをうかがい、兵士たちと押し問答を繰り返した。

デモの発端はこうだった。六月末、十日間の予定で「思想改造教育」に集められた佐官、尉官クラスの旧政府軍兵士が予定期間がすぎてもだれも帰ってこない。主婦たちの不安が高まっているところに、サイゴン教会近くの高校正門に百八十余人の再教育中の旧政府軍将校の死亡者名簿が張り出された、とのうわさがパッと広がった。掲示には「トラックで輸送中、事故が発生、死亡した」と書かれていたという。

独立宮殿に押しかけた婦人たちは「事故死なら遺体だけでも返してほしい」と詰め寄ったが、警備の兵士は死亡者名簿のうわさを否定。「十日間という当初の予定は、思想的改造教育の準備期間であり、本格的な教育は今後六ヵ月は続く」などと説明した。収まらないのは婦人デモ隊。「亭主たちは十日間の食料持参で再教育に出かけた。すでに食料も尽きたはずだ。軍管委の発表では再教育期間は最高でも一ヵ月だったはずだ」と口々に不満の声をあげた。

軍管委は七月中旬、声明を出して「反革命につながるすべてのデモ」を禁じるとともに、結婚式や葬儀に至るまで、人が集まる場合はすべて事前に軍管委の許可を求めるよう指示、違反者は厳罰に処することを明らかにした。この結果、婦人たちの「夫を返せ」デモは次第に立ち消えになったが、「思想改造教育」に出かけたこれら旧政府軍将校たちは一ヵ月すぎても姿を現さない。

一方、反革命の動きはサイゴン市民に公然の事実となってきた。市内では旧政府軍兵士による解放軍兵士暗殺や爆弾テロ事件が跡を絶たない。各地区の革命委員会や解放軍宿舎に当てられた建物などには、周囲に有刺鉄線を張りめぐらせたり、銃弾よけの土のうを積んだところも目立ち始めた。解放軍兵士はこの土のうの中で銃を構え、二十四時間の警戒体制をとっている。主は代わったが、チュー時代とそっくりだ。

多くの華僑が住むショロン地区などでは時折、街に戦車が出動し、警戒に当たる光景さえみられる。メコン・デルタでも七月下旬になって「カントの外出禁止時間を午後七時からにする」とカント解放放送が繰り返すなど、地方でも治安に問題があることを示している。

軍管委も、一般市民に対する再教育の席上、「旧政府軍兵士三十万人が依然、解放軍に抵抗し、反革命の動きをみせている」と説明している。解放軍兵士に化けた旧政府軍兵士が、市内や郊外を横行しているともいわれ、「サイゴン・ジャイホン」紙は「真の解放軍兵士とニセ兵士の見分け方」について、服装から身分証明書に至るまで、細かに解説した。

「反革命軍」はいま、解放政権への登録を済ませていない旧政府軍兵士に、精力的に働きかけているという。加入要請を受けたある旧政府軍兵士（少尉）によると、「反共のための戦いに参加すれば、毎月三万ピアストルを支払う。その意思があれば集合場所を指定する」と持ちかけられたという。収入の道を閉ざされた旧政府軍兵士の間には、三万ピアストルにつられて、反革命軍に参加する者がかなりいるといわれ、サイゴン市民の間には「反革命軍の八月下旬蜂起説」が公然とささやかれている。

革命政権はこうした動きやうわさに神経をとがらせており、市内の警戒は一段と厳しくなる一方、反革命分子の摘発を急ピッチで進めている。真夜中に完全武装の兵士たちが突然、民家などに家宅捜索をかけることも珍しくない。「サイゴン・ジャイホン」紙は連日、反革命分子の摘発を伝え、各地区の人民革命委員会では、〃人民裁判〃が開かれ、死刑の判決が下った、という報道も目立ち始めた。

このほど軍管委が発表したコミュニケは「未登録の旧政府軍兵士はもちろん、革命の流れに逆行するようなうわさを流した者は、反革命分子として厳罰で臨む」と声明、市民に対し「反革命分子を発見したら、すぐに届け出るように」と訴えかけた。こうした空気の中で旧政府軍将校、兵士に対する思想改造教育は当初の方針と違い、「反革命の予防措置」としての意味合いを濃くしているようだ。新聞には「がんこなニセ軍(旧政府軍)」という言葉がこのところ毎日のように登場しており、十日間ほどの再教育で旧政府軍にしみ込んだ反共意識を一掃することの困難さを示している。再教育キャンプは今後、長期化するとともに、反革命の動きを隔離する意図を持ってきた、といえよう。

三十年にわたる憎しみ合いが、わずか三ヵ月で消えるとは思わない。ことにサイゴン市民は一九六八年のテト攻勢をはじめ、〃ベトコン〃の被害にあったという実感の方が強い。サイゴンに限っていえば、市民が心から「解放」を歓迎するのはまだ当分先のことだろう。

▼臨時革命政府、国連加盟申請

七月下旬にかけて、解放戦線と臨時革命政府がその存在を〝主張〟するニュースが、外国から飛び込む。七月十五日、フィン・タン・ファト首相名で国連のワルトハイム事務総長あてに「臨時革命政府は、国連憲章に規定されている数々の義務を引き受け、それを履行する」と国連加盟を申請した、というのである。私はこのニュースを同日夕、「BBCで流れたんですが、知っていますか」というある文化人からの電話で知った。これが事実なら、臨時革命政府が全世界に向けて堂々と〝市民権〟を求めたニュースであり、サイゴン市民にとって歓迎すべき出来事だったはずである。

しかし、このニュースはBBCやVOAといった外国の短波放送を聞いた一部の市民しか知らない。サイゴンで発行されている「サイゴン・ジャイホン」や「解放日報」、ハノイから空輸される「ニャンザン」も一行もふれていない。テレビやラジオも完全に報道管制が敷かれていた。

二日後の十七日には今度は北のベトナム民主共和国が、ファン・バン・ドン首相名で同じように国連加盟を電報で申請した、というニュースがBBCで流れる。南北二つのベトナムが二日間の時差はあったとはいえ、ほぼ同時に、別々に「国連加盟」を申請したのである。両国の国連加盟が認められれば、ベトナムに「二つの国」が併立することを、世界が公認することになる。当然、ベトナムは南北別々の国家として歩み、統一には時間をかけるだろう

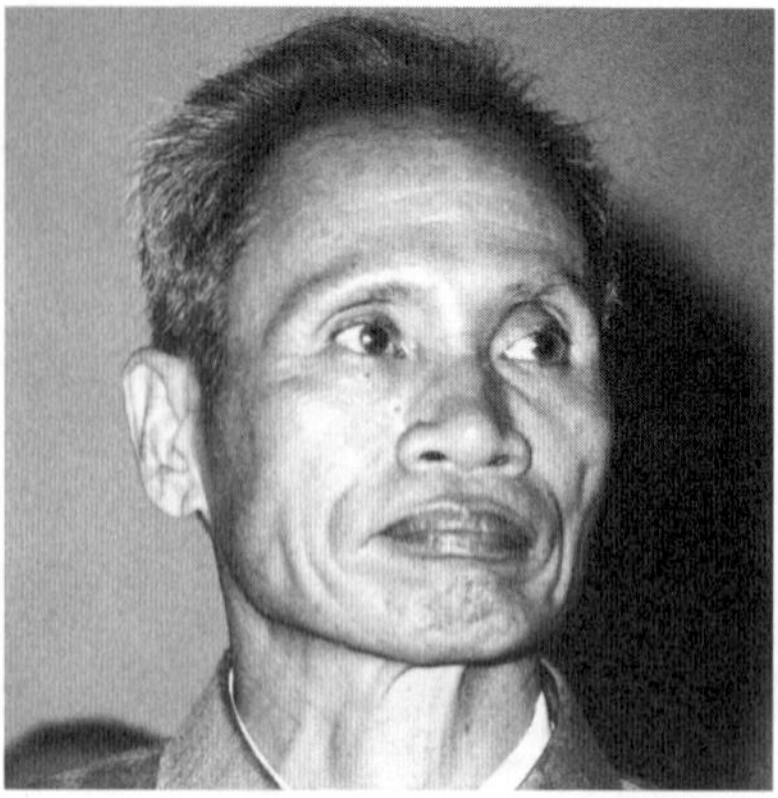

ファン・バン・ドン（JPS＝共同）

と国際世論は理解するはずである。

ところがこの両国の国連加盟申請に対して米国は「戦争をしてきた相手を公式に認めることになる」という国内世論を気にして、拒否権を発動する。国連安全保障理事会の表決では、両国の加盟賛成は十三国、棄権一国、米国の拒否権発動による反対一国で、葬り去られたのである。結果としてみれば、米国は「南の自主性」を主張する臨時革命政府つぶしに手を貸したことになる。歴史に「ＩＦ（もし）」はないが、もしあの時、米国が拒否権を発動せず、臨時革命政府の国連加盟を認めていれば、ベトナムのその後の歴史は大きく変わっていたはずである。

この南北両国の国連加盟申請の真相は何だったのか。当時の雰囲気からみれば、南の解放戦線と臨時革命政府は、北のハノイ政権より先行して加盟申請をすることで、南の独自性を示し、国際世論の支援で北の圧力をかわそうとした、と考えられなくもない。しかし、その後の状況をみると、ハノイの労働党中央に相談もせず、独自の判断で申請した、とも考えにくい。北も二日遅れで加盟申請した背景は今なおナゾが多いが、①加盟申請の事実が国内では全く報じられなかったこと、②その後は国際世論を無視して一気に南北統一と南の社会主義化を推し進めた、などの事実などからみると、ハノイが国際世論を欺き、米国が「南ベトナム臨時革命政府」の存在を認めなかったという事実を作るためのカモフラージュ作戦だったのではないか、という見方もできる。

▼解放戦線、指導力強化

こうした微妙な動きが続く七月二十七、二十八両日、サイゴン市内の旧下院議事堂で解放民族戦線の「サイゴン地区委員会第三回大会」が開かれた。閉幕後、「解放民族戦線の指導力強化」のため新指導部が選任され、公表される。新議長にはサイゴン・ジアディン地区人民革命委員会のグエン・バン・チ議長が就任、副議長十三人、幹部会員十二人、委員三十人が選ばれるが、注目されたのは新指導部には第三勢力出身の主だったメンバーの大部分が含まれていたことである。

この大会で委員会に新たに参加することになった第三勢力の指導者としては、ホ・ゴク・ニャン元下院議長が副議長に就任したほか、幹部会委員にカトリック神父のチュオン・バ・カン氏、仏教徒のフィン・リエン尼、前学生組織代表のフィン・ダン・マム氏、弁護士のチャン・ゴク・リエン氏など。さらに委員として民族音楽研究所のグエン・フー・バ教授、ズオン・バン・ミン将軍に近いといわれるグエン・フー・ハン准将らも選任された。

こうした動きを見ていると、解放戦線や臨時革命政権を中心として南の新しい国づくりが進むのではないか、と思っても不思議ではない。この会議終了後、下院議事堂を出てきた臨時革命政府のチン・ジン・タオ顧問評議会副議長のインタビューに成功する。同副議長はサイゴンでも高名な弁護士。一九六八年に「ベトナム民族民主平和勢力連盟」を結成した人物である。「南北統一は近いのか」という質問に、タオ氏はキッとなってこう語ったのである。「私は先ごろハノイに行き、ベトナム労働党のレ・ズアン第一書記に、南北統一は時期尚早だと申し入れてきたばかりだ。理由？　それは第一に南には依然、旧政府軍の反革命分子が大量に存在しており、治安に問題があること。第二には南の人間と北の人間は、歴史的に対立感情があり、もう少し調和するまでは（統一は）待ったほうがいいということだ。第三はハノイに革命政権ができた一九五四年当時と、現在のサイゴンの状況は違いすぎる。あせって統一すると失敗する」。いつもは温厚なタオ氏にしては、強い口調で、手をにぎりしめ、顔は紅潮していた。

タオ氏の発言のウラには何があったのか。臨時革命政府が国連加盟を申請したこの時期に、解放戦線が第三勢力を取り込んだ新指導部を結成したねらいは何なのか。南北統一をめぐってハノイの労働党中央と南の幹部との間に意見の対立があることは容易に想像できた。タオ氏の発言は解放民族戦線の中心人物の公式の場での「南北統一時期尚早論」である。私は「解放戦線第三回大会」の閉幕原稿と同時に、このタオ氏の発言を別稿として英訳、検閲用のコピーをそえて電報局に持ち込んだ。窓口の担当官はにこやかに受け付けてくれた。だが、帰国後わかったことだが、三回大会閉幕の「本記」は届いていたが、タオ氏の発言は届いていなかった。検閲を通らなかったのだ。

▼党中央、早期統一を決定

サイゴンでこうした動きが続いた七月中旬から下旬にかけて、中部高原のダラトでは南ベトナムの将来を決定する重要な会議が極秘に開かれていた。ベトナム労働党の二十四回中央委員会総会である。この会議で同党は「南北ベトナムの統一を早めて、一年後の一九七六年前半までに統一を実現する。そのために南部での社会主義移行を急ピッチで進める」ことを決議する。この決議の内容を知っていれば、当時の南の様々な動きや、タオ発言の「レ・ズアン第一書記にハノイで（南北統一）時期尚早を申し入れた」という意味を明快に理解できたはずだ。彼は「一年後の統一決定」の情報を知っていたに違いない。また解放戦線の指導力強化のための幹部人事も、南を無視して統一を進めるハノイ労働党中央へのささやかな抵抗だった、ともいえるだろう。

解放戦線第三回大会に中央委員の一人として出席していたチュオン・ニュー・タン氏は後に『ベトコン・メモワール』の中でこう証言している。

「会議ではファン・フン（労働党政治局員）から北と南は新しい段階に入った、との説明はあった。しかし、統一後のベトナムについてそれまで南の唯一、正統な〝代表〟であったはずの解放民族戦線と臨時革命政府に、どのような将来の位置づけを構想しているのか何一つ言及しなかった」。そして会議の進行中、隣にいたチャン・ブー・キエム臨時革命政府官房長官は「ぼくたちの葬儀をやってくれているようだ。死者のために、お祈りのひとつぐらい捧げるくらいの良識があってもいい、と君は思わないのかね」と、タン氏の耳もとでささやいた、というのである。出席していたタン氏の憤りも理解できる気がする。

チン・ジン・タオ氏のインタビューの通訳を務めたトアン氏は、私のサイゴン退去後、「反革命的スパイ行為」として追及されることになるが、その理由の一つがこの取材にあったことが、後に明らかになる。また、私に対する退去命令も、この取材と、この取材に基づいて書いた一連の記事が、「反革命」容疑になっていたことを、私は三十年後に知ることになる。

▼重荷になった臨時革命政府

私は八月初めの連載記事「重い足取り、サイゴン革命」の中で「早すぎた軍事解放」を次のように書いている。

［8月3日］三十年戦争を勝ち抜き、全土の解放が成った今、この戦いを勝利に導

いた指導者たちが革命をさらに前進させるために「全人民の統一と団結」を熱っぽく訴える、といった光景は解放後三ヵ月にもなるのに、サイゴンのどこにも見られない。臨時革命政府のフィン・タン・ファト首相も、解放戦線のグエン・フー・ト議長もサイゴン市民の前に全く、といっていいほど姿を現さない。これらの指導者が姿を見せたのは、外交団などを前にした祝賀レセプションだけである。七月二十七日、八日の解放戦線第三回大会には姿をみせたが、これとて臨時革命政府首脳というより、解放戦線の幹部としてである。

解放後の経済的混乱の中で、人々の不満が高まり、市民の動揺が続く現在、指導者たちが訴える「明るい未来への展望」はサイゴン市民の多くが待ち望んでいるものである。治安上、問題があるならば、テレビやラジオでも、新聞紙上でも市民への呼びかけはできるはずだ。だが、新聞にもテレビにも臨時革命政府の指導者の顔写真さえ全くといっていいほど登場しない。

臨時革命政府の要人ばかりではない。ボー・グエン・ザップ副首相(国防相)、レ・タン・キ副首相、チュオン・チン労働党政治局員といったハノイの大物がサイゴン入りしても、新聞にも一行も報じられない。サイゴン市民にとってはひそかにやって来て、こっそりと帰っていくとしか見えない。

こうした事実は何を意味するのか。世界の八十ヵ国以上が承認し、国連加盟さえ申請した臨時革命政府が、サイゴン市民の前にはいまだに姿を現していないといっていい。ここから様々な憶測やうわさが生まれる。その最大のものがハノイ政府と臨時革命政府の「対立説」である。

南の革命政府は暫定憲法に従って「独立、民主、平和、中立」の国家を建設しようとしているが、ハノイはこれに強く反対、ベトナム労働党の指導で一気に統一を実現しようともくろみ、両者の対立は激化するばかりだというのである。この説によれば、臨時革命政府はいま、ハノイ労働党中央の圧力の下で動きがとれなくなっており、同政府本来の政策が打ち出せない状況であるという。

ベトナムでは「北」と「南」の対立意識は歴史的なものになっており、「彼は北出身だ」「ヤツは南の人間だ」などというとき、ある種の憎しみさえ感じさせられる。ハノイから〝進駐〟した役人や軍人の中には、混乱するサイゴンの状況を見て、「南の人間に任せておけない」と露骨に言う人も少なくない。

北からやってきた人々は、サイゴンのヤミ市で生活物資を買いあさっており、国道一号線はこうした物資を満載したトラックの列が、毎日のように北上する。ベトナム・ナショナルやサンヨーで生産再開されたラジオや、新たに組み立てられた自転車などはサイゴンでの販売は禁止され、すべて北に運ばれている。経済的な南北の平準化を図っているが、こうした事実はサイゴン市民の反感を一層強め、一種の〝願望〟も込めて、南北対立説の流布に拍車をかけた。

臨時革命政府のチン・ジン・タオ顧問評議会副議長は「レ・ズアン・ベトナム労働党総書記に統一は時期尚早だ、と申し入れた」と語っており、その理由として①南には依然、旧政府軍の反革命分子が大量に存在、治安上問題がある、②南と北の人間がもう少し調和するまで待った方がいい、③ハノイ政権ができた一九五四年当時と現在のサイゴンの状況は違い過ぎる——などをあげた。

これは南北対立とまではいかないまでも、ハノイと臨時革命政府の間に、統一をめぐって意見の食い違いがあることを物語っている。こうしたことが、臨時革命政府がすっきりとした形で姿を現さない一因とみることもできる。

だが、南北対立説だけですべてを説明することもできない。現実には軍隊の南北統一はすでに達成されており、最近では南ベトナムの解放戦線の兵士たちが、北の人民革命軍と同じ階級章を付ける姿が目立ってきた。さらにベトナム労働党は完全に南北一体化が成されており、サイゴン各区の人民革命委員会は次々と労働党員で占められ、市内には「ベトナム労働党万歳」というスローガンがあちこちに掲げられている。海外貿易の窓口はすでにハノイに統一されたという。

ベトナムは実質的には南北の統一が着々と進行しているわけである。むしろ臨時革命政府は今や単なる形式上の存在となりつつあり、外交上、儀礼上の存在であっても、内政的にはその意味が薄れてきたと見た方がよさそうである。

臨時革命政府は、チュー政権打倒のための連合政府のもとで停戦を実施、民主主義を保障し、民族和解一致全国評議会を設立、選挙による平和的手段で統一を実現するというプログラムを描いていた。しかし、軍事制圧による南ベトナム全土の解放は、この過程をすべて吹き飛ばした。現在の政治的混乱はすべてここから生まれていると言える。

軍事制圧による実質的な南北統一は、サイゴン市民に意識面での大幅なズレを余儀なくさせるとともに、パリ和平協定の当事者であり、世界に向けて樹立を宣言した臨時革命政府をそう簡単に消し去ることもできない。そこから「二つのベトナム、二つの政府」という〝無理〟な表現を強いられることになる。サイゴンで見ていると「臨時革命政府」はベトナムにとって、今やある種の〝重荷〟になっているようにも見える。

国際世論や歴史的な事実からみても、一挙に統一に持ち込むには無理があり、例えば形式的であっても総選挙―臨時革命政府の解消―南北統一、という過程を通る必要がある。そのためには、国内的には人民革命委員会段階での実質的な統一を進め、臨時革命政府の影はできるだけ薄くしなければならないわけである。「早すぎたサイゴン解放」は解放直後のもっとも指導力が必要なときに、国内政策に空白状態を生み出したとも言えそうだ。

▼〝エア・ポケット〟の八月

「南北統一は一年後」と秘かに決めたハノイの労働党中央。この決定会議への出席者はタンソンニャット空港からサイゴン入りし、ベトナム有数の避暑地、ダラトに向かったという。労働党首脳陣が相次いでサイゴン入りしている、という情報はあった。しかし、テレビも新聞も全く伝えない。市民のうわさ情報としては私にも聞こえてきたが、確認はとれなかった。七月末の解放戦線第三回大会には、このダラト会議での決定内容の情報が入っていたのだろう。だからこそタン氏が述べているように席上で「この大会は解放戦線の葬儀のようなものだ」とのささやきがもれ、チン・ジン・タオ顧問評議会副議長は、わざわざハノイまで出向き、レ・ズアン第一書記に「南北統一時期尚早」を直訴したのだ。だが、サイゴン市民の多くはこの事実を知らない。

社会主義化が一気に進み始める直前のサイゴンの八月は、市民にとって日々、生活が困窮していく中で、ある種の〝エア・ポケット〟に陥っていた。そんな中で、町名や通り名の変更が進み始めた。通り名や町名を示す標識が新しいものに取り換えられるだけのことではあるが、なんの説明もなく進む変更に、市民は新政権の強い「意思」を感じ取っていた。例えばサイゴンがホーチミン市と呼ばれるようになったのはいつごろからだったのか。陥落直後から「ホーチミンの町」と様々な場面で紹介されることはあったが、登場した軍事管理委員会の正式名称は「サイゴン・ジアディン地区軍事管理委員会」だった。様々な布告などでこれが「ホーチミン市軍事管理委員会」となるのは七月後半、ダラト会議が終ってからのことである。正式にサイゴンがホーチミン市と改名されたのは一九七六年七月、南北ベトナムが統一され国名を「ベトナム社会主義共和国」とした時からである。この時首都はハノイ、サイゴンは「市民の強い要望を受けて」との説明付きで、ホーチミン市と決まったのである。

八月に入るとサイゴン市内の町名や通り名が次々と変えられた。グエン・フエ（阮恵、清の侵略を打ち破った皇帝）や、レ・ロイ（惣利、明の支配を退けた王様）など、中国の侵略と戦った民族の英雄の名前は残された。しかし、サイゴンの銀座通りであるツドウ（自由）通りはドンコイ（蜂起）通りに、独立宮殿からタンソンニャット空港に通じるコンリー通りはカクマン（革命）通りとなる。またチュンミンジャン通りは、マクナマラ米国防長官の暗殺をはかって処刑された〝英雄〟をしのんでグエンバンチョイ通りに、パスツール通りはグエンチミンカイ（インドシナ共産党時代の女性幹部）通り、などというわけである。ホテル名もマジェスティック・ホテルがカクサン・クーロン（メコンホテル）に、コンチネンタル・ホテルはカクサン・ドンコイ（蜂起ホテル）などとなる。

しかし、サイゴン市民の多くはこうした改名を無視し、陥落前の名前で呼んでいた。「急に名前を変えろ、と言われてもね」と市民の多くは言った。三十年以上たった今も、ほとんどが昔の名前で呼ばれている。市民にとって「サイゴンはサイゴンですよ」と今でもホーチミン市と呼ぶ人は少ない。

町や通りの名前などでは「革命」が花開くが、人々の生活は日を追って苦しくなった。家財道具のたたき売り生活も、そう長くは続かない。市民が待ち望んだのは銀行の再開である。陥落直前、取り付け騒ぎが各所で起きたが、市民の多くは、解放後、引き出しは可能だと信じて、銀行に預金を残していた人も多かった。しかし、外国系銀行も含めて銀行の内部は、逃亡した幹部が、現金や貴金属、ドルなどを持ち出し、残高と現金の保有高は一致せず、とても再開できる状態にはなかった。銀行預金の引き出しが可能になるのは七月末からだが、引き出せるのは預金残高が十万ピアストル（公定レートで約四万円）以下の小口口座。そのうえ引き出すには銀行の残高証明書をもらい、地域の人民革命委員会で「引き出しが必要である」と証明してもらって国立銀行に提出、国立銀行が審査したうえOKとなって初めて預金した民間銀行の掲示板に名前が張り出される。きわめて手続きがめんどうなうえ、時間がかかる。手続きの複雑さをみれば、預金の引き出しはダメですよ、と言っているに等しい。

私たち外国人にとっても手続きは同じで、母国から送金してもらっても引き出すことは不可能に近い。東京銀行（当時）本店とベトナム商業・信用銀行間の送金再開についての合意が成立、東京からサイゴンの邦人に送金が可能になったのも八月になってから。しかし、引き出すには手続きに延々と時間がかかる。事実上、引き出せない状態が続いていた。日経支局も四月中旬には銀行支店の閉鎖で本社からの送金が不能となり、陥落直前バンコク支局の内藤特派員が空路運んでくれた支局経費でほそぼそと食いつないできた。だが、助手の給料から家賃まで支払うと、八月には手持ちの現金は底をついた。朝、昼の食事はほとんどが街の屋台のベトナムそば。夜はオバさんが苦労して買い出しした食材の食事が中心。街中のレストランなどはほとんどが閉鎖した。開店している店があっても、べらぼうに高い。生活は〝現地化〟せざるを得なかった。

なんとか金の工面をしなければならない、と考えていた矢先、「現金が必要ならいくらでもお貸ししますよ」という華僑の金持ちが現れた。「利子は結構。いずれサイゴンを去ってバンコクや東京に出た時、この銀行のこの口座に振り込んでくれればよい」と言う。いわば私設の〝違法銀行〟である。「返済はいつになるかわかりませんよ」と言うと、「それでも結構だ」とのこと。華僑の金持ちの多くは陥落前、家族や親族を海外に脱出させている。革命が本格的に進み始めると、いつ没収されるかわからないし、通貨の切り換えもうわさされている。手持ちの現金が「紙切れ」になってしまう恐れもある。それならば、信用できる外国人に貸して、いずれ国外で返してもらう。振り込み先の口座は国外に脱出した家族のものだ。本人もできるだけ早い国外脱出を考えているという。

軍事管理委員会の布告によると外国人相手の資産の移動は禁止されている。〃違法行為〃であることは明らかだが、背に腹は代えられない。私一人ではない。助手やオバさん一家の生活もかかっている。私はやむなく借金を申し込み、急場をしのぐことにした。サイゴン退去後、本社からバンコクに送金してもらった金を、彼が指定した米国銀行のバンコク支店の口座に振り込み返済した。後述するが、厳しい通貨の切り替えがあるのはそれから一ヵ月以上たった九月下旬のことである。考えてみれば私は、華僑が自分の資産の一部を海外に持ち出すための〃運び屋〃になったわけである。

▼ハノイからの客

八月中旬のある日、支局に私と同世代の日本人が訪ねてくる。「ハノイに駐在する政党機関紙の特派員S」と名乗った。ハノイの情報当局の招待で、日本人記者やソ連など東側記者数人と解放サイゴンを訪れたという。『戦場の村』などで有名な朝日新聞の本多勝一氏なども同行している。S氏は政党機関紙の特派員という堅いイメージはなく、温顔で笑顔を絶やさない。サイゴン陥落後、外の世界を知る初めての日本人の訪問である。最新のハノイ情報を知りたいこともあり、支局のソファで酒をくみ交わした。

「私はあなたが送った日経の記事、ハノイですべて読んでいますよ」とS氏。四月中旬以降、日本の新聞雑誌はすべてストップしたままのサイゴンである。「送った記事、ちゃんと届いているんですか」。

「あなたの記事、日経は優遇していると思いますよ。しかし私は、あなたの原稿の内容、ひどいと憤慨していたんです。解放後のサイゴンの混乱をことさら強調し、革命の足を引っ張る悪質な記事だと思っていました。今回のサイゴン訪問ではそれをチェックし、あなたに文句の一つも言わせてもらおう、と思っていたんです」。

「それであなたの見たサイゴンの現実はどうでしたか」。

「事実だけをみれば、あなたの記事は間違ってはいない。しかし、サイゴンで生まれつつある新しい芽をあなたは見ようとしていないのではないですか」。S氏は率直に彼の立場から私の記事への感想を述べた。

「革命にはその初期の段階で負の側面もあることは事実でしょうが、それは十年、二十年後に新しい社会を生み出す〝陣痛〟だと思います。将来を見つめた歴史観があなたの記事にはないと思います」。

こう議論をふっかけられれば、受けざるを得ない。「私はまがりなりにもジャーナリストです。特定のイデオロギーに基づいて現実をみる、というのはジャーナリズムの否定です。現実の中からこそ、未来は生まれるのではないでしょうか」。S氏はこれをきっかけに、何度か支局を訪れる。その度に「サイゴン革命論」となった。私もそんな議論が嫌いではない。

「それにしても、南ベトナム臨時革命政府はどこに行ってしまったんですかねえ。ハノイも長い間、『民族民主革命を推し進める唯一、正統な政府』と世界中に言い続けてきたじゃないですか。あなたの党も同じですよ。この国には、もう臨時革命政府は不要になった、と労働党中央やあなた方も考えているんですか」。

彼はクールにこう解説した。「歴史というものは、その時代と社会のおかれた状況で、前に進むスピードが早くなったり遅くなったりするものです。社会主義革命を推し進める条件が十分にそろっている状況下で、過渡期である民族民主革命にこだわる必要はない、と判断することはあり得ると思いますよ」。

もし、そうであるなら、多くの犠牲者を出しながら戦ってきた南の多くの人たちの〝心〟はどうなるのか。彼らは社会主義革命のための捨て石にすぎなかったというのか。ハノイの労働党は長い間、世界の世論を欺いてきたのではないか――私はこんな反論を繰り返したことを覚えている。彼も私も、三十代前半、まだ若かった。

三十年ぶりに訪れたサイゴンで、私はS氏にも再会する。彼は、この時、政党機関紙のハノイ総局長。「戦勝三十周年」の取材に訪れていた。夜空をこがす祝賀の花火をながめながら、あの八月の日々を想い出していた。「あの時の歴史観論争、面白かったですね。どちらが正論だったんですかねえ」との問いかけに、彼は「エッ、なんのことですか。覚えていません」と苦笑いしながら、とぼけてみせた。

「ところで牧さん、あのあと、あなたはデング熱にかかり、病院のベッドでうなっていましたね。私は見舞いに行き、寝たっきりで腰が痛いというあなたにマッサージしてあげたことを覚えていますか」。私にその記憶はなかった。腰をもんでくれたのは、毎日の古森義久記者だった。柔道四段の古森記者のマッサージは本格的なものだった。その記憶は鮮明にあった。

▼デング熱

八月中旬すぎ、支局オフィスにいた私は、突然、襲ってきた寒さでふるえが止まらなくなった。南国の暑さだというのに、いくら毛布をかぶっても震えが止まらない。体温をはかると四十度を超えている。時折、意識はもうろうとする。サイゴン病院にコネのある日本大使館員に頼んで、フラフラしながら同病院に行った。フランス人医師は、高熱によって内出血をおこしている内股や脇の下をみると「いまサイゴン市内ではやっているデング熱です。すぐ入院してください」。ちょうど将校用のベッドが一つ、空いているという。

デング熱は蚊が媒介する熱帯特有の風土病である。そういえばサイゴン陥落以来、市内の衛生状態は悪化し、蚊や蝿が急増していた。デング熱にもマラリアと同じように特効薬はあるが、当時のサイゴンではどこを探しても在庫はゼロ。サイゴン港にソ連船が入港するのを待つしかないという。「点滴で体力を保ちながら、毒素をすべて汗として体外に出すしかない」というのが説明された治療法だ。後で聞くと、四十度を超す高熱は三日間続いた。ピークは四十二度。体温が三十九度台に下がった頃、やっと意識を取り戻した。

気がつくと、オバさんがベッドわきの床にゴザを敷いて、まるくなって仮眠している。三日間、不眠不休で汗をふき、下着を着替えさせてくれたのだという。退院まで十日、体重は十キロ以上も減っていた。日本大使館が電報で「デング熱で入院中」と本社に連絡をとってくれていた。東京から大使館経由で届いた英文電報。「デング熱で死ぬことはない　ガンバレ」。特効薬を使えば死に至る病気ではない、と医学辞典にはあった。

第七章　ホーチミン革命

▼建国三十年祝賀式典、ファト首相昇格の〝異変〟

ホー・チ・ミンが結成したベトナム独立同盟（ベトミン）は、一九四五年八月十五日の日本の降伏を機に一斉蜂起（八月革命）し、同九月二日、ベトナム民主共和国の独立を宣言、臨時革命政府を樹立する。サイゴン陥落のこの年は、建国三十年を迎えていた。ハノイでは建国三十年を祝う「国慶節」が盛大に開かれることになった。南ベトナム臨時革命政府と解放戦線は、この式典に大規模な代表団を送り込んだ。

発表された名簿によると代表団長がファン・フン氏（労働党の南部ベトナム責任者）。副団長が三人。ボー・チ・コン党中央委員、チュン・ナム・チェン党中央委員に次いで、最下位の副団長がフィン・タン・ファト首相となっていた。臨時革命政府の首相が、三人の副団長のランク最下位で、代表団の四番目、というのは、南の政治権力は完全にベトナム労働党が握っていることを示していた。前述したようにファン・フン氏は五月十五日、サイゴンで行われた戦勝記念日に、南の〝ナンバーワン〟として突如、登場した人物。北ベトナムの副首相を務めていたが一九六七年、副首相リストからはずれ、ハノイから姿を消していた。

フィン・タン・ファト（JPS＝共同）

サイゴンを出発する時点でのこの序列に、ハノイ入りとともに〝異変〟が起きる。「クアンドイ・ニャンザン（人民軍機関紙）」などハノイで発行された新聞は、ファン・フン氏に次いで、ファト首相を第二位にランク・アップして発表し、南の代表団を迎えたのである。この序列の変更はサイゴンでさまざまな反響を巻きおこした。米国情報筋が「ファト首相は労働党の秘密党員である」と流したことはあったが、臨時革命政府はこれを公式に否定していた。

この序列アップをどう判断するか。労働党中央委員会は前述したように七月の段階で「一年後の南北統一をめざし南での社会主義化を急ピッチで進める」と秘密裏に決定していた。この事実がわかっていれば、ファト首相のランクアップは、文字通り「秘密党員」だったことを証明しており、南の社会主義化推進の先頭に立つ、という役割を、このハノイ訪問で正式に党中央から指令された、と読めただろう。だが党中央の「早期統一」の決定を、多くのサイゴン市民は知らない。私も読み違いをしていた。私は「浮かび上がった『統一の道』、当面『一国家二政府で』」との見出しで、次のような解説記事を送っている。この記事は、解放戦線系の知識人などの取材をもとにしているが、彼らの期待を込めた解説に影響を受けていた、といわざるを得ない。

［9月25日］ファト首相のランクアップは、秘密党員説だけでは説明できない。むしろ南ベトナム臨時革命政府に対する労働党中央の考え方に変更があり、このランク繰り上げで南ベトナムにおけるファト首相の権威を強化する必要があった、とみた方がよい。

ハノイ訪問を終えたファト首相はひんぴんとテレビに登場し「社会主義への道」を呼びかけ始めた。最近出された約二十の法令はすべてファト首相が署名している。また外国大使などとの接見を首相府で行い、これを外国記者団や地元記者に公開するなど「首相府で仕事をしている」ことをしきりに印象付けている。

これに加えて今月に入ってハノイの実力者、チュオン・チン党政治局員は南ベトナムの宗教人、文化人代表団に対し「国土を二分するベンハイ川はすでに洗い流された」としながらも「ベトナムが完全に統一された、と考えるのは妥当ではない。ベトナムは現在二つの政府、ベトナム人民共和国とベトナム共和国がある」と明確に述べた。この演説は、至急電としてサイゴンの新聞にも大きく掲載された。

こうした一連の動きは、ハノイの労働党中央が南ベトナムの今後の体制、政策について新たな決定をし、ハノイを訪問したファン・フン政治局員やファト首相もこれを了承したことを物語っている、といえよう。その内容は①一挙に南北の政治統一は図らず、しばらくは国家は一つ、政府は二つの状態を続ける、②南での政策遂行は労働党の指導のもとに、ファト首相が責任を持つ、③臨時革命政府は南北統一を実現するために、一日も早く社会主義化を進め、政治、経済、社会各分野で南北の平準化を進める——などとみられる。


この解説記事の②、③は結果的にみても間違っていなかった。しかし、一年もたたずに南北統一が実現したことを考えると①は完全な読み間違いであり、誤報である。ファト首相は、南北統一を一気に進めるために、②と③をハノイの労働党中央に約束してサイゴンに戻ったというのが真相だったのだろう。また、そのために党中央は、ファト首相をファン・フン氏に次ぐ南のナンバー2に昇格させたのである。「当面、一国家二政府で」との私の記事や、「統一を急げば大混乱が生じる」というタオ氏の発言は、サイゴン文化人の共通した声であったが、ハノイ労働党中央にとっては「早期統一に反対する、許すことのできない反革命的発言」だったのである。

▼急ピッチの社会主義化

サイゴンに戻ったファト首相は九月に入ると矢継ぎ早に、厳しい社会主義化の政策を打ち出す。社会主義化政策の主なものは、①買弁資本家追放を徹底し、企業の国有化を推進する、②「新経済区」という名の帰農運動による農業の集団化、である。これに追い討ちをかけたのが、③通貨の切り替えによって一気に経済的な平準化をはかる、というドラスチックなものだった。これらの政策はすべて「ホー・チ・ミン主席の思想の実現」とされ、死せるバク・ホー（ホーおじさん）の名で実施された。サイゴンの革命は、「ホーチミン革命」だったといえるだろう。

新しい政策が発表される直前の九月六日、毎日の古森記者、朝日の山本博昭記者が「退去要請」によりバンコクに向け出国する。古森記者は七月二十二日、山本記者は八月十九日に軍事管理委員会から国外退去要請を受けていた。両特派員の出国でサイゴンに残る西側記者は日経、読売、共同、NHKの日本人四人と、AFP（仏）の五人だけとなっていた。

▼国有化など十四項目の経済政策発表

九月十日、ホーチミン市軍事管理委員会は十四項目からなる「経済復興策」を発表する。この政策は南ベトナム臨時革命政府のフィン・タン・ファト首相が署名し、軍事管理委員会名で発表された。ファト首相がハノイ労働党中央の指揮下、自信を持って推し進める社会主義化政策の第一弾といってよいだろう。企業の国営化を強力に推進すると同時に、旧政権下の資本家、経営者たちを悪質な帝国主義的買弁資本家として摘発し、その財産を没収することにねらいがあった、といっても過言ではない。

［9月10日］ホーチミン市（サイゴン・ジアディン地区）軍事管理委員会は十日、経済・産業、商業の復興、発展および不正な経済活動撲滅に関する南ベトナム臨時革命政府の政策を発表した。同政策は十四項目からなり、食料やガソリン、灯油などの生活必需品の確保、農工業の開発、輸送体制の確立を目指す、とうたっている。

また、今回の政策は、米国の〝傀儡《かいらい》〟と結託して革命に反対し、物資隠匿と市場独占を図ろうとする商業資本家や事業家を非難するとともに、軍事管理委員会は「そうした悪徳資本家に厳罰で臨む」と述べている。発表に際しスポークスマンは、すでに二人の大物華僑と華僑が経営する企業一社を摘発したことを明らかにした。

十四項目のうち、主なものは次の通り。

一、あらゆる民族資本家が南ベトナムの経済開発のために資本および設備を投下し、利益を人民に還元することを歓迎する。

一、政府は新しい経済分野への進出を試みるすべての民間企業に対し、積極的な助成策を講ずる。

一、政府はすべての中小企業を指導、援助し、必要な物資を供給する。特に伝統的な手工業の復興に力を注ぐ。

一、政府は経済侵略をねらう帝国主義的な事業家、市場で投機をしたり、経済機構を混乱させる者は容認しない。政府は投機、密輸集団の摘発、解体に全力をあげ、これらの者を厳罰に処する。

一、生産を拡大するため全産業分野における国営企業の設立、強化に全力をあげる。

一、市場における経済機構を破壊したり、妨害する投機者は逮捕、投獄し、全財産を没収する。

一、傀儡政府と関係があった帝国主義的な事業家、傀儡政府の高級官僚の財産は政府の全面的な管理下に置く。

一、帝国主義的な事業家と結託、または協力して、解放後も市場を破壊する集団は、その行為にかんがみ処罰する。

十四項目の経済政策に続いて、同十八日には「設備、資産等の政府管理に関する法令」が布告された。解放前の南ベトナムで米政府・米軍あるいは旧南ベトナム政府の所有下にあったすべての資産、設備、資材や、さらに国内にある「余剰物資や隠匿物資」などは、すべて臨時革命政府が所有し、管理するというものだ。これらの資材には原材料、石油等のすべての燃料も含まれていた。

この法令は外国人を含むすべての国内居住者に適用されるという。「こうした資産、設備、資材を所有する者は、直ちに政府に届け出て提出せよ」。またどんな企業、団体、個人も、これらの資産や設備を新たに購入、保有、売却することは禁じられた。臨時革命政府は新たに「資材総局」を設置、この法令の厳格な運用に当たることになった。国内全居住者（外国人を含む）は、自らの生活や正当な目的の使用に必要な量を、資材総局か、各地の人民革命委員会に届け出ることも義務付けられた。さらにこの布告は「隠匿物資やその所有者、またはその出所を発見し、それを届け出た者には、政府から報奨金が与えられる」と付け加えていた。「私有財産は必要最低限のものを除いて、所有を認めない。それ以上のものは隠匿物資として摘発する。ウソの申告をした者を見つけて、届ければほうびをとらせる」ということであり、資産家や金持ち追放のための〝密告〟推奨の布告でもあった。

▼買弁資本家根こそぎ

サイゴン市内はもちろん南ベトナム全土で激しい「革命」が始まった。「サイゴン・ジャイホン（解放）」紙や「解放日報」などは連日のように一面トップで「悪徳資本家逮捕」を伝える。〝官製デモ〟も組織され始めた。十一日にサイゴンで始まった「悪徳資本家追放デモ」は全国の都市、農村に広がり、ダナン、ミト、タイニンなどの大都市でも連日デモが繰り返され始めた。学生、知識人、仏教徒、商人を含めたデモが市内各所で行われ「反動的ブルジョワジー打倒」を口々にさけび、プラカードを掲げた数万人規模のデモ行進が続く。サイゴンで発行されている新聞はすべてこうした悪徳資本家追放デモを連日、一面トップで扱う。さながら中国の「文化大革命」である。

一般紙として八月に発行が認められた「チン・サン」紙によると、反動的ブルジョワジーとは、米国人、政府の排外的機関と密接に結びついて、米国の植民地経済政策を推し進めてきた人々を指す。「これらの分子は国民経済を牛耳り、戦時中は人民を搾取することで太ってきた者である」と述べている。

「買弁資本家」という漢字も、華字紙「解放日報」の一面に連日、登場しはじめた。英訳では「悪質な資本家」であるが、「買弁」を辞書で引いてみると「中国で清朝末期から新中国成立まで、外国資本と結びつき自国内の商取引の仲立ちをした中国商人」（大辞林）とある。また「自国の利益を顧みず、外国資本に奉仕して私利をはかる者」の意もあり、これを買弁資本家というのだとすれば、革命政権のいう悪徳資本家、悪質資本家というのは、華字紙が表記する買弁資本家がぴったりなのかもしれない。しかしこの言葉が、サイゴン経済の中核を担ってきた華僑には、「中国人排斥」ととられ、後に中国系市民の大量国外脱出につながる。

後述するが、私たち外国人報道関係者もこの布告によって、支局所有の乗用車やわずかな備品までサイゴン退去時に没収されることになる。尾行も始まった。第一区人民革命委員会治安本部内にオフィスがある私の支局は、来客の出入りも不自由になった。オフィスはともかく、毎日の息苦しさから逃れて、住むところは変えたいと思い、アパートを探した。郊外の静かなアパートの一室を見つけ、大家と交渉すると「大歓迎です」との返事。だが翌日、なかったことにしてほしいと電話があった。理由を聞くと、私が仮契約を済ませて帰った後、すぐに公安が来て、外国人に部屋を貸してはいけない、と通告されたというのである。尾行されていたことに初めて気付いた。

私は九月二十八日付で一連の状況を「買弁資本家根こそぎ」の見出しで次のようにレポートしている。

「ショロンの買弁資本家ラム・ユエ・ホの邸宅に治安警察軍が突入したのは午前一時すぎ。ホは情報を察知してダイヤモンドや金ののべ棒などもトラックに積み込み、家族を連れて逃亡する寸前だった。彼の大邸宅はぜいたくな家具でうまり、あちこちに財宝を隠しており、全部接収するのに長時間を要した。ホはチュー政権時代、密輸で大もうけしてショロンで十二の工場を経営、人民を搾取していた」

ジャイホン（解放）紙をはじめ、サイゴンで発行されている新聞はこのところ連日、こうした記事であふれている。そしてラジオ、テレビは「今こそ、時がやってきた。労働者階級は、情け容赦なく人民の血を吸って太った買弁資本家たちを根こそぎにし、社会主義建設に取りかからねばならない」と激烈な調子で繰り返している。

毎日十人、二十人と逮捕者が続き、サイゴン市内だけで最初の一週間に逮捕者は百人を突破した。全国各地の正確な逮捕者総数はわからないが、新聞に報道されただけでも三百人、接収総額は一千億ピアストルを超えている。これはチュー政権時代の年間歳入の約二倍に当たる。当局が発表した逮捕者とその罪状を拾ってみると

――。

▽オン一族　〝サイゴンのトラ〟という異名を持つオン・ジェップ・チヒの息子たちで、ジエム、チュー両政権と協力し、残酷な人民搾取で金持ちとなった。一族は繊維会社、輸送会社、サイゴン港の荷揚げ会社などを経営、価格操作を行った。

▽マ・ハイ　〝米（コメ）の王様〟と呼ばれ、勢力圏はカント、ラクジアなどにも及び、米価を牛耳った。造船、漁業、繊維などの会社を経営、セメントの輸入にも当たった。さらにチュー元大統領夫人がスポンサーである銀行の社長を務めた。

▽ホワン・キム・クイ　米軍に有刺鉄線を供給する会社を経営、大もうけをした。政治家として上院議員を務め「ソンミ村虐殺事件」の調査団員になったが、このとき彼は「ソンミ村では米軍に殺された者はだれもいない」というウソの報告書を出した。

かつての日本の三井、三菱財閥に相当するようなトップクラスの資本家、企業家がまずねらい打ちされた。そして、大商店経営者、流通業者、工場経営者、大アパート経営者などに逮捕者の輪が広がってきた。サイゴンではこれまでの逮捕者の九割がショロン地区の華僑の指導者たち。革命政府は「中国人を特にねらっているわけではない」と繰り返し、そのほこ先はサイゴンのすべての資産階級に向いている、と強調している。しかし、南ベトナム経済を動かしてきたのは、華僑だった事実もあり、運動は〝華僑退治〟の感すら与えている。

最近は一連の逮捕者の中に、チュー政権に協力した政治家なども「買弁資本家」として含まれ始めており、地方ではインド人など外国資本の逮捕者も出ている。長い間、ベトナムに根を張った大南公司や北川産業などの日系企業も「脱税」の疑いで家宅捜索を受けるなど、いずれは「チュー政権を助けた」外国資本にも追及の手がのびるのは必至とみられる。

こうした大量逮捕、資産接収が「上からの弾圧」ととられないよう革命政府は積極的に「買弁資本打倒」の大衆運動を組織している。各地区で、職場で、市民はデモに動員され、ピーク時には動員数は一日五十万人に達したといわれる。「買弁資本家を一掃せよ」というシュプレヒコールが連日、街をおおい、街中いたる所にスローガンがはり出され、サイゴンには「買弁資本家」という言葉があふれている。

解放後四ヵ月あまり。革命政権はサイゴンの経済的混乱を横目でみながらも、その経済機構には全くといっていいほど手をつけなかった。予想外に早かったサイゴン陥落で準備不足もあったといわれる。革命政権の経済政策不在に、サイゴンに残った資本家階級は一種の安堵感を持った、と言ってよい。ことに解放軍兵士やハノイからやってきた役人、軍人たちがラジオ、時計を買いあさる姿をみて、この安堵感は自信に変った。

解放後のサイゴンの経済活動は、陥落前と変ることなく続いていた。華僑を中心にした金持ちたちは、革命のどさくさにまぎれてむしろひともうけをたくらみ、残り少ない輸入品を次々と買い占め、価格操作を始めた。ミルク、調味料、砂糖、ガソリンなどの値段は天井知らずに高騰した。大量の失業者を抱えるサイゴン市民の生活は日ごとに苦しくなっていた。

臨時革命政府の十四項目の経済政策は、こういう時点をねらって発表、実施に移されたともいえる。十日に発表されたこの経済政策は、南ベトナムの現在の経済混乱は、米国や政権と協力して荒稼ぎをしてきた連中が、解放後も経済機構を私物化し、南ベトナム経済を混乱に陥れていることを厳しく糾弾。すべての責任は買弁資本家たちにあり、これを撲滅すれば南ベトナム経済は社会主義理論に基づく繁栄の道を歩むことができる、と訴えている。

言い換えるならば、現在の経済混乱の原因が「革命政権の無策にある」と宣伝する反革命の動きに、このキャンペーンでとどめを刺すとともに、反革命の資金源になっているとも言われる華僑のリーダーたちの息の根をとめることをねらっているわけである。こうした買弁資本家たちが逮捕を免れる道は「過去の罪状をみずから反省し、すべての財産を革命のために献納することである」と革命政権は言い切っている。

革命政権の厳しい姿勢に、サイゴンの資産家たちは完全にふるえ上がり、船を雇って海外逃亡を計画したり、財産の隠匿を企てて密告され、逮捕されるケースも後をたたない。革命政権はこの〝第二の戦争〟に勝利するまでこの運動はやめないという。サイゴンをはじめ、南ベトナム全土に今、解放直後のような緊張感が漂っている。

▼農村への強制移住「新経済区建設」

当時の南ベトナム経済を担っていたのが華僑であることを考えると、買弁資本家撲滅運動の実態は「華僑退治である」とみられてもやむをえなかった。これがその後の華僑の大量国外脱出となり、中越紛争の一因にもなっていく。買弁資本家追放と同時期に始まったのが、職を失ったサイゴン市民を地方農村に〝下放〟する帰農運動である。地方各地に集団農場である「新経済区」を建設する目的で、サイゴン市民約百五十万人を農村地帯に戻し、農地の開墾をしながら農業生産に従事させようという計画である。サイゴンでその日の食事も事欠く市民の多くは、望むと望まざるとにかかわらず、この〝運動〟に参加せざるをえなくなる。

表向きは「強制」ではなく、「自らの選択で」という形がとられたが、結果的には強制そのものだった。都市の消費生活に慣れた市民たちにとって、「新経済区行き」という言葉は「再教育キャンプ」と同じように、一種の「収容所行き」ととる人が多かった。この帰農運動の概要は九月十四日のフィン・タン・ファト首相の演説で示される。

［9月15日］南ベトナム臨時革命政府のフィン・タン・ファト首相は十四日朝、サイゴン・ジアディン地区復興協議会で演説、サイゴン・ジアディン地区の住民百五十万人をはじめ、都市部に集まっている三百五十万人の人々を農村地帯に帰し、生産活動に携わらせる、と述べた。

同首相はこの演説の中で、「統一ベトナムは健全な経済活動のために必要な条件を備えるだろう」と述べるとともに、解放前の米国の政策は「魚に水を与えない」ことによって、農村部地帯の多数の住民を都市部に移住させ、都市と農村の格差を作り出すことを目的としたものだった、と強調。サイゴンが直面している問題を解決するためには、この帰農運動が必要になっている、と指摘した。

同首相によれば、帰農の対象は全部で三百五十万人で、このうちサイゴンからは約百五十万人。この結果、サイゴンでは多くの空き家ができ、新しい住宅の建設が必要なくなる。しかし、新たに帰農した農民が住む地域では住宅、学校、病院などを建設する必要があり、革命政府はそれに取り組み、帰農者を支援する、と同首相は演説した。

政府当局によると、地方移住を希望するものには、居住地として一家族千平方メートル－千五百平方メートルの土地を提供、耕作地として一家族五－十ヘクタールを与え、当面、半年から一年間は米、塩を無料配給するという。

ベトナムの農村には広大なジャングル地帯や長い戦争による荒地、旧軍用地もある。ことにカンボジア国境沿いの広大なジャングルは未開墾のまま残されている。これを開墾し再開発すれば、ファト首相が指摘するように、サイゴン市民を含め三百万人が帰農するのは不可能ではない。だが、この帰農運動には多くの困難が待ち構えていた。

一つは、「新経済区」の多くは、地元の農民からも見捨てられた土地であり、農地にするには、水利など大土木工事が必要な地域が多かったことだ。第二には入植しても受け入れる住宅があるわけではなく、自分で木を切り倒し、ヤシの葉などで屋根をふき、雨風をしのぐ家を自分で作るというのが原則で、農具もない。また不衛生な湿地帯も多く、病気になっても病院もない。さらに生産品はすべて自分のものにはならず当局が管理する。この「新経済区行き」がその後、ボートピープルを加速させたことは否定できない。

▼政府主導で百五十万人の入植へ

［9月28日］「生まれ育ったサイゴンに未練はあります。だが、サイゴンで仕事をみつけることはもはや不可能でしょう。家族を養わなければならないし、私自身生きねばならない。〝新経済区〟に行って農業をやる決心がやっとつきました。ベトナムの歴史は変ったのです。じたばたしてもどうにもならない…」。

グエン・バン・ロックさん(35)。解放前の地元紙記者。解放で新聞発行は停止され、失職した。退職金ももらえなかった。わずかな蓄えも解放後の物価上昇で一ヵ月もしないうちに底をついた。ロックさんはご多分に漏れず、家財道具を売り払って金に変えた。路上にミニ・カフェを開いてみたり、何とかサイゴンで生き抜こうとあがいた。「今から考えるとすべてがむなしかった気がする」とロックさんは言う。帰農の決意をしたロックさんの気持ちはむしろさばさばしていた。

九月半ばの朝、ロックさんは身の回り品をつめたトランクを持ち、妻子を連れてバスでビンフォクにある新経済区に向けて出発した。「これも革命ですね」。ロックさんは出発間際にポツリと話した。

七月から八月にかけてサイゴンは一種異様な雰囲気に包まれた。街のいたるところにヤミ市が広がり、町にあふれる失業者の群れは家財道具の投げ売りで食いつないだ。解放直後には姿を消した売春婦が街頭に繰り出し、販売禁止の旧体制の出版物が堂々と路上に並べられた。革命政権は二ヵ月以上にわたってこうした状況を放置した。実力行使による取締りが、その日の生活にも困るようになってきたサイゴン市民の反発を招くことを十分に承知していたからだ。

「サイゴンで生活の糧を得ることができない者は革命政府が準備した新経済区に入植し農業生産に携われ」というのが、新政権の基本方針である。米国援助で成り立ってきたサイゴン経済は、米国援助を断ち切った時、生産手段はほとんど残されていなかった。新政権は、買弁資本家撲滅運動を開始すると同時に、民族資本家、中小業、小商人に対する全面的援助と生産向上をうたい、ガソリンや原材料の国家統制を始めたが、三百万サイゴン市民が経済の自立更生を図ることは、現状からみて不可能に近い。

ベトナムはもともと農業国であり、かつては年間百万トンを超す米を輸出した。しかし、長い戦争による荒廃と、米軍による戦略村構想で、農村人口は都市に集中させられ、メコンデルタをはじめ各地に広大な農地が放置されている。こうした農地や新たな開墾地に「新経済区」という農業地帯を整備し、都市部の失業者に五十ヘクタールを無料で与えて、農業に従事させようというのが革命政権の計画。失業者救済とともに、食料の増産を図るのが目的で、ゆくゆくは北ベトナムの集団農場「合作社」を作り上げようというわけである。

消費生活に慣れたサイゴン市民は当初、帰農するふんぎりがなかなかつかなかったが、生活が完全に追いつめられると「サイゴンを離れるのはイヤだ」ともいっておれなくなってくる。ロックさんのように、サイゴンの生活に見切りをつけて新経済区行きを希望する者も目立ってきており、すでに約二十万人が入植を終えたという。同時に各区の人民革命委員会は、再三にわたって米の支給を求める失業者を指名して、新経済区行きを命じるケースが日一日と増えている。新経済区への入植は次第に強制力を持ち始めたわけである。

南ベトナムには今、三百五十万人の失業者がいる。この失業者にいかに仕事を与えるかは、革命政権にとって、極めて頭の痛い問題である。「だが、いかに難問だとはいえ、この問題を解決する」。九月初め、外国大使との接見の席上、フィン・タン・ファト首相はこう強調した。三百五十万人という失業者数は南ベトナムの全人口の一五％に当たる。農村地帯の失業者は少ないから、その大部分はサイゴンなど大都市に集中しているわけである。

隣国のカンボジアでは解放直後、強制排除によって、プノンペン市民を農村に追いやった。これに対し、南ベトナムのやり方は極めて慎重であり、当初は個人の自発的な意思を尊重しようという姿勢がみられたことは事実である。しかし、革命政権はこのほど「今年末まで計五十万人、来年一年間に百万人のサイゴン市民に新経済区に入植してもらい、一九七六年末までにサイゴンの人口を半分に減らす」とはっきりと宣言。「この政策は一歩も後退できない」との決意を示した。

サイゴンの人減らしは今、本格的に動き出そうとしている。革命政権が例え強制的に実施しなくても、多くのサイゴン市民は生活の糧を求めて、「新経済区」に入植しなければならない状況に追い込まれてきた、ともいえるだろう。

「この政策は一歩も後退できない」との革命政権の宣言通り、十月に入ると「新経済区」はサイゴン市民に強制力を持つようになる。各地区の人民革命委員会は、それぞれの地区で

「新経済区」へ強制移住させる住民を、次々と指名するようになった。拒否する市民は「革命精神の理解が不足している」わけで、それは「再教育キャンプ」による思想改造教育を意味していた。中国の文化大革命時の下放政策を、サイゴンでは「再教育キャンプ行き」とセットにして進めようとしたわけである。南北統一後は、一九五〇年代に北ベトナムが農地改革として推し進めた集団農場「合作社」の制度が、この新経済区にも適用される。農民は合作社の社員として生産隊に編入され、労働点数に応じて報酬を受け取る制度だが、生産の自由はなく、入植者の労働意欲の低下をもたらした。

▼人民裁判

買弁資本家の大量逮捕が続き、「新経済区建設」という名の強制移住政策が始まったサイゴンのあちこちで、各地区の人民革命委員会主催による「人民裁判」が開かれ始めた。ほとんどが地域住民に対する革命教育をかねたもので、一般の刑事裁判を裁く過程に住民を参加させ「住民と革命政権とは敵対するものでなく、住民が革命政権を支えている」という自覚を持たせることをねらっていた。

解放直後の人民裁判は即断即決、その場で判決を下し見せしめに強盗犯を射殺するケースなども相次いだ。このころ各地で開かれた人民裁判は、買弁資本家や旧政府軍幹部に対する厳しい態度とは違い、「買弁資本家たちの被害者」である一般犯罪人に寛大な判決を下すことによって、革命政権に対する市民の感情を和らげようと努力している感じである。そのために裁判には、ある種の作為や演出による〝ヤラセ〟のケースがみえみえだった。私は九月下旬、こうした人民裁判の一つを傍聴した。

［10月3日］午前七時前、サイゴン市第三区にあるキ・ドン通り一帯の住民は、いつもは子供たちの遊び場になっている空き地にぞくぞくと集まった。中央にはられた天幕の前には十五のいすが並べられている。間もなく武装した解放軍兵士に囲まれた十五人（うち七人は女性）の〝非国民〟が入場した。手錠をかけられたものはだれもいない。被告たちはただちに「婦女暴行」「窃盗」「麻薬吸飲」「カードばくち」などと書いたプラカードを首にかけられ、いすの上に立たされた。地区人民委員会代表がマイクを使って一人一人の罪状を読み上げる。

「グエン・バン・フン。二十一歳。ある女性に求愛したが断られたのに腹を立て、夜、彼女の家に忍び込んで暴行した」。フンがいかに米国腐敗文化に毒されていたかが延々と糾弾され、最後は「米国腐敗文化の一掃」を強調する。

続いて十八歳の女子学生。解放軍兵士の悪口を言いふらし「反革命軍が近く解放軍をせん滅する」といった反革命的なうわさを巻き散らした。「この女子学生は革命の成功をいまだに理解しようとしていない」と人民革命委員会の代表は一段と声を張り上げた。

窃盗、ひったくり、麻薬吸飲といった罪状が続いたあと、最後は女子学生を除く六人の女性。「毎日、ヒマにまかせてカードばくちに熱中した。解放下においては女性も男性と同じように、労働に従事せねばならず。ばくちなどもってのほかである」

罪状朗読が終ると、人民革命委員会のメンバーが臨時革命政府刑法の説明にあたった。それによると革命政府刑法の罰則は死刑、無期または有期の懲役、長期の強制労働、再教育の四ランクに分けられており、人民革命委員会は人民の声を十分聞いたうえで判決を下すことになっているという。

住民の意見陳述が始まる。まず飛び出してきたのが六十歳過ぎの女性。「乱暴したのは悪いが、若い男性は性欲の強いのは当然のこと。何とか軽い罰で許してやって下さい」とやって会場は爆笑のウズ。米国腐敗文化の糾弾も一瞬にして吹き飛んだ感じである。

反革命のうわさを流した女子学生に対しても「サイゴンのどこにいってもそんなうわさはいっぱいだ。悪いのは彼女だけではない。彼女もそれに影響されたのだ」と弁護論が多く、窃盗にも「悪いのはわかっているが、こう物価が高くなったのでは……」と同情論さえ出る。主婦ばくちに至っては「若いころ私もよくやったがあれはおもしろい。子供をほうり出してやるのは良くないが……」といった調子。

いずれも今のサイゴン市民の象徴的なものの考え方だったが、前に並んだ人民革命委員会のメンバーや解放軍兵士は、こうした気ままな発言を規制しようとはせず、黙って聞いている。約一時間半にわたって勝手に意見を言わせた後、人民革命委員会の代表が、十五人全員の判決を言い渡した。

婦女暴行の青年は「サイゴンを離れた場所で長期にわたる再教育（思想改造教育）」。女子学生は「人民革命委員会がよしとするまでの期間、再教育を受けること」。他の被告たちも一ヵ月以内の再教育で、全員がいったん釈放された。罪状糾弾が厳しかっただけに、重い判決を予想していた住民は、拍手でこの判決を支持した。

買弁資本家撲滅運動が激化する中で、革命政権は「社会主義への移行の第一歩」という言葉を盛んに使っている。だが同時に「社会主義は人民に自由、平等をもたらすものであり、何ら怖いものではない」と繰り返さなければならないところに、サイゴンの革命政権の苦しさがある。一般市民の多くは、社会主義や〝あちら側〟は「こわいもの」とするチュー政権時代の宣言がいまだに抜け切っていない。

こうした不安感や恐怖心を持つサイゴン市民の意識を、いかに時間がかかろうとも変えていくことが、南ベトナムが社会主義への道を本格的に走るうえで、どうしても必要であることを一番知っているのは革命政権かも知れない。解放以来、五ヵ月。今、南ベトナム全土に吹き荒れている〝経済革命〟が一段落した後、革命政権が手をつけるのはサイゴン市民の文化、精神革命だろうが、これは経済革命以上に容易なことではなさそうだ。

▼突然の通貨切り替え

金持ちも貧乏人もない経済的に平等な社会――それが社会主義の究極の目標だとするならば、そのやり方は極端に言えば二つある。一つは経済成長を徹底してパイを大きくし、その恩恵によって全員が金持ちになることである。しかし全員が豊かになる経済成長は現実には不可能で、逆に格差が広がる結果となる。もう一つは、金持ちの資産を取り上げて、それを貧乏人に平等に分配することである。しかし資産が少なければ、全員が貧乏になるしかない。「貧しきを憂えず、等しからざるを憂う」が社会主義の〝原点〟だとするならば、九月下旬、突然に始まった「通貨の切り換え」は、経済的平等を一気に実現する究極の手法だったのかもしれない。

［9月26日］長い間、南ベトナムで通用してきた旧体制の通貨ピアストルが〝紙切れ〟と化す日は九月下旬、突然にやってきた。旧体制の経済機構を根底から変革しようとする革命政府のドラスチックな政策が、突如、一般市民にも波及し始めた。通貨の切り替え実施は、「経済の平等」を一気に進めよう、というもので、サイゴン市民を〝恐慌状態〟に陥らせている。

二十一日午後十時（現地時間）、サイゴンの解放テレビ、ラジオは予告もなく、臨時革命政府の通告を流し始めた。いつもならとっくに放送は終っている時間である。

「明朝（二十二日）四時から午前十一時まで、サイゴン市民はあらゆる経済活動を停止せよ」

「この時間帯は市民の外出は禁止する。サイゴン・ジアディン地区ではオートバイを含むすべての車の通行を禁じる」

解放後、初めての緊迫した放送に、市民の多くは「通貨の切り替えが始まる」と感じとった。動揺が広がった。放送が終ると、夜中だというのに市内は急に騒がしくなった。サイゴン名物の〝ホンダ〟や車が走り回る。お金のないものは借金を求めて、多額の現金を持つものは、なんとかそれを分散させようとやっきになった。

お金に対するサイゴン市民の反応は早い。騒ぎは外出禁止時間（午前零時）ぎりぎりまで続いた。

翌二十二日午前五時、解放テレビは通貨切り替えを決める閣議の模様を伝えた後、国立銀行のチャン・ズオン総裁が新通貨政策を発表した。新しい南ベトナムの通貨ドンは「ベトナム銀行通貨」として発行されるもので、新一ドンを旧体制の通貨五百ピアストルと交換する。これだと単なるデノミだが、サイゴン市民に厳しい衝撃を与えたのは、交換限度額が設けられ、それが予想以上に低く抑えられたことだった。

一般市民は一家族当たり十万ピアストル（約四万円）まで。一世帯の人数などいっさい考慮されない。中小企業や商店で、家族経営でなく会社組織になっているところは、運営費として一社十万ピアストルまで。大企業も人件費や税金支払いに充てる、という名目で五十万ピアストル（約二十万円）までしか交換を認められない。この額は一般家庭としては平均してほぼ二ヵ月の給料分にしかならない。各企業や商店なども人件費などの支払いに充てれば、あとの経営は全く成り立たない金額である。

個人、企業ともこの交換限度額を超える所持金は全額、国立銀行に正確に登録して預金することが義務付けられた。違反すると買弁資本家と同様にみなされ、逮捕、厳罰に処せられる。いわばこの政策は、南ベトナムで流通している全紙幣を数日間で回収し、南の通貨の発行量を完全に革命政権が支配するとともに、資産階級をまる裸にし、南ベトナム全国民の経済的な平等を一挙に確立しようということである。

資産家が何億ピアストル抱えてきても、新通貨は一般世帯と全く同額の二百ドンしか手にできない。民族資本家も、買弁資本家も、労働者もみな同等である。革命政府は、銀行に預けられた交換限度額以上の資産は、一定額に限り引き出しも可能にし、将来は五―八％の利息をつけることも考えているという。だが、それは経済状態が安定した将来の問題としており、サイゴン市民の多くは、登録して預けた金は接収されたも同然、と感じているようだ。

サイゴン市内はこの日から完全武装の解放軍兵士が厳戒体制を敷いた。市内の交通はとだえ、市場も商店も九割近くが店を閉め、経済活動はマヒ状態。一般市民に対する通貨交換業務は、各区人民革命委員会の分会単位で始まった。トラの子の旧紙幣を抱えて続々と集まる市民たち。表情には悲愴感が漂っていた。

旧紙幣が紙切れとなる前に、何とかモノに代えようというわけで、ズボン一本二十万ピアストル、にわとり一羽五万ピアストルといった取引も市内のあちこちで始まった。旧紙幣と新ドンのヤミ市もさっそく現れた。旧紙幣をただ同然に買い集めているのが、なんと解放軍兵士たちだという。軍関係者はかなり自由に交換できるといわれ、二十三日になると軍事管理委員会の広報車が「ヤミ交換を見つけたら直ちに届け出よ。厳罰に処する」と繰り返し流して回る。サイゴンの新紙幣ショックはここ当分おさまりそうにない。

新通貨の交換限度額は南ベトナム国民だけでなく、すべての外国人にも適用された。この結果、外国企業や外国資本の活動もベトナム人と同様の水準を強いられることになったわけである。「外国人だからといって植民地主義的な生活は許さない。南ベトナムに住むなら、生活もベトナム化せよ」ということを示唆している。革命政府は、外国人全部を強制的に国外へ追い出した隣国カンボジアの革命政府と違って、経済面から厳しく締めあげ、サイゴンに居れない状態を作り出そうとしている、とみてもいい。

一方、新通貨の発行は南北ベトナムの経済の平準化を大きく進めることになる。発表によると、新通貨は北ベトナムの通貨ドンと全く等価で交換される。言い換えれば北の一ドンは南の旧五百ピアストルになるわけだ。これまでの公定レートは一ドン＝三百三十ピアストル、実勢は百五十－二百ピアストルにしかならなかった。

今回の措置は南の通貨の大幅な平価切り下げであり、北ベトナムのドンは極めて優位に立つ。

最近、「ジャイホン（解放）」紙は、「経済を混乱させる買弁資本家のいないハノイの生活がなぜ貧しいのか」というサイゴン市民の質問を率直に載せ、力を込めて回答した。「北の人民はこの三十年間、あなた方を解放するために戦ってきた。生活の貧しさもそのために耐えてきた」。この回答はおそらくサイゴンを解放した北ベトナム、解放軍が大声で叫びたかったことに違いないが、サイゴン市民にとって、これを理解するのは難しいだろう。

革命政権は「南北統一を進めるためには経済の平準化を進めねばならない」と強調する。しかし、現状ではそれは南ベトナムの生活水準を強権的に切り下げ、南の富の一部を北に集めることを意味する。フィン・タン・ファト首相は通貨切り下げに際し「南の人民は節約生活を実施するよい機会である。無目的な消費をやめ、生産活動に従事することを考えよう」と呼びかけた。サイゴン市民は今、生活革命を要求されている。

「全国民の均しき貧乏化」ともいうべきこの経済政策は、極めて思い切った〝革命的政策〟といえるだろう。しかし、北の住民には歓迎されたとしても、サイゴン市民の反発は強かった。革命政権もそうした雰囲気を無視できなくなり、一部、政策の修正を始める。

▼表面化する不満

〔10月1日〕交換限度額十万ピアストル（約四万円）という厳しい通貨切り替えなど、思い切った社会主義化政策にサイゴン市民はパニック状態に陥っており、革命政権はその対策に追われている。わずか一週間で通貨の交換限度額は大幅に引き上げられ「買弁資本家を倒すには手荒なことも必要だった」と弁明する。また二十四日に公示された生活必需品三十五品目の公定価格は、主食の米や電気料金の大幅値上げを含んでいたため市民の猛反発を買い、わずか一日で撤回してしまった。これらは革命政権の準備不足とともに、サイゴンにおける〝革命の担い手〟の少なさ、を意味している。

通貨切り替えが始まった二十二日以降、サイゴンの商店街は大半が店を閉め、経済活動はマヒ状態。「長い間かかって貯めた金が紙くずになってしまった」と将来を悲観した一家心中も相次いだ。ことに華商の街ショロンでは自殺騒ぎが絶えず、大量の旧紙幣に火をつけて、焼身自殺をした金持ちも出たという。

こうした状況に一段と油を注いだのが、皮肉なことに「反買弁闘争の成果を守り、物価の安定を図る」目的で発表された米、砂糖、魚、たばこ、石けんなど生活必需品三十五品目の公定価格の義務付けである。二十四日夜から二十五日にかけて各新聞はもちろん各所に掲示されたが、市民が驚いたのは主食の米が二五％、台所燃料用の灯油が三五％、電気代にいたっては五〇％という大幅な値上げだったこと。「革命政権は市民を飢え死にさせる気か」といった声さえ出て、米屋の店頭で激しく抗議する主婦の姿も目立った。

市民の反発に、革命政権は直ちに臨時閣議を開いて対策を協議したといわれ、二十五日夜には広報車を繰り出して「米は元の値段で買える」と市内を流して回った。公式な撤回発表はまだないが、市民は公定価格は事実上、ご破算になったと受けとっている。

一方、通貨切り替えについては「十万ピアストル以上はすべて接収された」と感じる市民が多い。このため革命政府は二十八日、①百万ピアストル以下の現金を登録したものは、病気、結婚、葬儀または商売に必要といった状況に応じて全額引き出せる②百万ピアストル以上登録した個人は五十万ピアストルまでの交換を認め、企業であるなら必要に応じてさらにこれ以上引き出せる——というコミュニケを出した。一家族一律十万ピアストルまで、企業は五十万ピアストルまでという厳しい措置は、わずか一週間で修正されたことになる。

パニック状態にあった市民も、これらの修正措置で落ち着きを取り戻しつつあるが、革命政権の誤算の一つはサイゴン市民が予想以上、現金を持っていたことである。十万ピアストルの交換限度額でも、一般的にそう影響は出ないと踏んだようだが、チュー政権末期のインフレ傾向と将来の生活不安に対処するため、ごく普通の家庭でも三十万ピアストル程度の現金を持っていたのが実情。そのほか企業への交換限度制限によって、労働者に給与が支払えなくなる心配も出て、給与所得者を不安に陥れた。金持ち一掃には成功したものの、一般市民まで〝敵〟にまわす恐れがでてきたわけだ。

公定価格にしても「都市部の人口減らし」という大方針に力点がかかり過ぎ、当面の市民生活まで頭がまわらなかったようである。そのうえ、発表された公定価格でも実勢とは違うものも多く「革命政権はサイゴン市民の生活実態を知らない」との批判は強い。

こうした政策と実情とのズレは、新政権がまだあらゆる面で準備不足であり、政策を円滑に実施する行政機構も十分整っていないことを示している。もともと「サイゴン解放」は市民から盛り上がったものでなく、武力による〝解放〟だった。革命政権の政策はあくまで〝占領軍〟によるものだ、との感じ方がサイゴン市民には強い。通貨切り替え後、ヤミ市で名高いハムギ通りには札ビラを持った解放軍兵士があふれるなどの風景が、市民の反発に拍車をかけた。

サイゴン市民の反発が強まれば、革命の基盤は弱まるという認識から、革命政権はゴリ押しはやめ、抵抗が強ければ後退するという弾力的な戦術をとろうとしている。しかし、その背後には強力な軍事力が控えており、いつでも強権発動があり得る、ということを市民は十分に知っている。

▼国外退去命令

九月二十九日朝、臨時革命政府外務省の新聞局から呼び出しを受けた。「午後一時に出頭してほしい」というものだった。「退去命令だな」と感じとった私は、助手のトアン氏に通訳として同行してくれるよう頼んだ。

外務省の応接室にしばらく待たされると、ニャン大佐が、若い担当者一人といっしょに入ってきた。ニャン氏は陥落前からタンソンニャット基地の二者合同軍事委員会の革命政府代表団の一人で、陥落後も外国報道関係者の窓口となっており、新聞局課長といったポストにあった。ニャン氏は厳しい表情で英語で切り出した。

「ミスター・マキ、臨時革命政府は一ヵ月以内に国外に退去することを要請します」。

「なぜ私はサイゴンを去らねばならないのですか。理由を教えてほしい」。

「私たちはハノイに厳しく叱られています。理由はあなたが〝反革命的〟だということです。それだけです」。

何を反革命的だというのか。私はそれを聞こうと思ったがやめた。ニャン氏はそれ以上の説明をする権限はないだろう。私の記事の内容や検閲体制を無視した送稿方法などに、布告されたプレスコードに違反した部分があるだろう、という自覚はあった。しかし、革命政府のプレスコードは国内のメディアに適用されるものだ。外国のプレスがなぜそれに従わなければならないのだろうか。ましてや、「言論、報道の自由」はあらゆるプレスコードに優先するものだ、という思いがあった。

ちなみに革命政権が八月中旬に布告したプレスコードは次のように述べている。これはサイゴン・ジアディン地区軍事管理委員会が八月六日付けで発令したものの骨子である。

「新聞、出版物の発行は軍事管理委員会の文化情報省の管理下に置く。写真、音楽テープ、レコード、地図、カレンダー、ポスターなども含む」としたうえでつぎの五点をあげている。

一、南北ベトナムの統一に反対してはならない。政府と人民、軍を離反させてはならない。
一、ラオス、カンボジア、ベトナム三国の友好関係を離反させ、不信感を高めてはならない。
一、反革命の運動を支持してはならない。革命政府の外交政策に反対してはならない。
一、国防、経済などに関する機密や諸機関の会議や、裁判の内容を漏洩してはならない。
一、腐敗文化やベトナムの伝統文化、民族美に反する宣伝をしてはならない。

このプレスコードに従えば、「自由な新聞」の意味はない。革命下の自国のメディアを規制するのは勝手だが、これを守って送稿しようとすれば、「革命政府は〇日、こう発表した」と書くか、政党機関紙になるしかない。

「退去せよ、というのは臨時革命政府の命令ですか」。私は聞いた。ニャン氏の答えは「ノー。これは命令ではない。あなたに対するカインドリー・サジェスションである」。直訳すれば親切なる示唆。どう理解したらよいのだろう。前述したが、退去要請を拒否した米人記者は指定された日、武装兵士に両脇をかかえられバンコク行の航空機のタラップ上まで〝親切〟に運ばれた。見送りにいった私は、これを目撃していた。

後から冷静に思えば、ニャン氏はまさに「親切な示唆」をしてくれていた。「ハノイに叱られています」という表現である。退去要請は臨時革命政府の意志ではなく、ハノイ（労働党中央）に叱られた結果ということだ。また「叱られている」という現在進行形の表現は、過去、何度か叱られ、「まだ退去させていないのか」と今も言われているととれる。臨時革命政府の六周年パーティや解放戦線第三回大会の取材などを通じた記事に対して、〝スパイ〟の嫌疑がかけられていた、という三十年後のトアン氏の話を重ね合わせると、ニャン氏の真意がみえてくる。

たとえ、ハノイの党中央が私の記事を「反革命的」と判断したとしても、それを外国人記者に押しつける権利はないはずだ。退去要請を受けて支局に戻った私は、彼らの指示通りにバンコク行きの航空機に乗り込むわけにはいかない、と思った。そこで思いついたのが「ハノイ経由で国外に出たい」という要望書の提出だった。ハノイに行けば、当局に質問するチャンスがあるかもしれない、というかすかな期待もあった。私は要旨、次のような手紙を書いた。

「八月末、ハノイにホーチミン廟が完成した、とのニュースを新聞で知りました。故ホー・チ・ミン主席の指導の下で、ベトナムは長い間の念願だった〝自由と独立〟を勝ち取りました。このことは世界中が認め、バク・ホーに対する尊敬の念は高まっており、私もその一人です。出国に当たり、偉大なホー主席の廟にお参りする光栄をお与え下さいますようお願いします」。トアン氏がこれをベトナム語に訳し、その日のうちに臨時革命政府の外務省新聞局に届けた。〝ダメ元〟である。ホー・チ・ミンは廟の中で、サイゴンで進む事態をどんな気持ちでみているのか、本気で問いかけてみたい、という思いもあった。

翌三十日付朝刊に「本社特派員に国外退去要請」という見出しで、共同電のベタ記事が掲載されている。

［9月30日＝共同］南ベトナム臨時革命政府新聞局は二十九日、日本経済新聞の牧久サイゴン支局長に対し、一ヵ月以内に国外に退去するよう要請した。牧支局長が退去すれば、サイゴンに残る日本人特派員は読売、共同、NHKの三人だけとなる。
（注）読売の浜崎紘一支局長にも十月初旬、退去要請。

翌日からいそがしくなった。まず支局にやってきたのが第一区人民革命委員会の運輸担当小委員会代表という数人のグループ。支局の車（トヨタ・クラウン）と自転車二台は、私の退去後は同委員会が管理するので、だれにも売ってはならない、という。次にやってきたのが住宅小委員会の代表。支局内の机、イス、応接セット、書棚、台所用品などをたんねんにチェックし、リストを作る。続いて文化委員会。テレビ、ラジオ、書籍類から原稿用紙、エンピツにいたるまで支局内にあるものは一つ残らずリストアップしていった。

彼らはそれぞれのセクションで第一区人民革命委員会の署名の入った書類を作成した。その書類にはチェックした品物がすべて並べられ、「これらの品は、あなたが再びサイゴンに戻ってくるまで人民革命委員会があずかります」と記されていた。「没収」とか「接収」という言葉はどこにもない。私は支局の備品は、最後まで献身的に働いてくれたトアン氏とオバさんに、退職金の補塡分としてすべて譲ると約束していた。私の退去後は多分、委員会メンバーで山分けしたのだろう。

支局の備品は、先輩特派員から安く買い取るという方式で、代々引き継いできたものだ。個人の所有になっており、これが没収されても惜しくはない。だが、残念だったのは二百冊以上にも及ぶ「開高文庫」である。作家、開高健氏はサイゴン取材に訪れるたびに、持参した本や日本から送られてくる書籍を日経支局に残していった。前任の菅野氏はこれを「開高文庫」と名付けて、支局を訪れる在留邦人に開放していた。開高氏が執筆の際に使っていたサイン入りの電気スタンドまでが持ち出せなくなった。日本の書籍を接収しても意味はないのでは、と抗議したが、「旧体制下の出版物はすべておあずかりする」の一点張り。すべて焼却処分された、としか思えない。

考えてみれば、長い間のベトナム戦争も、表向きには民族の独立、民主ベトナムの建設であり、南の解放戦線の独自の戦いである、と世界に宣言してきた。再びサイゴンで仕事をする可能性は全くゼロ、といってもよい私に「おあずかりします」という人民革命委員会。ベトナム流の革命は末端にまで行き届いていたというしかない。

▼再教育キャンプ卒業式への招待

帰国準備を始めた十月初めのことだった。外務省新聞局から「再教育キャンプ」の〝卒業式〟を取材しませんか、とのお誘いの電話が入った。国外退去後、思想改造教育について悪意のある記事を書かれては困る、寛大な革命政権を宣伝するために〝洗脳〟の終わった「卒業生」に接触させておこう、という意図は容易に想像がついた。しかし当局公認の初めての再教育キャンプ取材である。〝洗脳教育〟の実態が少しでもわかるかもしれない、とこの企画に乗ることにした。サイゴンから送る最後の原稿になるかもしれない、との思いもあった。サイゴン北東にある旧政府軍海軍のソン・タン基地内で、〝卒業式〟は行われた。以下はそのレポートである。

［10月19日］六月中旬、十日間の予定で思想改造教育に連れ去られた南ベトナム旧政府軍将校のうち、約二百人（尉官、佐官クラス）がこのほど四ヵ月ぶりに〝釈放〟された。いずれも教育結果が「良好」と認められ、革命政権への忠誠を誓った人たちで、これまで各地に分散、政治教育を受けながら労働に従事していたという。しかし、帰宅を許されたといってもあくまでも〝仮釈放〟で、サイゴンでは各地区人民革命委員会の保護観察下にはいり、今後の言動のいかんによっては、再び再教育送りになる。記者はこれら旧政府軍将校の〝釈放セレモニー〟に招かれ、取材の機会を得た。釈放されたというのに旧政府軍将校たちの表情は一様に固く、だれに聞いても「チュー傀儡政権に協力した反省と革命政権の寛大さ、労働の尊さ」を同じ

ような口調で繰り返した。

セレモニーが行われたのはサイゴン北東約二十キロ、チューズック近くにある旧海軍のソンタン基地。再教育担当のダク・クン少佐によると、思想改造教育がどこで行われているかは秘密。教育結果が「きわめて優秀」で、帰宅を許されたものは、一旦このソンタン基地に送られる。ここで教育の仕上げを図るとともに、「健康の回復」を待って帰宅を許される。

帰宅を前に一枚の証明書が渡されるが、これには「再教育を一時、延期する」と記されている。クン少佐は「帰宅後、反動分子と接触したり、反動的な言動に及んだ時は直ちに再教育に戻ってもらう」と語っており、この釈放が思想改造教育の〝卒業〟を意味しないことを示唆している。釈放セレモニーは二日前にサイゴンの家族に手紙で知らされ、ソンタン基地には朝から多くの家族が出迎えに詰めかけた。

四ヵ月ぶりの再会というのに、雰囲気はぎこちなく、互いに顔を見合わせるだけで、周囲を気にしてか言葉もかわさない。式は革命政府側の「訓示」に続いて、釈放される側代表、父兄代表のあいさつと、さながら学校の卒業式。式のあと記者団に〝自由〟なインタビューが許された。

釈放者の話をまとめると、再教育の場所はタイニン省北西のカンボジア国境のジャングルの中。再教育はまず自分の住む家作り、ベッド作り、そして野菜栽培から始ったという。朝は全員が五時起床。自給自足のため開墾に従事しながら①革命政権の政策、②反革命の無意味さ、③ぜいたくな生活様式の放棄とベトナムの伝統に対する尊敬、④生産活動の尊さ――などの教育が連日続いた。

食事は毎日、ごはんとスープ、副食一品。病気になると解放軍の医師にみてもらい、休養をとることが出来た。教育にあたる解放軍は「きわめて寛大で、虐待などという事実は全くなかった」。毎日の労働と、繰り返し行われた政治教育で「人生を完全に変えることができた」とだれもが口をそろえ、〝革命のすばらしさ〟を繰り返した。

革命政権はこれまでも革命教育の成績が目覚しく、また革命政府、解放軍に身元引き受け人のある旧政府軍将校をポツポツと釈放してきたが、二百人近い大量釈放はこれが初めて。サイゴンの新聞、テレビもこの釈放セレモニーを、同日夕から大々的に取り上げ「寛大な革命政権」のキャンペーンを繰り広げている。

とはいえ、これまで帰宅を許された旧政府軍将校は全体のほんの一部で、中佐以上になるとまだ、だれも帰っていない。ほとんどの家族に最近、手紙が届いたが、投函場所は書かれておらず、いずれも「検閲済み」の印が押してある。ソンタン基地の正門前には、いつ帰るかわからぬ夫や息子を待って、毎日のように家族たちが詰めかけている。

▼革命政府当局の異例の送別会

退去要請を受けた人物や、海外への出国が許されたベトナム人のリストは、航空機が飛ぶ一週間前に外務省前の掲示板にはり出される。「ハノイ経由で帰国したい」という要望書への返事はなく、私の出国は十月三十一日のバンコク行きベトナム航空機と決まった。この便にチケットを自分で買って乗ることになる。国外へ持ち出せるドルの上限は六十五米ドルでそれ以上は没収。空港ではあずかり証は出ないところをみると、国外へ出る者は、まる裸になって去れ、ということである。

チケット購入も終ったころ、外務省新聞局から支局に電話があった。ズン・ジン・タオ局長が、送別の宴を開きたい、というのだ。サイゴン陥落後、多くの外国特派員が国外退去命令を受けたが、送別会への招待を受けたのは初めてであり、「ハノイ経由申請」に対する〝返答〟かもしれない、と思った。

出発前夜の十月三十日、私は通訳としてトアン氏を同行、指定されたサイゴン川に浮かぶ水上レストラン「ミーカン」に出かけた。この水上レストランは一九六八年のテト攻勢のころ、解放戦線のロケット砲撃を受け米軍人に多数の死傷者が出た場所でもある。タオ氏に同席したのは同局のニャン大佐、フン・ナム少佐の二人。タオ氏は南の出身で長い間、ジャングルで戦った解放民族戦線の闘士であった。

驚いたのは、タオ氏が「反革命」のレッテルをはられて退去命令を受けた私の手を握り、こう言ってくれたことである。

「あなたがサイゴンから送った一連の記事に感謝している。私はハノイに呼ばれ、あなたの記事のベトナム語訳を読んだ。そして厳しく叱られた。しかし私たちは、あなたが事実を書いてくれた、と思っている」。テーブルにはサイゴン名物のカニ料理、エビ料理が積まれた。サイゴン産のビール「33」を片手にタオ氏は、サイゴンを去る私に心を開いてよくしゃべった。私にはその時、タオ氏の真意がよくわからなかった。去る者に対する外交辞令の一つだと思っていた。

しかし、今から思えば、南の独自性を主張しながらも、急速にベトナム労働党の下に組み込まれる過程にあったあの頃、タオ氏の言葉には力を失くし、消え去る運命にあった南ベトナム解放戦線に対する思いがこめられていた気がする。

私は臨時革命政府のスポークスマンの役割を果たしているタオ氏と会えるこのチャンスを単なるお別れの食事会にするつもりはなかった。前日、トアン氏に私の質問状を渡し、食事の合い間、合い間に聞いてくれるよう頼んでおいた。質問内容はサイゴン陥落後半年、私の疑問を率直にぶっつけたい、と思った。タオ氏もそこはよく心得ていてすべての質問に真摯に答えてくれた。トアン氏は会が終ると、その一問一答を英訳し、私へのおみやげにしてくれた。バンコクに到着した私は、すぐにこの原稿を東京に送った。「臨時革命政府新聞局長へのインタビュー」である。タオ氏は、この時点ですでに南北統一の話し合いは着々と進んでおり、統一はそう遠くないことを十分に匂わせていた。

［バンコク10月31日］南ベトナム臨時革命政府の要請により記者（牧特派員）は三十一日、サイゴンを離れたが、これに先立ち臨時革命政府のスポークスマンであるズン・ジン・タオ外務省新聞局長と約二時間にわたって会見、解放後半年が過ぎた革命政府が、直面する内政、外交各分野の諸問題について率直な見解を質した。

タオ氏は南ベトナムが大量の失業者をかかえ、内政的に多くの困難に直面していることを認め、「党（ベトナム労働党）と政府はその解決に全力をあげている」と語るとともに、①南北統一を妨げる障害はない。双方が最善の状態で統一を図るべく話し合っている、②臨時革命政府の国連加盟申請は社会主義国、非同盟国の利益を守るものであり、純粋な内政問題である南北統一とは無関係である、③サイゴンの軍政は事実上、民政に移行している、④ベトナムの首都はハノイであり、サイゴンは将来、国際経済都市としての役割を荷うだろう——などの点を明らかにした。
一問一答の要旨次の通り。
問　解放後六ヵ月を振り返っての印象は。またその成果は何か。
答　長い戦争の後遺症で、解決すべき多くの難問をかかえていることは事実だ。しかし、多くの工場を再開し、爆撃で破壊された地域にも緑がよみがえってきた。米軍の〝戦略村計画〟で、都市に流入した難民の帰郷運動も進み、経済再建の根幹をなす。「新経済区」建設も軌道に乗り始めており、すでに三十万人のサイゴン市民が入植した。腐敗文化の一掃も進み、健康で独立、進歩的な文化が生まれつつある。あらゆる分野で真の革命の第一歩、を着実に踏み出している。
問　しかし、サイゴン市民の多くは依然、生活難に苦しみ、市民の不平、不満は一向に収まらない。こうした状況は今後の革命の障害になるのではないか。
答　革命政府が市民の生活難を解決するのに、多くの困難に直面しているのは私も認める。党・政府はこの解決に全力をあげているが、仏植民地主義、米帝国主義との三十年間に及ぶ戦争に比べ、この六ヵ月間はあまりに短い。もう少し長い目でみてほしい。長い間、米国援助の下でぜいたくの味を覚えたサイゴン市民の一部の不平、不満が革命政府の政策実行の障害であることは否定しない。しかし、最近は、不満分子だった市民が政策を理解し、問題解決に積極的に協力するケースもふえてきた。

問　ホーチミン市（サイゴン・ジアディン地区）軍事管理委員会はこの半年間、何度も民政に政権を委譲するといわれながらまだ実現しない。軍政はいつまで続くのか。

答　軍管委はまだ解決しなければならない歴史的任務があることは確かだが、その仕事は治安確保だけではない。革命政府の指示を実施する行政機関でもあり、同時に軍管委の下には各区の人民革命委員会がある。軍管委の仕事の大半は民政安定のための行政であり、その構成メンバーも革命政府と軍管委はダブっている場合が多い。実際はすでに民政に移行しているといってもよいわけだ。

問　南北統一の発表が近い、という観測が強いようだが…。

答　最近、グエン・フー・ト革命政府諮問評議会議長は統一問題についてこう述べている。ベトナムは歴史的に常に一つであった。統一は南北人民の悲願であり緊急の課題である。米帝国主義が去り、傀儡政権が倒れた今、南北統一を妨げる障害は何もない。南ベトナム共和国とベトナム民主共和国は間近に迫った統一に向けて、双方にとって最もこのましい状態で統一を図るべく、幾つかの特別の問題について話し合っている。これをそのまま私の答えにしたい。

問　臨時革命政府は国連加盟申請を出しているが、統一した場合、国連加盟はどうなるのか。南北両ベトナムの別々の国連加盟申請と、南北統一は矛盾するのではないか。

答　いまベトナムには二つの政府がある。臨時革命政府が国連加盟を望むのは社会主義国、非同盟国の利益と権利を守ることである。現段階での国連加盟申請は国際的な義務である。今年は米国の拒否権で加盟が妨げられたが、おそらく来年の国連総会にも加盟を求めるだろう。これは外交問題であり、内政問題である再統一とは全く別の話だ。

問　統一の際、革命政府外務省はどうなるのか。またハノイとサイゴンの関係は。

答　統一後、もちろん外務省は首都ハノイに移る。しかしすべての行政府がハノイに移るわけではない。南の特殊な問題を解決するまえの行政府はサイゴンに残るだろう。サイゴンはきわめて重要な国際経済都市になる。タンソンニャット空港は国際空港となり、国際線はハノイでなくサイゴンを経由することになるだろう。

問　このほどハノイに日本大使館が設置され、経済協力協定も調印された。だが、臨時革命政府と日本の外交関係はまだ樹立されていない。日越関係をどう考えているか。

答　ベトナム戦争において日本政府は一貫して米国の政策に追随し、チュー政権にテコ入れをしてきた。最近も米国との関係を一段と強め、東南アジア全域への影響を強めようとしている。日本政府は解放寸前まで、われわれを〝ゾー・コールド（いわゆる）〟付きで呼び、革命政府代表団の日本入国を禁じてきた。解放直後に革命政権を承認したとはいえ、その基本的な姿勢、考え方は変っていない。日本政府は過去の政策に責任を感じるべきであり、われわれは日本に援助を頼もうとは思わない。

問　私はいま革命政権の要請で出国しようとしているわけだが、「報道の自由、言論の自由」を革命政府はどう考えているのか、聞きたい。

答　これまで世界中で起きた革命で、その直後にサイゴンほど多くの報道関係者が残ったところが他にあるだろうか。どこの国でも革命政府は、まず報道関係者に即時国外退去を命じた。われわれはそうしなかった。あなたは現にここで、自由に記事を送ってきたではないか。国内でも「チンサン」（モーニングニュース）のように市民が発言できる新聞の発行を認めている。ただ、事実を歪曲した報道だけカットしている。日本人記者の中にも、サイゴンを去ったあと、革命政府に対し悪意のある記事を書いている人がいることは残念である。

革命政府のスポークスマンの発言としては、異例の率直なものだったと言ってよい。特に「タンソンニャット空港は国際空港となり、サイゴンはきわめて重要な国際経済都市になる」という発言は多くのサイゴン市民の願望でもあった。中国における「香港の役割」である。臨時革命政府もそう期待していたとみてよいが、その期待も裏切られることになる。実現に向けて動きだすのは、ドイモイ（刷新）政策によって解放経済が進む一九九〇年代まで待たねばならなかった。また、南ベトナムでは、米国の存在と援助の下で、十分ではなかったとはいえ、「言論・報道の自由」や「民主主義と人権」などに対する理解は一般市民にまで及んでいた。タオ局長の発言にあるように、私の取材記事に対しても、直接的な圧力はなかった。むしろ臨時革命政府がハノイからの圧力に対して〝防波堤〟となってくれていたのではないか、とも感じた。

別れ際、タオ新聞局長は私の手を握り「今度、あなたがサイゴンを訪れる時、あなたが書き続けた混乱はなくなっているでしょう」と静かにほほ笑んだ。しかし、その混乱がなくなるまで、あまりに長い時間と、さらに多くの犠牲が必要だったのである。

十月三十一日朝、トアン氏やオバさん家族、同じビルに支局がある共同通信の佐々木支局長らに見送られて、タンソンニャット空港に向かった。赴任以来八ヵ月、空港内部にまで足を踏み入れるのは初めてである。空港のすみのあちこちに残る米国製戦闘機の残骸が、陥落直前の爆撃や戦闘の跡をとどめていた。通関に当たるのは北ベトナム人民軍の階級章をつけた軍服姿の兵士たち。完全武装の警備兵が各所で警戒に当たっている。私の所持品は衣類の入ったトランク一つ。その中に入れてあった写真類、未現像のフィルムなどはすべて没収され、カメラのフィルムも抜きとられた。文化財の持ち出しも厳禁とかで、家族へのおみやげに買い求めた小さなうるし塗二点と、アオザイ人形だけが持ち出しOK、となった。所持金は三十米ドル。係官が腕を組んで見守る机の上に、全財産を並べた。これだけあればバンコク空港から日経支局までのタクシー代にはなるだろう。「着のみ着のまま」とは、こういうことをいうのだと実感として思った。嵐のようなサイゴン生活八ヵ月が終った。

第八章　ベトナム社会主義共和国とホーチミン思想

▼統一への布石　経済面から

十月三十一日昼すぎ、バンコクに到着、市内のホテルにチェックインして三十分も経たない頃、部屋の電話が鳴る。「東京からです」。東京本社？　それにしても早いな、と思いながら受話器をとると「毎日の古森です。ご苦労様。サイゴンからの君の原稿読んでいます。直近の市民の雰囲気、聞かせてもらえませんか」。さすがの敏腕記者。私が宿泊するホテルや到着時間まで取材済み。部屋で一息ついた頃を見計らったような電話だった。三年以上も毎日のベトナム特派員を務めた古森義久氏（現・産経ワシントン駐在特別編集委員）、私より二月ほど早くサイゴンを退去、東京に戻っても、ベトナムから脱出してきた人たちの取材を続けているのだろう。サイゴンの実情を広く知ってもらうよいチャンスでもある。競争相手とはいえ、生死をかけたベトナム特派員の、仲間意識もある。私はできるだけ詳しく、退去前のサイゴン市民の表情を話した。

夕刻、バンコク支局に立ち寄ると、本社からの新しい指令が待っていた。

「シンガポールに新しい支局を開設し、東南アジア全体をみながら、ベトナムの今後もウォッチせよ」。バンコクで二週間の休暇をとった後、シンガポールに向かう。私はバンコクから、サイゴン出国前の取材をまとめて「解放ベトナムの経済政策」について以下の原稿を送っている。

［バンコク＝11月5日］解放後半年、南ベトナムでは戦後の混乱期をようやくくぐり抜け、新しい経済政策の方向も、徐々にではあるが輪郭を現してきた。南北統一への布石として、北に追いつくための社会主義化が押し進められる一方、すでに貿易面ではハノイを窓口にした一体化が実現、南北経済は一体のものとして扱われている。経済面での再統一は着々と前進しているようである。

九月から始まった買弁資本家撲滅の嵐と、同月下旬の通貨改革は、従来の資本主義的生産方式に決定的な打撃を与えた。買弁資本と認定された企業は相次いで接収され、完全国有化されるか、または政府管理、組合管理となった。ことに繊維メーカーの「ビミテクス」「ビナテコス」などをはじめ大企業の国有化はほぼ完了。革命政府の発表によると、全企業の七割がこうした「社会主義的形態」に変ったという。残る三割は大部分が個人経営による零細なもので、将来は南ベトナムから「民間企業」は消えるだろう。

日本との合弁企業であったベトナム・ナショナル、ベトナム・サンヨーなどの電機メーカーも政府管理のもとで生産を再開している。サイゴンを秘密裏に訪れたファン・バン・ドン首相、レ・ズアン労働党第一書記ら北ベトナムの首脳もナショナルの工場をひそかに見学した。両工場で今後、生産する電機製品は東欧諸国などへの輸出も考えているという。外国資本、買弁資本が残した生産手段はそのまま最大限に活用する、というのが革命政府の方針のようである。

買弁資本撲滅は旧特権階級をほぼ完全に追放し、また通貨改革は一般市民に動揺を与えたものの、結果的には当初のねらいであった金持ち階級の一掃に成功した。こうした中で、革命政権は最近、「民族資本の擁護、育成」を強調、生産向上へ向けたPRを始めている。また、農作物、海産物、手工芸品の輸出振興をはかり、七六年は七五年の二―十倍の生産向上を図ると言明している。チュー政権下に外国資本によってつくられた生産手段についても、社会主義化して最大限活用し、サイゴンを中心とした南部に今後、ベトナム経済の重要な役割を担わせようとしていることは間違いない。

一方、海外貿易もしだいに復活、サイゴン、ダナン、カムランなどには中ソ、キューバなどの船が姿を現し、取引もぼつぼつ開始された。サイゴンには「水産物輸出入公社」をはじめ鉱業、林業、工芸品などの貿易に関する公社が相次いで発足している。政府筋によると、これらはすべて北の下部機構であり、貿易に関するあらゆる決定権は北の対外貿易省にある。各公社の幹部は同省から派遣されており、貿易に関する限り、臨時革命政府には何らの権限もない、という。

農業政策に関しては、「新経済区」の建設は都市人口の分散と失業対策がねらいであり、家屋建設用地と農耕用地を与え、自活できる自作農を作ることにある。一九五〇年代に北が進めた「合作社」作りを強引に進めると、自作農の多い南ベトナムではかえって反発をまねく懸念がある。このため「合作社」作りには臨時革命政府はやや消極的で、いくつかの新経済区で「共同農場」を作り、試験的に合作社作りを進める方針のようである。

ベトナム労働党内ではすでに南北経済は一体のものとして扱われており、北ベトナムのレ・タン・ギ副首相（経済担当）は七六年から始める第二次経済五ヵ年計画（一九七六―八〇年）に「南の経済再建」を組み込む意向を表明、南の協力を求めているという。

通貨切り替えの際、ベトナム国立銀行のチャン・ズン総裁は「経済的統一のため、南ベトナムの新通貨は北の通貨と等価にする」と発表、南の平価切り下げを行おうとした。しかし、経済の実績からすれば、南の方がはるかに強く、対等の交換は行われず、通貨改革前と同じ比率に落ち着いた。同総裁も「政府の新決定があるまで」とこれを認めざるを得なかった。南北の経済格差の調整、という大きな問題が残されているとはいえ、経済面からみた南北統一の布石は着々と打たれているといえよう。

▼シンガポールからみたベトナム

新支局開設を命じられたシンガポールは私にとって未知の国。前途が思いやられたが、シンガポールには朝日の林理介氏、TBSの原沢弘氏、NHKの飯田睦美カメラマンら陥落前、サイゴンに応援に来ていた顔見知りの特派員が多数いた。「遅れて出てきた」私を、ベトナムの〝戦友〟として歓迎してくれた。支局開設は、彼らの応援を得てきわめてスムーズに進んだ。

そのころからベトナムでは政治的な統一の動きもピッチをあげ始めた。九月二日にハノイで開かれた建国三十周年の式典で、ファン・バン・ドン北ベトナム首相は「ベトナムは一つの国に二つの政府があるだけだ」と語り、チュオン・チン労働党政治局員（国会常任委員会議長）も「統一は今や現実のものである」と演説した。南の臨時革命政府の中にある「南北の間にはまだ様々な問題が横たわっており、南北統一には時間をかけるべきだ」との意見も力で押し切ろうとしていた。だが、解放戦線や臨時革命政府の実態は虚構に近く、北の傀儡的存在だったとしても、なんらかの手続きなしにこれを消し去ることは難しい。臨時革命政府を承認した国は、サイゴン陥落前でも八十ヵ国を超えており、解放後も承認する国が相次いでいたのである。

シンガポールからみていると、改めて臨時革命政府と北ベトナムの「同時国連加盟申請」の意味に気がついた。この加盟申請は、ベトナム国内ではいっさい表に出なかった。これほどの大ニュースをテレビも新聞も報じなかったことは、前述した。しかし、外の世界に出てみると国連の安全保障理事会での米国の拒否権発動が、世界的には大きな話題を呼んでいた。安保理に続いて国連総会でも南北ベトナムの国連加盟が否決されたことを、各メディアは大きく報じていた。結果的にみれば、これが南北統一の動きを加速させる転機になったとみることもできる。国連という場で米国は、南ベトナム臨時革命政府の存在を認めなかった。ベトナムに二つの国の存在が認められないとなると、早く一つの国になればよいではないか。臨時革命政府の消滅は米国が拒否権発動をしたせいだ、と強弁することも可能になってくる。

「米国は拒否権を発動することによって結局、臨時革命政府つぶしに手を貸したんですよ」

というシンガポールの外交関係者の解説がなるほどと思えてくる。ここまでの読みがあっての国連加盟申請だとなるとハノイの外交的手腕に感服するしかない。南北両ベトナムが相次いで国連加盟を申請した、というニュースが国内で流れれば、南北統一はまだ先のことだとベトナムの人々は思うだろう。国内向けには一斉オフレコにし、国際的には米国がこれをつぶした、というアリバイを認知させることにその目的はあった、と考えればそのねらいがみえてくる。

▼南北統一文書に調印

支局開設の挨拶などで走り回っている矢先の十一月中旬、通信社電は、サイゴンのタンソンニャット空港に北ベトナムの要人が次々と降り立っていることを伝えた。十五日から始まる「祖国統一政治協商会議」に出席するためである。この会議には、南北両政府の首脳合わせて五十人が総ぞろいする、という大がかりなものだった。

北側の代表団長はレ・ズアン第一書記に次ぐ労働党内序列第二位のチュオン・チン政治局員。そのほか政治局員のホアン・バン・ホアン国会常任委員会副議長、バン・ティン・ズン人民軍総参謀長ら大物が勢ぞろい。南側の代表団長は労働党の南のトップ、ファン・フン氏。フィン・タン・ファト首相やグエン・フー・ト諮問評議会議長ら首脳陣がほぼ全員出席する。

この席上で、チュオン・チン北代表団長は、初めて「早期の南北統一」を決めた七月の労働党第二十四回中央委員会総会の決議を公表する。そして「北の祖国戦線と南の解放戦線を統合、合併して、新たな祖国戦線とする」という解放戦線の〝発展的解消〟を打ち出したのである。この会議は二十一日まで続き、最終日にはチュオン・チン、ファン・フン両代表団長が「全会一致で採決された」という共同コミュニケと、「国会統一に関する諸問題」と題する文書に調印する。

その内容は①憲法、法律、国家組織、経済機構、税制、貨幣などの完全な南北統一、②北の祖国戦線と南の解放戦線の統合、が中心。同時に「統一政府とその他の国家行政上の指導的諸機関の選出に当たる統一国会を開くため、総選挙を実施する」方針を打ち出した。席上、チュオン・チン氏は「早期に新政府を樹立して統一ベトナムの国名、国章、国旗、首都を決める」とも述べた。ベトナムは統一国家樹立に向けて一気に動き始めたのである。

〔シンガポール＝11月21日〕十五日からサイゴンで開かれていた南北ベトナム再統一のための政治協議は二十一日終了、民族の悲願であった祖国統一のスケジュールが煮詰まってきた。関係筋によると、今月中にも統一のための総選挙の時期が発表され、早ければ解放一周年を迎える来年（一九七六年）春には、統一が実現するとみられる。

南北統一は解放直後からベトナム労働党の全面的な指導のもとに、着々と推し進められており、すでに軍事、貿易、教育、行政などの面では事実上の統一がなされている。今回の政治協議は、統一の形式を整えるための一種の手続きである。これによって南ベトナムにおける社会主義建設はさらにピッチを早め、同時に南ベトナム臨時革命政府と解放民族戦線はその役割を終え解消することになる。長いベトナム戦争の経緯からみて、こうした事実を国の内外に納得させるための手続きと儀式はどうしても欠かせないものであった。

今回の政治協議の特徴は、北の代表がベトナム労働党ナンバー2のチュオン・チン北ベトナム国会常任委員会議長（党政治局員）であり、南の代表がファン・フン労働党南部委員会書記長（同）であるということだ。ファン・フン氏はかつての北ベトナム副首相。一九六七年、突如姿を消したが、サイゴン陥落後の戦線祝賀会に南のナンバーワンとして登場した。南北ベトナムの代表団の政治交渉といっても、実質的には労働党内部の話し合いといってもよく、統一への過程が同党の主導権のもとに行われていることを示している。筋書きは交渉が始まる前に書き終えていた、とみてもよい。

解放後のサイゴンでは一貫して「改革の先頭に立つべき臨時革命政府の不在」がささやかれてきた。フィン・タン・ファト首相もグエン・フー・ト諮問評議会議長も儀礼的なレセプションや祝賀会には姿をみせても、内政面ではほとんど表面には出なかった。南ベトナムの解放は「ベトナム労働党の指導の勝利」（ボー・グエン・ザップ北副首相兼国防相）であった。臨時革命政府は解放戦争で戦術的に一定の役割を果たしたとはいえ、「一つのベトナム」という視点からみれば、いずれ消滅すべきものだった、といえよう。

南ベトナム臨時革命政府といえば、一九七三年のパリ和平協議では一方の当事者である。「南の正統な合法政府」という暫定憲法を持ち、世界八十数ヵ国が承認した政府を、役目が終ったからといって、使い捨てるように一挙に消し去ることはできない。こうした意味で、ベトナム労働党にとって、臨時革命政府がある種の重荷になっている、との見方が強かった。解放後、実際にはレ・ズアン党第一書記をはじめファン・バン・ドン首相、ボー・グエン・ザップ国防相など北の首脳が相次いでサイゴンを訪れ、統一の基礎固めを行ってきたが、これらがすべて秘密裏だったのも、治安上の問題だけでなく、国際世論をおもんぱかってのことだった。

その間、国内的には新しい地図に「首都ハノイ」を明記し、軍旗は金星紅旗（北の国旗）に統一、教育、文化面でもハノイ化を推し進めた。サイゴンで行われる各種の行事では、北の国歌がまず演奏された。また買弁資本家の追放、通貨改革による金持ち階層の一掃など経済体制の社会主義化が強力に推進された。各省庁などの行政機構においても、責任者のほとんどが「北」に置き換えられ、外務省の高官などは「臨時革命政府外務省はハノイ外務省の出先」と言い切っていた。すでに南ベトナムでは北との一体化が大幅に進んでいたといってよい。

しかし、こうした実質的な統一が進むにつれて、臨時革命政府の〝虚構〟と矛盾は増幅した。その最大の弊害は行政機構のムダ、非能率、官僚主義化である。臨時革命政府、軍事管理委員会、各区の人民革命委員会は行政的に併存しているのに、幹部の多くは兼務者が多い。事務的には各機関を通すことになり、一つの案件を処理するのに多くの署名をもらわなければならず、すべてに時間がかかりすぎる。市民の不満は大きくなるばかりだった。十月中旬、「サイゴン・ジャイホン」紙などは

「人民の気持ちをあまりにも無視した行政機関の幹部の官僚主義」に対し、「いまや敵は行政のムダと非能率である」とのキャンペーンを連日展開するほど。早急に行政を一元化する必要性が、ここにきてあわただしく統一を急ぐ理由の一つでもある。

もう一つの、そして最大の理由は、「独立、民主、平和、中立」を憲法にうたう臨時革命政府が名目的にでも存続することは、それでなくても不満分子が多いサイゴン市民に「南の独自性」への期待を抱かせ続けることになるということだろう。反革命のうわさはいまだに絶えない。このため労働党の内部でも「革命に非協力的な市民に、南北統一と社会主義化の必要性を思い知らせ、歴史の歯車が逆には回らないことを自覚させるには、まず統一の時期をはっきりと市民の前に示すことだ」との声が高まっていた。

今回の政治協議では、統一への緊急かつ重要な問題として、民主的な総選挙を実施することおよび国会の議員定数、総選挙の時期を決めることなどが明らかになっている。また、この総選挙で選ばれた議員で構成する国会で統一ベトナムの憲法を起草するという。臨時革命政府の解消と統一のための総選挙は、労働党の一党独裁体制を一段と強化するためのものであり、〝統一劇〟の最大の儀式となるだろう。

問題は総選挙をどんな形で実施できるか、ということである。サイゴン市民は解放後の混乱をようやく抜け出し、落ち着きを取り戻しつつある。といっても、現実に展開されている「北による南の支配」に対する反発は依然、根強い。南が社会主義建設の段階に入ったといっても、資本主義的要素は色濃く残っており、革命政府の物価政策の失敗もあってインフレ傾向が続いている。また、市民の多くは「失われた自由」を口にするなど、南北の格差は各方面に大きく残っている。

こうした状況で、南北を統一政府のもとに置くには、かなりの強権が必要になることは避けられない。現段階では、南ベトナムを武力解放した圧倒的な軍事力のもとに、これを実現することは不可能ではないが、そうなれば南ベトナムの人々はさらなる苦痛を味わうことになる。

この「祖国統一政治協商会議」が、北の労働党中央がすでに決定している「南北統一」を形式的に承認するものであることは、だれの目にも明らかだった。北の代表団長が労働党政治局ナンバー2のチュオン・チン氏、南がファット首相でなく労働党政治局ナンバー4のファン・フン氏であったことが、これを如実に示していた。要するに労働党内の内部会議にも等しいものだった。南の臨時革命政府の閣僚たちは「解放戦線解体」を決めるこの会議にどんな気持ちで出席していたのだろう。南の法相として参加したチュオン・ニュー・タン氏は

「私の同僚と私にとって、わが方の利益のためと称する奇妙な茶番劇を見つめて、死にたくても死にきれない人々のただ中にいる思いであった」と書いている。

彼によると、この会議でチュオン・チン氏は「南北の間にどのような差異があろうとも、そうした差異は軽減し、無にするように努める」「今、最も重要で、しかも最初に講じなければならないことは、統一政府を樹立することである」と演説する。これに対して南を代表してファン・フン氏は「南の代表団は、北の代表団によって提案されるすべての措置を全面的に支持し、同意する」と述べたという。根回しはすべて終っていた。異議をとなえる代表はなく「シャンシャン会議の満場一致」で一九七六年春、統一のための総選挙の実施が決まったという。解放戦線と臨時革命政府にとっては「全面降伏」の調印式だった。

▼総選挙のための人口調査

この政治協商会議によって、その後のベトナムの運命は決まった。サイゴン陥落一周年までに総選挙を実施し、南の社会主義化を力ずくで推し進めることになる。ハノイの指導者たちは、サイゴン解放で自信にあふれていた。数ヵ月で私企業を廃止し、銀行を国有化し生産も流通も社会主義経済計画にもとずくものとなった。新経済区建設では多くの都市失業者を農村に〝下放〟し、「合作社」作りも進み始めた。新政権に反発する市民は「再教育」という名の収容所送りとなり、密告、人民裁判も当たり前となっていた。

こうした雰囲気の中での「総選挙」は、新権力の監視下の総選挙であり、北の共産主義体制へ忠誠を誓うかどうか、の信任投票でもある。しかし、民主的な手続きを踏んだ、という実績を、世界中に発信しない限り、「南ベトナム臨時革命政府」という「一つの国」を消し去ることはできない。総選挙を実施するための選挙人名簿を作るためには、南の国民一人一人を登録させる必要がある。この名簿作りこそ労働党が南の人々を支配、管理するための有力な〝武器〟となるのである。

選挙人名簿作成という名目での人口調査が始まった。この調査はそれぞれの地区の人民革命委員会が中心になって、各地域に作られた隣組組織を総動員して行われた。調査用紙には家族の姓名、年齢、性別、国籍、種族（ベトナムには少数民族が多数存在する）、職業、仕事の場所、宗教に至るまで細かな記入が要求される。全市民が〝丸裸〟にされ、その資料を人民革命委員会が握ることになった。

人権尊重が当然の民主国家であれば、こうした人口調査は「個人情報の秘匿」を前提に、当然のことであり、現に日本でも数年ごとに「国勢調査」を実施している。だが、この調査に対するサイゴン市民の反発は強かった。新政権は解放後、旧政府軍将兵、警官、官僚などの登録を求め、それによって「再教育」用のリストとした。人口調査に応じた人には、新しいIDカード（身分証明書）が発行される。登録を拒否して潜伏していた「反革命分子」もあぶり出せる。調査を進める過程で、新政権の不平、不満分子も浮き上がってくる。

中でもこの調査に不安を抱いたのは中国系ベトナム人だった。当時、ベトナムの華僑人口は百四十万人。ほとんどが南に居住し、全ベトナム人の約五％を占めていた。その半数はサイゴン市の中華街ショロンに住んでいた。チュー政権は強制的にベトナム国籍を取得させ、兵役の義務も課した。臨時革命政府は国籍選択の自由を約束していたが、この人口調査は事実上、ベトナム国籍の取得を求めた。「買弁資本家撲滅」もショロンの中国系ベトナム人に向けられたものだ、という受け止め方が強かった。国籍欄にどう書くか。この調査でのベトナム国籍の取得の強要が、その後、多くの華僑が国外脱出を図る引き金となったのである。

もう一つが職業欄だった。陥落後、街にあふれた失業者たち。働く場所はない。「無職」と書けば、強制的に「新経済区」行きを命じられるのではないか。市民の多くはそれを恐れた。こうした反発を無視して、人口調査は進んだ。ベトナムに住む限りそれぞれの人民革命委員会の地区末端組織の監視から逃れられない。逃れようとすれば密告や人民裁判が待ち受け、再教育キャンプ送りとなる。総選挙は、統一ベトナムを作る「民主的手続き」というより、南を支配することになったハノイ労働党を信任するかどうかの〝踏み絵〟の役割を持っていた。

年が明けた一九七六年三月二十五日、有権者名簿が、四月五日には候補者名簿が発表され四月二十九日に南北両ベトナムで一斉に投票が行われる。発表によると、ベトナム全土での投票率は九八・七七％、サイゴン市内は九八・一％、信任率は北のトン・ドク・タン大統領九九・三五％、レ・ズアン労働党第一書記が九九・七六％。南ではグエン・チ・ビン女史（臨時革命政府外相）の九七％を筆頭に、グエン・フー・ト議長九五％、フィン・タン・ファト首相、ファン・フン政治局員なども九〇%を超える信任率で当選した。投票結果はサイゴン解放一周年の四月三十日に公表され、この日、独立宮殿前広場では十万人の市民が集って一周年を祝った。この総選挙について「棄権した者は米などの配給切符が没収される、という強権措置がとられた」との証言もある。選挙は、「食べることを放棄するかどうか」の選択でもあった。

▼「ベトナム社会主義共和国」誕生

この選挙結果を受け一九七六年六月二十四日から、ハノイのバディン会堂で南北統一のための国会が開かれる。そして七月二日、「ベトナム社会主義共和国」が誕生した。南ベトナム臨時革命政府が継承するはずだった「ベトナム共和国」は公式に消滅した。統一国家の国旗は、ベトナム民主共和国(北)の金星紅旗であり、国歌も北の「軍隊行進」となる。首都はもちろんハノイだが、この国会でサイゴンは「ホーチミン市」と正式に改名される。その理由について「サイゴン・ジアディン地区の人民は、ホー・チ・ミン主席に対する無限の気持ちを表明し、ホー主席の名をつけた都市になることを切実に望んでいる」と国会決議は述べている。

人事でもトン・ドク・タン大統領、ファン・バン・ドン首相、チュオン・チン議長ら北の首脳陣の大部分が統一ベトナムの首脳としてそのまま留任する。南のグエン・フー・ト諮問評議会議長は副大統領に、ファン・フン氏は第一副首相に、フィン・タン・ファト首相も副首相に就任するが、その役割はほとんど形式的なもので実権はなく、一、二年後にはそれぞれ閣僚名簿から消えていく。「北」による「南」の吸収合併であり、吸収された側の首脳の末路の象徴でもあった。

同年十二月、ベトナム労働党の第四回大会が十六年ぶりにハノイで開かれる。この大会で同党は「ベトナム共産党」と名称を変える。かつてホー・チ・ミン主席は「インドシナ共産党」を「ベトナム労働党」と変更し、共産党員だけでなく、幅広い市民を結集した統一戦線をめざした。南を完全に制圧したこの時点で、統一戦線は不要と判断したわけであり、共産党の一党独裁体制が名実ともに確立したわけである。当然のことながら南ベトナム解放民族戦線も〝用済み〟となり、一九七七年一月、北のベトナム祖国戦線に吸収され、消滅した。南部ベトナムには共産党の幹部党員が大挙送り込まれ、政治も経済も、文化も牛耳って社会主義化が強引に推し進められた。

総選挙へ向けた準備が進む四月十日、南ベトナム臨時革命政府はサイゴンに残っていた共同通信、NHK、AFP通信の三人の記者に対し、投票終了直後の五月第一週で支局オフィスを閉鎖するよう要請する。統一後のサイゴンには外国プレスの存在は認められないということである。これを要請した臨時革命政府も同時期に消え、サイゴンからの情報は、その後はボートピープルで脱出した人々などの断片的なものに限られてくる。陥落後六ヵ月間に私が目撃した社会主義化政策が、閉じられた世界の中で有無をいわせぬ形で進むことになる。

▼〝解体〟された解放戦線の実態

一九六〇年十二月の結成以来、十五年余にわたって軍事介入を続ける米軍やグエン・バン・チュー政権とゲリラ戦を展開してきた南ベトナム解放民族戦線は、サイゴン陥落からわずか一年余でアッという間に解体され、北の祖国戦線に吸収合併されてしまった。民族解放の〝主役〟を務めてきた解放戦線の出番は全くなかったといってもよい。「米国と戦う民族解放の旗手」はまぼろしだったのだろうか。最大時、五十四万人もの米軍が南ベトナムに上陸し、ナパーム弾や枯葉剤の雨の中を、一歩も退かないゲリラ戦を展開する姿が、テレビを始めとするマス・メディアに報じられ、世界中で支援の輪が広がった時代もあった。しかし、サイゴンに〝入城〟した解放軍の実態は北ベトナムの正規軍だった。解放戦線は最初から〝まやかし〟の存在だったのだろうか。私は陥落後、解放戦線系といわれる人たちに、何度もこの疑問をぶっつけた。

「いや、そうではありません。あの一九六八年のテト攻勢までは、南ベトナムでの戦いの主力は、南出身者を中心に組織した解放戦線でした。だがあのテト攻勢は軍事的にみれば大失敗でした。解放戦線は米軍・政府軍の反撃で壊滅的な打撃を受けたのです。北からの支援が急速に拡大したのは、テト攻勢後のことです」。多くの解放戦線関係者はこう証言した。

一九六〇年に旗揚げした解放戦線の主力軍は六二年に二万三千人、六四年には三万四千人に増える。自衛民兵と称するゲリラ部隊を含めると六四年の時点では、米国の推定でも約十四万人。北から南に送られた支援部隊は五年間合計しても四万人程度だったという。「南の解放は、一義的には南の任務である」と強調していたハノイの労働党は、南に送り込んだ兵員のほとんどが南の出身者であり、北出身者の投入を避けていた。「北からの侵略」と強調する米国の介入を抑えるためにも、それは必要なことだった。

解放戦線は年々、その支配地域を広げ、一九六四年三月には「南ベトナムの農村の四〇%は解放戦線の支配下にある」（米・マクナマラ国防長官報告）といわれていた。この年の八月、トンキン湾事件が起きる。北ベトナム沿岸をパトロールしていた米国の駆逐艦が二回にわたって北ベトナムの魚雷艇による攻撃を受けた、とされる事件である。米国はこれをきっかけに北爆を開始すると同時に、本格的な介入に乗り出す。これがいわゆるベトナム戦争本格化の発端だった。

ベトナム戦争終結後、米国が公表した数字によると、この戦争の犠牲者は、戦闘による直接死者数が南ベトナム政府軍二十四万一千人、民間人四十一万五千人、米国軍人、民間人五万六千五百五十五人、韓国、オーストラリアなど同盟軍六千人。北の民間人三万三千人。北ベトナムと解放戦線の兵士は百万人プラスアルファ。合計数は少なめにみても百七十万人、全体としては二百万人に近い。負傷者は米国人三十三万人を含めて四百万人を超えている、という。南では米軍はピーク時五十四万人を投入してB52による空爆を繰り返し、ジャングルをナパーム弾で焼きつくし、枯葉剤を撒いて解放戦線のゲリラ戦に対抗した。

こうした戦闘が続く中、解放戦線は一九六八年一月のテト（旧正月）の休み期間をねらって、南ベトナム全土で突如、一斉攻撃に出た。一月三十一日から三月三十一日にかけて南ベトナム四十四省中の三十六都市、六自治市のうちの五市、二四二の町のうち、六十四町にある米軍、政府軍の司令部、基地、飛行場を標的とし、解放戦線八万人以上を動員した奇襲攻撃であった。

サイゴンでは一月三十一日深夜、大統領官邸に十四人、米大使館には十九人の解放戦線ゲリラがB40ロケット砲と爆弾を持って突入する。また政府軍、米軍の司令部があるタンソンニャット基地には解放軍三個大隊が同時攻撃をかける。しかし、大統領官邸、米大使館では警備兵や救援部隊によって全員が射殺され、タンソンニャット基地でも強い反撃に遭い退却する。他の都市でもユエで二週間にわたって市街を占拠したほかは、全面的に敗北する。このテト攻勢による解放戦線側の死者は三万人。六千人が政府軍などの捕虜となった。解放戦線は、ゲリラ部隊が突入すれば、各都市の市民が一斉に蜂起し、あとに続くだろうと考えていた。だが、都市の制圧はできなかったばかりか、市民の蜂起もなかった。大変な誤算であり、これをきっかけにした政府軍、米軍の反撃でこの年の解放戦線側の戦死者は十八万一千人に達したといわれている。

解放戦線の痛手は大きかった。指導部も兵士も、戦いを継続することさえ、危ぶまれる壊滅状況に陥った、といわれる。南の土着のゲリラの中核部隊に大きな犠牲が出たことによって、ハノイの労働党中央も「南の解放は南出身者の手で」とは言っておれなくなったのである。南の最高責任者となったファン・フン氏が北ベトナム副首相リストからはずれ、南下して解放戦線の指揮にあたることになったのはテト攻勢直前の一九六七年だった。この事実からみると、テト攻勢は解放戦線独自の戦略・戦術ではなく、北の労働党中央と打ち合わせ済みだったとみてよい。これ以降、解放戦線における北出身者の比率が急激に高まったという。最終的には南の解放勢力の三分の二は、北ベトナム軍が占めるようになっていた。

北出身の将兵が、国境であるベンハイ川を越えて南に入る際は、北正規軍の肩章をはずし、解放戦線と一体になるよう指示されるのは、テト攻勢以降のことだ、と関係者の一人は語った。それでなくても、米軍の大量投入による攻撃で、南の解放戦線兵士には多くの犠牲者が出ていたのだ。結果的にみれば、テト攻勢の失敗による解放戦線の弱体化は、サイゴン解放後、抵抗もなく臨時革命政府と解放戦線を消滅させることに〝貢献〟したともいえるだろう。

同時に、このテト攻勢は、米国の世論に大きな影響を与える。ジョンソン大統領を先頭に米国政府は「南ベトナムの情勢は有利に展開している」と国民に言い続けてきた。そんな中での、サイゴンの米国大使館へのゲリラ部隊の突入であり、南ベトナム全土の都市でのゲリラ攻勢である。テレビなどの報道で連日、この模様を見せつけられた米国市民の間では、政府とその政策に対する不信感が高まり、反戦運動が一段と盛り上がる。これをきっかけに、ベトナムからの撤退の動きが加速した。皮肉なことに歴史的にみれば、テト攻勢の失敗がハノイ労働党にとって大きなプラスとなったとも言えるのである。

このテト攻勢を指揮した北ベトナムのボー・グエン・ザップ将軍は、次のように総括したという。「都市住民の一斉蜂起はなかった。都市部でのゲリラ戦は極めて難しい。農村地区へゲリラの浸透はできても、都市部でゲリラ戦が完全な成果をあげることはできない。しばらくは慎重な政治活動が必要であり、地下組織の維持に全力をあげるべきだ」（ジェラール・レ・クアン著『ボー・グエン・ザップ』）。ザップ将軍は、テト攻勢の失敗から学んで、その後、都市部での戦いをゲリラ戦から正規戦へ切り換え、その準備を進めたのである。一九七五年の北ベトナム正規軍の総力を結集した「ホーチミン作戦」に至る一連の戦略・戦術は、テト攻勢の失敗が生み出したものといってもよい。当時、私も含めた日本の報道は「ベトナム戦争イコールゲリラ戦」のイメージが強く、北ベトナムが機動部隊を中心とした正規戦の準備を着々と進めていることを見落としていた。

▼「すべてホー・チ・ミンのおかげ」

解放後、サイゴンで進んだ社会主義革命は、マルクス・レーニンのイデオロギーはほとんど登場せず、語られるのは「バク・ホー（ホーおじさん）はかく語りき」であり、すべてが「偉大なホー・チ・ミン主席のおかげです」ということだった。マルクス・レーニン主義や毛沢東主義などと並んで「ホー・チ・ミン主義といわれるような革命理論や革命思想がバク・ホーにはあったのか」と聞くと、だれもが顔を見合わせる。にこやかなバク・ホーの肖

ベトナム社会主義共和国のすべての紙幣にホー・チ・ミンの肖像が印刷されている。

像画、と「独立と自由ほど尊いものはない」という言葉以上のものは北から来た幹部たちの多くも知らない。しかし各レベルで、サイゴン市民からの突き上げがあると「バク・ホーはそう言っている」と逃げるのである。

サイゴン陥落直後から、市内のあちこちにバク・ホーの山羊ひげの肖像画が掲げられ、横断幕などに「独立と自由ほど尊いものはない」という語録の大洪水となった。あらゆる行事や市民運動にバク・ホーが登場した。街の清掃を市民に求める告示では「ホーおじさんの町をきれいにしよう」であり、幼稚園から大学まで「ホーおじさんの恩を忘れてはなりません。ホーおじさんはベトナム民族のため、革命のために働き、その生涯を捧げました」「ホーおじさんの指導の下で、私達は正義の旗を掲げ、アメリカ帝国主義を打ち破りました。ホーおじさんの教えを守り、ホーおじさんのような人間になりましょう」と訴えかける。

幼稚園や小学校では「ホーおじさんを称える歌」が始業前に合唱された。少年少女のホーチミン先鋒隊が、各地区で組織され、赤いスカーフを首に巻いた隊員が学校でみんなのあこがれの的になる。そして北からやってきた新しい先生がこう教えた。「バク・ホーのおかげで、みんなが平等の社会になり、アメリカもこの国から逃げ出しました。家に隠したお金やお米は、みんな届け出なければなりません。それをみんなで等しく分け、みんなが豊かになるのです」。親たちの隠匿物資摘発を勧めるこうした教育で、子供たちのためにわずかな米を床下に隠していた母親が、子供に訴えられた、などというケースも相次いだ。

思想改造のための再教育キャンプでも「ホー・チ・ミンの思想」が繰り返したたき込まれたという。しかし、教える側がホーチミン思想を理解していたか、というと疑わしい。サイゴン市民にしてみれば、ホーおじさんがどう言ったのか、検証する手だてはない。陥落前のサイゴンでは、北の労働党や〝ベトコン〟に対する拒否反応は強かったが、ホーおじさんは「民族主義者であり、愛国者である」と親しみを持つ文化人や一般市民は多かった。革命政権がサイゴン市民に自らの権力行使を正当化するには「ホー・チ・ミンがこう言っている」と言うしかなかった、というのが実情だろう。新国家建設の準備は全くないままに、サイゴンを武力解放したわけである。

▼ホーチミン思想

前述したように、南北統一が成ると、一九四五年にホー・チ・ミンが名付けたといわれる

「ベトナム民主共和国」は「ベトナム社会主義共和国」となる。幅広い統一戦線をめざし、「インドシナ共産党」という名称を「ベトナム労働党」と変えたにもかかわらず、再び「ベトナム共産党」に変更する。一九七六年十二月に開かれた同党第四回大会では「ベトナム革命は民族解放の段階から社会主義段階に移行した」ことを確認。ベトナム全土は一体となって社会主義国家建設を遂行、共産党は「国家と社会を指導する唯一の勢力」となる。党は実質的に国家より上にあることになったわけで、文字通りの一党独裁体制の成立である。

そして党指導部は一九五〇年代に北部で実施した社会主義改造政策を、南部にも機械的に実施しようとした。陥落後、私が国外退去を命じられるまでサイゴンで目撃した一連の政策が、一段と強制的に党の政策として推し進められた。党の幹部の多くは、一九五四年のジュネーブ協定後に北に結集した古い党員が中心。南ベトナムの人々は、生産手段や生産物を国家に取り上げられ、経営の自由を失い、耐乏生活を強いられる。後継者であるレ・ズアン第一書記を中心に進められたこれらの政策は果たして〝バク・ホー〟の遺志だったのだろうか。

ホー主席はテト攻勢が失敗に終った翌年の一九六九年九月二日に七十九歳で死去する。しかし、ホー・チ・ミンは毛沢東やレーニンと違って、「思想家でも理論家でもなく、体系的な著作を残していなかった」（坪井善明著『ヴェトナム新時代』）。しかし、ホーチミン思想という言葉がサイゴン市内でもひとり歩きした。それは、それぞれの人が考えるホーチミン思想であり、断片的な「ホー語録」を勝手に解釈しているとしか思えなかった。バク・ホーは自らの遺志に反して、時の権力に神格化され、利用されたともいえるだろう。「死人に口なし」だった。

彼が死去した九月二日はベトナム民主共和国の建国記念日。労働党中央は、ホー主席の死を伏せ九月三日に死んだ、と発表するところから虚偽が始まる。後継者となったレ・ズアン第一書記は、四通あった遺書のうち一通だけを、数箇所カットして、公表した。闘争を鼓舞する部分だけだった。肝心な部分が公表されたのは死後二十年たった一九八九年のことである。

隠された遺書には「遺体は火葬にしてその灰は三つに分け、北部、中部、南部の三ヵ所の丘陵に埋葬してほしい」「丘陵には石碑や銅像を建てず、訪れた人々が休むことができるよう簡素な建物を建て、まわりには植樹をしてほしい」「戦争に勝ったら貢献した農民の農業税は一年間免除するように」などとあったのである。彼は初対面の人が「主席」とか「閣下」とか呼びかけると、「私をバク・ホー（ホーおじさん）と呼んでくれませんか」と微笑みをたやさず、「お願いした」という。神格化や個人崇拝を人一倍嫌ったバク・ホーの遺言を無視したレ・ズアン第一書記らは、彼の遺体を防腐処理して保存し、サイゴン陥落後の一九七五年八月、ハノイに巨大な「ホーチミン廟」を建設する。バク・ホーはモスクワの「レーニン廟」のレーニンと同じ〝神様〟になったのである。ホー・チ・ミンに対する尊敬から、というよりも、南北統一後の「国民の団結」のためには、南北両ベトナム人の間に根強いバク・ホー人気を利用せざるを得なかったため、でもあった。

私も二〇〇五年、サイゴンを再訪した際、ハノイに立ち寄り、ホーチミン廟に〝お参り〟

ホーチミン廟（2005年、著者撮影）

した。退去要請を受けた時、「ハノイ経由でホーチミン廟にお参りしてから帰国したい」という要望書を出してから三十年が過ぎていた。広い建物の前には、若い観光客たちの行列ができていた。廟に入る時はカメラ持参も許されず、遺体の前には一人ずつしか近づけない。棺の周囲は数人の儀仗兵が銃をささげ、うやうやしく警備しており、「神殿」そのものである。ホー主席の遺志は「革命に神格化は必要ない。個人崇拝はやめよ。豪華な葬儀でムダ遣いはするな」ということを求めていた。その願いは実現しなかった。

「火葬した灰を南北ベトナムと中部高原の三ヵ所に」という願いについても、その真意は、「南北に長いベトナムは北と南では、生活も文化も、言語も考え方も違いすぎる。それぞれの地域の特殊性を十分に考慮し、新しい国造りにあたれ」と言ったのだ、と解説する人は多い。しかし、後継者たちは一気に南北を統一し、北の政策を、経済的にも大きな違いのあった南に押しつけ、画一的な統一ベトナムを実現しようとしたわけである。体系的な著書がないのを幸いにバク・ホーの後継者たちは、遺言を隠し、その断片的な語録を都合よく解釈していったと言われても仕方がないだろう。

▼「共産主義者か、民族主義者か？」

ホー・チ・ミンは長いベトナム戦争で「独立と統一」のシンボルだった。彼の語録の真っ先にあげられる「独立と自由ほど尊いものはない」という言葉は、戦争が激化した一九六六年七月の国民への呼びかけの中で使われた。「戦争は五年、十年、二十年、それ以上長引くかもしれない。しかしベトナム人民は恐れない。独立と自由ほど尊いものはない。完全な勝利の日がきたら、わが人民は、わが国土をより立派に美しく、再建するだろう」。この呼びかけは、対米戦争で犠牲者が相次ぐベトナムの人々の大きな支えになった。

「ホーチミン思想」とは何なのか。バク・ホーは米国の言うように、ソ連や中国など共産主義陣営の手先であるコミュニストだったのか。それとも民族の自立、独立を目指す愛国的な民族民主主義者だったのか。歴史にはもちろん「もし……」はないが、バク・ホーがサイゴン解放時まで生きていたら、その後のベトナムの歴史はどう変わっただろうか。当時、サイゴンの文化人やジャーナリスト、解放戦線系の人たちの中には「バク・ホーは生粋の民族主義者であり、愛国者だった。彼が生きていたら南の実情を理解し、その独自性を尊重していただろう」と期待を込めて語る人が多かった。

ホー・チ・ミンは一八九〇年、ラオス国境の山岳地帯に近いゲアン省で生まれ、二十一歳でフランスに渡る。一九一九年のベルサイユ講和会議でウィルソン米国大統領に「安南人の祖国解放のための八項目要求」を提出し、有名となる。その時、使った名前はグエン・アイ・コック（阮愛国）だった。その後、ソ連や中国を転々とし三十年たった一九四一年、ベトナムに帰国しベトナム独立同盟（ベトミン）を結成する。その生涯についてはナゾの部分も多く、「放浪の革命家」ともいわれ、彼が生涯に使った偽名は数十に及ぶともいわれている。フランス共産党の創設にも参加したマルクス・レーニン主義者だが、当時、階級闘争至上主義が主流の国際共産主義運動の中で、「民族独立」という民族階級闘争に重点をおき、コミンテルンの中ではいつも主流からはずれていたという。

一九四五年八月、日本の敗戦によりホー・チ・ミンの指導するベトミンは一斉蜂起（八月革命）し、九月二日、「ベトナム民主共和国」が誕生する。この時、彼が起草した「独立宣言」は、一七七六年のアメリカ合衆国の独立宣言を引用し「地球上のすべての民族は生まれながらに平等であり、生存する権利、幸福かつ自由である権利を持つ」と述べ、さらに一七八九年のフランス革命時の人権宣言からも引用し「すべての人間は生まれながらに自由かつ平等な権利を持っている」と訴えている。階級闘争至上主義でなく、民族解放を重視したホ

ホー・チ・ミン像（ホーチミン市役所前）

ー・チ・ミンは、若いベトナム人共産主義者たちから公然と、修正主義者だと批判された時代もあった、という。

ホー・チ・ミンに心酔し、生涯を軍人として解放闘争の先頭に立ったボー・グエン・ザップ将軍は、ホー主席の〝哲学〟について、その著『忘れられない年月』の中で次のように語っている。

「ホー主席は常に、民の力量と民の精神に依存しなければならない、民に頼るということは民の幸福を考えることである。国民が幸福を享受できないのならば、独立に何ら価値はない、と語っていた」。

「国民の幸福。それはこの偉大な指導者がいかなる民族も生きる権利、幸福になる権利、自由になる権利を持っている、と独立宣言で掲げた言葉である。それがホー主席の理想であり、また心からの願いであった」。

ディエンビエンフーの戦いの総司令官としてフランス軍に勝利し、またサイゴン解放のホーチミン作戦を指揮したザップ将軍は、もともとは高校の歴史教師。軍人歴はなく、ホー・チ・ミンと出会うまでは高校生を相手にフランスの歴史を教えていた。作家、フー・マイの聞き書きによるこの一節は、ザップ将軍が「ホー主席は民族主義者であり、真の意味の民主主義者だった」と理解していたことを物語っている。

ベトミンを結成したホー・チ・ミンはその闘争方式に、一貫して幅広い統一戦線方式を採用し、共産主義路線の色あいをできる限り薄めようとした。そのために、「インドシナ共産党」を名乗っていた党名を「ベトナム労働党」と変えたのである。「少なくとも出発点のホーにとって共産主義は、あくまでも民族独立の手段だった」（松岡完『ベトナム戦争』）といえるだろう。これが「ホーチミン思想だ」と言いながら日一日と〝神格化〟の度合いを強めていった後継者たちをバク・ホーは「ホーチミン廟」の中から複雑な思いでながめていたに違いない。

▼ドイモイ（刷新）へ

サイゴン解放から十一年経った一九八六年、後継者のレ・ズアン第一書記が死去したあとの第六回党大会で、グエン・バン・リン党書記長は「ドイモイ（刷新）路線」を宣言する。①食料の増産、②消費物資の生産拡大、③輸出商品の拡大、など改革がやっと進み始めた。

ドイモイ路線は経済の分野だけではなく「党の思考方法、組織、幹部の刷新」などから、「古くさい保守的な考え、教条主義、主観主義、いままでの慣習にこだわることなどとの戦い」も含まれていた。一九八九年、ソ連邦が崩壊すると、ベトナムも社会主義経済から市場主義経済への移行が避けられなくなり、ドイモイが加速する。ベトナム共産党にとってはあいまいだった「ホーチミン思想」の理論化が、改めて必要になってきた。

一九九一年の第七回党大会では、それまで党の理論付けを行ってきた「マルクス・レーニン主義研究所」を「マルクス・レーニン主義ホーチミン思想研究所」と改組することを決める。その五年後、第八回党大会で「ホーチミン思想」の定義を①マルクス・レーニン主義の創造的適用、②より広い人類文化への開かれた視座、③ベトナムの民族的伝統文化の継承――などと決める。ホーチミン思想とは「原理原則に縛られないきわめて柔軟な物の考え方」であると定義した、といえるだろう。これによってホーチミン思想はマルクス・レーニン主義を超えた「世界的視野に立つ哲学」となり、この公式解釈をすべての高校、大学で教えることになった。

哲学者や思想家ではなかったとしても、ホー・チ・ミンは多くの人を魅了する人柄を持った「革命家」であった。イデオロギーに固まった原理主義者ではなく、ベトナムの民族的な文化伝統（儒教、仏教、道教などの伝統）を継承した「スケールの大きな知識人であった」。それがこの公式解釈で初めて認められたということである。サイゴン解放後、二十年間にわたって推し進めてきたソ連流の革命路線を変更し、ドイモイ路線に切り換えるために、国民を説得する〝武器〟として再度、「ホーチミン思想」に頼らざるを得なくなった。「状況の変化に応じて融通無碍」ともいえるホー・チ・ミンの革命戦略を、今度はドイモイ推進に生かそうというわけである。

▼大先輩の示唆

「虎口を脱しておめでとう。近く大兄を訪ねたい」――シンガポール支局を開設した直後の一九七五年十一月、日経の中国問題の専門家で大先輩の鮫島敬治編集委員（のち日経専務・故人）からこんな葉書を受け取った。鮫島氏は一九六四年日中記者交換の第一陣として北京に赴任。文化大革命の最中、紅衛兵運動や壁新聞攻勢などの生々しい動きを伝えてきた。当時、新人記者だった私にはあこがれの先輩だった。彼は六八年六月六日、「資本主義国家の資産階級の反動記者が、長期計画的組織的にわが国の情報を窃取した」というスパイ容疑で逮捕、拘束され、一年半にわたる獄中生活を過ごす。六九年に釈放後、国外追放となった。毛沢東体制が終焉した後、北京政府は鮫島氏に謝罪し名誉回復を図るが、それは一九七七年九月のことである。この頃はまだ〝事件〟の尾を引きずっていた。

鮫島氏のシンガポール到着二日前のことだった。支局に「タス通信シンガポール特派員」という名刺を持った二人の大柄なソ連人（当時）が訪ねて来る。ベトナムの情勢について私に質問をするので、あいまいに返事をしていたら「鮫島さんが近くシンガポールに来るらしいですね」と切り出してきた。鮫島氏とは北京時代からの知り合いだという。「鮫島さんが来たら話を聞きたいので会わせてくれませんか」。それが目的だったようだ。「鮫島さんがシンガポールに来ることを、どうして知ったんですか」と聞くと「東京情報ですよ」という。「鮫島さんに話しておきますから」といって引きとってもらった。

チャンギー空港に鮫島さんを出迎えると「取材旅行だといっても、本当は君に会って話したかったんだ」といつものように目を細めながら、手をにぎりしめてくれた。「君が送ってくる原稿を読みながら、ハノイの共産党は君を放っておかないだろう、と心配していたんだ。拘束されずに国外退去になってよかったね。君の取り扱いをめぐって党中央と南の臨時革命政府の間で様々な意見があったと思うよ」。私はタス通信の二人のことを思い出し名刺を渡すと「あいつらシンガポールにいたのか」と吐き出すように言う。「時間がとれそうにないと伝えてくれ」。北京時代に何があったのかは説明しなかった。

その夜、食事をしながら長い間思っていたことを率直に聞いた。「サイゴンから検閲を無視して原稿を送る時、いつも鮫島さんのことが頭に浮かびました。鮫島さんは帰国後も拘束されたことについて弁明していないし、中国公安の取り調べや獄中生活について一切、記事にしていない。新聞記者として書くべきではないのか。今でもそう思っているんです」。彼はこう答えた。「中国の文化大革命は歴史に咲いた〝あだ花〟だと思う。いつまでも続くわけではなく、いずれ正常化する。日中の長期にわたる友好関係はどうあるべきなのか、その中で新聞記者の役割は何なのか、そんなことを考えているんだ。歴史を長い目で見る、ということも必要だと思う。いずれわかってもらえる時がくる、と思っているよ。何年先になるかわからないがね」。

鮫島氏は「これからのインドシナ情勢の取材」について、時間をかけてレクチャーをしてくれた。それが目的で、彼はわざわざシンガポールまでやってきたのかもしれない。私の当時のメモによると、鮫島氏のレクチャーの内容は次のようなものだった。

「米国をベトナムから撤退させ、サイゴンを解放する過程で、ハノイの労働党は、中ソ両国の対立の狭間をうまく泳ぎわたってきた。中ソ両国にとって米帝国主義と戦う北ベトナムや南の解放勢力を支援する価値は大きかった。民族解放の旗手はわが国だ、と東側諸国や非同盟諸国に示す大きな宣伝材料になるからだ。しかし、統一後のベトナムは、激しく対立する中ソとの関係をどう保っていくか、ハノイにとっては難しい選択を迫られるだろう。インドシナにおける中ソの覇権争い。これがベトナムの将来を決めることになるだろう」。

「今後のインドシナ情勢を考える時、君も常に頭に入れておいていたほうがいい〝原則〟がある。それは難問が山積して政策論争が深刻化すると、必ず『社会主義原理派』の左傾イデオロギーが台頭してくるということだ。強硬派が多くなると『原則は明確に、適用は柔軟に』という統一戦線論は片隅に追いやられ、埋没していくことになる。世界の覇権をめぐる争いの現実は、クールで冷徹なものだということを忘れてはならない」。

社会主義国の覇権をめぐって、中ソの対立はピークに達しようとしていた時代だった。その後、中ソ対立の谷間で揺れ動いたインドシナ半島の現実は、鮫島先輩の指摘がきわめて正鵠を得ていたことを示している。ソ連政府直属の通信社であるタス通信のシンガポール支局の二人が、鮫島氏に会いたがったというのも、この地域で激しい情報戦が繰り広げられており、〝鮫島情報〟に接触したがっていたことを物語っていた。

▼中ソ対立の狭間で

一九七六年、南北統一が実現すると、ベトナム戦争中、表面化しなかった中ソ対立の構図がインドシナ半島を覆い、統一ベトナムは中国との対決姿勢を強め、急速にソ連へ傾斜していく。ホー・チ・ミンはスターリンを「世界革命の指導者」、毛沢東を「アジア革命の指導者」と呼び、中ソ等距離外交を維持してきた。民族独立のためには両国の援助が欠かせなかったためである。ところが、一九六九年、中ソ国境のウスリー川・ダマンスキー島（珍宝島）の国境線をめぐって、中ソ両軍が武力衝突する。この頃から中国は秘かに米国との接近を図り、「米中接近」が進む。対米戦争を戦うベトナムは次第にソ連依存を強めざるを得なかった。

ベトナムの歴史をみると、秦の時代から中国の支配下にあった。一八三八年、中国から独立した後も、歴代の中国王朝による侵略と戦いながら、実質的には中国への朝貢関係が続いてきた。一九世紀後半、フランスの侵略が始まると、ベトナムは清朝に救援を要請する。清仏戦争で清は破れ、ベトナムはフランスの植民地になる。ホー・チ・ミンの民族独立闘争の根底にはこうした歴史が反映しているといえるだろう。一九六五年以降、米国の軍事介入下で、社会主義陣営の盟主を自認する中ソ両国は、ベトナムを自陣営にとりこもうとする。ベトナムは問題ごとに中ソ両国の〝いいとこ取り〟をしながらうまく等距離を貫こうとするが、国際状況はこれを許さなくなってきていた。

一九七五年四月十七日、サイゴン陥落より二週間早く、カンボジアではクメール・ルージュによりプノンペンが陥落。ラオスでも八月二十三日にパテト・ラオによってビエンチャンが陥落する。ラオスには人民革命党によって「ラオス人民共和国」が、カンボジアではカンプチア共産党による「民主カンプチア」が、そしてベトナムでは「ベトナム社会主義共和国」がほぼ前後して成立。インドシナ半島は一つの社会主義圏となった。

カンボジアの実権を握ったクメール・ルージュのポル・ポトは、一九七五年六月、北京を訪問し、毛沢東と秘密会談を行う。中国は八月、カンボジアに対する大規模な経済援助の供与を約束した。中国にとってはソ連へ傾斜しようとするベトナムへの牽制もあった。そして中国は一九七八年五月、ベトナムに対する援助供与の一部を破棄する。これに対してベトナムは同年十一月、「ソ連・ベトナム友好協力条約」を締結、ラオスとも「ベトナム・ラオス友好協力条約」を結ぶ。インドシナ半島はベトナム、ラオスのソ連陣営と、中国陣営のカンボジアの二つに分断された。「ホー・チ・ミンの後継者たちが我々に与えてくれたのは、再び外国をありがたがる国だった。ただ、今は、アメリカがソ連に取って代わっただけであった」（チュオン・ニュー・タン氏）。

▼カンボジア侵攻

一九七八年十二月二十五日、ベトナム軍は国境を越えてカンボジアに侵攻、わずか二週間でプノンペンを制圧し、親ベトナムのヘン・サムリンを首相とする「カンプチア人民共和国」を発足させる。ポル・ポト派はタイ国境沿いのジャングルに逃れた。ベトナム政府は、カンボジア侵攻の理由を①非人道的なポル・ポト政権に抵抗するカンボジア人民の要請によるもの、②ポル・ポトによるベトナム侵略に対する自衛の反撃、などと説明し、正規軍のほか民兵も含め十万人を超える軍隊を投入した。これをみた中国は一九七九年二月、「懲罰」と称して人民解放軍六十万人を国境を越えてベトナム北部全省に出撃させる。二十日間の限定的な「懲罰攻撃」だったが、ハノイは「全人民軍事化、全人民武装化」の総動員体制を敷く。戦後復興に取り組むどころか、再び戦時体制に逆もどりしてしまったのである。

ベトナム軍の軍事支援を受けたヘン・サムリン軍は、カンボジア領内における実効支配地域を拡大していった。一方、ポル・ポト派は中国からの武器援助を受けながらタイ国境近くやタイ領内にその拠点を移す。中国からの武器援助は中国とタイの秘密協定によって中国船で武器、弾薬をタイの港に運び、そこからタイ軍が食料や医薬品などとともにタイ・カンボジア国境付近のクメール・ルージュのキャンプに運び込んだ。インドシナ半島の混乱はタイにも及んだ。

ベトナム軍のカンボジア駐留は一九八九年、ソ連の崩壊によって東西冷戦が終結するまで十年間にわたって続く。この時、カンボジアの戦闘に狩り出されたベトナム兵の多くが、旧ベトナム政府軍兵士だった、という証言は多い。彼らは再教育キャンプから〝釈放〟されても、新たにつく仕事もなく、家庭も崩壊している者が多かった。やむなく徴兵に応じ、カンボジアのジャングルで長期の兵役につく。カンボジア侵攻は、国内的にみれば、〝ポル・ポト征討〟という大義によって、国内不満分子に「兵士」という食い扶持を与え、不満のホコ先を国外に向ける役割も担っていた、といえるだろう。ベトナム軍の死者は二万五千人に達した。ベトナム社会主義共和国は、建国直後から、中ソ対立という国際情勢に翻弄され続けた。

後にファン・バン・ドン首相がフランスのジャーナリストのインタビューに答えたように「戦争をしかけるのは簡単だが、国家を運営していくのは戦争を続けていく以上に難しい」ことだったのである。統一ベトナム初代の首相に就任したファン・バン・ドン氏は、その後のベトナム経済沈滞の責任をとる形で一九八四年に引退した。

第二部

歴史に翻弄された人たち

第一章　ボートピープルの画家

▼死線を越えて

一年余をシンガポール特派員として過ごした私は一九七七年春、古巣の東京本社社会部に復帰する。その年の秋、成田新空港の開港担当キャップを命じられ、千葉県・成田に常駐することになった。成田・三里塚に羽田空港に代わる新しい国際空港の建設が決定してから十年余。地元の農民や過激派学生の激しい反対闘争が繰り返され、予定より大幅に遅れたものの、やっと開港にこぎつけようとしていた。開港予定日は七八年三月三十日。建設計画が決った直後の立ち入り調査から始まって、事あるごとに成田取材を続けてきた私にとっては、成田取材の〝総仕上げ〟でもあった。

開港予定日を目前にした三月二十六日。成田市内の各所で各セクトが大規模な反対集会を開いた。日経からも社会部、写真部合わせて八人の取材陣を送り込んでいた。この日の集会のメインは三里塚公園。ヘルメットにゲバ棒で〝武装〟した約八千人を前に、パレスチナゲリラのスカーフをなびかせた反対同盟の戸村一作委員長は「これはデモや集会ではない。戦争である。ベトナムの人民は勝利したではないか」と激烈なアジ演説を行っていた。戸村委員長は三里塚交差点わきの農機具商。クリスチャンであり、もの静かな温厚な人柄の老人だった。私は度々、取材で自宅を訪れ、秘かに〝三里塚のホーおじさん〟と呼んでいた。

「今日はいつもと違ってボルテージが上がっているな」と思っていると、手にした携帯無線から「キャップ、大変です。管制塔が襲われています」という興奮した声。車に飛び乗ると、滑走路を突っ切って、管制塔方向に急いだ。

空港内のマンホールから次々と飛び出した赤ヘル姿の約二十人は、火炎ビンを投げ付けながら、一気に管制塔ビルに突入した。うち六人が最上階の窓ガラスを破って、最終調整段階に入っていた管制室の機器類をハンマーで破壊する。突入したのは第四インターを中心とした学生たち。警察当局の調べでは、学生たちは空港の地下構造図を秘かに入手。使用開始前の下水道の狭いトンネルに、遠く離れた空港外のマンホールからもぐり込み、匍匐《ほふく》前進しながら空港内にたどりついたのだった。

ベトミン軍はディエンビエンフーの戦いで、縦横に掘り進めた地下トンネルを活用し、仏軍を破った。南ベトナム解放戦線も、サイゴン西方約七十キロのクチから総延長二百五十キロに及ぶ地下トンネルを掘り進め、その出口はサイゴン川まで達していた。過激派学生は、〝敵〟が建設した下水道を利用したのだ。警備当局も全く想定していなかった〝ゲリラ作戦〟である。私は原稿を送りながら、ベトナムの戦闘を想い出していた。この事件で「成田開港」は、五月二十日まで延期される。

成田空港の運行が軌道に乗り始めた一九七九年春、名古屋支社報道部デスク（次長）を命じられた。「日経」は当時、大阪で印刷した早版をトラックで名古屋に運び、読者に届けていた。八〇年秋までに新社屋を建設、現地で印刷を開始し、最新の紙面を名古屋の読者に届けようという計画で、新聞界の現地印刷のはしりだった。現地で印刷するからには、社会面には名古屋地域のニュースを、ということで東京、大阪の社会部から記者が送り込まれることになった。

新任の部長は、政治部筆頭デスクだった山岸一平氏（のち日経メディアマーケティング社長）。山岸氏は一九六八年、豪州・キャンベラで開かれたＡＳＰＡＣ（アジア・太平洋閣僚会議）に出席する三木武夫外相（当時）に同行。帰路、バンコクに立ち寄り、テト攻勢を避けてサイゴンから避難していた酒井辰夫氏に会う。山岸氏にとって酒井氏は二年先輩の政治部記者。この時、酒井氏は「おれはベトナムを取材するためにサイゴンに派遣されたのだ。危険だから避難せよというのは納得できない」と編集局長、外報部長あての〝直訴状〟を山岸氏に託した。山岸氏は中川順編集局長（のちテレビ東京社長）、小島章伸外報部長（のち市況情報センター社長）に手紙を渡し、酒井氏の気持ちを伝えた。酒井氏の帰任は認められたが、殉職は帰任、数日後のことだった。「僕があの手紙を届けず、彼の気持を伝えなかったら酒井先輩は死なずにすんだかもしれない」。山岸氏は今でも悔やんでいる。

名古屋での社会面作りが安定してきた一九八三年六月中旬のことだった。机の上に積まれた原稿を読み始めた夕方、電話が鳴る。

「デスク！　シドニーの大沢さんから電話です」。大沢水紀雄・シドニー特派員（のち日経監査役）は、社会部の大先輩でもある。今ごろ何だろう、と思いつつ受話器をとると、挨拶もそこそこに「牧くん、ベトナムのトアンというの、知ってるか。君の助手をしていたというのだが……」「よく知ってますが、トアンがどうかしたんですか」。

「さっき雨の中をドブねずみのようなかっこうをして支局に飛び込んで来てね、カンノやマキは、サイゴンでのファミリーだ、と興奮して繰り返しているよ。ボートピープルとなってシドニーの難民キャンプにたどりついたらしい。どうすればいいんだ」。

私は一瞬、言葉を飲んだ。ボートピープルの話は、社会面でも度々あつかったが、その頃はやや下火となっていた。陥落後八年もたって、なぜあのトアン氏が……。多分、他のボートピープルと同様、トアン氏も着のみ着のまま、命がけの脱出劇だったのだろう。大沢氏は海外支局はプラハに次いで二度目で、当時、支局の助手は会社の雇用契約ではなく支局長との個人的な契約になっていることをよく知っている。会社としてトアン氏に対し、公式にやってやれることはない。
「大沢さん、まことに申し訳ありませんがトアンに話を聞いて、文化面の読み物にでもしてもらえませんかねえ。彼はちゃんとしたジャーナリストですし、話は信用していいと思います。そして〝原稿料〟という形で少しでも応援してやってもらえれば有難いんですが……。私も文化部のデスクにプッシュしておきますから」。
「確かにそれしかないな。わかった」といって大沢氏は電話を切った。それから数日後の六月二十三日、日経の文化面の随筆に「死線越えた自由への船出」と題したトアン氏の原稿が掲載される。多分、トアン氏の話や彼のメモをもとに大沢氏が書いてくれたものだろう。筆者（チャン・バン・トアン）の肩書きは「元在南ベトナム外国企業助手」となっている。大沢氏の配慮が嬉しかった。流出した大量のボートピープルのほとんどが、トアン氏と同じようなまさに「死線を越えた」体験をしている。その原稿を以下に再掲する。

「自由への船出」

南ベトナム・サイゴン（現ホーチミン市）陥落からもうまる八年たつ。私は十五歳の娘と一緒に五月中旬、ようやく自由の大地オーストラリアにたどりつくことができた。戦乱に明け暮れるベトナムが統一され、平和で自由な生活ができるなら、貧乏や不便な暮らしも我慢しようと覚悟を決めていた。しかし現実はひどいものだった。「解放」前に日本や米国の企業で働いていた者はまるで犯罪人扱いだった。私も連日のように当局の尋問ぜめにあった。思想の自由どころかまともな仕事もさせてもらえず、売り食い生活もついに底をついた。

もう我慢できない。監視の目をかいくぐり、国外脱出をあっせんする秘密組織を頼った。いわゆる「ボートピープル」手配師団である。私が米国在住の叔母にあてた救助依頼の手紙を書くと、どういうルートがあるのか先方に届き、やがて私と娘の船賃一千米ドルが無事に組織に渡ったらしく、待ちに待った「集合指令」が来た。しかし、それから十六日間の「自由への船旅」はいまだに身のふるえがおさまらぬ強烈な体験だった。

平和な日本の人たちにとっては、「ボートピープル」は遠い国の出来事であり、もう過去の話かもしれない。だが、いまだに自由を求めて船出するボートピープルは後を絶たない。オーストラリアでほっと一息ついている私の恐怖の体験を、日を追ってつづってみた。

一九八二年十月二十五日（月）　指定されたサイゴン北部の秘密集合場所から材木運搬のハシケに乗せられ、市中心部を流れるドンナイ川を下り、午後七時、「N312」と番号をうったボートにたどりつく。

〝ビッグボート〟と手配師は言っていたが、長さ十四メートル弱、幅三・五メートル、船底からの高さ一・八メートルぐらい。そこに男五十九人、女五十一人、生後六ヵ月の赤ん坊を含め十二歳以下の幼児五十人の合計百六十人が詰め込まれた。「海へ出るまで絶対に顔を出すな」と船倉に閉じ込められ、ふたがかぶせられた。横になるどころか手足も満足に伸ばせない。息苦しい。

絶望、海に身投げる者も

十月二十六日（火）　六時間かかって午前一時ごろ、南シナ海に面するブンタウ湾に到着。しばらく様子をうかがってから午後四時半、いよいよ外海に向って出発。グエン・バン・チュー政権時代、政治犯らを閉じ込めていたコンソン島沖でベトナムの漁船が数隻操業していた。進路変更し、目的地のマレーシア・プロビドン（ビドン島）へ。波が高く風強く、ボートは大きく揺れ、そのたびに水しぶきをかぶる。

船脚は非常に遅い。エンジンは日本製だがとても古く、三十馬力。航海用の機器といえば、米海軍が昔使っていたというコンパス（羅針盤）と双眼鏡。それに地図二枚。船長以下五人の乗組員はもちろん正規の航海術を受けたことのない連中ばかりだ。

十月二十七日（水）　午後八時、大きな貨物船が遠くを通過していった。それで我々のボートが香港―シンガポール航路近くに来たことがわかった。北東の風が強く船は流される。

突然、エンジンの音がやんだ。それから五時間、乗組員がいろいろやっていたが動かない。「スターター・ノズルがこわれた」「減速ギアがおかしい」「コンプレッサーがどうかした」などと言っている。要するにすべてダメなのだ。船には修理の道具も部品もない。

悪いことにスクリューのシャフトを通す穴のすき間から海水が噴き出した。点検修理でガタガタやったために違いない。船員は布切れを詰めて浸水を防ごうとするが、ほんの一時しのぎだ。水はどんどんたまっていく。主だった男たちが船中の動揺を静め、組分けして昼夜ぶっ通しで、水をかい出す作業が始まった。

十月二十八日（木）　運を天にまかす漂流。水は絶え間なく浸水し、際限のない労働が続く。こわれかけの羅針盤と昼は太陽、夜は星を頼りに方向を見定めるのがせい一杯。全員がナイロン製の手提げ袋や上着などを差し出し、帆を作ったもののあまり効果はなく、心細さがつのる。

突然、「共産主義反対、断固反対」と叫び声が上がり、だれか海に飛び込んだ。チャン・コン・ハだ。（再教育のための）強制収容所からようやく出て、自由への船出をしたというのに。もうたまらなくなってしまったのだろう。

十一月六日（土）　今日で漂流十日目。幸い風も南東に変わり、海もおだやかになったが、水と食料が全くなくなってしまった。食料は自弁ということになっていたが、持ち込み量を厳しく制限された上、長い漂流で底をついてしまったのだ。皆、船ばたに流れよる海草を拾い、船底の水ごけを食べ始めた。病人が続出する。シャツに「SOS」の三文字を書き、帆柱にくくりつけた。ぼろ布を集め船の油を少しつけ燃やした。煙を上げ、救助を求めようと皆必死になった。

金品むしり取る海賊船

十一月七日（月）　午後三時ごろ遠くに一隻の漁船が見えた。我々は懸命に煙を上げ、女子供も一緒に声をかぎりに叫んだ。やがて「22888」という番号をつけた漁船が近くに寄ってきた。タイの漁船らしい。我々のボートに接げんすると、漁船員は「銃砲、ナイフなどをすべて出せ」とどなった。ボートの中にいる女性を変な目でねめ回すので、女子供は怖がり顔をそむけた。

漁船には七人の男が乗っており、親玉らしいのがまずボートに飛び移ると、「おかゆと魚スープをやるから米ドル、金、指輪などを全部出せ」と言う。続いて乗り込んで来た手下のうちの二人が若い娘に目をつけ、乱暴しようとしたが、仲間に止められ、ようやく難を逃れた。

一人ずつ身体検査され、めぼしいものはほとんど奪われた。我々も必死だ。最後の力をふりしぼってみんなで取り囲み、「こうしてすべて差し出したのだからプロビドンまで曳航《えいこう》してほしい」と懇願した。向うもさすがに気がとがめたのか、しぶしぶ承諾した。

十一月八日（月）　午前六時、海賊漁船の船長は「もうプロビドンは目の前だ」と言って引き網をといて去った。曳航開始から七時間たっていたが、まだプロビドンまで三十キロはあると我々の船長は言う。「お前たちはそこで漂っていれば、そのうちにマレーシア漁船がやって来る」と彼らは言うのだった。そして半日。日も暮れかけようとしたころ、ようやくマレーシア漁船に遭遇した。その船はたった二人しか乗っていない小船だったが、我々は手を合わせ、約三十分かきくどいた。漁船員はついに最寄りの島までボートを引いて行くことを承諾したが、曳航料として「金十オンス」を要求した。しかし海賊に襲われた後なので、我々には何も残っていない。「本当に何もないのか?」マレーシア漁船員はそう言うなり、立ち去ろうとした。その時、ボートの片隅から「これをあげるから」と女性の悲痛な叫び声が上がった。形見として持ってきたに違いない美しいブレスレットだった。よくぞあの身体検査をくぐり抜けたものだ。するとあちこちから最後の最後まで取っておいた貴重品が出て来た。

こうして五百米ドルと金の指輪四個、腕時計一個、蓄電池一個が集まった。商談成立。マレーシア漁船に引かれて約四時間、名前のわからない無人島に着いた。夜十時ごろになっていた。島陰にイカリを入れて一晩停泊したが、寒風が吹き冷たい雨に打たれ、全員、口をきく力も失っていた。赤ん坊はもう泣き声すらたてない。

十一月九日(火) 皆で浜に上がったのだが、ざっと百人は砂の上に転がったまま、身動きしなくなった。のどがかわき、飢えて立ち上がれないのだ。

しかし、神は我々を見捨てなかった。午前十時ごろ、マレーシア警察の巡視艇に発見されたのだ。百五十九人全員が漁船に分乗、まず近くのリダン島へ連れていかれ、水と食物が配給された。ひと息ついてプロビドンへ向かい、午後五時、とうとう難民キャンプに入ることができた。我々は救われた。皆それこそ死んだように眠りこけた。

難民収容所で娘と私は幸運にもオーストラリア政府派遣団に会い、同国への移住が認められた。今年五月十一日、シドニーの移住者センターに落ち着き、新しい環境に一日も早くとけ込めるように、この国の法律、風俗習慣などについてセンター職員や親切なボランティアの人たちから学んでいる。

▼「なぜ国外に逃げるのか」

トアン氏の脱出記はここで終る。彼は小船の上でも、懸命にメモをつけ続けたに違いない。私がサイゴンを退去した後、トアン氏一家は貧しいながらも家族四人、新しい政権下で幸せに暮らしていることを疑わなかった。美人の奥さんと息子を残し、娘を連れて命がけの脱出行を企てるとは……。ショックは大きかった。「あの頃、海外の脱出を希望していたトアン一家をもっと支援してやることができたのではなかったか」。紙面を読んだ夜、いつまでも目がさえて眠れなかった。私は支援するどころか、彼がサイゴンにとどまるよう言い続けたのだ。

前述したように、陥落直前の四月中旬、トアン氏といっしょに支局助手をしていたズン氏が突如、姿を消す。彼は医者である父親たち一家とフィリピンに脱出した。この頃からトアン氏は、父親が外交官である奥さんの強い希望もあって、「わが家も全員で国外に脱出したい」と言い始めた。そのころの私は、多くの市民がタンソンニャット空港に押しかけ、先を争って国外脱出を図る気持がよく理解できなかった。「なぜ逃げ出さなければならないんだ。米軍が去った今、戦っているのは同じベトナム人同士ではないか。チュー政権が倒れても、新しいベトナム人の国ができるのだ。きっとチュー政権時代より良い国になると思う」。私は仕事が一段落し、ビールの一杯も入ると、トアン氏に何度かこう言った。建前ではそうだが、トアン氏に去られると、取材に支障をきたす心配をしていたのかも知れない。トアン氏の英語力は抜群で、長い経験から通訳としての勘どころも心得ていた。私の下手な英語の意図を的確に判断して取材を助けてくれていた。

「マキさん、それは違う。あなたは長いベトナムの歴史の中での、同じ民族内の憎しみを知らない。一九五四年、国が分断された時、北から南に八十万人が逃げてきた。私もその一人だ。チュー政権以上に、共産党政権の方が恐ろしい。すべての自由が奪われる。チュー政権の反共宣伝にのって言っているのではない。ベトナム人の多くは、あの時以来、北ベトナムで何が起きたかを知っている。あなたはそれを知らない」。彼はムキになって反論した。

私はこう応じた。「ゴ・ジン・ジエムやグエン・バン・チューの政権下で、これまで本当の自由があったのか。米軍の介入下での、長い悲惨な戦争で、何百万人ものベトナム人が死んだ。遠からずチュー政権はつぶれると私は思う。その時、あなた方サイゴンの文化人やジャーナリストを中心とした第三勢力の出番がくる。民族和解政権ができた時、新しい国造りの先頭に立つのがあなた方の役割ではないか。それなのに皆が先を争って国を捨てようとしている」。

下手な英会話で言葉につまると、辞書を片手の筆談になる。日本国内で、同僚たちと議論するような気持だった。どちらに転ぼうと、私にとっては帰るべき祖国がある。しかし、一九五四年、ジュネーブ協定によって南北に分断された時、十七度線を越えてサイゴンに逃れてきたトアン氏には逃れるところはもうない。たとえ米国や豪州に逃げたとしても、生活環境の変化は大きく、苦労するのは目にみえている。それならば彼は自分の才能をベトナムの再建に生かすべきだ、私はそう思っていた。

▼日本の戦後世代の平和論

トアン氏は私より一歳上の一九四〇年（昭和十五年）生まれ。国は違っても同世代である。しかし、戦乱の中で育ったトアン氏と違って、私には戦争の記憶はほとんどない。小学校に入学したのは戦後の一九四八年（昭和二十三年）、新教育制度がスタートした年である。「平和と民主々義」「世界の人々の公正と信義を信頼し、戦争のない平和国家をめざす日本」。小学生の時から教えられた。上京して大学に入学したのが一九六〇年（同三十五年）。日米安保反対闘争の真っ只中であり、人並みにデモの最後尾についていた。東京オリンピックの年の一九六四年、日本経済新聞社に入社するがこの年の三月、米海兵隊がダナンに上陸。六月には戦略爆撃機Ｂ52が南ベトナム全域に対して爆撃を始めた。八月には米艦マドックスが北ベトナムの水雷艇に攻撃される「トンキン湾事件」が発生、米国はその報復として北爆を実施する。新聞記者一年生にとって、直接、担当しなくても激化するベトナム戦争から目をそらすわけにはいかなかった。

米国は北爆を恒常化し、米軍の派兵は六五年には十八万四千人、六六年には四十八万五千人に達する。ナパーム弾でジャングルを焼き払い、枯葉剤での無差別殺傷。沖縄は日米安保条約に基づき、ベトナムに向うＢ52の基地となる。世界中で反戦運動が広がり、日本でも反戦運動が高揚する。その代表的なものが、作家の小田実、開高健、評論家の鶴見俊輔氏らの呼びかけで生まれたべ平連（ベトナムに平和を！市民連合）である。べ平連は定期的に大がかりな反戦デモを日本各地で繰り広げた。

一方、マスコミによるベトナム戦争報道も活発化する。毎日新聞の大森実氏らによる連載ルポ「泥と炎のインドシナ」、岡村昭彦氏の『南ヴェトナム戦争従軍記』、開高健氏の『ベトナム戦記』……。ピュリッツァー賞を受賞する沢田教一カメラマンの「安全への逃避」など、多くのカメラマンの生死をかけた戦場写真やテレビ報道も、「反戦平和」の世論に大きな影響を与えていた。

　そのころ私は、社会部の遊軍記者として、しばしば反戦闘争を取材する。一九六七年十月の佐藤栄作首相の東南アジア歴訪。最初の訪問地は南ベトナムだった。これを阻止しようと中核派を中心とした過激派は、羽田空港に突入しようとして機動隊と激突する。私はこの時、最も激しい衝突現場となった空港そばの穴守橋の近くで、機動隊の催涙ガスにむせながら取材していた。学生たちは機動隊の装甲車を奪い、火をつける。京大生山崎博昭さんはその渦中、死亡した。

　一九六八年三月の東京・赤羽の王子キャンプ内にあった米陸軍王子野戦病院反対闘争の取材にも、通った。ベトナムで負傷した米兵を輸送機で横田基地に運び、朝霞《あさか》野戦病院で治療していたが、これが手狭になったため米軍は王子に移転する計画を進めていた。これに反対する過激派と機動隊の〝市街戦〟が繰り返された。一九七二年の米軍相模補給廠への戦車輸送阻止闘争の取材では現場キャップとして相模原市内に数週間も泊り込んだ。同補給廠では、ベトナムで被爆した米軍の戦車を修理し、再度、戦場に送り込んでいた。「日本の国道を戦車の輸送車が往来する」。学生たちはこの輸送を阻止しようとし、激しい闘争を続けていた。横浜市の飛鳥田一雄市長も反対を表明した。日本はベトナム戦争の事実上の後方基地となっていたのである。成田空港建設反対派の農民たちも、「この塹壕はベトナムに通じる」とベトナム反戦のスローガンを掲げていた。

　日本国内だけでなく、世界中で「ベトナムに平和を」の声が高まり、米国ではボクシングの世界ヘビー級チャンピオン、カシアス・クレイ（モハメド・アリ）が「罪のないベトナム人は殺せない」と徴兵を拒否し、懲役刑を受けた。ベトナム戦争の「正義」は軍事介入した米国よりも、南ベトナム解放戦線の民族解放闘争にあるのではないか。過激派の違法な闘争には同調できないとしても、心情的には解放戦線を支持する人が、戦後教育を受けた私たちの世代から、団塊の世代といわれる戦後世代には圧倒的に多かった。それが時代の雰囲気でもあった。私もその中の一人であったといえるだろう。そうした人たちが高揚する反戦運動を支えていた。

話をトアン氏に戻す。彼は私にこうも問いかけてきた。「私も戦争はきらいだ。一日も早く平和がほしい。だが、長い民族同士の殺し合いで生まれた憎しみは、そう簡単に消えるものではない。〝ベトコン〟は平和主義者ではない。あなたの話を聞いていると、あなたがソーシャリスト（社会主義者）だと思えてくる」。「私はジャーナリストであっても、ソーシャリストではない。イデオロギーで話しているのではない。この国の市民がどんな政治の下で最も幸福になれるのか。それを考えるのも、ジャーナリズムの役割の一つだと思っている」。

トアン氏は当時、日経のあまりにタイミングの良い（私にとっては最悪だったが）特派員の交代に、日経はサイゴンの早期陥落の情報を東京でつかんでいたのではないか、と思っていたフシがあった。あの年、三月一日に私が赴任し、前任者の菅野氏がサイゴンを離れた直後、ホーチミン作戦が始まった。旧政権の取材から、新政権への取材切り換えをスムーズに行うために、「親解放戦線」の私を、サイゴンに送り込んだのではないか。大変な誤解だった。「陥落後もサイゴンに残留し、取材を続けたい」という私の気持ちを、彼は素直に理解できなかったのかもしれない。

　仕事に一区切りがついた時、いっしょに食事をしながらこんな議論を続けているうちに、戦況は一気に悪化し、サイゴンは陥落する。陥落寸前、トアン氏一家が二度にわたって海外脱出を試みたことは前述した。私も日本からの救援日航機がサイゴン入りすれば、それにトアン氏一家を搭乗させることはできないか、と日本大使館に打診したことはある。「日本人以外はノー」だった。結局、トアン氏はサイゴンに残り、私が国外退去する最後の瞬間まで助手をつとめてくれた。彼のサイゴン脱出が遅れ、時機を失した責任の大半は私にある。結果からみれば、民族和解を求める第三勢力や、南ベトナム解放民族戦線を中心とした臨時革命政府の出番はなく、あっという間に北のベトナム労働党に飲み込まれ、一党独裁の下で厳しい社会主義化が進むことになる。トアン氏が恐れていたことが、現実になったわけである。

著者（左）と、トアン氏

　進行する社会主義化を取材するたびに彼

は言った。「マキさん、新しいこの国と、ジエム政権、チュー政権時代とどこが違うのですか。チュー政権下では、少なくとも国民的作曲家チン・コン・ソンの反戦歌を歌う自由はありました。今では彼の歌さえ、米国の腐敗文化だといって取り締まりの対象になっている。かつては、チュー政権や北ベトナムを批判する自由な新聞がいくつもあった。陥落前はあなたも日本に自由に原稿を送れた。しかし今では検閲を通らなければ原稿も送れない。これが共産主義の本質ですよ」。返す言葉もなかった。

支局のソファでウィスキーをなめている私に、彼はギターを取り出すと、声を抑えてチン・コン・ソンの「美しい昔」を歌ってくれた。かつては、開高健氏の前でも何度も歌ったことがあるという。

赤い地の果てに　あなたの知らない愛があることを　教えてくれたのはだれ
風の便りなの　人のうわさなの　愛を知らないでいてくれたなら
私は今もあなたのそばで　命尽くまで夢見てたのに
いま地の果てに　愛を求めて　雨に誘われて消えていくあなた

いつも一番は日本語で歌った。だれが日本語に訳したのかは知らない。その歌声はいつも寂しそうだった。

▼国を捨てた人々

米国の資料などによると、一九七五年四月三十日のサイゴン陥落前にベトナムを脱出したベトナム人は十三万人を超え、うち十二万九千人を米国が受け入れる。これらの人々の大半は米軍の下で働いた軍人、軍属などの軍関係者とその家族であり、また米国関係の企業で働いていた従業員とその家族たちもいた。さらに米国留学組の文化人やジャーナリストたち、米国人やフランスなど「外国人」と結婚したベトナム人なども含まれていた。これらの人々は米国大使館のおすみ付きをもらった〝合法的出国者〟である。陥落寸前の四月二十九日まで米国大使館を取り巻き、米軍ヘリで洋上で待つ空母に運ばれた。彼らの多くは「〝ベトコン〟の報復をおそれて」の脱出だった。ベトナム戦争に介入した米軍への協力者たち、といってもよいだろう。

しかし、サイゴン陥落後、南の社会主義化が進み始めた中で、ボートピープルだけでなく、カンボジア、ラオス国境を越える〝ランドピープル〟も後を絶たず、年々その数を増し、総合計するとボートピープルだけで約百五十万人、ランドピープルを加えると三百人近いベトナム人が国外に〝非合法〟的に脱出したといわれている。タイン・ティン氏（元「ニャンザン」副編集長）はボートピープルについて次のように書いている（『ベトナム革命の素顔』）。

「大小の木造船や帆船、竹製の筏などで大海原に向けて脱出した。老若さまざまな人々がいた。船の上や、船が漂着した岸辺で子供を産んだ女性もいた。（略）（北も含めた）全国の各省、各都市から脱出者が出たということだ。／彼らの職業は様々だった。旧南ベトナムの公務員や軍人、商人、工場労働者、手工業者、学生、生徒、主婦から知識人、作家、ジャーナリスト、軍の士官、共産党の幹部や党員までいた。南下して、タイやインドネシア、マレーシア、果てはオーストラリアへと流れ着いた。彼らはフィリピンに移り、マカオ、香港、日本に移動し、そしてアメリカや西ヨーロッパに辿り着いた」。

脱出の動機として、彼は「専制的な独裁政権下では生きられない、自分の率直な意見を述べると弾圧される体制に反発した人々」を第一にあげる。さらに①自由でまともなビジネスができない、②子供にちゃんとした教育を受けさせたい、③海外にすでに脱出している家族との再会を求めて——などの人々が多かったという。共産党の内部に長くいた人の目からみた分析である。この脱出理由をみると、脱出したベトナム人たちはフランスや米国の影響下、「民主主義の理念」についての理解が進んでいたといえるだろう。ボートピープルを中心としたベトナム難民は、南部での急激な社会主義的改造もあって、サイゴン陥落後二年余の一九七七年末までに、二十万人に達したという。

一九七八年になると、中国との関係が悪化し、中国系ベトナム人の大量脱出が始まる。中国系ベトナム人は、革命政権の「買弁資本追放政策」のねらいは華僑追放にある、と思っていた。解放前の南ベトナム経済の実権は華僑が握っていたことは事実である。総選挙を前にした人口調査でも、中国系住民の多くは、国籍をベトナムにするか、中国にするかで迷った。新政権はこうした人々にベトナム国籍をとるように誘導する。その際、国籍を「中国」と書いた人たちは、社会主義化が進む中で「不当に差別されている」と感じ始めていた。

一九七九年二月、中越戦争が勃発すると、こうした中国系住民も含めボートピープルの数は急増する。北部の華僑は陸路で中国へ脱出、南部の華僑はボートピープルとなって。これに触発されるようにベトナム人の脱出に拍車がかかった。一九七八年には九万人、一九七九年には二十万人へと増加。一九七五年から一九八〇年までの五年間の総計は百五十万人に達した。ボートピープルの流出は一九七九年をピークに、その後、減少を続けるが、一九八七年から再び増加しはじめ、一九八九年には七万人を超える。この時期の難民は、陥落直後の「自由を求めて」から「より豊かな生活を求めて」に少しずつ目的が変ってくる。世界の情報が少しずつ入るようになると、ベトナム共産党の経済政策の失敗が国民の間にも明らかになり、海外流出は「出稼ぎ的要素」が強まってくる。

百五十万人がボートピープルとなった、と一口に言うが、大海原に出た小舟が陸地にたどりつくとは限らない。天候によっては小舟はひとたまりもない。海賊も横行し、金銭をとられるだけならまだしも命を失った人も多い。こうして海のもくずと消えた命は二十万人を超えた、ともいわれている。カンボジアでプノンペンを制圧したポル・ポト政権は、「原始共産体制」をめざし、都市住民を農村に追いやり、都市を破壊。教師、医者、官僚、軍人など教育や財産のある人々を中心に虐殺する。その数は百万〜三百万人といわれている。ポル・ポト政権に比べればベトナムでは文字通りの虐殺はなかったが、ボートピープルとなって荒波を漂ったトアン氏たちの恐怖の心情は、カンボジアの人々と変わるものではない。ハノイの共産党指導部は「出ていく者はすべて裏切者であり、祖国を捨て、西側諸国に追従し、自分のルーツを失い、自分だけ楽をしようという利己的な人間である」と批判したのだが——。

あのころ、日本にもたくさんのベトナム・ボートピープルが漂着した。しかし、テレビや紙面でその事を知りながら、私は毎日の仕事に追われ、同情はしながらも、なんら積極的な行動はとらなかった。傍観者の一人でしかなかったのである。日経の縮刷版などをたどってみると、日本に最初のボートピープルが上陸したのはサイゴン陥落後二週間たった一九七五年五月十二日。米国船に救助されたベトナム人九人が千葉港に上陸したのを皮切りにこの年百二十六人、七六年に二百四十七人、七七年八百三十三人、七八年七百十二人。一九七九年には千百六十九人と千人の大台を突破している。そのころの日本はまだ難民条約に加入していなかった。増え続けるベトナム難民に、政府は一九七八年四月、「人道的見地」から閣議了解でベトナム難民の定住を認める決定をする。

大量発生するボートピープルは世界中に衝撃を与え、一九七九年には「インドシナ難民問題国際会議」が開催される。日本でも同年、「インドシナ難民の定住化」を閣議了解し、定住枠を五百人に増やした。日本に上陸したベトナム難民は一九七五〜九七年までの間に総計一万三千七百六十八人に達するが、このうちに日本に定住したのは三千五百二十九人。その他の人は日本を経由して米国、カナダ、オーストラリアなどに出国する。日本社会では難民を受け入れた経験も少なく、定住しようとする人たちに教育や職業訓練をするシステムもなかった。日本が難民条約に加入するのは一九八一年のこと。翌年二月に長崎・大村難民レセプションセンターが開設され、難民受け入れが制度化するが、日本は定住先として人気はなかった。

ソ連邦が解体した一九八九年、日本に漂着したベトナムのボートピープルは三千四百九十八人に達した。ドイモイ（刷新）政策によってベトナムが市場経済への移行を始めたのが一九八六年。それから三年たってからの大量の日本への流出は、その大半が「経済難民」であることを物語っている。「豊かな国、日本」をめざすボートピープルは、それ以前の「反革命的」「反体制的」な要素の強かったボートピープルとはやや違った側面を持っていた。

▼ボートピープル手配師団の存在

話を再びトアン氏の脱出劇に戻したい。彼はその手記で「国外脱出をあっせんする秘密組織を頼った」とし「米国在住の叔母に手紙を書くと、その手紙が先方に届き、やがて千米ドルが無事、組織に渡ったらしく、集合指令が来た」と書いている。私はこれを読んだ時、ある種の違和感を覚えた。当時、社会面のデスクで悪戦苦闘をしていた私にとって「革命が進行するサイゴンにそんな大がかりなマフィアが存在するのか」と最初は思ったが、なんとなく腑に落ちない。引っかかるものを感じた。解放後八年。南ベトナムの社会主義化は一段と厳しく進められ、〝鎖国状態〟が続き、国外との通信もままならない時代だった。手紙類の検閲も続いていた。そんな時代に「米国に出した（国外脱出のための送金を依頼する）手紙が先方に届き、千ドルの大金が組織に届く」。常識的に考えれば、政府の許可のない国外脱出は犯罪行為であり、そのための送金依頼が検閲を通ることはあり得ないだろう。また送金が本人の手や、国営銀行を通さず組織に直接渡る――そんなことがあの厳しい密告制度の下におかれた革命下のサイゴンであり得たのか、という疑問である。

もう一点、不審に思ったのは脱出船に乗り込んだのは百六十人という大集団、子供が五十人も含まれているという。その集団が三々五々とはいえ、サイゴン郊外の秘密集合場所に集まる。〝秘密結社的〟な集団ならともかく、トアン氏と同じようなお互いに顔も知らない一般市民である。サイゴン陥落後、市内には地区ごとに人民革命委員会が作られ、その下にはいくつもの細分化された地域組織が作られた。隣組的な最末端の組織は、相互監視の役割を担い、密告制度も機能していたはずである。十人、二十人の小集会でも届け出制になっていた体制下で、子供を含めた百六十人もの市民の動きを、治安当局はなぜ把握できなかったのか。公安（警察）がこれだけの「集団犯罪」を見逃すことは常識的には考えられない。

トアン氏の言う「ボートピープル手配師団」の正体は何なのか。当時、中国からの出稼ぎ組が日本に大量密入国した際、それを手配した「スネイク・ヘッド（蛇頭）」と名乗るマフィア組織があったことが明らかになっている。しかし、こうした犯罪では送り出す人数には限界がある。ベトナムのボートピープルは百五十万人にも及ぶ。「非合法な犯罪」であり、当局がこれを摘発し、阻止しようとすれば、それほど不可能なことではない。ベトナム難民の大量流出には、公安当局や軍当局がこれを黙認しているか、関与しているとしか、思えなかった。

トアン氏は脱出後、「日経」の記事では触れていなかった点について、次のように回想している。

「計画した脱出は、数度、都合が悪いとのことで見送りになった。その後、仲介者に新たな計画があると聞き、ある日、ボートを所有する裕福な女性の家に連れて行かれた。この女性こそが脱出をアレンジする組織の背後にいた人だった。この女性の夫はすでに脱出して米国におり、脱出したベトナム人が、ベトナムに残っている親戚の脱出費を援助する際の仲介をしていた」。脱出費用は三千米ドル、最初に半分払い、脱出が成功したら残りの半分を支払う仕組みだったという。

最初は、船に乗り込むのは五十人くらいだと告げられていた。ところが実際に集められたのは百六十人ほど。船を見た瞬間、皆だまされたことを知り、乗り遅れまいと船に殺到、パニックが起きた。これを銃を振り回して抑えたのが警察官だった。警察官は「皆送り返されて逮捕されるかもしれない。脱出はできないかもしれない」などと脅す。ブンタウに近づくと、船は止まり、操縦していた別の警察官が「ここで私たちの任務を終了する。操縦経験のある者は名乗り出よ」と命じた。この警察官の命令によって、元南ベトナム海軍の中尉が、やむなく操縦を引き受けた、のだという。脱出を監督し、命令していたのは警察官だったのである。

この脱出船に乗り込み、ブンタウまで送った複数の警察官が、女性手配師にわいろで雇われた汚職警官なのか、それとも警察ぐるみの組織的なものだったのか。それはわからないが、少なくとも集合地に集まるのに乗せられた車も、サイゴン川をブンタウまで行く途中も、検問をすべて通り抜け、止められることはなかったという。「ここで任務は終了する」といったというのが事実だとするなら、組織的に、金をとって脱出させていた、ということも十分、考えられる。

▼内務省の「第二計画」

「ボートピープル手配師団」は、政府・行政当局内に存在していた、との指摘は、国外へ脱出した人々の間から語られ始めている。例えば脱出する途中、〝海賊〟に襲われて、所持していた金や宝石などが奪われるケースの多くは、ベトナムの海岸線から、そう遠くない距離で発生している。「本来、脱出を阻止すべき人々が、脱出を見逃す代りに、海賊行為を行っていた」との証言は多い。先にも引用した元「ニャンザン」副編集長、タイン・ティン氏は、いずれきちんと調査しなければならない問題として、政府部内で「B計画」または「二号計画」と呼ばれていた実行計画の存在をあげている。

彼によると、「二号計画」とは、国外脱出を図る人々から、組織的に金品を徴集し、同時に危険分子を追放することを意図した内務省の計画の一部だという。内務省は、地方の公安当局に対して、金と引き換えに、脱出希望者を非公式に出国させたり、船をあっせんしたり、脱出をわざと見逃したりする権限を与えた。この計画は主として南部のカマウ、フーコック、カント、ブンタウなどの地域で実施されたという。この計画によって一九七七年、七八年、七九年の三年間に五十万人が出国した。出国を希望する市民には一人につき三〜十オンスの金《きん》を要求した、というのである。

「隠匿した金やドルを没収すること」にこの計画のねらいはあった。公安当局は、脱出しようとする国民の持つ金《きん》をすべてはき出させるため、最初の数回は繰り返し逮捕し、何回目かで船に乗せるという悪質な手を使った。さらにこっそりと見送りにきた人々まで逮捕し、金や現金、指輪、装飾品などを没収した、というのである。こうして没収した金が公的資金となったのはごくわずかで、ほとんどが中央と各地方の、主に治安当局の高官たちの懐に入った、とタイン・ティン氏は指摘している。この計画が、単に隠匿された財産没収だけでなく、党や政府に対する不平、不満分子を追放する役割もあった、とすると百五十万人もの人々が流出した理由もうなずける。カンボジアのポル・ポト政権が市民を虐殺するという方法で実施したことを、ベトナムでは市民が自ら望んで財産を差し出し、国外に脱出した、という形式を整えた〝棄民政策〟だった、ということになる。

▼ベトナム史を〝漂う雲〟

それにしてもトアン氏は、陥落後八年もたって、なぜ命がけの国外脱出を図らなければならなかったのか。彼の人生を追うと、ベトナムという国の現代史に翻弄される一市民の姿が浮かび上がってくる。トアン氏の人生は多くのベトナム人の人生でもあった。サイゴン陥落後、仕事の合い間のホッと一息つく時、トアン氏はギターを片手に想い出話を語ってくれた。また彼は自分の半生を「The Drifting Clouds」(漂う雲)と題してまとめている。彼の半生を辿ってみたい。

トアン氏は一九四〇年、ハノイの南東、古都ナムディンに生まれた。日本軍が北部インドシナに進駐する直前である。ナムディンはハノイに次ぐ北部第二の都市であり、「米国との戦争」では北爆の標的となった工業都市でもあった。彼の誕生秘話と、育った家庭環境は、その後の彼の人生を大きく左右する。

トアン氏の母、トラン・ティ・デューさんは、彼の表現によれば「春の花のように光り輝く美貌」の持ち主だった。その美貌が彼女の悲劇となる。十七歳の時、彼女は説得されて、ハノイで開かれた「美人コンテスト」に出場する。この優勝者はベトナム最後の皇帝となったバオ・ダイ帝の寵愛を受ける、と言われていた。デューさんは優勝は逃すが、第二位の準ミスとなったのである。デューさんはこの時、バオ・ダイ帝の友人の目にとまる。フランスに留学、医学博士の学位も持つ若い医師だった。デューさんに一目ぼれした若き医師との間に生まれたのがトアン氏、である。

デューさんの父親はナムディンのつつましい工場労働者。母親の営む食料雑貨店の副収入によって、なんとか一家の生活を持ちこたえていた。エリート医師の結婚申し込みに、両親は迷いもなく了承する。しかし、「身分の違い」によって起こる問題に二人は気づいていなかった。医師の両親によってこの結婚は徹底的に否定された。両親が望んだ花嫁は「つりあいの取れる家からの若い女医さん」だった。

しかし、デューさんへの気持をあきらめきれない医師は、たくさんの友人を連れてナムディンを訪れ「自分の家族はこの結婚を許してくれた」と結婚式をあげ、ハノイに戻ったのである。両親には、デューさんとの結婚を告げていなかった。ベトナムでは、生活を維持するため別居結婚はそう珍しいことではない。そんな中でトアン氏は生まれる。この若いエリート医師は、両親にトアン氏の誕生を知らせたかどうかも明らかではない。彼は両親の選んだ女医と結婚する。トアン氏の母親は「だまされて捨てられ、男の子供までかかえてしまった」。

幼い息子をかかえた母親は、ナムディンの実家で生活を始めるが、一家の家計は苦しさを増す。娘がだまされたと知った父親は酒やアヘンにおぼれるようになった。「エリート医師への復讐として父親はこの子を殺すかもしれない」。心配したデューさんは、田舎町の家庭にお金を払って〝里子〟に出した。里親は食事もほとんど与えず、トアン氏は栄養失調となった。これを知ったデューさんは思いあまって死にかけた息子を連れてハノイに行き、父親の病院を訪ねる。世間体を怖れた父親は、治療をするどころか、デューさんに「ナムディンで治療を受けよ」とお金を渡したという。彼女は、医師の顔に、そのお金を投げつけて去る。トアン氏にとって「父親との最初で最後の接触だった」。

本人の語る「幼少物語」である。詩人トアン氏の思いも込められている。漂泊の人生の始まりでもあった。母親デューさんは、彼をカトリック教会の施設にあずけ、単身、働きに出る。北ベトナムの都市を転々としながらも、その生まれ持った美貌と、様々な苦労から生まれた胆力で、飲食店の経営などに成功する。トアン氏を施設に迎えに来たのは十歳の時だった。母親はナムディンで警察本部長官を務めるフランス人高官の〝現地妻〟となっていた。トアン氏には一軒の家が与えられた。母の〝夫〟には権力も金もあった。トアン氏は、一九五〇年からフランス軍がベトミンに敗北する五四年までの五年間は、豊かさという点で「最も輝いた子供時代だった」という。日本の敗戦によって、ベトナムでのフランス軍の力が再び強まり、退位していたバオ・ダイ帝を担いで「ベトナム国」を樹立（一九四九年）、フランスが再び事実上のベトナムの支配者となった時代の話である。

▼ハノイからの脱出

だが、そうした時代は長くは続かない。一九五〇年代に入ると、農村地帯の多くはホー・チ・ミンの支配下に入り、フランスはベトミン軍の攻勢の前に次第にその支配地域を狭め、追い込まれていく。トアン氏の母親の新しい〝夫〟であるフランス高官も、ナムディン常駐は困難となり、ハノイ駐在が常態化した。

フランスとベトミンの最後の決戦の場となったのが、ベトナム北西部、ラオスとの国境に近い盆地、ディエンビエンフーだった。同年秋、仏軍一万六千人が盆地内の要塞に立てこもり、ベトミン軍をおびき出す作戦に出る。ベトミン軍はジャングルを切り開き、人海戦術で盆地を取り囲む山上に武器、爆薬を引き上げる。さらに山上から地下トンネルを張りめぐらし、一九五四年三月、五万人の兵力で総攻撃を開始。ディエンビエンフーは陥落する。戦後のジュネーブ会議で休戦が成立、平和は回復するが、ベトナムは十七度線で南北に分断された。

この戦争がトアン氏一家の運命をまた変えた。母、デューさんの〝夫〟であるフランスの高官は、ディエンビエンフー陥落を前に、母国に引き揚げ、家族はまたも捨てられる。しかし、母はしたたかだった。その頃には一時的に復活したバオ・ダイ帝軍の空軍大尉と、新しい愛人関係となっており、トアン氏は母とともにハノイに移り住んでいた。ある日、トアン氏はナムディンの自宅に戻って、家に残してあった家財道具や財産をハノイに運ぶよう母に言いつけられた。空軍大尉はそのための車も用意してくれる。ハノイ脱出の準備であることは知っていたが、彼はこのことをナムディンの祖父たちにもしゃべらなかった。ハノイをベトミン軍が占領する直前、空軍大尉のはからいでサイゴン・タンソンニャット空港に向けて飛び立つ。トアン氏十五歳。母子のサイゴンでの難民生活が始まった。空軍大尉の生死はその後不明のままだ。

ディエンビエンフー陥落後の南北分断前後、北の共産主義政権を逃れて南ベトナムに流出したベトナム人は、カトリック教徒、仏教徒、インテリ層、資産階層などを含め八十万〜百万人に達した。「そのころのサイゴンは、共産主義から遠く離れた新しい自由な生活のシンボルだった」とトアン氏はいう。母子はサイゴン郊外約四十キロのツーヅックの難民キャンプでの生活に入る。三ヵ月後、サイゴンに小さなアパートを借りたデューさんは市内の路上で冷えたビールやソフトドリンクを売る屋台を開業する。この路上バーは彼女の美貌もあって客を呼び、繁盛した。四年後、デューさんは難民キャンプのあったツーヅックに大きな家を借り、酒場兼喫茶店を開店、店の前では従業員を使ってフォー（ベトナムそば）の店も開いた。

母と息子の生活はやっと落ちつき、トアン氏はビエンホアの高校に進学。英語も仏語もよくでき、ベトナム語のエッセイが得意だったトアン氏は「将来は作家になろうと思っていた」。一九六一年、サイゴン大学文学部に入学する。米国が「南ベトナムは、自由のとりで」として軍事介入を始めたころであり、前年の十二月、南ベトナム解放民族戦線が誕生する。一九六三年にはゴ・ジン・ジエム大統領が暗殺され、相次ぐクーデターで政局は混沌としていた。米国は六四年、トンキン湾事件を皮切りに北爆をはじめベトナムへの軍事介入を強める。そんな時代に母デューさんは脳溢血で倒れ、死去する。母の死のショックは大きかったが、トアン氏はそれを乗り越え、自力で大学を卒業、語学力を生かしてベトナム航空（当時）に就職した。

一九七一年、「作家への志」を捨てきれず、ベトナム航空をやめたトアン氏は、フリーランスの記者として、サイゴンの新聞や欧米の新聞・雑誌に原稿を書き始めた。そして七三年、日経サイゴン支局のアシスタント（助手）の求人に応募し、採用される。支局長は、私の前任者である菅野徹氏だった。すでに妻と男女一人ずつの子供がいた。菅野氏の引き継ぎメモによると、「気が小さく、やや女性的だが誠実。詩や評論を書いたり、ギターをひきながら歌ったりする芸術家。テーマを与え、ある程度、取材の仕方を指示すれば、意欲的にやり、与えられたもの以上引き出すことも多い。経済、一般常識にやや弱い」とある。

トアン氏が日経支局に入ったころ、パリ和平協定による米軍撤退の取材で三度目のサイゴン入りしていた開高健氏とも知り合う。開高氏は一九六四年、朝日新聞の臨時特派員として初めてベトナムに渡る。六五年二月には戦地取材のため米軍に従軍、その体験を『ベトナム戦記』に書く。日本の「ベ平連」の発起人の一人でもある。トアン氏は開高氏の通訳も引き受けていた。

▼「スパイ容疑」の要注意人物

サイゴン陥落後八年もたって、トアン氏は、なぜボートピープルとなって、国外脱出をしなければならなかったのだろうか。ハノイからサイゴンへ、そしてサイゴンからオーストラリアへ——生涯で二度も、自分の「国」を捨てることになるのである。サイゴンの八ヵ月間が、遠い過去の物語になりつつあった私にとって、彼の国外脱出の衝撃は大きかった。しかし、オーストラリアの難民キャンプなどを転々とするトアン氏と、連絡の取りようもなかった。私が、彼の国外脱出の〝理由〟を知ったのは、国外退去を命じられてから三十年もたった後だった。日経支局が閉鎖された後、トアン氏の身の上に何が起きたのだろうか。

トアン氏の自宅を、革命政権の治安警察が訪れたのは私がサイゴンを去って二ヵ月後、一九七五年も暮れようとする十二月のことだった。トアン氏は「自宅待機」を命じられ、自由な外出が禁じられた。治安警察はトアン氏に、①反革命分子として国外退去を命じられた日経支局長のアシスタントを務めており、反動的記事取材の共謀者であった、②その記事の材料となった臨時革命政府のファト首相のメモを（トアン氏が）持ち出した——などの容疑事実をあげ、「スパイ容疑で要注意人物」になっていることを告げる。私が日経にどんな原稿を送ったのか、知らないトアン氏の驚きは大きかった。トアン氏によると、最も厳しく追及されたのが、私の記事の「ハノイは政治的首都であるが、サイゴンは経済的首都になるだろう」と記述した部分だという。「そうした表現に、ハノイの当局は怒って、マキを国外退去にした」と治安警察は彼に説明した。

確かに私は南の臨時革命政府側の要人の取材をもとに、断定的ではないが、南側の期待として「サイゴン自由貿易港説」や、当分の間「ベトナムには二つの政府が存続することになるのではないか」と書いた。その背景には、ハノイの労働党中央と南の臨時革命政府との対立がある、と推察される状況がいくつもあったからだ。前述したように、南の要人の多くが、南部ベトナムの人々の意識や経済の状況は、北ベトナムで革命政権が発足した一九五〇年代の北部の状況と大きく違っている、と指摘していた。「南の独自性を尊重しながら、時間をかけて南北統一をはかるべきだ」というのが、南の解放戦線系の人々の〝願い〟でもあった。「ハノイは政治的首都、サイゴンは経済的な首都」とは直接的には書いていないが、私が書いた原稿にそう理解されたところがあっても仕方がない。

こうした原稿の材料となったのが「トアン氏が持ち出したファト首相のメモ」という点についてである。そんなメモについての記憶は私にはないし、事実無根である。「独立宮殿での夕食会でファト首相のスピーチを聞いたあと、首相が席に残したメモをトアンが手に入れ、それを訳してマキに渡した。マキはそれを記事にした」というのが、トアン氏の嫌疑の重要な部分をしめたらしい。このメモをもとに、私が何本かの記事を書いた、というのである。

思い当たることがあるとすると、あの年の六月六日、南ベトナム臨時革命政府発足六周年を祝うパーティの席での話である。このパーティに招待された私はトアン氏同行で出席した。この時私がトアン氏に質問メモを渡し、ファト首相、グエン・フー・ト議長、チャン・バン・チャ軍事管理委員会議長にゲリラ的インタビューをしたことは前に書いた。このインタビューはテープにもとり、トアン氏の英訳をもとに送稿した。トアン氏は私の英文メモを持ち、それをベトナム語に翻訳して、パーティの場で質問をした。あの時、トアン氏がメモを持っていたことは事実だが、ファト首相のメモが紛失した、という事実があったかどうかは知らない。しかし、トアン氏によると治安当局は「メモ紛失に彼が関与していた」といったというのである。

七月下旬の旧下院議事堂で開かれた解放戦線第三回大会にファト首相も出席した。私たちは会場に出入りする参加者を会場外で取材したが、会場内には入っていない。私の記事が問題視された際、ファト首相側は「インタビューに応じておらず、メモが持ち去られた」と説明したのではないか、としか考えられない。いずれにしても、七月中旬の段階で、「南北の早急な統一」を決定していたハノイ中央は、私の一連の記事をニガニガしく思っていた、ということだろう。革命政権のプレスコードは「南北統一への反対」を禁じている。それが私の国外退去の真の理由だとするならば、通訳兼助手のトアン氏は、そのとばっちりを受けたということである。

▼強要された〝スパイ行為〟

トアン氏は治安当局の追及に「処刑されないまでも、再教育キャンプに送られて、戻ってこれないかもしれない」と覚悟する。彼は母の親族が、ベトナム労働党政治局の高官になっていることを知り、「助けてほしい」と懇願の手紙を書いた。これが効いたのかどうかはわからないが、彼の「思想改造教育」は、再教育キャンプ送りではなく、異例の「自宅教育」となったのである。労働党員である北ベトナム軍の大佐が一年間、毎日、トアン氏の自宅を訪れ、個人的に再教育を実施するというものだ。「毎日二時間たっぷり、私の考え方を変えようとしたが、私はとても頑固だった」。

再教育が続いたあと、教師役の大佐は、彼に日本人をはじめとする外国人のために働いてきた約四百人のリストを手渡して、「リストの人物の日常生活や彼らの言動を調査し、報告せよ」と命じた。外国人に対する〝スパイ行為〟の指示だった。英語やフランス語に堪能で、ジャーナリストとして取材経験も豊富なトアン氏を、革命政権は、スパイに育てあげようとしたのである。反革命分子の外国特派員に協力した〝スパイ容疑〟という〝脅迫〟の下で、逆に外国人に対するスパイ行為を強要する――大佐による「自宅教育」という特別措置のねらいがみえてくる。

トアン氏は悩んだ。新政権下でこの新しい〝任務〟を拒否することは何を意味するのか。「拒否することは難しかったが、スパイはしたくなかった。だから協力するフリをしながら、何もしなかった」と彼は言う。大佐に対する報告は「この人物の言動に特に不審な点はない」と書き続けた。家庭教師役の大佐の思想改造教育に対しても、「一年間、バカなフリを通し、共産党のプロパガンダを理解できないと思わせた」という。大佐はすっかりイヤになってしまったようで、「上部機関に対しては再教育に成功した、と報告していたようだ」とトアン氏は書いている。

一九七七年、トアン氏はサイゴンから約五十キロ離れたファンバンコイ近くの「新経済区」行きを命じられる。新経済区から許可なく移動することは許されず、サイゴンの自宅に戻れるのは二週間に一度。農夫として、いもやほうれん草、落花生を放棄された荒地に毎日、植えさせられた。夜は休むことはできたが、泊まる小屋には電気や水道もない。ろうそくと井戸があるだけで、時折、毒へびが出る。少しの米以外は何も与えられず、食べものは自費でまかなうため、同じようにサイゴンから送り込まれた人たちから金を集め、十キロほど離れたマーケットに食料の買い出しに行く毎日。新経済区には多くの人が送られたが、生産目標などもなく、チェックする人もいない。作曲家チン・コン・ソン氏も同じ新経済区に送られてきた。「農業生産にたずさわるというより、思想改造のために働かされている」とトアン氏は思った。

こうした農作業に対して払われる賃金はわずかで、食料を買うと手元に残るのは月五米ドル程度。それではサイゴンの家族は食べていけず、妻はわらの筵《むしろ》を作る工場で働いたり、近所の組合に参加して米麺を作ったり、もやしを栽培したりして、市場で売った。二週間に一度、帰宅しても生活の安らぎはなく、家庭生活は崩壊状態となる。生活費をめぐって妻と言い争う日々が続いた。そのころからトアン氏の頭に、国外脱出がよぎり始めた、という。

新経済区の生活を経て一九七八年、トアン氏が命じられたのは海岸沿いのブンタウ行き。そこで国営石油会社のエンジニアたちに英語を教えよ、という。エンジニアたちはロシア語の教育は受けていたが、英語は話せない。滞在したのは荒れ果てたホテルで三人部屋。ひとつの部屋に三つのベッドが押し込まれ、他の二人はトアン氏の監視役だった。三ヵ月のエンジニアへの英語教育の後、今度はドイツの石油開発企業に派遣された。一ヵ月の賃金は破格の五百ドルが約束されていたが、国営石油会社がトアン氏を「所有」していたため、報酬は石油会社に払われ、彼が手にしたのは四十ドルだけだった。

こんな生活を続けているうちにトアン氏の家庭は破局を迎える。「サイゴンの自宅には、ほかの男性が住んでおり、妻と子供に国外脱出を約束していた」。トアン氏によると、当時、再教育キャンプや、新経済区など、遠く離れた場所に追いやられた男の家庭では、よくあったケースだという。多くの場合、「残された妻を手に入れたい権力者が、食べていくことに必死で我を失っている妻に、願いをかなえてやると声をかけ、家を乗っ取ってしまう。そして利用するだけ利用して、約束も果たさず捨ててしまう」。サイゴンに戻ったトアン氏は家にも入れず、結婚生活は一九七八年暮れには崩壊する。

一九七九年暮れ、トアン氏はブンタウで老夫婦から国外脱出した息子への連絡を頼まれ、成功する。このころから彼の国外脱出の願望が強まった。ブンタウの石油会社の仕事を解かれ、サイゴンに戻ったトアン氏は、その日の生活にも事欠くことになる。テト（旧正月）を祝うお金もなく、持っていたコートを市場の露店で一人の女性に買ってもらった時、トアン氏の話を聞いたこの女性に、一ヵ月後に国外脱出する予定の二人の息子の英語教師を頼まれる。彼女はトアン氏に「お金を用意できるなら、脱出の手伝いをする」と持ちかけた。トアン氏は意を決してアメリカに住んでいる叔母に連絡をとり、送金を依頼した。叔母さんは米軍の大佐と結婚し、アメリカに移住していた。その後の脱出劇は、彼が「日経」紙上に書いた通りである。

▼再出発、画家への道

トアン氏がボートピープルとなって、マレーシア・プロビドン島の難民収容所にたどりついてから、画家として一人立ちするまでの道程も遠く、険しいものだった。

一九八三年の二月、プロビドン島の収容所で米、仏、カナダ、オーストラリアの四国がベトナム難民を受け入れている、と説明を受ける。トアン氏はオーストラリア移民局の面接を受け、同国への移民を決意する。最大の理由は、病弱なトアン氏にとって、オーストラリアの温暖な気候が最もあっているのではないか、と判断したためだ。同年三月、プロビドン島を離れ、クアラルンプールの収容所を経由してメルボルンに、そして最終目的地のシドニーに向う。約五十人のベトナム難民といっしょだった。シドニーではバンディビーチ近くのホステルの一室に娘と二人で落ち着く。摩天楼が立ち並ぶ大都市シドニーの豊かさに、カルチャーショックは大きかった。トアン父娘にとって遊んで暮らすというわけにはいかない。生活のために、すぐに仕事を見つけねばならなかった。

最初に就職したのがシドニー郊外のピーナッツ工場。週三百豪ドルの収入となった。彼はまず自転車を買い、毎日、ピーナッツ工場に通った。仕事はピーナッツの包装が中心。包装した五十―百キロの袋を所定の場所まで運ぶ力仕事も含まれていた。もともと病弱な体質。加えてサイゴンでは三度の食事も十分にとれなかったうえ、過酷な国外脱出で体力を消耗しきっていた。トアン氏は仕事中、何度か倒れ、意識を失って病院に運ばれる。力仕事には限界がある、と考えた彼は、「シドニーにも日経の支局があるのではないか」と思いたち、見知らぬ街をさまよいながら探しあてた。大沢支局長は、彼の「サイゴン脱出記」に五百米ドルを払ってくれた。「やはりジャーナリストとして生きるしかない」と決意した彼は、古くからの友人で、ベトナムの有名な作曲家だったファム・ズイ氏に手紙を書く。彼はサイゴン陥落後、ブルジョア作曲家として革命政権に「死刑判決」を受けたが、国外に逃亡。当時、米国で暮らしていた。

彼は「米国での生活は苦しく、支援はできないが、ブリスベーンにいるベトナム人の仲間たちが、雑誌を出しているので訪ねてみてはどうか」と紹介状を書いてくれた。ブリスベーン在住のベトナム人反共グループが出版する「ブイ・ニュック」(国家の為に)という雑誌だった。編集長のグエン・ズン・ドク氏は、原稿料を払えるような雑誌ではないが、フリーランスなら仕事のチャンスはある、ブリスベーンに来てはどうか、と誘ってくれた。ブリスベーンは豪州第二の都市だが、気候も温暖でベトナム人も多く、みんな友好的だという。一九八八年の万国博開催を前に街には活気もあった。彼は迷わずこの誘いに乗ることにし、一九八四年秋、ブリスベーンに移る。ドク編集長らが狭いが快適な部屋を探してくれていた。トアン氏は現地の小さなラジオ局で働き始める。マルチ文化の放送局でベトナム語の放送時間もあった。体力も徐々に戻ってくるが、息子をサイゴンに残してきたことの心の痛みもあって、時々精神的な安定を失うようになっていた。

そんな時、ドク氏がユエから脱出してきた女性、ホアン・テ・ズンさんを紹介してくれた。

ズンさんは優しく美人で、彼の作った詩の朗読もしてくれて、精神的安定剤となってくれた。その年、二人は結婚する。再婚したトアン氏は一九八七年十二月、米国のサン・ホセに住む叔母に手紙を書いた。この叔母は、トアン氏の亡き母の妹。米軍人と結婚して米国に住み、国外脱出の際、資金援助もしてくれた。「画の勉強をしたい」との彼の願いに、叔母一家はこれを受け入れてくれた。そのお陰でトアン氏は米国クイーンズランド芸術大学の一年間の絵画のコースに入学する。一年後、トアン氏の才能は彫刻にあるとみた同校は彫刻コースに移るようすすめる。しかし、彼は絵画の方をあきらめきれなかった。一九八九年、ヒューストンの美術大学に改めて入学する。奨学金も受けられるようになった。一年間の修業を終えると、米国に残ってほしい、という叔母の申し出を断って、妻ズンの待つ豪州・ブリスベーンに帰る。

ブリスベーンで彼は、ベトナムでの苦しかった時代を想い出しながら、キャンバスに来る日も、来る日も描き続けた。自分の中にたまったものをすべてはき出すかのように。しかしその絵が売れる保証は全くない。妻のズンさんが働きながら生活を支えた。貧しかったが、トアン氏は絵を描き続けることで心の平安を得た。一九九〇年代になると、彼は「ボートピープルの画家」としてブリスベーンの街でも評判になり始める。最初に個展を開きたい、と言って来たのは小さなギャラリーの女性オーナーだった。この時二点が初めて売れる。一千豪ドルだった。その後もシドニーのビクトリア国立ギャラリーなど数ヵ所で個展が開かれ、ベトナム戦争の悲惨さが、彼の描いた絵によって少しずつだが、オーストラリアの人々に伝わった。

一九九五年、妻のズンさんが、ドイモイによって市場経済化が進み始めた祖国に一時帰国し、古都ユエに住む両親を訪ねたい、と言い出した。トアン氏は、ベトナムを脱出したいきさつから考えて、帰国すれば公安の監視下に再び置かれる心配がある、とあまり乗り気ではなかった。しかし、妻の強い願いを聞き入れて、十二年ぶりにサイゴンの土を踏む。ベトナムはすっかり変貌をとげていた。市場経済の導入によって、サイゴンにも高層ビルが建ち、街も活気を取り戻し、十二年前に比べれば市民の生活水準も上がっていた。彼はこの帰国で、国外脱出の際、残してきた息子に再会する。十二歳だった少年は、二十五歳の青年となり、結婚したばかりだった。最初に目を合わせた時、息子は自分を捨て、父親の責任を放棄した父親に怒りの表情をみせた、とトアン氏は感じた。結婚したことも父親に知らせてこなかった。

息子は逃げだした父親が貧乏のままであることにも失望していた。海外に脱出した人たちは、海外から一時帰国する際、高価なおみやげと何千ドルものお金を持ち帰るケースが多かった。トアン氏が息子に手渡せたのは、やっとの思いで貯えた四百米ドルだけだった。「私は画家だ。画家は貧乏だと相場は決まっている」。トアン氏は息子の前で胸を張った。しかし、「外国で金をかせいで帰ってくるベトナム人」のイメージしかなかった息子にとって、トアン氏は「空のポケットで帰ってきた失敗者」にしかみえなかったようだ、とトアン氏は言う。父と息子の大きな心の落差。息子は妻をめとり、かせぎの良い仕事を持ち、住み心地のよい家と車……父をもはや必要としていなかった。

ブリスベーンへの帰路、トアン氏は祖国に帰ったことを後悔していた。ホーチミン市と名前を変えたサイゴンは、彼の夢みたサイゴンではなかった。ドイモイで人々の生活は豊かになりつつある。海外からの投資も相次ぎ、国を捨てたころに比べて、経済も発展し続けている。「しかし、サイゴンはその名前も心も失ってしまった。新しい秩序はすべてお金である。市民は過去も未来も捨て、お金、お金のために生きている。息子までも、父親が貧乏な画家になったことを恥じている」。彼の心は寂しかった。

▼日本での個展開催

話は一気にサイゴン陥落三十周年の二〇〇五年に飛ぶ。トアン氏にとって、日本の開高健記念館が、「ボートピープルの画家」の個展を開いてくれるかもしれない、との便りは、跳び上がるほどうれしかった。サイゴン陥落三十周年の二〇〇五年五月に向けて準備は着々と進んだ。日越文化協会がトアン氏の旅費ももってくれることになった。三十周年の四月三十日、私や菅野徹氏の日経ＯＢグループと開高健記念館の吉澤一成副会長（現・日本ペンクラブ事務局長）らのグループは、サイゴンを訪れたトアン氏と会い、日本での個展開催について打ち合わせる。トアン氏はこの機会に、生れ故郷のナムディンを息子といっしょに訪ねる。子供も生まれ父親になった息子は、トアン氏の気持ちも少しずつだが、理解してくれるよう

左よりトアン氏、開高氏、ソン氏（菅野徹氏撮影）

になっていた。

二〇〇五年五月二十日から一週間、神奈川県茅ヶ崎市のJR茅ヶ崎駅近くにあるハスキーズギャラリーで「ベトナム・ボートピープルの画家　チャン・バン・トアン個展」が開かれた（**口絵参照**）。

この個展は同市内にある「茅ヶ崎市開高健記念館」が、ベトナム戦争終結三十周年の行事として開いた「ベトナムと開高健を想う」展の一環。出品されたトアン氏の心象画は全部で五十数点。いずれもベトナム戦争の悲惨さと、トアン氏がボートピープルとなって南シナ海を漂流した時の恐怖の体験を、キャンバスに描き続けたもので、連日多くの鑑賞客を引きつけた。

「日本で個展を開きたい」というトアン氏の強い希望を聞いた私の前任者菅野氏が、開高記念館に働きかけて実現したものだ。彼がサイゴン特派員時代の一九七三年、取材に訪れた開高氏は、日経支局にいつも出入りし、菅野氏やトアン氏と親しくなる。前述したように、日経支局には二百冊を超す「開高文庫」があった。開高氏あてに送られてきた書籍を開高氏はすべて日経支局に残してくれていた。私も赴任後、随分とこれらの書籍のお世話になった。開高氏はトアン氏の友人である作曲家、チン・コン・ソン氏とも交遊を結ぶ。開高氏はチン・コン・ソン氏やトアン氏などを自分のアパートの部屋に招いて、よくパーティや演奏会を開いた。茅ヶ崎に住む菅野氏の要請を、「ベトナムと開高健を想う」展を企画していた記念館の吉澤副会長は快く受け入れてくれたのだった。

トアン氏はこの個展の挨拶でこう述べた。「私が二十年前から夢の一つとして抱いてきたことが現実になって、嬉しいという気持ちだけでなく感動しています。激しい戦乱の日々、取材に当たった開高先生はある日、私にこのように語りました。ベトナム人全体はコミュニストでもベトコンでもない。戦争で犠牲になっているのは多くの女性と子供たちで、否応なく戦争に巻き込まれて死んでいる、と。開高先生はベトナムで抑えがたい痛みを覚え、それが戦争反対の活動を決意させるところにつながっていったと思うのです」。

「私は自分の生まれ育った故国を脱出せざるを得なくなった心の痛みを多くの人々に伝えたい。この胸に棘のように突き刺さっている過去の痛みを、なかでも若い世代に伝えるにはどうしたらいいか考えた末、私は絵で伝えたいと思い、画家になろうと決意したのです。絵であれば言葉なしで済むというか、絵を見てもらえれば、誰に対しても、言葉なしで伝えられるのではないかという気がしたからです。しかし、この展覧会を最後に、過去のことはもうなるべく忘れ、これからはこれまで以上に明るく頑張って生きて行きたいと思っています」。

彼は自分の絵について「最初はリアリズムに徹しようと思っていたが、今は、心の中で燃え上がるものと交流する手段としての絵、〝心象画〟といったらいいのだろうか、それをキャンバスにぶつけてきた。ベトナム人の内なる苦しみ、先祖の血と魂を、真っ暗な闇のなかにはき出す気持ちで書き続けてきた」と語る。自由も希望もない難民の群、希望のない〝死の街〟を覆う暗いベール……。「さようならサイゴン」が、一貫したテーマとなっている。

この個展に先立って、トアン氏から一枚の絵（**口絵参照**）が送られてきたことは、プロローグで書いた。この絵について彼は「一九七五年、サイゴン陥落の日のあなたです」と言った。サイゴン川に浮かぶ大型船に、国外脱出を計ろうと殺到する市民たち。血の涙を流すベトナム人女性の顔は、多分、彼の別れた妻だろう。彼女はあの朝、「ベトコンが来る！」と恐怖におののき、必死の形相だった。子供二人を連れて船によじ登り、動き出すのを何時間もじっと待ち続けた家族四人。わずかな手荷物も失くし、食料も水もない。動かない船の甲板から市内のパニック状態をながめながら、トアン氏の胸は不安と焦燥で張り裂けんばかりだったのだろう。

東京の日経本社をバックに、日の丸を首につけ、そんな光景を冷然と見下ろす男。ベトナム共和国（当時）の国旗は血に染まり、引き裂かれている。男の口元には、かすかな笑いさえ浮かんでいるように思える。私の胸に錐《きり》で刺されたような痛みが走った。「新聞記者は、どんな悲惨な現場に立ち会おうと、感情移入をしてはいけない。常にクールで冷静でなければ、現場を見る目は曇り、客観的な原稿は書けない」。こう教わってきた。多くの悲劇を目の前にしながら、自分はその外から、傍観者に徹する——それが新聞記者という職業なら、新聞記者とは一体、何なのだ。私はあの日、トアン氏一家やサイゴン市民の苦悩を共有するどころか、冷たく突き放して平然と眺めていたのではないか。人間としてそれが許されるのか。一枚の絵は私に極めて重いものを問いかけていた。

日本での個展を終えて、オーストラリアに戻ったトアン氏は「私の役割はすべて終った」と感じる。「ベトナム戦争の悲惨な光景をもっと描き続けようという心の中の炎が消えてしまったような気がする。これから私は何をすればよいのか」。このままブリスベーンにとどまるのか。心はベトナムの上空を漂い始めている。ベトナムには「自分の池で泳ぐ。池の水は汚れていても、そのほうが幸せだ」という言葉があるという。漂う雲は、まだまだ漂い続けるのかもしれない。

第二章　元日本兵と民族解放

▼「向う側に強い人」

「御心配いただきました老友落合茂氏の様態は、幸い腰痛のみで、二十日間ほど臥床養生の後、ようやく回復に向い、先日（五月二十七日）、当地の知友と共に一夕快気の宴を催して、祝盃を挙げた次第で、例の口舌も元気に歓談致しました。もはや懸念無用と存ぜられますので、ご報告致します。

サイゴンも雨季に入り、連日のスコールに人も街も蘇生の思いで、雨後の火焰樹の緋が鮮やかに緑の並木に映える景観を現しております。在サイゴン　西川捨三郎拝」

こんな葉書がサイゴンから届いたのは、二〇〇五年五月末、三十年ぶりのサイゴン再訪から一ヵ月がすぎたころだった。再会の夜、八十歳半ばの二人の老「元日本兵」は、元気で意気軒昂。なつかしさで酒をくみかわし、互いに酔った。落合老人は自宅に戻って転倒、腰を打って起き上がれない状態が続いていると人づてに聞き、心配していた。手紙をいただいた西川氏は一年後、サイゴンで病に倒れ、さらにその一年後の二〇〇八年一月、西川氏を追うように落合氏もサイゴンの土となった。日本軍のインドシナ進駐とともにベトナムに赴き、終生、ベトナムとベトナム人を愛し続けた二人だった。


落合茂氏との最初の出会いは、一九七五年三月二十五日のことである。サイゴン赴任後、東京本社から東京銀行サイゴン支店（当時）へ、支局経費が初めて送金された日だったから、よく覚えている。助手たちの給料も払わなければならないし、一ヵ月間にたまった支払いも多い。お金を引き出しに行くついでに、同銀行のM支店長に挨拶することにした。M支店長は当時、サイゴン在住の日本人会会長でもあった。政府軍にとって、戦況は急速に悪化しているとあって、支店内はざわついており、M支店長も落ちつかない。「いい男を紹介しておきますよ」と彼が呼んでくれたのが落合氏だった。当時五十五歳。色浅黒く精悍な表情に、銀行員とは異質なものを感じた。

「落合君は元日本兵で、敗戦後もこちらに住みついている人でしてね。奥さんもベトナム人。

今度も、サイゴンがどんな状況になろうと日本には帰らない、と言っているんですよ」。同支店内では日本人スタッフの引き揚げ問題が大きなテーマになっていたのだろう。M支店長はこんな紹介の仕方をした。四月中旬になるとM支店長以下、日本人スタッフはアッという間に国外に脱出。落合氏が責任者となって同支店を守ることになる。

　私は、ベトナムに残留した元日本兵に興味を覚えた。かつて昭和四十七年、フィリピン・ルバング島で一ヵ月近く、元日本軍の小野田寛郎少尉の捜索取材をした際、東南アジアの残留日本兵の話を調べたことがある。小野田さんは終戦を知らず戦い続けた人だった。しかし、インドネシアなどには、オランダからの民族独立戦争に飛び込んでいった元日本兵がたくさんいた。ベトナムにも残留日本兵がいたことは、その頃の日本では、あまり知られていなかった。解放勢力によるサイゴン包囲網が狭まる中、取材に追われていた私に、「あちら側（解放勢力側）の情報に一番強いのは落合さんですよ」とそっと教えてくれたのは、当時、日本大使領事部にいたTさん。Tさんも残留元日本兵の一人だった。

元日本兵・落合茂氏

　グエン・バン・チュー大統領が辞任す

る前後、「五月一日のメーデーが今年は盛大に開かれる」といううわさがサイゴン市内に流れたことは、前に書いた。このうわさを耳にした時、私はTさんの助言を思い出し、落合氏を東銀サイゴン支店に訪ねた。メーデーのうわさを知ってますか、と聞くと「情報、早いですね。確かに一部でささやかれているようですが、本当ですかねえ。だけど、サイゴンは昔から〝うわさの街〟です。インチキ情報も時にはありますが、どこかに根拠のあるうわさのほうが多いんです。向こう側の最近の勢いからいうと、うわさだからと聞き流すわけにはいかないかもしれませんよ」。落合氏はこんな答え方をした。そして付け加えた。「日本大使館の判断、少しおかしいのではないですか。あれで日本人の保護、できるんですかねえ」。日航救援機について、日本大使館は何の決断もしていなかった。

この時、落合氏が私に紹介してくれたのが、日本資本の現地商社「大南公司」の常務取締役、西川捨三郎氏だった。「西川先生（彼は確かに先生といった）も旧日本軍関係者なんですが、彼の情勢分析も聞いてみるといいですよ」。私はすぐに大南公司を訪ねた。「状況は切迫していると考えたほうがいいですよ。あちらは本気じゃないですか。メーデーは盛大に……という情報、意外と当たっているかもしれません。私はいったん日本に帰りますが、落ち着いた頃戻ってきます。落合君は残りますので、めんどうみてやってください。古くからの〝同志〟ですから」。穏やかな表情で、たんたんと語るのが印象的だった。西川氏は陥落寸前にサイゴンを離れた。

▼妻は解放軍戦士だった

落合氏の妻、グエン・チ・チャイさんが、南ベトナム解放民族戦線の女性幹部として颯爽と市民の前に登場したのはサイゴンが陥落した四月三十日のことである。名古屋でアンティーク修理の鉄工房を営む落合氏の長男剛さん（ベトナム名、トラン・クォック・フン、55歳）は、今でもあの前後のショックを想い出す。当時彼は大学生。数週間も家のことを放り出して、帰ってこない母のことを聞くと「バカな女だよ。最近は新興宗教にこって、教祖様のところで働いているそうだ。帰って来たらぶんなぐってやる」と父は繰り返していた。その母が、四月二十九日の深夜、こっそりと自宅に戻ってくる。数人の若者たちを引きつれて。全員が私服だったが、屋根裏に隠してあった銃や解放戦線旗などを取り出した。夜明けに備えて母は、黒いマフラーに黒い帽子、赤い腕章で身を固めた。解放戦線幹部の正装である。母が〝ベトコン〟のゲリラだったことを、剛さんはこの時、初めて知った。「ベトコンは敵だと思っていましたから、その瞬間、母を許せないと思いました」。父・茂氏はそんな妻の姿を、何も言わず、だまって見ていた。

チャイさんは、翌朝、部下数人を引き連れ、サイゴンに〝入城〟する解放軍の、案内役を務めた。解放後は地域の責任者として生き生きと活動を始めた。地域の地下活動の責任者だったことが、次第に明らかになる。そう言えば……と剛さんは想い出した。一九六八年のテト攻勢で、サイゴン市内で解放戦線が一斉蜂起した時も、母は何日も帰ってこなかった。彼

落合氏の妻・グエン・チ・チャイさん

は当時、中学生、十四歳だった。父は酒を飲みながら、隣近所に聞こえるような大声で「バカな女だ。浮気をして男の家に入りびたりらしい。帰ってきても家には入れないぞ」とわめき散らした。剛さんはその頃から「母は悪い女だ」と思い、悲しかった。小、中学時代から母は外出が多く、食事もろくに作ってくれなかった。彼にお金を渡して、屋台のフォー（ベトナムそば）でも食べなさい、ということもしばしば。母がベトコンの幹部だったことがわかると、母がますます許せなくなり、反発した。

五月一日のメーデーにチャイさんは、屋根裏に前から準備していたと思われるプラカードを掲げ、部下たちと胸を張って出かけた。地域のリーダーとして、新政権の布告を住民に伝え、食料配給などを取り仕切った。そんな母に剛さんは楯突いて、口論がたえなかった。彼は小学校から大学までチュー政権の反共教育で育った。〝ベトコン〟は敵だ、と教育されてきたのだ。六月に入ると突然、再教育キャンプの呼び出しを受ける。学生だというのに「三ヵ月の予定」という「長期間」だった。「ベトコンの幹部なのに息子をかばってくれようともしない」。彼はその頃、母をうらんだという。

「再教育キャンプは刑務所ですよ。狭い部屋に十数人も詰め込まれてゴロ寝です。刑務所と違うのはキャンプ入り口は常に開くようになっていることです。逃げ出した者は射殺してもよい、という命令を受けている、と警備の兵隊には脅されました」。剛さんはまず「反省文」を書くことを命じられる。母に対する反発も含めてである。ホー・チ・ミン語録を何回も書かされた。三ヵ月後、帰宅を許されるが、自宅に戻ってタバコに火をつけ、吸い終った時、近所の住民の通報で再び公安に拘束され、「再教育」を命じられた。「机の引き出しに入れてあった外国製タバコが〝隠匿物資〟だ」というのだ。それから二ヵ月、また「収容所生活」を強いられた。母、チャイさんはあのころ、革命政権に〝反抗〟する息子が一日も早く、新しい生活になじんでくれることを願い、自分の息子により厳しく当たったのだろう、と彼は後になって思った。

落合氏は、妻が長い間ゲリラ活動を続けていたことを、どこまで知っていたのか。私は陥落後、落合氏に聞いたことがある。「いやあ、知りませんでした。知っていたとすると、日本の銀行が、解放戦線を支援したことになりますからねえ」。落合氏はニガ笑いしながら答えた。しかし、剛さんは「今から思えば早くから知っていたのだと思います。結果からみれば、秘かに母を応援していたのではないですか」と話した。

テト攻勢のころは、隣近所に聞こえるように、自分の妻を〝浮気女〟とののしり、サイゴン陥落前は「新興宗教にこったバカ女」と公然と言っていたという落合氏。それが世間をあざむくためのカモフラージュだったとすると、「元日本兵、落合茂」とは、どんな人間だったのだろう。陥落後、時間的余裕ができた私は、何度か酒を酌みかわしながら、彼の「実像」を聞き出そうとした。しかし、いつもどこかで、はぐらかされていた気がする。

サイゴン駐在記者として女性闘士、グエン・チ・チャイさんに一度はインタビューしたくて、落合氏には何度か取り次ぎをお願いした。「彼女は毎日、仕事に追われているようで……。それに外国の報道関係者に許可なく会ってはならない、と上の方に強く言われているようですよ」。解放後、第一線で活躍するチャイさんに、偶然会ったのはＮＨＫの島村矩生支局長（当時、故人）である。島村氏は七月末に開かれた第三回解放戦線大会で、幹部に選ばれた第三勢力の仏教徒、フィン・リエン尼僧にインタビューを申し込む。島村氏も、この大会をきっかけに、かつての第三勢力や解放戦線の復権があるのではないか、と期待していた。

リエン尼僧は「ようやく実現した平和なサイゴンは、仏様の理想とする世界がこの世に実現したものです」と喜びを表した。このインタビューに同席して、リエン尼の発言を終始チェックしていた労働党のお目付役の女性がいた。この女性は、インタビューが終ると、島村氏に寄ってきて「私は落合の家内です」と挨拶したという。島村氏の著書『解放南ベトナム――革命と人間』によると、チャイさんはこの時、こう語っている。

「私は八年前、労働党に入党しましたが、入党を家族にもらしてはいけない、という党の命令で、夫にも隠し通しました。二、三ヵ月に一度、タイニンの秘密基地に指令を受けに行く時、夫には〝お寺参りに行く〟とウソをついてでかけました。夫にはおこられ、なぐられたこともありますが、夫は間接的に革命に協力してくれたことになります。夫の協力は、党にも報告してあるので、夫の将来には何も心配ないと、日本にいる友人の皆さんにもお伝えください」。そして「息子には苦労させられています」とも語ったという。

▼困窮する元日本兵たち

東銀サイゴン支店も閉鎖され、ヒマになった落合氏が、グエンフエ・ビルの日経支局にフラリとやってきたのは八月下旬のこと。「サイゴン在留の元日本兵の生活を、日経の紙面で応援してやってくれませんか」と彼は言った。「日本大使館は冷たすぎますよ。同じ日本人なのにねえ」。大使館に陳情に行った帰りだという。私は数人の元日本兵を取材し次のような記事を書いた。

［10月7日］ベトナムに骨を埋めるつもりで住みついた元日本兵を中心にした在留邦人の多くが、解放後、職を失い、その日の生活にもこと欠く状態に追い込まれている。革命政府の最近の経済改革で、その困窮度は一段とひどくなり「同じ生活の

苦労をするなら生まれ育った日本で…」と帰国を希望する人も増えてきた。だが帰国するにも旅費はない。「いずれ必ず返済するから旅費だけでも立て替えてくれないだろうか」——。弱りきった元日本兵たちは連日のようにサイゴンの（旧）日本大使館に陳情を繰り返している。

解放直前までは五百人以上いたサイゴンの日本人も今は大使館、報道関係者を除いて約六十人。そのほとんどが元日本兵を中心にした「寿会」の人々。旧日本軍の仏印進駐でインドシナ半島に送り込まれたが、終戦後、帰国せずに、ベトナム人女性と結婚、サイゴンに居ついて、進出してきた日本企業などで働いていた。ベトナム情勢の急変で日本企業は相次いで引き揚げたが、元日本兵たちは「われわれの真価を発揮すべき時が来た」とサイゴン陥落後も在留を続けてきた。

「いずれは日本企業がサイゴンに戻ってくる。企業活動も正常化するだろう」。残留組のほとんどがこう期待した。しかし、革命政権の一連の経済政策は、こうした元日本兵たちの〝甘い夢〟を打ち砕いた。「当面は生活水準が低下しても外国に依存せず、経済の自力更生を図る」という姿勢が、革命政権の経済政策には貫かれている。

失業者のあふれたサイゴンで、在留元日本兵たちのほとんどが再就職の道もなく、わずかな蓄えも日に日に底をついてきた。日本大使館にはこうした人たちからの借金の申し込みがあとを断たない。大使館もそう無制限に貸し与えることもできず、最近は米さえ満足に買えず、「三度の食事を二度に減らした」「毎日おかゆです」といった人もかなりいる。ベトナム人なら、革命政府から配給を受けることもできるが、骨を埋める覚悟はあっても日本人であるため、それもできない。

「〝新経済区〟に行ったベトナム人と一緒に、農業をやることも考えたんですが、この年ではねえ」と元日本兵の世話役の一人Aさん(56)。かつては〝ベトミン〟の軍事指導を行ったこともある。再度人生をやり直すには、やはり日本に帰ってからにしたいという思いが急激につのってきたという。Aさんによると、帰国を決意した日本人はすでに三十人。家族を含めると九十人近くになるが、そのほとんどが旅費さえない。

Aさんたちは相談してこのほど大使館に要望書を出した。「本人と家族の帰国旅費を日本政府で一時、立て替えてほしい。また帰国するまでの間、生活困窮者に何らかの援助の手をさしのべてもらえないだろうか」――。Aさんたちの要望書は「帰国後」については一行も触れていない。帰国後の生活が苦しいことはわかっている。しかし、そこまで政府に面倒をみてくれとはいえない。「これまでと同じように帰国後は自力で生活を切り拓いていかなくては…」とAさんはいう。だが、帰国希望者の中には、戦後の日本を見たこともない人も多いのだ。

在サイゴン大使館もこうした在留邦人の窮状に目をつぶっておれなくなってきた。「このままでは在留邦人の中から餓死者や自殺者が出るかもしれない」と深刻。遅すぎたきらいもあるが、詳しい実態調査を進め、緊急に何らかの措置を取るよう外務省に連絡するという。ただ、問題はこうした元日本兵たちの妻、子供たちの大部分が国籍はベトナム人であるということだ。国援法（国の援助などを必要とする帰国者に関する法律）の建前からいえば、ベトナム籍の家族は援助の対象にならない、と大使館はいう。といわれても、この元日本兵たち、「妻子を捨てて日本に帰るわけにはいかない」。

グアム島の横井さんやルバング島の小野田さんのように、ジャングルで一人で暮らしてきたわけではない。戦後、日本に帰るチャンスがなかったわけでもない。といって、この日本兵たちの窮状をこのまま放っておけるのだろうか。彼等も召集令状一枚でベトナムにやってきた。ここにも戦後処理の問題が残っている。


落合氏は長い間、現地在住日本人の会である「寿会」の世話役だった。記事にもあるように、「寿会」は元日本兵とその家族を中心に組織されていた。この取材で私は何人かの元日本兵と会った。当時、まだ三十人を超す元日本兵がサイゴンに残っていたのである。日本軍の仏印進駐時に兵士としてベトナムに渡って三十数年。一九五四年の南北分断や、その後のベトナム戦争の時代を生き抜いてきた人たちが、サイゴン陥落後、進み始めた社会主義革命の中で、生活に困窮し、今度こそ日本に帰ろうと、真剣に考え始めていた。革命政権に「日本人の真価を発揮し、協力していこう」と覚悟していた人たちも、「新しい社会」に入り込む余地はない。それどころか「外国資本への協力者」として排斥運動の対象になりつつあったのである。

落合氏はその後、ブラリと日経支局を訪れるようになる。彼は酒も好きで強かった。オフィスのソファに腰をすえ、チビチビやりながら、落合氏の「数奇な来し方」に耳を傾けた。しかし、彼は肝心な部分になると、なぜか言葉を選び、はぐらかす。私が本当に知りたかったのは、なぜ彼がそんな人生を選択したのか、その「動機」と「目的」だった。落合氏の遺品のアルバムにそえてあった履歴書にそいながら、時代背景とともに、彼の半生を辿ってみたい。

▼「逃げ続けた人生」

履歴書

氏名　落合《オチアイ》　茂《シゲル》

生年月日　大正九年十一月七日

本籍地　山口縣山口市大字嘉川字稽古屋第×××番地

現住所　越南国西貢市フィン・ティン・クーア街七五番地B

経歴

一、昭和十五年三月　山口縣山口市鴻城中学校卒業

一、同年四月　朝鮮総督府新義州税関奉職（調査課勤務）

一、昭和十六年十一月　召集により朝鮮平壌高射砲第五連隊入隊

一、昭和十八年一月　越南国海防市独立野戦高射砲第四八大隊配属

一、昭和二十年八月　終戦後特殊技術者として中国軍第一方面軍に徴用さる（終戦時階級□《不明》軍兵長）

一、昭和二十一年六月　越南国河内市にて中国軍第一方面軍より離脱、逃亡生活に入る

一、同年十一月　中国々籍取得

一、昭和二十二年一月　越南独立戦（越盟対フランス）の戦禍を避ける為、中国南部の北海に渡航

一、昭和二十三年九月　以後同地にて一機帆船の機関士として就職、海防―北海―海口間の航海に従事

一、昭和二十八年一月　越南国政府クワン・エン土木局に機械修理工場長兼自動車運転手として就職

一、昭和二十九年二月　中国籍離脱、日本国籍に復すると共に越南国永住許可証取得

一、昭和二十九年十月　クワン・エン土木局辞職

一、昭和三十年十二月　西貢に移住

一、昭和三十一年八月　日本工営株式会社に現地通訳として就職

　　日本工営株式会社辞職と同時に在西貢日本人商社懇話会に書記として就職、現在に至る

賞　罰

一、共になし

右の通り相違ありません。

昭和三十六年十月二十六日

右本人　落合　茂　㊞

（注）西貢（サイゴン）、海防市（ハイフォン）、河内市（ハノイ）。海口（ハイコウ）は中国海南島

北部の都市。北海（ベイハイ）はトンキン湾に面した中国南部の都市。越南国政府クワン・エン土木局はフランス植民地政府の土木局。

この履歴書は昭和三十六年の日付からみて、在サイゴン日本人商社懇話会の書記をしていた落合氏が、東京銀行（当時）サイゴン支店に入社する際に提出したものだろう。サイゴン陥落後、同支店を閉鎖する際、現地責任者だった落合氏が、人事台帳に保存されていた自分の履歴書を抜き出して、所持していたものと思われる。

彼が生前に話した〝自分史〟と、この履歴書をつき合わせてみると、一九四三年（昭和十八年）、北ベトナムのハイフォンに高射砲兵として進駐した後の、変転きわまりない落合氏の半生がみえてくる。といっても、私たちにとっては理解しがたい〝ナゾ〟だらけの人生である。日本の敗戦とともに中国第一方面軍に入り、それを離脱、逃亡生活に入ったというのは何を意味しているのか。さらにその後は中国人になりすまし、帆船の機関士としてトンキン湾を〝漂流〟。そしてフランス政府軍土木局のおかかえ運転手。ディエンビエンフーで仏軍が敗れると、サイゴンに移り日本工営の通訳から東銀職員に。まさに〝七変化〟の人生でありベトナム現代史の狭間を渡り歩いたのである。落合氏は、「逃げて、逃げて、逃げまくったのが私の半生」と笑いながら話していたが、「逃げた」というだけでは、説明のつかない部分が多すぎた。

一九四一年（昭和十六年）三月、山口市・鴻城中学を卒業した落合氏は、北朝鮮の新義州の税関に就職する。対米戦争が始まる直前の同年十一月、平壌で召集され、高射砲連隊に配属された。開戦後一年余りたった四三年（昭和十八年）一月、平壌から門司を経由して船でベトナム・ブンタウ付近に上陸、ハイフォン（海防市）の高射砲連隊に送られたという。

日本軍が仏印（フランス領インドシナ）に進駐するのは対米開戦に先だつ一九四〇年九月のことだった。前年の三九年に勃発した第二次世界大戦では、フランス本国がドイツに占領された。フランスの植民地下にあったベトナムでは、親独のヴィシー政権が樹立される。日本は日独伊三国同盟をバックに、このヴィシー政権と協定を結んで「蒋介石軍への援助ルートを絶つ」という名目でベトナムに進駐した。軍事に関しては日本、政治経済はフランスが主導する、というのが協定の趣旨で、戦闘の結果、武力侵攻したわけではない。〝平和的〟なベトナム進出だった。四一年十二月、日米戦争が始まると、ヴィシー政権はその帰趨をにらみながら日本の思うようにならない。このため日本軍は敗戦直前の四五年三月、クーデターを決行（明号作戦と呼ばれる）、インドシナでの実権を掌握した。ホー・チ・ミンのひきいるベトミン（ベトナム独立同盟）軍は、民族独立の旗を掲げ、主たる敵をそれまでのフランス軍から日本軍に移した。こうした情勢が、四五年八月十五日の日本敗戦後のベトナムの勢力争いをきわめて複雑なものにしたのである。

日本の敗戦を落合氏は、ハノイの高射砲連隊で迎えた。天皇陛下の放送を聞くために、全員が集められたが、ラジオの声はほとんど聞きとれなかった。ハノイの日本軍は戦闘らしいものはほとんどしておらず、武器、弾薬も食料などの物資もまだ豊富だった。南方総軍から「降伏せよ」との指令がきて、「負けたのだ」とやっと思った。「それからは毎晩、軍歌を歌い、酒びたりでした。やけ酒です。医務室の薬用アルコールも持ってきて、連日、悪酔いしました」。落合氏は、あの日の酒の味を何度も語った。なぜ、帰国しなかったんですか？「あの当時、広まったうわさ話は、日本には原子爆弾が落とされて、五十年間は木も草も生えない、日本を米軍が占領して、処女は一人もいなくなった。引き揚げ船に乗ると途中で米軍の潜水艦にやられてみんな殺される……こんな話ばかりですよ。私たちに帰る祖国はもうないのだ、と私ばかりでなく多くの仲間がそう思ったんです」。

日本が降伏した二日後の八月十七日、ハノイの市立劇場前の広場は数万人のベトナム人群衆で埋まり、劇場の屋根に金星紅旗が翻った。ベトミンの突撃隊が十九日にはハノイに突入、一斉蜂起が起きる。九月二日にはホー・チ・ミンが市立劇場前に立って独立宣言を読み上げ、ベトナム民主共和国の樹立を宣言した。しかしハノイに入ってきたのはベトミン軍だけではなかった。中国の雲南軍（第一方面軍）、蒋介石直系の国民党軍もハノイを目指す。フランス軍も息を吹き返し、ベトミン軍、中国軍、フランス軍三つ巴の戦闘がベトナム北部を中心に繰り返され、極度の混乱状態に陥った。そんな中で、敗軍となった日本軍の将兵と武器の争奪合戦が繰り広げられることになる。

落合氏の部隊があったベンハイ川の北側に最初にやってきたのが中国・雲南軍。雲南軍は日本の武器、弾薬、車両などを次々と没収するが、車両を運転できる者がいない。そこで日本兵の中で運転などのできる「技術者」を募集した。日本への帰国をあきらめていた落合氏は雲南軍の「特殊技術者」として徴用されたという。雲南軍は国民党政府・蒋介石軍の配下であるとはいえ、「地方軍閥」であり、落合氏に対しても捕虜扱いはなく、将校と同じ扱いをされた。トラックの運転手として荷物や人員の輸送に当たったという。

そんな生活を続けていた落合氏に、今度はベトミン軍からの誘いの手がのびてくる。日本人がその勧誘に当たっていた。「ベトナムの独立のために、ホーチミン軍に入っていっしょに戦おう」。ベトミン軍の独立運動に参加して優遇されていた別の日本兵も誘いにきた。フランス軍に入った日本兵もいた。「フランス軍に入れば、金髪の娘が与えられる」といううわさもあった。落合氏は「ベトミンの軍隊に入って、ベトナムの人々と一緒に独立戦争をやろう」と決意し、「雲南軍を離脱して逃亡生活に入った」のである。東銀サイゴン支店にこの履歴書を提出したころは、ゴ・ジン・ジエム政権下であり、ベトミン軍に入ったとは書けなかったのだろう。

一九四六年初め、ハノイではボー・グエン・ザップ将軍を中心に、ベトミン軍の強化作戦が進められていた。その中核となったのが、フランス植民地軍にいた訓練ずみのベトナム兵と、日本軍の脱走志願兵だったといわれる。ザップ将軍はハノイ北西のトンと中部ベトナムのカンガイに士官学校を作る。この二つの士官学校の幹部養成は、ほとんどが日本人将兵に頼った。その一人である海軍嘱託、中川武保氏は帰国後、その手記『ホー・チ・ミンと死線をこえて』の中でベトミン軍の幹部養成について次のように述べている。

「ベトミン軍幹部の訪問を受け、陸軍士官学校を創設し、人民解放軍の約百名の中隊長を養成してほしい、と依頼され引き受けることにした。教官の選択に迷ったが、海南島時代の知人三人を呼び集めた。教育は日本陸軍の歩兵操典に基づき、できるだけベトナムの現状に合わせた。最初は、生徒たちの了解を得て、休め！　伏せ！　トツゲキ！　などすべて日本語で行いながら、ベトナム軍用語作成に頭をひねった」。この段階のベトミン軍は、「兵器は数えるほどしかなく、わずかに入手したライフルや手榴弾にしても、その使い方さえ知らなかった」という。

日本の敗戦時、仏領インドシナ全体で九万人を超える日本軍が駐留していた。日本政府は、ハノイに残留していた日本兵や日本人に対し、帰国時期がくるまでの間、「自活的生活」をさせる方針を決める。自活的生活とは、それまで国の援助をあてにせず、自力で生活せよ、ということだ。これが、中国軍、ベトミン軍、フランス軍三つ巴の、「残留日本兵争奪」につながる。大森実氏の『ホー・チ・ミン——不倒の革命家』によると「ベトミン軍の中核になった脱走日本兵は約四千人」としている。翌年から順次、引き揚げが始まったが、初期の段階では、それくらいの人数に達していたのだろう。落合氏らサイゴンの寿会関係者は「最後まで残ったのは七百人から八百人だった」と言っていた。日本の厚生省（当時。現・厚生労働省）が一九五五年に作成した「仏印未帰還者名簿」では総数五百九十九人。戦闘に参加したり巻き込まれたりして死者も多く、正確な数はわからないが、相当数の旧日本兵が、日本軍を離脱または逃亡してベトミン軍などに入ったのは事実である。

落合氏がベトミン軍に参加してジャングル生活に入ったころのベトナムは依然、混沌としていた。ホー・チ・ミンは「八月革命」によってベトナム民主共和国の独立を宣言するが、これに対して中国国民党の蒋介石が支援する「ベトナム国民党」の動きも活発となる。残留日本兵の中には、「ホー・チ・ミンは共産党だ」と反発し、ベトナム国民党軍に参加して、ベトナムの独立に協力しようという者もいた。元日本兵が「ベトナム独立運動」側に付くのを恐れたフランス軍は、旧日本兵だとわかると拉致同然にフランス軍に引っ張った。三つ巴の日本兵争奪戦に落合氏は「日本人同士で戦ってなんの意味があるんだ」と翌年一月にはベトミン軍からも脱走した、というのである。

中国軍からもベトミン軍からも「逃げ出した」落合氏は、昭和二十一年十一月、ハイフォンの街で、「中国国籍」を取得して、中国人になりすます。「よく簡単に中国籍がとれましたね」と聞くと、ハイフォンで戦時中の日本の国策会社「昭和通商」に勤めていた「旧知の中国人」に会い、この男が落合氏のためにすぐに中国国籍をとってくれた、というのだ。それから一年半以上にわたって落合氏は中国人として、ハイフォン港から密出国し、中国の北海（ベイハイ）に脱出。海運会社にもぐり込み機帆船の機関士として、南シナ海を海南島海口（ハイコウ）から海防（ハイフォン）までカムラン湾一帯で貨物輸送に当たった、という。履歴書にも記載してあるように「戦禍を避けるためだった」と言うのだが、この洋上での一年半の生活も〝ナゾ〟だらけである。すぐに中国籍をとってくれたという「昭和通商」の中国人とは何者なのか。この「昭和通商」という会社はどんな会社だったのか。

佐野眞一氏はこの昭和通商について『阿片王――満州の夜と霧』の中で「里見甫が関係した昭和史の闇に消えた謎の国策会社」と書いている。佐野氏によると、昭和通商は昭和十四(一九三九)年、軍部が三井物産、三菱商事、大倉商事の三大財閥に強制的に出資させてスタートした一大商社だった。表向きは陸軍の旧式となった武器を第三国に輸出する一方、軍需物資を現地調達していた。しかしその実態は、諜報活動とアヘン取引を両輪とする極秘特務機関だったという。昭和通商に関する資料は終戦時にすべて焼却され、資料は残されていない。あの混乱期に、落合氏が乗り組み、トンキン湾を中心に南シナ海を中国大陸から海南島、そしてベトナム各地へと動き回った機帆船は一体、何を運んでいたのだろう。

海運会社の「倒産」で一九四八(昭和二十三)年九月、再びベトナム北部のクアンエンに舞い戻り、フランス植民地政府土木局に、機械修理工場長兼運転手として雇われた。もちろん中国人としてである。「ベトナム人の嫌う戦場で死んだ遺体収容」を彼は率先して引き受けた。この年、落合氏はこのクアンエンでベトナム人女性、グエン・チ・チャイさんと結婚する。彼女にはベトミン軍の対仏戦争に参加し、行方不明になった夫との間に二人の娘がいた。引き取って一緒に生活を始めたが、すぐに彼女との間に子供ができた。長男剛さんである。フランス植民地政府土木局での運転手生活五年余。サイゴンに日本大使館も開設され、再び日本国籍に戻る。この年の秋、ベトミン軍のフランスからの独立戦争は、最終局面を迎えていた。翌一九五四年三月にはディエンビエンフーでベトミン軍の総攻撃が始まり、フランスは全面撤退した。落合氏は妻子とともにサイゴンに逃れた、という。「フランス軍で働いていた私は、今度はベトミン軍から逃げなければならなかった」と彼は説明した。

サイゴンに「逃げてきた」落合氏は、日本大使館で初めて日本のパスポートをもらう。このころになると日本の企業も少しずつベトナムに進出し始めていた。日本工営で通訳として一年間働いたのち、サイゴン日本人商社懇談会の書記となる。そして一九六一（昭和三十六）年、サイゴンに支店を開く直前の東京銀行に現地社員として就職したのである。彼がその時、提出したのが冒頭の履歴書だった。東銀サイゴン支店は一九六三年、正式に認可され開店する。以降、サイゴン陥落直後まで同支店で働くが、彼は「本当は銀行員など私の〝性〟に合いません。世を忍ぶ仮の姿ですよ」とチラリと本音をもらすことがあった。

履歴書にそって、落合さんが日本兵としてベトナムに来て以来の半生を辿ってみたが、銀行員が「仮の姿」だとすれば、彼の「本来の姿」はどこにあったのだろう。日本軍からベトミン軍へ、さらに中国人になりすまして南シナ海を転々とし、そしてフランス植民地政府の運転手として戦死者の死体収容にかけ回る。フランス軍の撤退とともにサイゴンへ。その間、結婚した女性は、サイゴンが陥落してみれば、〝ベトコン〟の闘士であり、ベトナム労働党の党員でもあったのだ。状況からみて、クアンエンで結婚したころから、妻はベトミン軍と関係があったとみて間違いない。

「逃げた人生」と、彼はいつも自嘲気味に自分の人生を語ったが、逃げたのではなく、積極的な意図があったのではないか、とも思えてくる。フランス植民地下でも、チュー政権下でも、妻が地下工作員とわかれば、夫婦ともども命の危険もあったし、東京銀行も彼を雇い続けることはできなかっただろう。日本は当時、米国とともにチュー政権を支援していたのである。

▼「外国人は出て行け！」

落合氏の〝変転〟する人生は、サイゴン陥落でも終らなかった。南北統一が実現した一九七六年後半になると、中国系住民（華僑）だけではなく、ベトナムに在住するすべての外国人に対する排斥運動が始まる。「夫の協力は党にも報告してあるので、夫の将来にはなんの心配もありません」と、妻チャイさんが言っていたにもかかわらず、日本の銀行職員であった落合氏は「日本の買弁資本の手先」と追及を受けることになる。「元日本兵」ということは「反革命分子」そのものであった。公安関係者がやってきて「外国人は自分の国に帰れ」と連呼する。「外国人はすべて出てもらうのが新政権の方針だ」と執拗に迫られた。最後には近所の住民を使って「出て行け」と自宅への投石も始まった。「このままでは拘束される心配がある」と落合氏は、帰国を決意する。

一九七七年、妻と娘二人残し、男の子供三人を連れて日本に帰国する。故郷山口を離れてから三十五年がたっていた。東京銀行は大阪支店の社員寮の管理人として再雇用してくれた。日本での生活が始まった。妻チャイさんは「サイゴンに残ってベトナムのために働いてほしい」という仲間たちの応援もあって、夫や息子たちと別れてサイゴンにとどまった。しかし、ベトナム労働党がベトナム共産党と名前を変え、党中央の支配が強まると、チャイさんのような「現場のたたきあげ戦士」は次第に〝用なし〟になっていく。南の解放戦線の下で、工作活動に従事していたチャイさんは、一九六八年の入党で、党員歴も短い。サイゴンの党組織は末端に至るまで、ハノイからやってきた党員が実権を握るようになった。南北統一は政治面においても、ハノイの党中央の強権支配であり、新しく南でも進められる革命は、彼女たちが求めた「理想」とはかけ離れたものだった。

翌一九七八年、チャイさんは、夫たちの後を追うように日本にやってきた。長男剛さんはそのころ、天理大学で日本語の勉強に懸命だった。母が〝ベトコン〟だったと知った時、拒否反応を起こして、ケンカが絶えなかった。しかし、家族の生活も顧みず、解放闘争のために働いてきた母が、その新体制から排除され、祖国を捨てて日本にやってきた姿を見ると、つらかった。「共産主義政権というのは、私たちがチュー政権の反共教育で教えられたとおりの政権だった」と彼は今でも思う。

剛さんによると、母チャイさんは、日本にやってきた理由について、時折、こう話した。

「私たちは、みんなが豊かに、平和な生活が送れるように信じて戦ってきました。だが、現実は南の生産物はみな北に運ばれる。北が経済的に貧しいことはわかるが、一般の家庭にあるものまで没収して北に持っていく。これでは南を貧乏な国にするために戦ってきたようなものです。私たちが考えていた革命とは違っていた。今のベトナムに夢も希望もありません」。

チャイさんは、落合氏といっしょに言葉も十分に通じない神戸の公団住宅で、十五年近くを過ごした。落合氏は日本の国籍をとるよう何度も勧めたが、チャイさんはかたくなにこれを拒んだ。落合氏は妻の病死をきっかけに一九九三年、再びベトナムに戻る。ベトナムではドイモイ（刷新）政策が進み日本企業も含め外国企業も再び進出し始めていた。最期までベトナム人の誇りを失わず、ベトナム人として死んだ妻を、ベトナムの地に眠らせなければならない。妻の遺骨を抱いての〝帰国〟だった。落合氏は妻の墓守をしながら、日本の進出企業の通訳として働き始める。「いやあ、日本は私の住むところではなかったんです。私にとってもベトナムのほうが自分の国になっていたんですな」。二〇〇五年、三十年ぶりに再会した落合氏は目を細めた。「日本はうるさく、いそがしすぎる。これで私も長生きできると思っているんですよ」。そう語った落合氏も二〇〇八年一月、八十八歳で逝き、妻の眠るサイゴンの墓に入った。

▼遺された四枚の写真

プロローグで述べたように、落合氏は遺品のアルバムの間に、四枚のモノクロ写真をはさ

1

2

3

4

第二章　元日本兵と民族解放

んでいた。記念写真中心の、ごく普通のアルバムの中で、この四枚だけが異様だった。彼は四枚の写真で、私に何を伝えたかったのだろうか。長年、秘かに隠し持っていた古い写真を、複写して引き延ばしたものだろう。複写は比較的新しい。生前の落合氏が、これを遺すために、わざわざ複写した、と思われる。

一枚目は水溜りの残る、舗装もない田舎道のわきに建つ草ぶきの小屋。二枚目は草深い荒れた原野。三枚目は原野の中の水路を、銃をかついで一人行くゲリラ兵。そして残る一枚は、五人のゲリラに囲まれて正面にカメラを向ける日本人らしい男。ゲリラ活動の拠点である「解放区」にたどりつくまでの「道順」を示していると思われる。この場所まで歩いて訪れた直後であることを物語るように、男の前には旅行用のカバンと脱ぎ捨てた靴。男の顔は、カメラとそれを持つ手で半分以上が隠れ、額と頭部の部分しかわからない。人物が特定できないよう意図的に顔を隠した写真だとみてもよい。構えたカメラやゲリラ兵の銃などからみて一九七〇年前後のものと思われる。

この男は一体、誰なのだろう。私は、落合氏自身ではないのか、と思った。この四枚の写真を、遺品のアルバムの中に、わざわざ残したということは、そのことを私に伝えたかったのではないだろうか。長男剛さんも、髪のはえぎわや、体全体の雰囲気などからみて、若い頃の父に似ているという。もし、そうだとするならば、妻チャイさんだけでなく、落合氏もサイゴン陥落のかなり前から、「解放区」に出入りし、解放戦線の兵士たちと交流していることになる。労働党員として地下活動に従事する妻を、背後から支えながら、解放戦線の民族解放の闘いを、秘かに支援していた可能性が高い、と私は確信した。

戦争にとって、敵方の情報は極めて重要な〝武器〟である。一九六〇年暮れに発足したばかりの解放戦線側にとって、南ベトナム政権内の動向や、介入を深める米軍の動きは、どんなささいな情報でもノドから手の出るほど欲しかったに違いない。落合氏が在西貢日本人商社懇話会の書記から、サイゴン支店開設のために南ベトナム政府への働きかけを強めていた東京銀行（当時）に転進しようと、冒頭の履歴書を書いたのが一九六一（昭和三十六）年十月末。東銀ではベトナム語に強く、現地の情報に精通したローカル・スタッフを必要としていたはずである。東銀がサイゴン支店開設にこぎつけたのは一九六三年。その頃、米軍はベトナムへの介入を一段と強め、戦闘は日ごとに激化していた。

開設当初の東銀サイゴン支店はどんな状況にあったのか。一九六三年から六八年まで同支店に勤務した渡辺昌俊氏は、サイゴンに駐在した日本人で組織するサイゴン会の会報「サイゴン回想」（二〇〇四年発行）に「米国特殊部隊の金庫番」と題して、次のような想い出話を書いている。

「米国の介入が日増しに目立ってくる頃、東銀サイゴン支店にアメリカ大使館の口座が開設された。よくみるとUS/SPECIAL/FORCOS/COLONEL…の名義になっている。全くの推測だが米銀がまだ存在しないサイゴンで、それまでアメリカ大使館の取引は仏銀に集中していたが、米仏ドクトリンの衝突から仏銀が米国との取引を失ったに違いない。受け皿に選ばれたのが、英系銀行とベトナムの評判の良い邦銀だったのだろう」。

「取引内容は簡単だった。アメリカ大使館が一片のドル建てドレジャリーチェックを持ち込むとピアストルに交換して入金する。数日後、(何とか)大佐がカウンターに現れて預金を引き出すだけ。問題はその取引額が段々増加していくことだった。巨額の紙幣を常時金庫に保管するわけにもいかないので、予め引き出しの通知を受けて、取引当日、中央銀行から現金を調達する方法を取ったが、運搬だけでも大変だし、いちいち数えていたら時間が足りない」。

「そのうち取引頻度も増え、現金の引き出し額が大型化してくると、数人の米兵がトラックで乗りつけ小さな支店の周囲を取り囲む。まるで米軍の取り付け騒ぎにあっているような騒ぎになった。その頃は激化する戦闘行為のため、ベトナムの地方はサイゴンと分断され現送(現金輸送)は全く不可能だったらしい。それ故、米軍、それも特殊部隊に頼るしかなかったのだろう。口座名義人は(何とか)大佐が何人か交代し、チェースマンハッタン銀行やBOAが進出してくる丸三年近く特殊部隊の金庫番が続いた」。

当時の東銀サイゴン支店からながめていれば、米軍の資金の流れが、その一部であったとはいえ労せずして見えていたわけである。発足間もない解放戦線にとってこうした情報は願ってもないものだったに違いない。渡辺氏の記憶によると「落合さんは当時、庶務担当として、きわめて真面目で優秀な行員だった」という。一九七五年のサイゴン陥落に至るまで、落合氏が銀行のカウンターから目撃したことや、銀行内部での体験は、軍事の専門家からみれば貴重な情報だったはずである。彼の東銀内部情報が、夫人経由で解放戦線に流れていた、という確証は何もない。しかし、落合氏が「解放区」にまで出入りした経験のある解放戦線への協力者だったと仮定すると、「夫の協力は党にも報告してあります」と語ったチャイ夫人の真意がみえてくる。

落合氏は夫人のゲリラ活動を支援する〝婦唱夫随〟の関係、だけだったのだろうか。日本の敗戦直後からの落合氏のナゾの多い一連の行動や、「銀行員は世を忍ぶ仮の姿ですよ」という発言などからみると、夫人への協力という以上に、もっと積極的な「意志」が存在していた、としか考えられない。

▼「先生」と「同志」

私は落合氏という人物の「本来の姿」を解くカギは、「老友落合茂氏と一夕快気の宴を催した」との手紙をいただいた「西川捨三郎」という老人にあるのではないか、と思い始めていた。西川氏は三十年ぶりの再会の際も、落合氏のそばで、柔和な笑みを浮かべながら、私たちの会話に静かに耳を傾けていた。自らは、あまり語らず、私が酒の勢いで最近の日本の現状を憂えたりすると、うれしそうに目を細めていた。三十年前、初めて会った時、落合氏は西川氏のことを「先生」と呼び、また西川氏は落合氏のことを「同志ですから……」といった記憶がよみがえった、からである。「先生と同志」と呼びかわす関係には、特別の意味があったのではないか。二人の関係がわかれば、〝仮の姿〟でない「本物の落合氏」が見えてくるはずである。だが、西川氏はこの再会の一年後、八十六歳の高齢で、サイゴンで倒れ、病死した。

私は数年前、西川氏が彼の著書『ベトナム人名人物事典』を送ってくれたことを思い出した。改めてこの本をめくってみた。二〇〇〇年に発行されたこの人物事典は、ベトナムの歴史上の人物六百五十余人について、その人生と功績などを克明に解説している。「事典」とはいえ、ベトナムの英雄たちの生き様が、その哲学にいたるまで、びっしりと詰め込まれている労作だ。訳・著「西川寛生」とある。西川氏のペンネームだ。彼はこの本の由来について、序文で次のように記している。

「ベトナム戦争が続く在りし日のサイゴンで、珍しく旧知の歴史学者が、中部ベトナムの古都フエから訪ねてきて、一夕歓談の後、この事典をわが手に託し『いつか日本の人々に本当のベトナムを知ってもらうために役立ててほしい』と言い遺して去った。その後の戦乱と変転のベトナムで、彼の消息は絶えたままの今日、もはやその存否を知るよしもない」。さらに続けて「古来ベトナム民族が儒教、仏教、道教の三教によって、長く、深く培われた東洋的伝統文化の真髄に触れ、各時代の卓越した人物によって体現されたベトナムの精神文化を実感してほしい」と訴えている。人物事典という形式をとった「ベトナム文化論」でもある。

この「事典」を西川氏に託したという「フエから訪ねてきた旧知の歴史学者」とは誰なのか。彼はそれを明らかにしていない。「消息は絶えたまま」だったとしても、それが事実なら筆者であるその学者の名前を当然、明かすはずである。その書き方から言って旧知の歴史学者とは、西川氏自身と資料収集を手伝った何人かのベトナム人のこととみて間違いないだろう。彼は長年にわたって、ベトナムの英雄たちに関する資料を収集し続けた。それを本にする時、「私が長年、書きためてきたものだ」とはいわずに、いつか日本人に本当のベトナムを知ってもらうために、「旧知の学者に託された」というのである。そこには、自らは脇役であり、表舞台には立ちたくない、との思いがあったとしか思えない。

西川氏は自らの略歴についてこの事典の裏書きに「一九二一年、滋賀県生。満鉄東亜経済調査局付属研究所卒。仏領印度支那派遣軍に通訳として従軍、ハノイはじめ現在の北部ベトナムに赴く。一九四二年、山根機関（在ハノイ）勤務。一九四三年、大南公司（在サイゴン）に入社。一九七〇年、常務取締役。一九七五年、サイゴン陥落直前に帰国、同年ベトナム協会（在東京）事務局長に就任」と書いている。

彼は元日本兵ではなく、落合氏と全く同じころ、軍属の通訳としてベトナムに渡った「特務機関員」だったのだ。「古くからの同志」という西川発言から推察すると、落合氏とはハノイ時代から接触があったということだろう。「特務機関」と言えば、すぐに〝スパイ〟や諜報活動を連想する。西川、落合両氏が特務機関などを通じての〝同志〟だったとするならば、落合氏が日本の敗戦後、ハノイに残り、中国・雲南軍、ベトミン軍、フランス軍などを転々とした理由も、なんとなく説明できる。

だが、その時点では、日本は戦争に敗れ、「日本軍」そのものが解体していたのだ。彼らはなんのために、誰のための諜報活動を続けたのか、ということの説明にはならない。調べていくと、それを解くカギは、西川氏が卒業した「満鉄東亜経済調査局付属研究所」にあることが、おぼろげながらわかってきた。この研究所卒業生の影響力は大きく、ベトナムやインドネシアなど東南アジア各地の民族独立運動に元日本兵たちが飛び込み、現地に根をおろしていく精神的な支えとなっていたのである。

▼大川塾の卒業生

「満鉄東亜経済調査局付属研究所」とはどんな組織だったのか。「大東亜戦争」遂行の理論的支柱、大川周明氏が、満鉄の付属機関だった東亜経済調査局付属研究所を、満鉄本社から分離独立化させ財団法人化したもので、終戦によって解散・閉鎖されるまで大川氏自身が所長をつとめていた。世間では「大川塾」と呼んでいた。大川周明氏といえば戦後、「東京裁判」でA級戦犯に問われ、法廷で、東条英機首相の頭をポカリとやったことで有名だが、彼のとなえた「大アジア主義」「大東亜思想」は、日本の南方進出の理論的な支えとなっていた。「大川塾」は大川氏の思想を現地に根付かせるために、東南アジア、インド、イスラム圏を中心とした南方への派遣要員を養成することを目的とした全寮制の教育機関だった。修業年限は二年、学費は無料、月五円が支給されたという。卒業生は卒業後十年間は、研究所が指定する機関に勤務しながら現地情勢を調査し、研究所に定期的に報告することが義務付けられていた。

「大川塾」は閉鎖されるまで六期九十六人の卒業生を送り出しているが、西川氏は一九四〇年卒業一期生二十人の一人だった。彼は仏語・ベトナム語を第一語学として選び、卒業後、軍の通訳としてハノイに赴く。一期生～五期生の全員がタイ、マレー、ビルマ、インド、仏領インドシナ（現在のベトナム・カンボジア・ラオス）に派遣された。東京裁判では「大川塾はスパイ学校である」との指摘もあったが、「当時の〝南進論〟といった時局に迎合したものではなく、大川周明が大正期から提唱してきた大アジア主義に立脚したあくまでも遠大な理想だった。卒業生の多くが特務機関員としてアジア解放のために戦った」と関岡英之氏は著書『大川周明の大アジア主義』で述べている。

「大川塾」卒業生が書いた資料によると、大川周明氏は所長として、毎日午前中を大川塾で過ごし、塾生と接触、「諸君の一番大切なことは正直と親切です。これが一切の根本です。外地に出たらこの二つをもって現地の人に対し、己の生活によって示さなければならない。諸君と私共とは使命を同じくする同志です」などと語りかけた。卒業式では「諸君の任務は、一面において各地の綿密な調査研究を進めて日本のアジア経綸に寄与すると同時に、他面において日本人はかくの如きものなりと、日常の行動によってアジア諸民族に知らしめることである」などと訓示、卒業生は大川氏の薫陶を胸にアジア各地に散ったという。

西川氏はハノイで一年間、軍属として通訳を務めたあと「山根機関」に入り、その一年後「大南公司」に入社した、とその経歴に書いている。「山根機関」とはどんな組織だったのか。日本軍が仏領インドシナに進駐したころ、チャン・チュン・ラップ将軍が率いる「ベトナム復国同盟」が、フランスからの独立を求めて武装決起する。この反乱は失敗し、ラップ将軍は捕らえられ銃殺刑に処された。この復国同盟を支援していたのが「印度支那産業」を経営していた山根道一という人物だという。山根氏は特務機関「山根機関」を組織し、ベトナム人の反仏闘争とベトナム独立闘争にかかわっていく。西川氏はこの山根機関員として「対仏民衆工作」に従事していたと思われる。

「大南公司」は、十五歳でベトナムに渡った松下光広という人物が、現地で悪戦苦闘しながら設立した商社で、日本軍の進駐前から、インドシナ各地に支店を持ち、石油から食料まで手広く商社活動を行っていた。サイゴン陥落直前まで、日本資本の商社としてその存在感は大きかった。社長の「松下氏は壮士的人物で、大南公司には、独立運動の活動家がいつも出入りしていた」といわれ、松下氏はフランス植民地政府から国外退去を命じられたという。山根機関から大南公司に移った西川氏は、フランスの撤退後も、この大南公司を舞台に、米国の介入が強まる中で秘かに解放戦線などの民族独立運動グループと接触を持っていたとみて間違いないだろう。しかし、西川氏も自分のことを語ることは少なかった。

大川周明氏は一九五七（昭和三十二）年暮れに死去するが、翌年一月に行われた告別式で西川氏は、大川塾第一期卒業生を代表して弔辞を読んでいる。「星霜十年を経て、再び西南一道、アジアの地に、東はインドシナ半島から西はアラビアの砂漠に至る間、先生門下の子達が、各地に点々孤立しつつも、ゆるまぬ努力を続け、新しい根を現地に張らんとする事実こそ、先生の霊前に唯一至上の供養とするものです」。西川氏は大川塾で学んだことを生涯、黙々と実践し続けたのである。

私はあの日本の戦争を、「大東亜解放のための聖戦だった」というつもりはない。しかし、西川氏らはこの哲学を信じ、自らの行動を通じて、落合氏ら現地に派遣された日本兵たちに伝えた。多くの日本兵が敗戦後もベトナムの地に残り、「アジアの同朋の解放」のために、ベトナム民族の独立闘争にそれぞれのやり方で参加していったのである。私は西川、落合両氏の〝ナゾ〟の部分をこう解釈した。

西川氏は、サイゴン会の会報「サイゴン回想」(二〇〇四年発行)に、ベトナムを思う数首の短歌を遺した。彼の思いが伝わってくる。

火焔樹の　緋の色映える　河畔にて
　青春　燃ゆる　想いのありき
旅のはて　ベトナム愛し　住みつける
　若き〝日僑〟　とみに増えしと
ベトナムに　夢を残して　八十路越え
　甲斐なき思い　悔いはなけれど

▼開高健氏と元日本兵

故開高健氏の『ベトナム戦記』の中にも元日本兵のことを書いたくだりがある。開高氏は一九六四～六五年、初めてベトナム戦争を取材する。米軍に従軍し、ほぼ全滅した五百人の部隊で、兵士十七人とともに生き残った、というのはこの時の取材である。この取材で開高氏は、日本工営が、日本の戦後賠償で建設していたダニムのダム建設現場を訪れる。落合氏はこの日本工営で一時通訳として働いたし、西川氏の大南公司は、このダム建設工事をチュー政権から日本工営が受注するのに大きな役割を果たした。この計画はサイゴンの北東二百五十キロのドラン盆地に高さ八メートル、堤長千四百六十メートルのダムを築き、十六万キロワットの発電所を建設、変電所をつくり、延々と高圧送電線を引き、電気をサイゴンに送る工事だった。

工事現場の多くは〝ベトコン〟の支配地。この工事現場で、最盛期には約三百人の日本人がニョクマムを食べて苦闘していた。

開高氏はファンランの工事現場で通訳をしていた「当間さん」ら多くの元日本兵に会う。当間氏は沖縄出身の元日本兵。シンガポールからハノイに送られ、一九四五年の敗戦まで日本兵としてかけまわった。日本の敗戦で日本軍は引き揚げたが、「彼は多くの日本兵といっしょにベトナムにとどまり、ホー・チ・ミンのひきいるベトミン軍に入って、インドシナ独立戦争をたたかった。日本工営にはこういう日本人がたくさんいい」たとして、開高氏は次のように書いている。

「彼らはあるいは脱走兵であり、あるいは自発的な残留兵であった。ベトナム女との愛にひかされて現地にのこったものもあり、内地に帰ったところで暮らしていけないのだからと考えて残留したものもあった。彼らはベトミン軍に参加してベトナム兵を帝国陸軍の戦法と規律によって鍛えあげ、たいへん尊敬された。水田、ジャングル、山岳地帯、彼らは貧しいベトナム農民兵といっしょに起居しながらわたり歩き、フランス植民地主義追放のために血と汗を流した。あるものは死に、あるものは生きのこった」。

「ベトナム農民兵たちは彼らを〝戦争の神様だ〟といって尊敬した。〝欧米列強の桎梏よりアジア同胞を解放する〟という日本のスローガンは当間氏らの無名の日本兵士によってのみ真に信じられ、遂行された。インドネシアにおいても同様であった。スローガンを美しく壮大な言葉で書きまくり、しゃべりまくった将軍たちや、高級将校や、新聞記者、従軍文士どもはいちはやく日本へ逃げ帰って、ちゃっと口ぬぐい、知らん顔して新しい言葉、昨日白いといったことを今日黒いといってふたたび書きまくり、しゃべりまくって暮しはじめたのである」。

「大半の日本人がようやく手に入った、ささやかな、脂っぽい、罪のないバカをいって暮せる平和を楽しみはじめたときでも氏らは、じつに、九年間、たたかいつづけたのである」。

一九五四年のジュネーブ協定成立後も「南ベトナムにとどまり、シクロの運ちゃん、タクシーの修繕など、七転八倒してかつがつの生活をたてる。当間氏は日本人の会社に通訳として働き、（衛生兵、あるいは軍医としてジャングルをわたり歩いた——引用者）工藤氏、中村氏らは代診として貧乏人に注射をうってまわることとなった」。

開高氏によると、ベトコンが攻撃してくると、元日本兵たちは彼らの前にたちはだかり、このダム建設はベトナムの民衆の生活向上のために、電気を作り、送るものだ、と説得したという。「アジア同朋の解放」に体を張る元日本兵の姿をみて、戦争を遂行し、戦後は無責任に口をぬぐう権力者たちへの怒りがおさまらない開高氏の気持が、伝わってくる。開高氏がダニム・ダムの建設現場を取材したのは、落合氏が日本工営を離れ、入社した東京銀行サイゴン支店が、本格的に動き出したころだろう。前後三回にわたってベトナム戦争を取材した開高氏は、落合氏や西川氏とどこかで接点があったはずである。サイゴンで取材する日本人記者の多くが、落合氏や大南公司の世話になっていたからである。

しかし、落合氏は「逃げ続けた人生」と恥ずかしそうに話すことはあっても、自分の長く苦しかった人生を、自慢気に語ることはなかった。銀行員としての仕事をこなしながら、元日本兵の組織である「寿会」の裏方に徹し、みんなの話をニコニコと聞いていた。西川氏も「大川周明の大アジア主義」を私たちに語ることは、全くなかった。

八百人近い元日本兵が残留し、その多くがベトナムの民族解放闘争の中に飛び込んでいったのに、日本でもベトナムでも、その存在が表舞台に登場することがなかったのはなぜなのだろう。ベトミン軍の対仏戦争に参加した元日本軍将兵のうち北ベトナムにいた約七十人は、一九五四年の南北分断の後、日本に帰国する。時をおかずに対米戦争が激化していくが、残った日本人は「新ベトナム人」と呼ばれ、戦場で死んでいった人も多いという。だが、ベトナム労働党（一九七六年以降は共産党）は、民族独立戦争における勝利は、ベトナム人民の努力の成果であって、外国人（日本人）の貢献を認めたがらなかったばかりか、その痕跡を消そうとしたフシもみられる。

一方で、帰国を果たした人たちも、戦後の日本では「共産主義への協力者」として冷たい目でみられ、自分たちの貢献について長い間、語りたがらなかった。ましてや南ベトナムのゴ・ジン・ジエム政権やグエン・バン・チュー政権下で米国の軍事介入が強まり、日本もその後方基地として解放勢力と戦う米軍や政府軍を支援する。そんな中での落合氏や西川氏の活動は、表に出ることのない、あくまでも秘かに裏方に徹したものだったことは容易に想像できる。サイゴンが陥落したあと、「ようやくわれわれの真価を発揮すべき時がきた」と張り切った元日本兵たちの顔がいまだに忘れられない。しかし、結果は、彼らの期待も空しく、革命政権にとって「元日本兵」は、反革命の象徴でしかなかった。

陥落後、サイゴンに〝入城〟したハノイの軍人や、党官僚たちも、多くの犠牲者を出しながら民族解放闘争を進めてきた南の解放戦線と、その支援者たちにきわめて冷淡であり、一日も早く、新しい体制からはずそうとした。「民族民主の統一戦線」とうたい、ベトナム戦争の渦中では「南の独自性を十分に尊重する」と約束し続けたにもかかわらず、解放後始まったのは「解放戦線の排除」だった。世界中に発信し続けた「美しく壮大な言葉」などには口をぬぐい、知らん顔をした。権力というものは、どんな時代、どんな体制下でも、そしてどんな組織の中でも、そう変わるものではない。ドイモイ政策が進む中で、南ベトナム解放民族戦線の戦士たちや残留元日本兵たちの貢献が、改めて見直される日がくるのだろうか。

エピローグ

記憶を辿る旅

▼若者たちにとってのベトナム戦争

二〇〇五年四月、三十年ぶりにベトナムを再訪した私は、同行のグループといっしょにハノイ―ユエ（フエ）―ホーチミンと巡った。ハノイ、ユエはもちろん初めての地だった。このハノイ―ユエ間の旅を案内してくれた若いガイドは二十七歳、ハノイ大学の卒業生だという。今時の日本人以上にきれいな日本語をしゃべり、どんな質問にも的確に反応する。マスコミ出身者の旅行団とあって、エリート党員がガイドについたのだろう。

「皆さんは二期作と二毛作との違いはわかりますね。日本からやってくる若い人たち、この違いが分からない人が多いのです。ベトナムでは二期作どころか三期作もやっていますが、最近はお米がとれすぎて、日本の減反政策を見習わなければならない状態です」。

ベトナムは米の輸出国であり、ドイモイ政策下で生産量は急増している。彼はベトナム国民の生活水準向上を胸を張って説明した。ホーチミン廟を訪れたあと、私はこの青年に「あなた方若い世代は、ベトナム戦争のことをどう学んでいるんですか。ベトナム戦争についてどんな記憶がありますか」と質問をした。

「ベトナム戦争とは、どの戦争のことを言っているのですか。私たちはフランスと戦って勝ちました。抗仏戦争です。チュー傀儡《かいらい》政権を支えたアメリカも追い出しました。抗米救国戦争です。国境を越えて侵略してきた中国も追い払いました。圧政に苦しむカンボジア人民も解放しました。ベトナムは米、中、仏といった大国と戦って、勝利したのです。そんな国がこの地球上のどこにありますか？　すべてが私たちの誇りです」。

この若者の頭の中には、多くのベトナム人が犠牲になったあの悲惨な戦争の影はないように思えた。「すべての戦争」に勝利した英雄的なベトナム人の戦いの物語。戦後三十年以上もたった今、若者たちが学校で教えられているベトナム戦争のイメージだろう。そこには胸を張るベトナム民族の誇りはあっても、日も当たらぬまま消え去った人々への哀悼はない。いつの時代でも、どんな国でも歴史の正史は勝者が書く。米国を追い出し、革命を成就したベトナムでは、ホー・チ・ミン主席やボー・グエン・ザップ将軍などを筆頭に、国、地方のレベルからそれぞれの職場に至るまで多くの英雄が生まれた。しかし、その陰には泡沫のように散っていった多くの「敗者」がいた。その数は、英雄たちの何倍にもなる。

米軍の爆撃によって散った何百万人もの人々、民族独立を信じて戦場で倒れた兵士たち。革命の名の下に、再教育キャンプから戻ってこなかった多くの人々。ボートピープルとなって南シナ海の荒波にのまれた人たち……。再訪したサイゴンでの解放三十周年の式典や、それを祝って次々と打ち上げられる明るい花火への喚声は、勝者たちを祝う儀式であり、ベトナムの若い世代にとって「敗者」は、年ごとに忘れさられていくのだろう。

今、ベトナムには多くの外国人が観光に訪れる。その数は年々、二、三割も増え続けている。日本人も二〇〇七年には米、中、韓国に次いで四番目。四十一万人を突破している。サイゴン北西のクチのように解放戦線の兵士たちがサイゴンに向けて掘り進んだ地下トンネルまでが、観光資源の一つになっている。海外からの投資も年々、急増し、ハノイやサイゴン郊外は、外資による開発ブームにわいている。米国、韓国、豪州、日本、台湾……。かつての〝敵国〟であった国々の資本が、安い人件費と勤勉な労働力を求めて流れ込む。サイゴンの街も、陥落以前と同じようなにぎわいを取り戻し、革命によって排除しようとした米国などの〝腐敗文化〟が大手を振ってあふれている。ドイモイ政策による市場経済の導入によって「富める者はさらに豊かに」「持たざる者はさらに貧しく」という格差社会が、再び生まれようとしていた。

あの「ベトナム戦争」とは何だったのだろう。ベトナム戦争は「米国からみた戦争」でありベトナムの人々にとっては「抗米救国戦争」だという。その結果、確かにベトナムは「民族の独立」を勝ち取った。勝者としての誇りがある。そういえば、西川氏や落合氏は、私が「あの太平洋戦争では……」と話を切り出すと、「太平洋戦争というのはアメリカ側からみた戦争で、私たちにとっては大東亜戦争なんですよ」と必ず訂正した。彼らの「志」とは違って、敗れた日本では大東亜戦争は「侵略戦争」として戦後一貫して全面否定され続けた。しかし、勝利したベトナムでは、悲惨な戦争が英雄的な戦いとして美化される。米国でもそうだろう。広島、長崎の原爆投下さえ正当化される。

呼び方はともかくとして、「ベトナム戦争」で、米軍がベトナムに投下した爆弾量は一九六五～七三年に限っても一千四百万トンに及ぶという。第二次世界大戦全体で六百十万トン、朝鮮戦争では三百十万トン。この数字からみても規模の大きさがわかろうというものだ。この戦争の犠牲者は、全体として二百万人に近い。負傷者は四百万人を超えている。そして今でも二百万発にのぼる不発弾や地雷がベトナムの国土に残り、その被害は後を絶たない。ジャングルに撒かれた枯葉剤は、今でも動植物や人体に影響を与え続けている。

▼書き残すべき「革命の記録」

私は東京本社編集局次長兼社会部長を最後に、編集局を離れ、人事・労務など管理部門に配転になった。一九九〇年のことである。編集局を去る、ということは新聞記者でなくなるということである。寂しさはあったが、二度とペンを執ることはない、と覚悟した。それから十五年。サラリーマン人生を終えようとする年に再訪したベトナムでの旧知の人々との再会。その時、私の記憶を辿る旅が始った。

ベトナム戦争について書かれた記録や書物はたくさんあった。しかし、そのほとんどが一九七三年のパリ和平協定によるアメリカ軍の撤退か、一九七五年のサイゴン陥落で終っている。あの一世を風靡したべ平連（ベトナムに平和を！市民連合）さえ、パリ和平協定後には「役割は終った」と解散した。その後に始まった南ベトナムの〝革命戦争〟と革命下の悲劇には目をつぶった。彼らの反戦運動は単なる反米運動だったのだろうか。そして、長い空白の後、ドイモイ（刷新）政策以降の市場経済に飛ぶのである。サイゴンを中心として南ベトナムで行われた「革命」の実態について、書かれたものはほとんどない。「サイゴン解放」によって、日本の反戦運動もマスメディアもベトナムに対する関心を急速に失い、新たに始まったサイゴン市民の苦悩に目を向けることは少なかった。この間、ベトナムは国を閉ざし、〝鎖国〟状態だったといえるだろう。

私は改めて、サイゴン滞在の八ヵ月を想い起こした。赴任した一九七五年三月から同十月末の国外退去までである。赴任直後の三月十日に始まった「ホーチミン作戦」は、ベトナム労働党（共産党）主導の革命戦争の仕上げであり、いわゆるベトナム戦争とは全く異質の、ベトナム人同士の革命のための戦争だった。チュー政権を武力制圧したハノイの共産党中央は、長い抗米戦争中、共闘体制を組んだ南ベトナム解放民族戦線をも力で押し切り、一年足らずで「ベトナム社会主義共和国」を作り上げる。私が滞在したのは、この「社会主義革命」を、南ベトナムで一気に進めようとした時期だった。

サイゴン陥落は党中央の想定をはるかに上回るスピードだった。革命成就後の新国家建設の準備も間に合わなかったベトナム共産党は、一九五〇年代に北部ベトナムで実施した革命政策を「とりあえず大急ぎで」実施しようとした。しかし国民の置かれた状況や内外の環境は、ロシア革命、中国革命の時代やホー・チ・ミンの「ベトナム民主共和国」の建国の時代とは全く違っていた。南部ベトナムではサイゴンを中心に、米国など西側諸国の存在の下で民主々義が芽ばえ、消費経済社会が定着しつつあった。そんな時代状況を無視して、原則的な「社会主義革命」を推し進めようとしたのである。その結果、ベトナムは一人当たりGDPが一九九〇年には百ドルを下回る世界の最貧国にまで転落した。

あの期間に私が経験し、その渦中から発信した記事は、ベトナムの現代史にとって、たとえ泡沫だったとしても事実は事実として、改めて書き遺しておかねばならない、と強く思った。ベトナムの歴史からみれば、わずか数行にすぎないにしても、決して消し去ってはならない数行なのではないか。私は新聞記者としてあの革命の進行を目撃したのである。ベトナム共産党の一党独裁が続く限り、決して「正史」にはならないだろうが、あの時代の人々の呻吟があって、今のベトナムがある。

▼革命戦士の幻影

私はこの再訪の折、サイゴンの中心街、グエンフエ通りとレロイ通りが交差する角にあるレックスビルを訪ねた。すぐ目の前にはホーチミン市人民委員会（市役所）の建物と、サイゴン川に向けて腰をおろしたホーおじさんの銅像が少女を片手に抱き、大きく手を広げている。陥落前、アメリカの軍人たちが大手を振って闊歩していたころ、けばけばしいネオンが輝き、ビルの中にはホテルやナイトクラブ、ダンスホール、映画館、各種の飲食店や高級ブランド品の店までが〝完備した〟一大歓楽ビルだった。陥落後、「米国腐敗文化」のシンボル的存在としてその灯は消え、わずかな店が細々と営業を続けていた。

三十年たったサイゴンでは、このレックスビルもまた、昔以上のネオンが輝き、完全復活をとげていた。旅行スケジュールの短い合い間に、私はこのビルを訪れた。気になっていたことがあったからである。一九七五年十一月のある日、南ベトナム解放民族戦線の「解散集会」がこのビルの一室にあったダンスホールで寂しく行われた、とチュオン・ニュ・タン氏は『ベトコン・メモワール』で書いている。ダンスホールは確か、一階のレロイ通りに面してあったという記憶がある。その場所には、「わびしいダンスホール」と思われるものはなく、今は外国人専用のけばけばしい「カジノ」になっていた。中からはボリュームをあげた音楽と嬌声が外まで聞こえてきた。

タン氏によると、この年、南北統一が決まり、解放戦線の消滅が決定的になったころ、解放戦線の解散の〝儀式〟を開こう、という声が出た。だが解散集会をやろうとしても、旧サイゴン政府の官邸や役所の建物をはじめ、人の集まれる場所は、ハノイからやってきた党幹部や軍人たちが占拠しており、集会一つできる場所はない。グエン・フー・ト解放戦線議長が苦労して見つけてきたのが、このレックスビル内のダンスホールだったという。「一九七五年以前には、サイゴン在住者で最も堕落した連中が集まり、麻薬取引、悪への誘惑、権力の売買といったことが、日常の茶飲事であった」このホールで、「革命の最終ページを飾る儀式」を行うことになった、というのである。

集ったのは解放民族戦線、臨時革命政府、民族民主平和勢力連盟に関係した人たち約三十人。

「出された料理の味も吟味しないで食べた。われわれは口の中に残るにがみを飲み込むことも、心の中をずっしりと覆っているものを取り払うこともできなかった。完全にだまされたことを、われわれはここに至って、身にしみてかみしめていたのであった」。

グエン・フー・ト氏以下約三十人の戦士たちは、数人のバンドの伴奏で、昔歌った革命歌を肩を組んで声低く歌い、解散したという。その舞台となったレックスビルは、米軍のいた時代よりもなお明るく、増築によって面積も倍近くになって、繁栄を取り戻していた。同ビル内のホテルのロビーでは、外国人客と若いベトナム人女性のたわむれる姿がいくつもあった。解放戦線の戦士たちが、肩を落としながらさびしく散っていく姿が、明るいネオンの陰にチラリと見えた気がした。

▼戦争・革命・人生

私の記憶を辿るベトナムの旅は、サイゴンに赴任した一九七五年初頭が出発点だと考えていた。しかし、ボートピープルとなったトアン氏や、旧日本兵の落合氏、大川塾出身の西川氏などの話に一歩踏み込もうとすると、三十年間のタイムスリップで済む話ではない。さらに三十年余、日本軍の仏印進駐や、フランス植民地下のバオ・ダイ帝の時代の、女性の悲劇の物語まで遡らなければならなかった。「大東亜共栄圏」を信じてベトナムに骨を埋めた旧日本兵や、ディエンビエンフーの戦いの後の南北分断によって、北から南に逃れてきた多くのベトナム人たち。一九七五年の革命は、そんな人々も含めてベトナムに住む人々の人生を、再び、大きく変えたのである。

トアン氏は二〇〇五年春、日本で開かれた開高健記念館主催の個展で「この胸に棘のように突き刺さっている過去の痛みを、なかでも若い世代に伝えるにはどうしたらいいかを考えた末、私は画家になろうと決意した」と話した。そして「この個展を最後に過去のことはなるべく忘れ、これまで以上に明るく頑張って生きて行きたい」と語りながら、ブリスベーンに戻っていった。

落合氏は、あの三十年ぶりの再会の夜、市内のレストランで一緒に飲んだワインのせいで、足元がおぼつかなかった。私は長身の落合さんを、下から支えながらタクシーまで送った。その時、落合さんは私の耳元で「人生いろいろありましたが、私はベトナムとベトナム人が大好きなんです。日本よりもね。女房の眠るこの地の土になろうと思っています」とささやいた。西川氏も恩師大川周明氏への弔辞で述べたように「点々孤立しつつも、ゆるまぬ努力を続け、新しい根を現地に張った」。激しく変転する歴史のはざまで揺れ動きながらも、それぞれが自分の志を貫いたのである。

今、ハノイのノイバイ空港やホーチミンのタンソンニャット空港には、世界各地からの直行便が一日数十便離発着する。空港に到着した便からは、手押し車に山いっぱいの荷物を積んだ外国在住のベトナム人が、多くの親族の拍手で迎えられ、手を振りながら降りてくる。出迎える人たちは花束を手に肩をたたき合い、さながら人気俳優を歓迎するように、記念写真におさまっている。「越僑」といわれる人たちの多くは、あの戦乱の中で、ボートピープルなどとなって国外に脱出した人々である。米国や豪州など世界各地に散った人々が、ひとかせぎし、多くのおみやげと現金を持ってベトナムに一時帰国する風景である。こうした人々の持ち込む現金だけで二〇〇七年には六十七億ドルに達したという。

越僑は世界九十五ヵ国近くに散らばり、約三百五十万人に上るという。かつて、ベトナム革命政府はこうした人々を「祖国を裏切った犯罪者」と呼んだ。しかし、ドイモイ後は脱出難民を「在外愛国者」と呼び一時帰国を歓迎する。一時帰国者は〇七年には五十万人に達した。あのグエン・カオ・キ将軍でさえ大歓迎されたのである。ベトナムは、今や「お金、お金、お金の拝金主義の国になってしまった」と旧知のベトナム人は寂しそうに語った。

共産党の一党独裁体制下における市場経済の導入。中国という先行する手本があるにしても、年ごとに広がる格差拡大に対する市民の不満や、政治の民主化を求める動きは今後、さらに強まるだろう。ことにベトナム南部の市民は、不十分だったとはいえ、民主主義国家の経験を持ち、「自由」の味をかみしめたことのある国民である。今後、時間はかかるにしてもさらなる変化の時代を迎えることは、避けて通れそうにない。歴史の流れは、絶えず、変化し続ける。

主要参考文献

1 「日本経済新聞縮刷版」日本経済新聞社
2 『ベトナム戦争の「戦後」』 中野亜里編 めこん 2005年
3 『ベトナム戦争を考える』 遠藤聡 明石書店 2005年
4 『ヴェトナム新時代——「豊かさ」への模索』 坪井善明 岩波書店 2008年
5 『物語ヴェトナムの歴史』 小倉貞男 中央公論新社 1997年
6 『ベトナム戦争』 松岡完 中央公論新社 2001年
7 『わかりやすいベトナム戦争』 三野正洋 光人社 2008年
8 『ベトナム報道1300日——ある社会の終焉』 古森義久 筑摩書房 1978年
9 『解放南ベトナム——革命と人間』 島村矩生 日本放送出版協会 1976年
10 『ベトナムと日本』 今川幸雄 連合出版 2002年
11 『ベトナム革命の内幕』 タイン・ティン／中川明子訳 めこん 1997年
12 『ベトナム革命の素顔』 タイン・ティン／中川明子訳 めこん 2002年
13 『ベトコン・メモワール』 チュオン・ニュ・タン／吉本晋一郎訳 原書房 1986年

14 『ベトナム戦記』 開高健 朝日新聞社 1990年
15 『ごぞんじ開高健』 開高健記念会 2007年
16 『ホー・チ・ミン 不倒の革命家（人物現代史8）』 大森実 講談社 1979年
17 『ホー・チ・ミンと死線を越えて』 中川武保 文藝春秋 1970年
18 『ボー・グエン・ザップ ベトナム人民戦争の戦略家』 ジェラール・レ・クアン／寺内正義訳 サイマル出版会 1975年
19 『忘れられない年月 フー・マイによる聞き書き』 ボー・グエン・ザップ／中野亜里訳 穂高書店 1992年
20 『白い航跡 大川塾卒業生が見てきた戦争と東南アジアの国』 山田勲 文芸社 2004年
21 『帰還せず──残留日本兵六〇年目の証言』 青沼陽一郎 新潮社 2006年
22 『大川周明の大アジア主義』 関岡英之 講談社 2007年
23 『ベトナム独立戦争参加日本人の事跡に基づく日越のあり方に関する研究』 井川一久 東京財団 2005年
(http://nippon.zaidan.info/seikabutsu/2005/01036/pdf/0001.pdf)
24 『ベトナム秘史に生きる「日本人」』 玉居子精宏 Web草思
(http://web.soshisha.com/archives/vietnam/index.php)
25 『日米開戦の真実 大川周明著『米英東亜侵略史』を読み解く』 佐藤優 小学館 2006年
26 『阿片王 満州の夜と霧』 佐野眞一 新潮社 2005年
27 『甘粕正彦 乱心の曠野』 佐野眞一 新潮社 2008年
28 『ベトナム 戦争と平和』 石川文洋 岩波書店 2005年
29 『ベトナム人名人物事典』 西川寛生訳・著 暁印書館 2000年

ベトナム現代略史

1940　9・23　日本軍、北部仏印へ進駐
1941　5・19　ホー・チ・ミン、ベトミン（ベトナム独立同盟）を結成
　　　7・28　日本軍、南部仏印に進駐
1945　3・9　日本軍、仏印軍を武装解除（明号作戦）
　　　3・11　バオ・ダイ帝、アンナンの独立を宣言
　　　8・19　八月革命　ベトミン軍ハノイへ
　　　9・2　ベトナム民主共和国、独立宣言
　　　9・15　中国・国府軍ハノイに到着
　　　9・23　仏軍、サイゴンで官公庁占拠
1946　2・18　仏軍、ベトナム北部に進出
　　　6・1　仏、南ベトナムにコーチシナ自治共和国を樹立
1947　2・17　仏軍、ハノイを占領

1949 6・14 仏、バオ・ダイ帝を復位、ベトナム国成立
1950 1・14 ホー・チ・ミン、ベトナム民主共和国が唯一の合法政権と宣言
8・2 米、サイゴンに軍事援助顧問団を設置
1951 2〜3月 インドシナ共産党二回大会、ベトナム労働党と改称
1953 11・20 仏軍、ディエンビエンフーに基地建設
1954 3・13 ベトミン軍、ディエンビエンフーへ攻撃開始
5・7 ディエンビエンフー陥落
7・21 ジュネーブ協定調印、17度線で南北分割決定
1955 10・26 バオ・ダイ帝退位、ゴ・ジン・ジエム、ベトナム共和国を宣言、大統領に
1956 7・6 ニクソン米副大統領、南ベトナム訪問、米国の支援表明
1960 12・20 南ベトナム解放民族戦線結成
1961 2・15 南ベトナム人民解放軍発足
10・13 南ベトナム、米国の戦闘部隊派遣を要請
11・16 ケネディ米大統領、南ベトナムに軍事顧問と軍事物資の追加決定
1963 6・11 南ベトナム政府の反仏教徒政策に抗議、クアン・ドク師が焼身自殺
11・1 ズオン・バン・ミン将軍らのクーデター成功
11・2 ゴ・ジン・ジエム、ニュー兄弟殺される
1964 1・30 グエン・カーン将軍無血クーデター

1965
8・2 トンキン湾事件発生、米艦マドックスが北ベトナムの水雷艇に攻撃される
8・4 ジョンソン米大統領北ベトナムに報復爆撃を命令
8・7 米議会、ジョンソン大統領に戦時権限付与
12・7 韓国、南ベトナムに派兵決定
3・2 米軍、北爆を開始
3・7 米海兵隊、ダナンに初上陸、米軍兵力二万七千人
6・18 南ベトナム、グエン・バン・チュー将軍の国家指導委が発足
グエン・カオ・キ空軍司令官が首相就任
7・27 ジョンソン大統領、五万人の増派決定
10・23 米軍兵力十四万八千余に

1966
3〜6月 南ベトナムで仏教徒中心に反政府運動高まる
6・29 米軍機、ハノイ、ハイフォンを初爆撃
12・10 解放戦線、ハノイに常駐代表部を置く

1967
3・10 米国、北爆目標を拡大
6・23 南ベトナムの米兵力四十六万三千人
9・3 グエン・バン・チュー、南ベトナム大統領に就任

1968
1・30 解放戦線、テト攻勢開始、ユエを占拠。サイゴンでは米大使館も一時占拠
4・20 南ベトナム民族民主平和勢力連合が成立

5・5　解放戦線の第二次攻撃開始
8月　南ベトナムの米兵力は五十四万人に
11・6　ニクソン、米国大統領に当選

1969
1・29　第一回拡大パリ会議
4・7　米軍の死者三万三千六百八十四人となり朝鮮戦争を越える
6・6　南ベトナム臨時革命政府樹立、フィン・タン・ファト首相に。グエン・フー・トは諮問評議会議長に
8・4　キッシンジャー、レ・ドク・ト第一回秘密交渉
8・22　チャン・チン・キエム、南ベトナム首相に
9・4　ハノイ放送、ホー・チ・ミン主席の死去（三日午前九時四十七分）を発表
9・9　ホー主席、国葬
9・23　トン・ドク・タン、北ベトナム大統領に
10・15　米国各地、世界各地で反戦デモ
11・16　「ニューヨークタイムズ」紙、ソンミ虐殺事件を報道

1970
4・20　ニクソン大統領、米軍十五万人の撤退発表
6・30　カンボジア侵攻米地上部隊、南ベトナムへの引き揚げ完了

1971
3・5　周恩来中国首相、北ベトナム訪問
5・31　パリでキッシンジャー米大統領補佐官と北ベトナム代表が秘密会談

1972

6・12　「ニューヨークタイムズ」ペンタゴン秘密報告の暴露

10・3　チュー氏、南ベトナム大統領に再選

2・21　ニクソン米大統領訪中

3・30　解放戦線、春季大攻勢を開始

5・8　ニクソン米大統領、北爆強化と北ベトナム全港湾の機雷封鎖を決定

1973

1・27　パリ和平協定に米、南ベトナム、北ベトナム、南ベトナム臨時革命政府の四者が調印

3・29　南ベトナム駐留米軍の撤退完了

1975

1・8　北ベトナム、フォクロン省制圧

3・10　ホーチミン作戦開始

バンメトートの攻略

コンツム、プレイク、クアンチ各省やユエ、ダナンを占領、南下を続ける

4・17　クメール・ルージュ、プノンペン制圧

4・21　グエン・バン・チュー、南ベトナム大統領辞任

4・28　ズオン・バン・ミン将軍、南ベトナム大統領に就任

4・29　南ベトナムから米国人総引き揚げ開始

4・30　ミン政権無条件降伏、北ベトナム軍サイゴンに無血入城へ

7・中旬　労働党中央委、南北統一を急ぐ決定

1976 8・29 ホーチミン廟落成
4・29 ベトナム統一選挙実施
7・2 ベトナム統一、ベトナム社会主義共和国成立
1977 1・31 解放戦線、ベトナム祖国同盟に吸収される
9・20 ベトナム、国連に加盟
9・28 ポル・ポト、中国訪問
12・25 ベトナム軍、カンボジアに限定攻撃
12・31 民主カンプチア、ベトナムと国交断絶
1978 4月 この頃よりベトナム難民大量発生
7・3 中国、ベトナムへの経済援助停止
11・3 ソ連・ベトナム友好協力条約調印
12・25 ベトナム軍、カンボジアへの侵攻開始
1979 1・1 米・中国交正常化
1・7 ベトナム軍、プノンペン制圧
2・17 中国軍、懲罰としてベトナム侵攻
3・5 中国軍、ベトナムから撤退
1982 3・27 ベトナム共産党第五回大会、レ・ズアンを書記長に選出
1986 5・28 カンボジア残留ベトナム軍、部分撤退開始

12・15 ベトナム共産党第六回大会、グエン・バン・リンを書記長に選出、「ドイモイ」を提唱

1989 9・1 ベトナム共産党、ホー・チ・ミンの正式遺言状を公表
11・10 ベルリンの壁崩壊

1990 9・13 グエン・バン・リン、中国を極秘訪問

1991 11・5 中国と国交正常化
12・26 ソ連邦解体

1995 7・11 米国と国交正常化
7・28 ASEANに加盟
11・7 マクナマラ元米国防長官、ハノイを訪問。ボー・グエン・ザップ将軍と歴史的握手

1996 6・28 ベトナム共産党第八回大会、ド・ムオイを書記長再選。「工学化、現代化」を提唱

1998 4・15 ポル・ポト死去

2000 4・30 ホーチミン市でベトナム戦争終結二十五周年式典
7・13 米国と通商協定に調印
11・16 クリントン米大統領、ベトナム訪問

2003 11・19 米艦船、サイゴン湾に入港

2004　1・14　グエン・カオ・キ元南ベトナム副大統領、亡命先の米国から一時帰国
2005　4・30　ホーチミン市でベトナム戦争終結三十周年式典

あとがき

一九七五年、サイゴンでの八ヵ月の体験は、その後の私の人生にとって、ある種の〝トラウマ〟になっていたのではないか、と今になって思う。トアン氏や落合さんとの三十年ぶりの再会によって、心の深部に眠っていたそのトラウマが、目を覚ました。ベトナム戦争の最終局面からサイゴン陥落、その後の革命の進行の中で見た市民の苦悩と阿鼻叫喚。私はそれを冷ややかに、他人事としてながめていたのではないか。中途半端で未熟な新聞記者だった私は、そこで目撃した事実さえ、十分に伝え切れなかった、との忸怩たる思い。あえてそれを忘れようとしてきたのではないか。「アンタイ・リボリューショナリー（反革命）」という「退去命令」も、長い間、心のわだかまりになっていた。

二〇〇五年のサイゴン再訪から帰国後、当時のスクラップ帳やメモ帳、縮刷版などを引き出し、改めて記憶の整理をしながら、一方で、四国八十八ヵ所、千二百キロを歩く遍路の旅を始めた。八回に分けての区切り打ち。ベトナム戦争で犠牲となった多くのベトナム人や報道の渦中で無念の死に遭遇した百人近くに達するジャーナリストたちへの鎮魂の旅。二年半をかけ二〇〇八年十一月末、やっと結願を迎えた。同じころ、この「記憶を辿る旅」も終章を迎えていた。

洋の東西を問わず、歴史の正史は常に勝利した権力者側が書く。ことに「革命」は、新しい権力の正当性を主張するために、敗れた側は「反革命」として全否定される。私はそんな革命の真っ只中に、ジャーナリストとして立ち合い、革命の進行を敗者の側から目撃し、内部から発信し続けた。それらの一連の記事を、歴史から消し去ることなく、改めて記録にとどめておきたい、と思った。

私の現役記者時代と違って、IT時代を迎えて、メディアの世界は様変わりしている。しかし、デジタル化がいかに進もうと、それは情報を読者に届けるツールが変化するということであり、発信する記者の原点はなんら変わらないし、変わってはならない、ということだ。現場から離れて新聞記者はあり得ない。ジャーナリズムの原点は「目撃者」だということにある。国際記者経験皆無の、社会部歴十年という若い「普通の記者」だった私は、そう確信しながら、サイゴン市内をかけめぐり、悪戦苦闘しながら目撃した事実を、現場の目線に立って表現しようとした。力及ばなかったとしても、そうした過程を、後輩の若い記者諸君に伝えたい、という思いもあった。

それはともかくとして、書き終えたことによって、私にのしかかっていた重い何かが、少しずつはがれていく気がしている。次にベトナムを訪ねる時、私は南国特有の明るい景観や、そこで生きる人々の温かい人情、美味なベトナム料理を、わだかまりなく楽しめるだろう。

ベトナムの真の平和と繁栄を心から祈りたい。

「サイゴン陥落後の革命」について、時間的余裕ができたらまとめてみたい、と思ったのは二十年以上も前のことだ。一九八五年春、陥落十年を前に、当時、文藝春秋社「諸君」の斉藤禎編集長（現・日本経済新聞出版社会長）から、「陥落直後からの各紙の記事すべてに目を通した。あなたの半年間の記事が、その後のベトナムの混乱を集約的に表現している」と原稿執筆を依頼された。その年の「諸君」六月号に掲載された記事が、この本の第一部の骨子となっている。斉藤氏は今回の出版も親身になって激励してくれた。

原稿を一読して、すぐに出版を確約してくれたウェッジ社の石塚正孝会長（元・JR東海副社長）、私の記憶のあいまいな点まで細かに指摘しながら、編集作業を進めてくれた同社書籍事業部の服部滋氏をはじめ、この出版を支えてくれた皆さんに心から感謝する。

最後になったが、サイゴン再訪の旅を設営し、落合、西川両氏との再会の労をとってくれたOCS（海外新聞普及）ベトナム社長（当時）の許斐氏連氏、同社のベトナム総責任者、トラン・バッチ・イエン女史にお礼申し上げる。同時に、故落合、西川両氏のご冥福を心から祈りたい。

二〇〇九年四月

牧久

【著者略歴】
牧　久（まき　ひさし）
1941年大分県生まれ。1964年早稲田大学第一政治経済学部政治学科卒業。同年、日本経済新聞社に入社。東京本社編集局社会部に配属。サイゴン・シンガポール特派員。名古屋支社報道部次長、東京本社社会部次長を経て1989年東京・社会部長。その後人事局長、取締役総務局長、常務労務・総務・製作担当。専務取締役、代表取締役副社長を経て2005年テレビ大阪会長。2007年から日本経済新聞社顧問。

サイゴンの火焔樹
——もうひとつのベトナム戦争

2009年5月26日　第一刷発行

著者
牧　久

発行者
布施知章

発行所
株式会社ウェッジ
〒101-0052
東京都千代田区神田小川町1-3-1　NBF小川町ビルディング3F
電話:03-5280-0528　FAX:03-5217-2661
http://www.wedge.co.jp/　振替 00160-2-410636

ブックデザイン
関原直子

DTP組版
株式会社リリーフ・システムズ

印刷・製本所
図書印刷株式会社

※定価はカバーに表示してあります。ISBN978-4-86310-047-3 C0031
※乱丁本・落丁本は小社にてお取り替えします。本書の無断転載を禁じます。
© Hisashi Maki

ウェッジ選書